Unglückspilze

Mellers siebter Fall

BRÖSELBÄR
VERLAG

1. Ausgabe/September 2012

BröselBär® Verlag, A-2340 Mödling

Coverdesign: Eva Weiss
Fotos: Eva Weiss, Creativhaus-Archiv
Satz: Creativhaus, A-2340 Mödling
Druck und Bindung: GGP Media GmbH, D-07381 Pößneck
Printed in Germany

ISBN 978-3-902578-07-5

www.wolfgang-weiss.at

Wolfgang Weiss

Unglücks Pilze

Mellers siebter Fall

KrimiRoman

Nach einer
»MordsIdee«
von
Eva Weiss

BröselBär
Verlag

Im BröselBär® Verlag erschienen:

KrimiRoman-Serie:

»Frühlingsrolle«, Mellers erster Fall	ISBN 978-3-902578-01-3
»Todesfälle«, Mellers zweiter Fall	ISBN 978-3-902578-02-0
»Kampfgeister«, Mellers dritter Fall	ISBN 978-3-902578-03-7
»Punschkiller«, Mellers vierter Fall	ISBN 978-3-902578-04-4
»Canossagang«, Mellers fünfter Fall	ISBN 978-3-902578-05-1
»Flaschenköpfe«, Mellers sechster Fall	ISBN 978-3-902578-06-8
»Unglückspilze«, Mellers siebter Fall	ISBN 978-3-902578-07-5

Autobiografie:

»Sechster-Sechster-Fünfzig«	ISBN 978-3-902578-00-6

Vom Glück, in einem SOS-Kinderdorf zu leben

JugendRoman-Serie:

»Bröselbär lebt!«, Erstes Abenteuer	ISBN 978-3-902578-11-2
»Bröselbär brennt!«, Zweites Abenteuer	ISBN 978-3-902578-12-9
»Bröselbär muss weg!«, Drittes Abenteuer	ISBN 978-3-902578-13-6

Ein wenig Glück

steckt in jedem Pech.

Viel Unglück aber

oft im Glück.

Wolfgang Weiss

Eins

Sonntag, 10. Oktober 2010

Mama saß hinterm Steuer, lenkte und schimpfte.

Neben ihr auf dem Beifahrersitz hechelte Schnappi.

Seit sie den Mischling vom Tierheim nachhause gebracht hatte, war die Welt der *halben Familie,* wie Mama sie manchmal verbittert bezeichnete, wieder etwas fröhlicher geworden.

Halbe Familie deswegen, weil Papa nicht mehr lebte.

Sie schimpfte mit Schnappi, packte ihn hinterm Kopf am Fell und versuchte, ihn vom Sitz zu ziehen. Doch der Hund gab seinen eroberten Platz nicht so ohne Weiteres her. Schließlich ließ sie von ihm ab, starrte ihn kurz an und konzentrierte sich wieder auf die Straße, auf den Verkehr.

Der Beifahrersitz war Schnappis Stammplatz geworden. Als ihn Mama das erste Mal mitfahren ließ, nahm er diesen sofort in Beschlag und schnappte nach ihr, als sie ihn wegscheuchen wollte. Daher auch sein Name: Schnappi.

Hin und wieder wandte Mama den Kopf nach hinten, um Lauras Fragen zu beantworten, oder sie sah im Rückspiegel zu, wie das Mädchen mit seiner Puppe spielte, deren Kleidchen es einem kleinen Koffer auf seinem Schoß entnahm und seiner Babsi anprobierte. Lauras Bruder saß neben ihr und blätterte in einem Buch über Tiere. Philipp war zwei Jahre jünger – also fünf – und konnte die Geschichte schon auswendig aufsagen. Darauf waren sie stolz – alle drei. Nur jetzt nervte Philipp mit seinem Singsang über *Old Mac Donalds Farm* und einem nie enden wollenden *I-A-I-A-OH* …

Auf Lauras Frage, warum Bäume, die näher an der Straße standen, schneller am Autofenster vorüberflitzten als jene, die weiter entfernt waren, bekam sie von Mama keine Antwort mehr. Stattdessen wurde sie in das Blau des Himmels geschleudert, in eine Stille hinein, die sich wie ein watteweicher Teppich anfühlte …

Einzig ein schemenhaft blitzendes Blaulicht blieb ihr in Erinnerung – und ein unendliches Glücksgefühl. Ihr war es, als läge sie mit Papa und Mama in einem weichen Bett, groß wie eine Blumenwiese. Zauberhafte Vögel schwirrten um sie herum. Bunte Schmetterlinge tanzten mit Bienen um Blütenkelche und ließen sich darauf nieder. So sah der Garten vor dem Himmelstor aus, wie Mama ihn oftmals beschrieben hatte. Und wenn Laura ein Leben lang ehrlich, brav und fleißig sei, würde sie in den Himmel kommen. Zu Papa, zu Omi und Opi, denn sie wohnten dort.

Doch der Garten, in dem sie lag, war tausend Mal schöner, als sie ihn sich ausgemalt hatte. Sie konnte sich von dieser Blumenpracht, diesem traumhaften Glücksgefühl nicht trennen …

Ein wenig noch verweilen wollte sie. Erst dann würde sie den heiligen Petrus am Himmelstor um Einlass bitten. Sie hatte doch alle Zeit der Welt! Der Himmel konnte warten.

Knallrot wie Philipps Feuerwehrauto war das Blut auf ihren Händen. Sie leckte es weg – es schmeckte süß wie Honig …

Der ohrenbetäubende Lärm setzte erst viel später ein. Wobei sie nicht mehr eruieren konnte, wann genau.

Eins jedoch war für sie unvergessen. Jener Satz der Frau in

Uniform, die auf einen Mann einschlug und ihn anbrüllte. Dieser eine Satz war wie mit einem Brenneisen in Lauras Hirn eingebrannt worden …

»Du bist schuld, wenn die tot sind«, murmelte Laura.

Sie dachte an die Blumenwiese, in der sie gelegen hatte, während sich die Frau in Uniform über sie beugte.

Mit einer unglaublichen Klarheit war dieser Satz trotz des ohrenbetäubenden Lärms an ihre Ohren gedrungen. Ihre Augen hatten jede Bewegung dieser fremden Frau verfolgt.

Laura hatte in das entsetzte Gesicht geschaut … hatte plötzlich Schreie gehört … ein Hund hatte gebellt …

Jemand hatte nach Mama gerufen.

War es sie … war es Philipp gewesen?

Wieder und wieder rasten Schreckensbilder auf sie zu.

Ein Knall … Schreie … Benzingeruch … Stille …

Und wieder: »Du bist schuld …«

Verfluchte Erinnerungen! Ihr tut mir so entsetzlich weh!

Das dumpfe Ziehen im Kopf hatte schlagartig begonnen, als sie an diese Frau in Uniform und ihre Worte dachte.

Du bist schuld, wenn die tot sind – ihr Kopfwehsignal.

Erschöpft ließ sich Laura auf die Bettlehne zurückfallen und zog die Knie an ihren Körper. Das Fotoalbum klappte von selbst zu und rutschte zur Seite auf das Leintuch.

Der heutige Tag hatte es wieder in sich gehabt – zwei Notoperationen. Sie hatte aushilfsweise einspringen müssen. Es herrschte wieder einmal Ausnahmezustand. Es gab zu wenig Ärzte, zu wenig OP-Schwestern, zu wenig Pflegepersonal – im Krankenhaus fehlte es vor allem an ausgeruhten Kräften.

Erst war ein typischer Wochenendunfall in Haus gekommen. Ein Mann hatte sich mit der Kettensäge den Arm halb zerfetzt.

An Verwundungen solchen und schlimmeren Ausmaßes hatte Laura sich schnell gewöhnen müssen. Da waren Knochenbrüche, Betrunkene, die gestürzt waren, und Männer, die sich bei Schlägereien die Köpfe blutig geschlagen hatten, noch die harmlose Version.

Die Unfallstation war kein Sanatorium, das hatte sie vom ersten Tag an zu spüren bekommen. Hier wurde operiert, aufgeschnitten, weggeschnitten, zugenäht … hier wurde auch gestorben.

Ein junger Mann war kurz nach dem Kettensägeunfall mit dem Hubschrauber eingeliefert worden. Ihm hatte es bei einem Motorradunfall beide Beine weggerissen. Ein paar Minuten war er noch bei Sinnen gewesen. Laura hatte in seinen Augen den verzweifelten Wunsch nach Leben-Wollen gesehen. Der Mann hatte ihr so leidgetan. Als hätte er geahnt, dass sein Körper es nicht schaffen würde. Sein Wille war nicht mehr gefragt worden.

»Keine Chance für Herrn Schanze«, hatte der operierende Arzt verbittert bemerkt, als er das Operationsbesteck zur Seite gelegt hatte und die lebenserhaltenden Geräte abgeschaltet wurden.

Da war Laura aus dem OP-Saal gelaufen und hatte sich im WC übergeben.

Der Arzt, ein erfahrener Chirurg, hatte gewiss schon viele Patienten unter seinen Händen wegsterben sehen. Er war es gewohnt, dass Gott die Erdenbürger zu sich holte. Doch diesen einen Satz hatte sie ihm übel genommen. Mochte sein, dass der Bursche durch sein leichtsinniges Rasen ums Leben gekommen war, wie sie von den Rettungsleuten erfahren hatten. Doch dieser junge Mann hatte sie an ihren Bruder erinnert. Ging ihr deshalb Schanzes Schicksal so nahe?

Laura schloss die Augen.

Sie grübelte und dachte nach … über ihr Leben … über den Stress und Ärger im Krankenhaus … über ihren Freund, der wieder mal – zum wievielten Mal? – ohne ein Wort abgezischt war. Sie dachte an diese verdammte Ausweglosigkeit, die seit ein paar Jahren ihr Leben mehr und mehr zur Hölle machte.

Ich schlittere in ein Burn-out!

Wieder sah sie die ängstlichen Augen des jungen Motorradfahrers vor sich. Sah sein schön geschnittenes Gesicht, das markante Kinn. Er hatte so ausdrucksvolle Augen mit langen Wimpern gehabt. Sie hätte sich in ihn verlieben können … hätte ihm geholfen, das Schicksal, ohne Beine zu leben, zu meistern. Gemeinsam hätten sie es bestimmt geschafft.

Was für eine Option im Vergleich zu Rainer!

Ihr Freund war nur drauf aus, sie zu beherrschen, sie mit seinem chaotischen Leben zu beschäftigen und damit zu belasten. Es machte ihr längst keinen Spaß mehr, mit ihm zusammen zu sein. Noch weniger, mit ihm zu schlafen.

Aber allein zu sein war noch schlimmer! Deswegen war er auch beleidigt abgeflogen. Er hatte ihr nicht verziehen, dass sie ihm in der Nacht zuvor gestanden hatte, dass sie beim Sex nichts Angenehmes mehr empfand. Das habe nichts mit ihm zu tun, hatte sie ihm vorgelogen. Sie sei überarbeitet, ausgelaugt. Der Stress auf der Unfallstation mache sie noch ganz krank.

Natürlich hatte Rainer ihre Abweisung auf sich bezogen, weil sie seine Hand – vielleicht zu heftig – weggestoßen hatte, als er zu seinem Ritual, beginnend an ihrer Brust, angesetzt hatte.

Wie sie Rainers Ritualgefummel hasste! Erst kam ihre linke, dann die rechte Brust dran … ein paar Mal sanft umkreisen, zuletzt einmal fester kneten. Wenn dann seine Hand ihren Bauch entlangfuhr und seine Finger ihre Schamlippen berührten, erstarrte sie jedes Mal. Er glaubte, dass sie das aufgeilte.

Fürwahr, Rainers auf die Sekunde getimtes Gegrapsche erregte sie, nur nicht so, wie er glaubte. Doch sie war zu feige, etwas zu sagen, ließ ihn herumfummeln. Wenn er nur seine Befriedigung bekam und anschließend einschlief. Sie lag dann wach, grübelte und dachte über ihr Leben nach, bis ihr die Probleme den Atem zu rauben schienen …

Nein, ganz klanglos war Rainer nicht abgerauscht. Ein Zettel lag neben dem Tippschein, auf dem hastig gekritzelt stand:

Vierfach-Jackpot!

Nicht vergessen!

Rainers Lottospielsucht. Bei seinem Minus bei jeder Ziehung einen kompletten Schein zu spielen, der Depp! Ein Tipp war immer für seine persönlichen Glückszahlen reserviert.

Die 11 für seinen Geburtstag, der war am 11. Jänner; die 2 als Summe von 1 plus 1; die 22, weil er mit 22 Jahren beinahe gestorben wäre; die 4 als Summe von 2 plus 2; die 33, weil sie seine Glückszahl war; die 6 als Summe von 3 plus 3.

Wer setzte auf solch bescheuerte Zahlen?

Eben niemand, war er sich seiner Sache sicher. Denn mit diesen Zahlen wäre er garantiert der einzige Gewinner.

Sein grenzenloser Optimismus, seine Leichtigkeit – deswegen hatte sie sich damals ja in ihn verliebt. Humorvoll, aufmerksam, fantasie- und liebevoll schmusig, wie er war – ganz Lauras Kragenweite –, hatte er sich in ihre Seele geschlichen. Rainer war seit Langem einer gewesen, der bis auf den Grund ihres Herzens tauchen durfte. Da wusste sie noch nicht, wie es um seine Finanzen wirklich stand.

Bis vor einem halben Jahr etwa lebte er in seinem kleinen Atelier. Laura war es, die ihn zu sich holte, weil sie das Alleinsein nicht ertrug, und dieser Sack nistete sich schnell ein. Das war sein Trick, und Laura hatte den zu spät überrissen.

Wenn's bei Rainer finanziell eng wurde, fand er alsbald eine neue Liebe, die helfend einsprang, was sein hilfesuchender, betörender Dackelblick bewirkte. Selbstlos bemühte sich dann die Jeweilige – ja, war sogar glücklich, Rainer helfen zu dürfen.

Laura, was bist du für einen naive, blöde Kuh!

Kennengelernt hatte sie Rainer mit eingebundenem Unterarm. Er musste den gesamten Inhalt an Verbandszeug aus seiner Hausapotheke aufgebraucht haben. Seine sarkastische Bemerkung, ihm sei es nicht gelungen sich wegzuräumen, hatte sie ihm übel genommen. Darüber mache man keine blöden Witze, mit solchen Drohungen sei nicht zu spaßen, hatte sie gesagt. Da hatte er sich entschuldigt und ihr berichtet, wie's geschehen war. Beim Bauen eines Messestandmodells – sein Auftraggeber war noch einer von der alten Schule, der sich mit einer 3-D-Lösung am Computer nicht zufriedengab – war er beim Zuschneiden eines Kartonstücks mit der scharfen Klinge abgerutscht und hatte sich in den Unterarm geschnitten.

Rainers Verletzung wurde verarztet und der Schnitt genäht. Eine Spritze in den Hintern, damit die Wundheilung schneller vonstatten ging, der Fall war für die Ambulanz erledigt und der Patient Rainer Pechhacker wurde entlassen.

Da war Rainer ganz hektisch geworden und ausgezuckt. Wie sollte er mit dieser dick eingebundenen Hand arbeiten? Damit konnte er weder schneiden noch etwas in die Finger nehmen und sein Modell müsse er am nächsten Tag abliefern!

Rainers Augen hatten Laura dabei so verzweifelt treuherzig angefleht, da war es um sie geschehen gewesen. Sie hatte vorgeschlagen, ihm nach Dienstschluss zu helfen. Gemeinsam würden sie das schon irgendwie schaffen. Geschickt war sie ja, er müsste sie nur anleiten …

Laura erinnerte sich an jenen Abend, an das seltsame Gebilde, das sie nach Rainers Anweisungen zusammengebastelt hatte. Es hatte ihr unendlichen Spaß bereitet. Nach dem anstrengenden Tag damals – sie befand sich wieder in einer depressiven Phase – war ihr Rainer wie ein Lebensretter vorgekommen.

Ach ja, damals hatte alles angefangen!

In den frühen Morgenstunden war das Modell fertig gewesen und Rainer hatte drauf bestanden, sie für ihre Leistung zu bezahlen. Aber nicht doch, sie sei ihm was schuldig, hatte sie abgewehrt, weil er ihr diese einmalige Chance gegeben hatte. Ihr war dabei eine Erkenntnis gekommen, die sie ihm jedoch nicht verraten wollte.

Sie hatte ihn nur gebeten, sich ein wenig auf die Couch legen zu dürfen. Mit dem Dienst zuvor, dazu die Bastelnacht, war sie seit sechsunddreißig Stunden auf den Beinen gewesen. Sekunden später war sie eingeschlafen. Als sie munter wurde, war es Nachmittag geworden, und es war ihr peinlich gewesen, weil Rainer sie beim Schlafen beobachtet hatte.

Sie schnarche ein wenig, hatte er grinsend bemerkt, aber das störe ihn nicht, weil er im Schlaf Bäume umsäge. Also wäre dies das geringste Problem, wenn sie … Ausgesprochen hatte er es nicht. Doch in seinen Augen sah sie mehr – auch sich und ein züngelndes Licht. Das Flackern kam von der Kerze, die auf dem Tablett mit Brötchen und Kaffee stand.

Diese Flamme hätte für Laura ein Warnsignal sein sollen. Aber damals sah sie das Leuchten als ein Zeichen, als Schicksalsruf, als Chance, ihr Leben endlich in die richtige Bahn zu bringen. Das Nachmittagsfrühstück war kurz, das Danach erstreckte sich bis in die Nacht hinein …

Laura riss sich von den Gedanken los. Sie seufzte. Die Monate später hatten sie vom Höhenflug zwar nicht abstürzen, bald jedoch auf dem Boden der Realität landen lassen. Oft hatte sie inzwischen überlegt, sich von Rainer zu trennen, hatte es aber bis jetzt nicht geschafft. Die Schmach, wieder versagt zu haben, wollte sie sich nicht zugestehen.

Kreative Projekte zu realisieren, war Rainers Lebensinhalt. Immer hatte er Jobs, wenn auch die angefangenen Aufträge eher floppten als dass sie zu erfolgreichen Geschäften wurden.

Er war Dekorateur, Messebauer und Ideenlieferant für Events, Messen und Ausstellungen jeglicher Art. Ein findiger Geist, der mit seinem Mundwerk überzeugte. Doch bei der Ausführung haperte es nicht selten, was ihn mehr und mehr in die Bredouille brachte. Doch Rainer konnte nicht anders, er war schlampig, war schludrig – er war das Chaos pur. Aber dieses Chaos war auch die Quelle, aus der er seine unglaublichen Ideen schöpfte. Seinen Auftraggebern war er ausgeliefert. Sie bezahlten schlecht und erst nach Monaten. Wobei er selbst dran schuld war. Rechnungen schrieb er erst Wochen später, und so dauerte es oft ein Dreivierteljahr, bis er das Minus auf seinem Konto ausgleichen konnte – wenn überhaupt. Dazu kam noch die Hektik, mit der die Jobs über die Bühne gingen, was Rainers chaotische Lebensweise förderte.

So wie Laura über Rainer die Messebaubranche kennenlernte, war es ihr schleierhaft, wie jemand diesen Job nervlich überstehen konnte. Sie war eine Analystin, die mit vorgegebenen Daten und Fakten zu arbeiten gewohnt war und alles methodisch einteilte.

Deshalb war sie zu Beginn von Rainer ja auch so fasziniert gewesen. Sein Ideenreichtum, seine Spotaneität, wie er innerhalb von Minuten ein Konzept aus dem Ärmel schüttelte oder einen Messestand via Computer in 3-D entstehen ließ, das brachte sie jedes Mal zum Staunen. Seine Einfälle waren unschlagbar. Doch selten schaffte er es, die Projekte zeitgerecht fertigzubringen. Die letzten Tage und Nächte vor einer Präsentation waren ein Kampf gegen die Zeit – unglaublich nervend.

Auch für Laura, weil Rainer sie mit seinem treuherzigen Dackelblick anflehte, damit sie ihm aus der Patsche half.

Ihre Arbeit im Krankenhaus belastete sie über Gebühr. Sie konnte aber nicht mitansehen, wenn er wie ein gehetzter Hase durch die Gegend raste, um die Deadline – wie es in seiner Branche hieß – einzuhalten.

Makabere Todeslinie. Rainer war noch jung. Doch wie lang würde er wohl mithalten können? Laura hatte schon etliche Gestresste wegen eines Herzinfarkts abnippeln gesehen, und Rainer war ein klassischer Kandidat ...

Diesmal sei er aber nicht schuld, hatte er aufgestöhnt. Sein Kunde, ein namhafter Verlag, hatte sich mit dem bisherigen Messebauer überworfen. Da hatte Rainer sich ins Zeug gelegt und einen tollen Stand konzipiert. Für seine kreativen Schnellschüsse war er in der Branche ja bekannt. Sein Konzept war gekauft worden. Nun musste sein Dekoteam bei der Frankfurter Buchmesse Wunder wirken, und er wollte während der Messezeit Kunden akquirieren.

Morgen wollte er wieder zurück sein.

Ähnlich chaotisch gelagert war auch Rainers Freundeskreis. Ein Sammelsurium von verflossenen Exen und lästigen Typen, die Rainer zeitlich über Gebühr in Anspruch nahmen und ihn mit einer hartnäckigen Regelmäßigkeit auch um Geld anpumpten. Wenn er welches hatte, dann gab er es mit offenen Händen. Gut für sein Ego, weil er bei seinen Freunden beliebt war, jedoch fatal für seine Firma.

Deswegen stand er bei Laura mit über dreitausend Euro in der Kreide. Wenn sie ihm Vorhaltungen machte, die ausstehenden Schulden von seinen Spezln doch endlich einzutreiben, erklärte er ihr, dass Freundschaften ihm zu wichtig seien, um sie wegen ein paar Euro zerbrechen zu lassen. Dabei war sich Laura sicher, dass es bei Weitem mehr als eine Jahresmiete für sein Atelier war, was sie ihm allesamt schuldeten.

Weil sie Rainer noch immer liebte – oder war es die Angst, wieder allein leben zu müssen? –, hatte sie ihm das Geld fürs Flugticket nach Frankfurt vorgestreckt. Sein Konto war hoffnungslos überzogen. Wenn der Job in Frankfurt unter Dach und Fach wäre, würde die Kohle nur so einrauschen, hatte er ihr erklärt.

Für Rainers Firma sah es bei Gott nicht rosig aus. Er war weit davon entfernt, mächtig abzusahnen, denn lukrative Aufträge waren dünn gesät und unbezahlte Rechnungen häuften sich. Wegen des finanziellen Desasters hatte sie ihn zur Rede gestellt.

»Mein Desaster ist mein Bier. Ich komm schon durch. Irgendwie. Kannst dich ja beteiligen – halbe Schulden, halbes Leid!«

Mit seinem treuherzigen Blick hatte er versucht, sie weich zu klopfen. Sie kannte das.

Nein, sie wollte für seinen Kram nicht mehr verantwortlich sein. Sie hatte selbst genug Probleme am Hals. Wie er sagte, es war nicht ihre Firma, also hatte sie sich nicht einzumischen. Wenigstens Ordnung in seinem Chaos wollte sie noch schaffen und dann endgültig reinen Tisch machen.

Gleich am Donnerstag hatte sie begonnen, den Wust von Prospekten, Notizzetteln, Unterlagen, Rechnungen und weiß der Teufel noch alles in übersichtliche Stapel zu ordnen. Dabei war Laura ein unterzeichneter Leasingvertrag in die Hände gefallen. Es hatte sie gewundert, dass Rainer überhaupt noch Kredit bekam, bei seinem Kontostand. Über Hunderttausend in den Miesen, wie sie mit Entsetzen auf den Kontoauszügen sah.

Da krachte der Kerl wie eine Kaisersemmel – aber ein neues Auto kaufen, der Depp!

Er brauche das Auto, wenn er künftig mehr Jobs in Frankfurt an Land ziehe, war seine Begründung. Warum flog er dann?

»Glückspilz, der ich bin, fall ich immer auf die Füße. So tief kann's gar nicht sein. Siehst ja. Vor zwei Wochen hab ich nicht einmal gewusst, wie ich … und … und jetzt mische ich bei der Frankfurter Buchmesse mit. Weißt du, was das für mich heißt? Du aber siehst immer nur das Negative an mir!«

Da war Laura der Kragen geplatzt, und sie hatte ihm Vorhaltungen gemacht – auch wegen seiner Schulden bei ihr.

»Du kriegst dein Geld, Laura. Mein Konto wird die läppischen Dreitausend auch noch verkraften … Dann war's das wohl wieder einmal … oder?«

»Bitte, Rainer! So war's doch nicht gemeint. Ich dachte …!«

Schon hatte er aufgelegt und sich nicht mehr aus Frankfurt gemeldet.

So was von schnell eingeschnappt! Aber dass er mit der Miete zwei Monate im Rückstand war hatte sie auch gesehen. Gewiss, das ging sie nichts an. Doch sie wusste, wenn Rainer den Messejob nicht sofort abrechnete, würde er zusperren müssen. Mit einem gewaltigen Schuldenberg. Da konnte selbst sie nichts mehr ausrichten. Mit ihrem Gehalt …

Die Tränen kamen unerwartet.

Ein Schütteln durchfuhr sie mit einem Mal. Laura heulte auf, drehte sich zur Seite und zog die Füße an sich. Wie ein kleines Kind verharrte sie in dieser Stellung. Eine Welle gewaltigen Seelenschmerzes griff nach ihr, nach ihrem Herzen, nahm ihr die Luft zum Atmen. Sie presste das dünne Laken an ihren Körper, wand sich darin, zuckte nach jedem Aufheulen zusammen, rang nach Luft, stöhnte.

»Ich bin zu nichts fähig ... einfach nichts wert«, schluchzte Laura in den Kopfpolster, ihren einzigen Tröster. »Und weinen sollte ich auch nicht, wenn ich Kopfweh hab.«

Plötzlich hielt sie inne. Schlagartig war das dumpfe Hämmern und Ziehen im Hinterkopf verschwunden. Laura hörte auf die Stimme, die sie in letzter Zeit wieder regelmäßig besuchte.

Andächtig verharrte sie und wagte nicht sich zu bewegen.

Ja, dieses Mal bin ich bereit ...

Schon öfter war sie fast so weit gewesen, wenn sie das friedliche, sanfte Lächeln in den Gesichtern jener Menschen gesehen hatte, die es hinter sich gebracht hatten.

Niemandem mehr zur Last fallen ...

Doch vorher wollte sie sich von Rainer trennen. Ordnung musste sein. Und er sollte sich schuldig fühlen.

Nein, sollte er nicht. Vielleicht doch? Besser nicht.

Bei ihr ausziehen sollte er jedoch so bald wie möglich. Noch bevor er von Frankfurt zurück war. Sonst würde sie ihr Vorhaben womöglich wieder verschieben.

Morgen Früh würde sie Rainers Sachen zusammenpacken und in sein Atelier stellen. Dort würde er ihre Nachricht vorfinden. Eine neutrale, damit er keinen Verdacht schöpfte.

Rainer!
Ich kann nicht mehr.
Verschone mich künftig mit deinem chaotischen Leben.
Meinen Wohnungsschlüssel wirf bitte in meinen Postkasten.
Laura

Ihren Atelierschlüssel würde sie ihm auf den Schreibtisch legen. Schlüssel gegen Schlüssel – was für ein Schlüsselerlebnis! Ach ja, seine Blumen wollte sie noch gießen. Das durfte sie nicht vergessen. Rainer sollte nicht glauben, sie sei nachlässig geworden. Denn sein Blumen-gießen-Vergessen hatte sie stets geärgert.

Sie lächelte gequält, dann weinte sie wieder.

Morgen Früh, wenn sie im Atelier alles erledigt hätte, würde sie ins Grüne fahren – egal, wohin – und ihre Absicht endgültig in die Tat umsetzen. Tabletten hatte sie sukzessive abgezweigt. Ein Vorteil, wenn man an der Quelle saß …

Ein sanftes Surren unterbrach ihre düsteren Endzeitgedanken. Erst überlegte sie, dann raffte sie sich auf.

Sie aktivierte das Handy.

»Ja …?«, fragte sie mit tränenerstickter Stimme.

Ihr war egal, wer soeben erfuhr, dass sie geweint hatte. Um diese Zeit riefen Leute an, die sich verwählt hatten. Kaum Tante Margot, eher noch die vom Krankenhaus. Aber sie hätte frei bis übermorgen. Ha, die würden schauen! Die vertraute Stimme im Kopf meldete sich wieder … ich werd noch verrückt … Nix mehr ist's mit einspringen für eine Kollegin, lieber Herr Doktor. Wenn ich schon springe, dann anders und endgültig, stieß es ihr bitter hoch.

»Hallo, wer ist dran?« Laura sah keine Nummer auf dem Handydisplay.

Sie wollte schon auflegen, da hörte sie erst ein Zischen und Rumoren in der Leitung, dann Rainer rufen:

»Hallo … hallo?«

»Ich hör dich«, erwiderte Laura enttäuscht und müde.

»Sag, hast du Lotto gespielt?«

Das auch noch! Nicht ein Wort der Entschuldigung für sein unfaires Verhalten. Ihm ging's lediglich um dieses bescheuerte Lottospielen, anstatt seine Finanzen ordentlich … ach, was sollte das Gejammer noch!

Natürlich war sie samstags knapp vor Ladenschluss in die Trafik gehechelt und hatte seine Tipps abgegeben. Natürlich hatte sie bezahlt … *Ich, blöde Kuh, ich!*

Verbittert antwortete sie jedoch:

»Nein! Hab's vergessen!«

»Was? Bist du bescheuert? Du blöde Ziege!«

Das musste sie sich nicht bieten lassen. Sie legte auf. Sekunden später schlug das Handy wieder an. Laura schaltete es aus. Alsbald dudelte das andere Telefon. Der Festnetzanschluss war Rainers Idee gewesen. Seriöse Firmen würden sich unter einer Festnetznummer mit mehreren Klappen melden, hatte er erklärt und dabei an ein Messebauunternehmen mit x-Angestellten gedacht, die sich um ihn scharten. Dabei war er bereits mit sich selbst überfordert. Abends schaltete sich die Leitung automatisch auf den Anschluss in Lauras Wohnung um. Und wer bezahlte den Telefonanschluss?

Natürlich ich! Ich blöde Ziege!

Laura überlegte – abheben oder nicht. Sie hob ab.

»Laura! Bitte sag, dass du meine Zahlen gespielt hast!«

»Jahaa – meckert die blöde Ziege! Und jetzt lass sie schlafen, Ziegenpeter, sie ist todmüde.« Laura legte auf.

Er rief noch einmal an. Da steckte sie das Telefon aus und legte sich ins Bett. Was für ein bescheuerter Affe! In seiner prekären finanziellen Situation Lotto spielen. Als hätte er keine anderen Sorgen …

Ich hätte mich niemals mit Rainer einlassen dürfen!

Erneut kamen Laura die Tränen. Der Drang nach einem endgültigen Ausknipsen ihres Lebensschalters trieb sie in Wahnvorstellungen. Sie sah sich wie eine faule Frucht aus ihrem Körper herausgeschält neben ihrem jämmerlichen Leben stehen. Sie könnte sich das Zeug ja gleich einwerfen. Aber sich Rainer als

Leiche präsentieren? Wirklich nicht, das war zu intim. Außerdem war sie hundemüde und das Bett war schön warm und weich.

Morgen hat alles ein Ende, Laura!

Morgen, Laura, ja, morgen ist ein guter Tag zum Sterben!

Und kein Abschiedsbrief, befahl die Stimme. Für wen auch?

Schließlich schlief Laura ein …

– – –

Er hatte es gerade noch geschafft.

In beiden Händen je ein Gepäckstück, hastete er den Gang entlang. Bei jedem Schritt schlenkerte und klimperte der Schlüsselbund in der Sakkotasche. Rainer Pechhacker keuchte und schnaufte, blies wie ein Walross die Luft durch die Nase, während er zum Gate lief. Den Mund durfte er nicht öffnen, sonst würde er das Bordticket verlieren, das er sich zwischen die Lippen geklemmt hatte. Beim Einchecken wurde ihm mitgeteilt, dass der Flug wegen Servicearbeiten ausnahmsweise von einem anderen Gate abging und die Fluggäste mit dem Bus zum Flieger gebracht wurden.

Am Kontrollcorner zum Bustransfer musste er sich vor einer rassigen Schwarzhaarigen einbremsen. Mit einem bittenden Blick hielt er ihr stumm das Ticket entgegen.

Sie nahm es und trennte den Abschnitt ab.

»Danke, schöne Frau! Würden Sie mir … bitte …?«

Nach Luft japsend grinste Rainer wie ein schmusiger Vierbeiner und ließ seinen erfolgsgewohnten Dackelblick wirken.

»Det war awer knapp, Herr Pechhagger. Schön'n Fluch noch.«

Sie hielt Rainer den Abschnitt in Mundhöhe entgegen. Er schnappte ihn mit den Lippen, ohne sein Gepäck abzusetzen, und eilte auf den Bus zu, der eigens auf ihn gewartet hatte. Die Türen schlossen sich hinter ihm, und das mit Passagieren dicht besetzte Gefährt setzte sich in Bewegung. Das schwere Handgepäck erst einmal abgestellt und tief durchgeatmet, suchte er sicheren Halt zu finden und ergatterte im letzten Moment einen der noch freien Haltegriffe. Umfallen kann ich ohnehin nicht, kam es ihm in den Sinn, als er in einer scharfen Kurve aufgrund der Fliehkraft an zwei ältere feiste Damen gepresst wurde.

»Hean S', passen S' doch auf!«, maulte eine der Damen im ärgsten Wiener Dialekt, nachdem er ihr auf die Füße getreten war.

»Entschuldigung, gnä' Frau … der Bus«, versuchte Rainer es höflich.

»Wären Sie rechtzeitig gekommen, täte der nicht so rasen müssen!«, rügte die andere sein Zuspätkommen, ihrem Aussehen nach sichtlich die Schwester der Feisten.

Lass mich bitte nicht neben diesen Schreckschrauben sitzen, lieber Gott, flehte Rainer. Denn ab diesem Moment begann er zu beten, auch weil es für ihn ans Eingemachte ging.

Er, der sagenhafte Glückspilz, hatte furchtbare Flugangst. Diese war auch der Grund, dass Rainer stets im letzten Augenblick im Flughafengebäude ankam, weil er zuvor noch alles Mögliche erledigen musste. Den Kofferinhalt mehrmals kontrollieren, denn irgendwas vergaß er in seiner Hektik immer einzupacken. Oder schnell noch ein paar Telefonate führen, um sich von Freunden minutenlang übertrieben theatralisch zu verabschieden, eh nur spaßhalber. Wobei stets ein ernsthafter Gedankengang mitschwang, den er mit mündlichen Nachlassversprechungen kundtat. Es könnte ja sein, dass der Flieger abstürzte. Ach, dieses Prozedere, Rainer hasste sich dafür.

Die Flugangst klumpte seit dem Einsteigen in den Bus seinen

Mageninhalt, grauenvolle Fantasiebilder schwirrten ihm durch den Kopf und formten sich zu schrecklichen Absturzszenarien.

Angst beflügelte die Fantasie. Dieses Gefühl kannte und schätzte er im Grunde, weil ihm unter größtem Stress die besten Lösungen einfielen. Doch solche Angst war nur für seine Jobs förderlich und nicht, wenn er wusste, dass er spätestens in einer Viertelstunde vom Boden abhob. Dabei war er schon des Öfteren in einem Flieger gesessen. Zum Beispiel bei seinem letzten Urlaubsflug auf die Kanarischen Inseln. Bis zum Heimflug hatte er sich drei Wochen lang bei Sonne, Sand und Meer an seine Flugangst herantasten können. Doch wie sonst hätte er all die schönen Urlaubsplätze auf dieser Welt erleben können, wenn nicht hin- und retourfliegend.

Und ehrlich, lieber Rainer – sprach er sich selbst Mut zu –, bei all den Flügen war bisher nie etwas vorgefallen. Teuflisch, sofort hakten sich seine Gedanken in *vorgefallen* ein, in dem das Wort *fallen* steckte, was ihm *Wie-ein-Stein-vom-Himmel-Fallen* suggerierte. Schlagartig bekam Rainer ein flaues Gefühl. Und mit unbarmherziger Kraft zogen sich die Magenwände zusammen.

Schleichts euch, ihr grauslichen Gedanken, Himmelherrgott noch einmal!, flehte er innerlich den Schöpfer aller Lebensfreuden wie -leiden an.

Ein Passagier sah ihn ernst an.

»Flugangst«, stellte dieser mitfühlend fest. »Ich kenn das. Mich erwischt's auch jedes Mal, obwohl ich in der Woche drei Mal nach Frankfurt muss. Hab's bis jetzt überlebt, wie Sie sehen.«

»Ich hab die halbe Nacht durchgemacht – Buchmesse … Messeabschluss feiern … War wohl ein bisschen zu viel.«

Rainer tat es gut, einen Verbündeten gefunden zu haben.

»Kenn ich. Hab auch ähnliche Ausreden parat.«

Scherzkeks, der Typ, kam es Rainer. Er wollte nicht, dass noch andere auf sein Angstdilemma aufmerksam wurden.

Doch worüber konnte er sich denn, jetzt mal ehrlich, beklagen?

Einmal vor Jahren hatte man sein Reisegepäck irrtümlich nach Paris weiterfliegen lassen, was ihn eine Woche lang lediglich mit T-Shirt, Badehose und Schlapfen an einen Strand von Rhodos verbannte. Okay, damals hatte sich seine Angst vorm Fliegen noch nicht so vordergründig gezeigt bzw. war er zu feig gewesen, sich als Flugangstlusche zu outen.

Wäre auch vor seiner damaligen Flamme ziemlich peinlich gewesen. Erst den starken Macker mimen, dann aber im Flieger den Sitzplatz nass schwitzen und die Armlehnen verkrampft quetschen, bis die Fingerknöchel weiß und spitz hervortraten.

Damals hatte er ein geniales Mittel gegen Flugangst gefunden. Ein Stifterl Rotwein in einem Schwung hinuntergekippt, schon setzte Minuten später die ermüdende Wirkung ein. Angst hatte er zwar noch immer, aber er war ruhiggestellt …

Jetzt also der Retourflug. Er würde ihn wie den Hinflug sosolala überstehen, eh bloß eine Stunde Sich-fürchten-Müssen. Solang es ein, zwei Stifterl Rotwein für ihn gab …

Doch da schob sich ein anderes Problem in seine Gehirnwindungen, direkt dankbar war er dafür.

Hoffentlich hat die Ziege Lotto gespielt!

Mein Gott, sie war sauer, weil er auf beleidigt getan hatte. Scheißschulden! Deswegen zu streiten, das war ihm absolut zuwider.

Was wollte sie eigentlich? Es waren seine Schulden, sie hatte also rein gar nichts zu befürchten. Er war mit Laura weder verheiratet noch müsste sie jemals für sein finanzielles Desaster gradestehen. Also sollte sie sich bitte nicht so zickig aufführen!

Mit ihrer Pedanterie ging sie ihm ja schon längst auf den Sack. Wenigstens verlässlich war sie.

Laura hat Lotto gespielt! Hundertprozentig!

Ab jetzt würde er seinen Schuldenstand aber schon so was von auf die Reihe kriegen. Erst den Schein einlösen und dann – ratzfatz – Hunderttausend aufs leidige Minuskonto rüberwachsen lassen. Dem Bankfritzen würden die Knopferlaugen nur so aus den Höhlen schießen. Der Typ sollte ihn wegen seines Kontostands bloß nie wieder zurechtweisen dürfen!

Der Rest vom Kuchen würde – schwuppdiwupp – auf Nimmerwiedersehen der heimischen Bankwelt entzogen werden und auf einer kuscheligen Insel gut gebunkert zum Fein-Leben und Auf-den-Putz-Hauen bereitliegen. In Honolulu auf Hawaii, das wär doch was … oder auf Antigua in der Karibik … nicht zu verachten, auf den Malediven ins Meer springen … vielleicht doch auf den Seychellen?

One-Way-Ticket – halbe Flugangst. Einmal hin und nie, nie wieder retour! Noch in der Nacht hatte er die zwanzig schönsten Inseln besucht und auf dem Laptop gespeichert.

Als er via Internet erfahren hatte, welch sagenhafte Zahlen gezogen worden waren, tönte sein Freudengebrüll über den Hotelflur. Zimmernachbarn hatten ihn rausgeklopft, weil sie befürchteten, er sei überfallen worden oder böse gestürzt. Nichts von alldem, hatte er sie beruhigt, nur schlecht geträumt habe er.

Haha … schlecht geträumt … was für ein guter Witz!

Dann hatte er den Sektkorken knallen lassen, allein im abgetakelten Hotelzimmer. Mit der Minibar hatte er angestoßen und sich maßlos geärgert, weil Laura die Telefone abgestellt hatte. Gern hätte er ihr zugeprostet. Tränen der Freude waren ihm über die Wangen gelaufen. Rotz und Wasser hatte er geheult, wegen seines verlogenen Lebens, in dem er sich für was auch immer verbiegen hatte müssen. Dann war ihm plötzlich eingeschossen: Was, wenn Laura doch nicht bei der Lottoannahmestelle gewesen war, es ihm aber nicht zu sagen gewagt hatte? ... Verdammte Scheißgedanken waren das!

Rainer hatte die Wanne volllaufen lassen und sich in das Schaumbad gelegt. In Griffnähe auf dem Badewannenrand stand der komplette Inhalt der Minibar, den er nach und nach in sich hineingeschüttet hatte.

Irgendwann war ihm nach Onanieren gewesen, weil ihm Lauras Körper in den Sinn kam. Doch wegen der Sauferei hatte er keinen hochgekriegt. Darüber frustriert, hatte er völlig angeduselt über sein Leben nachgedacht. Gedankenzöpfe, die sich wie träge Bandwürmer durch sein benebeltes Hirn wanden, hatten die einzige Erkenntnis in ihm hochkommen lassen, dass er ein verdammt armes Würstchen war ... doch dann diese sagenhafte Glückssträhne!

Er hatte seinem Schöpfer – natürlich auch sich – versprochen, künftig alles, aber auch wirklich alles, »rrrigoros« zu ändern.

»Un-ann-fffang-ich-wiedaa-aanz-von-vorne-an!«, war das Letzte gewesen, was seine Lippen zu Stande gebracht hatten, dann war er eingenickt. Dank seiner ausgestreckten Beine, die sich in der Wanne verkeilt hatten, war er nicht nachgerutscht, sonst wäre Rainer Pechhacker, der vom Schicksal einmalig liebevoll gestreichelte Glückspilz, ertrunken.

Irgendwann hatte ihn ein Schüttelfrost aufgeweckt und aus dem kalten Wasser gejagt. Sein Magen hatte rebelliert und er hatte dessen Inhalt in die Klomuschel gekotzt.

Zitternd war er davor gekniet, hatte sich an ihr festgekrallt.

Herrgott im Himmel, danke, dass ich leben darf ... und verzeih mir, dass ich so tief gesunken bin!

Ein Kindheitserlebnis war ihm währenddessen eingefallen. Als kleiner Junge musste er jeden Abend vor dem Bett kniend Gott für den schönen Tag danken.

Wie sich die Bilder glichen.

Den Rest der Nacht war Rainer bibbernd im Bett gelegen und hatte Lebensmöglichkeiten durchgespielt ... mit Laura ... ohne Laura ... mit wem dann, wenn nicht mit Laura?

Ohne Frau wollte, nein, konnte er nicht leben.

Aber jetzt mit den vielen Millionen? Frauen waren doch nur aufs Geld aus. Bisher waren sie alle trotz seiner Schulden bei ihm geblieben – zumindest eine Zeit lang.

Schließlich war Rainer wieder eingeschlafen ...

Dass der Flug stürmisch werden würde, hatte Rainer sofort nach dem Aussteigen aus dem Bus zu spüren bekommen. Heftig hatte der Wind an seinem Sakko gezerrt.

Als er vergangenen Donnerstag nach einem außerordentlich ruhigen Flug hier gelandet war, war strahlendes Wetter gewesen. Totale Windstille. Das wollte für Frankfurt was heißen, hatte einer der Passagiere gemeint. Doch jetzt hatte eine bedrohlich tief hängende, schwarze Wolkenwand vom Frankfurter Luftraum Besitz ergriffen.

Na bravo! Nur nicht ans Flugwetter denken, sondern zusehen, dass der Flieger flott abhob, um über die Wolkenschicht zu gelangen, und dass er sein Vierterl Rotwein bekam.

Was für jämmerliche Gedanken – es blieb ihm ohnehin nichts anderes übrig, als zu warten. Sechzig Minuten Todesangst, ein flaues Gefühl im Magen, und alles wäre ausgestanden. Dass ausgerechnet sein Flieger abstürzen würde?

Ha, das wär doch gelacht. Bei meinem Glück!

Am Morgen hatte Rainer ein letztes Mal versucht, Laura zu

erreichen. Wenigstens konnte er ihr auf der Sprachbox eine Nachricht hinterlassen.

»Verzeih mir, Laura … Wirst sehen, alles wird wieder gut«, hatte er ihr versprochen, jedoch nichts verraten.

Ja, sein Leben würde sich schlagartig ändern, und wenn sie wollte, auch ihres. Pfah … wenn er nur daran dachte!

Eigentlich müsste sie ihn auf Knien um Vergebung bitten, weil sie ihn wegen seiner Lottospielerei oft zur Schnecke gemacht hatte. Er hatte jedoch nie aufgegeben, an das Glück zu glauben. Und das bei seinem Namen – *Rainer Pechhacker!*

Unerschütterlicher Glaube konnte Berge versetzen. Ihm hatte er jetzt das Tor zu einem paradiesischen Leben aufgestoßen.

»Na, du wirst mit deinen Ohren schlackern«, kam es etwas zu laut über seine Lippen.

Seine Sitznachbarin sah ihn vorwurfsvoll an.

»Meinten Sie mich? Sie, ich kann mich net erinnern, mit Ihna per Du zu sein!«, schnauzte ihn eine der beiden Alten an, zwischen denen er eingezwickt saß. Als hätte sich das Schicksal einen Scherz erlaubt – ausgerechnet sein Sitzplatz wurde von den beiden feisten Weibern flankiert.

»Entschuldigen Sie. Ich habe nur laut gedacht.«

»Na, dann haben Sie sich bitte etwas mehr unter Kontrolle, Sie«, fuhr ihn die andere von der Seite an.

Euch zwei Giftwurzen werde ich auch noch überleben, dachte er grimmig und ergab sich seinem Schicksal. Bald würde die Bordverpflegung verteilt werden. Mit dem Stifterl Rotwein würden seine Flugangst und die beiden Quälgeister zu überstehen sein.

Schon war er wieder in Gedanken bei Laura. Wenn ich sie am großen Kuchen teilhaben lasse, dann landen wir heil in Wien, setzte er für sich ein Orakel. Und das meinte er ernst.

Warum sollte er sich auch mit einer Neuen was anfangen? Laura kannte er nun knapp zwei Jahre – genau gesagt zwanzig Monate … und wie viel Tage? … Egal. Mit ihr konnte er im Prinzip gut, sie war ganz seine sexuelle Kragenweite. Die letzten Unstimmigkeiten würden sich mit der Zeit auch noch erledigen. Und wenn nicht – sein Blick fiel auf die linke Dame, die ihn angegiftet hatte –, dann bekäme eben doch eine Neue ihre Chance …

Denk an das Gelübde, Rainer, schalt er sich. Nur nicht abstürzen, jetzt, wo … Ja, Laura würde mit den Ohren schlackern, wenn er ihr die Botschaft auf den Tisch knallte. Er hatte sich schon was Originelles einfallen lassen.

Inzwischen war das Flugzeug zur Startbahn gerollt. Heftig zerrte der Wind an den Tragflächen, was Rainer nicht verborgen blieb. Warum musste er auch aus dem Fenster schauen? Aber das spürte er ohnehin blind, so wie es den Flieger rüttelte.

Rainer saß auf Sitz B, in der einundzwanzigsten Reihe. Hätte er früher eingecheckt, hätte er einen Gangplatz gewählt. Ach, was soll's …

Der Start war mörderisch. Die Maschine wurde richtiggehend geschüttelt und durchgebeutelt.

Als würde sie über eine Felswand aufwärts schlittern, raste sie schwankend und ächzend durch die Wolkenwand. Zeitweise ging ein Zittern durch den Flugzeugrumpf, als wäre er knapp vor dem Auseinanderbrechen.

Himmel noch mal! So einen Horrorstart hatte Rainer noch nie erlebt. Sein Magen regte sich rebellisch und ihm wurde speiübel. An Zitronen denken, befahl er sich und sah sich Zitronensaft auf die Zunge träufeln … und runterschlucken.

Ahh – sauer! Das half bis zum Stifterl.

Der Kapitän entschuldigte sich für den ungestümen Start. Das Wetter sei nicht auf ihrer Seite, meinte er scherzhalber und kündigte einen turbulenten Flug an. Er habe es sich wohl mit dem Wettergott verscherzt. »… nicht alles aufgegessen«, vernahmen die Fluggäste eine sonore Stimme, die auch bat, während der gesamten Flugzeit angeschnallt zu bleiben.

Die Passagiere nahmen diese Nachricht mit gemischten Gefühlen auf, da sich eine hektische Unruhe breitmachte.

Manche standen auf und hantelten sich auf wankendem Terrain in Richtung WC-Kabine, was den Flugbegleitern überhaupt nicht in den Kram passte, da sie begonnen hatten, den Imbiss zu servieren.

Doch Rainer war nicht nach einem Käsesandwich, und bis die Stewardess an seinem Platz angelangt war, konnte es zu spät sein.

»Sie gestatten?«, bat er höflich die rechts von ihm sitzende Dame.

»Muss das grad jetzt sein?«, mokierte sie sich. »Ham Sie net mitkriegt, dass man angeschnallt bleiben sollte?«

Auf so eine Meldung hatte Rainer gerade noch gewartet.

»Soll ich Sie mit meinem Frühstück beglücken … müssen?«, entfuhr es ihm. Sein Magen revoltierte bereits, und er spürte ein eruptives Brennen die Speiseröhre hochsteigen.

Schnell, schnell …

Als die Dicke das blassweiße Gesicht ihres Nachbarn sah, wuzelte sie sich aus ihrem Sitz. Rainer quetschte sich an ihr vorbei und rannte den Gang entlang zu den WCs.

Gott sei Dank – eins war frei!

Eine der Flugbegleiterinnen hatte seinen Blitzstart bemerkt und war ihm gefolgt. Nun verharrte sie vor der WC-Tür. Nach Minuten des Wartens klopfte sie dezent.

»Kann ich Ihnen helfen? Benötigen Sie etwas?«, vernahm Rainer durch die Tür.

Was bin ich für ein jämmerlicher Scheißer!, schimpfte er sich, vor der Klomuschel kniend. Das Flugzeug schlingerte hin und her, was ihn mit einem Schwall vom Rest der teuren Gesöffe aus der Hotelzimmerbar sowie vom Frühstück befreite. Während er sich den Mund mit Wasser ausspülte und mit WC-Papier trocken wischte, rüttelte es den Flieger durch, als würde er über die Gleisanlage eines Frachtenbahnhofs gezogen. In Panik geraten, verspreizte Rainer sich verkrampft in der engen Kabine und bekam dabei sein Gesicht im Spiegel zu sehen. Im harten Neonlicht hatte seine Visage Ähnlichkeit mit einem kranken Chamäleon, dem jeden Moment die Augen aus den Höhlen fallen würden. Angewidert wandte er den Blick ab. Wenigstens war der Druck aus seinem Magen verschwunden, dafür kündigte sich dumpfer Kopfschmerz an.

»Das werd ich auch noch überleben«, grummelte er und dachte an seine sorgenfreie Zukunft. Schließlich verließ er das WC.

»Alles in Ordnung?« Die Stewardess zeigte sich besorgt.

»Danke, alles im grünen Bereich«, erwiderte Rainer blassgrün im Gesicht und wollte sich auf seinen Platz begeben.

Da drückte es das Flugzeug plötzlich mit unglaublicher Wucht zur Seite, und es fiel ins Bodenlose. Menschen kreischten auf. Gepäckklappen wurden wie von Geisterhand aufgerissen und der Inhalt stürzte auf die Sitzenden. Sauerstoffmasken fielen aus ihren Boxen und baumelten schlingernd.

Rainer wurde mit dem Kopf voran den Mittelgang entlanggeschleudert. Verzweifelt versuchte er sich an einer der Sitzreihen festzukrallen. Da traf ihn ein Blitzstrahl, und etwas glühend Heißes rammte sich in sein Hirn. Die Tunnelröhre, durch die er gepresst wurde, öffnete sich, und er schwebte hinüber, auf ein weiß strahlendes Universum mit Abermilliarden glitzernden Sternen zu.

Eine noch nie erlebte Glückswelle erfasste Rainer Pechhacker, den ewigen Glückspilz …

– – –

Laura hatte Rainers Sachen in sein Atelier gebracht, dort die Blumen gegossen und zuletzt den Schlüssel auf den Besprechungstisch gelegt. Dann ging sie zum Fenster und starrte minutenlang auf die öde Betonfläche hinunter, als würde dort die Lösung all ihrer Probleme liegen. Da war sie wieder, diese innere Stimme, die ihr befahl, von der welken Rose, die seit Wochen beim Fenster in einem Trinkglas stand, ein Blütenblatt abzuzupfen. Ein versteckter Wink – wohl als Zeichen endgültigen Abschieds?

Sie legte das brüchige Blatt zum Schlüssel.

Die dunkelrote Rose war eines Tages vor der Tür gelegen. Sie hatte gewusst, von wem sie war.

Die blonde Lisa, Lauras Vorgängerin, hatte sich verstärkt bei Rainer gemeldet. Laura war wütend gewesen, weil er heimlich alte Verhältnisse aufwärmte. Wofür sonst die rote Rose? Er aber hatte demonstrativ die Blume vors Fenster gestellt. Sie solle sich nicht wie ein pubertärer Teenager aufführen. Er habe wahrlich andere Sorgen und laufe nicht wie sie mit einem grantigen Gesicht durch die Gegend. Außerdem – wann hätten sie das letzte Mal im Bett gelegen, so lustvoll wie zu Beginn ihrer Beziehung?

Wie oft hatte Laura ihre Unfähigkeit verflucht, ihre Verlustängste, ihre Kritiksucht, an allem etwas Negatives zu finden. Wenn sie das alles bloß nicht so quälen würde!

Als sich Laura vom Fenster abwandte und das Atelier verlassen wollte, ließ sie einen letzten Blick über Rainers Schreibtisch gleiten. Etwas Dunkles lugte halb aus Planungsunterlagen hervor. Eine Pistole? Wofür brauchte Rainer eine?, kam es ihr und sie ärgerte sich erneut. Höchste Zeit, dass sie mit dem Typen Schluss machte. Doch als Laura die Waffe näher betrachtete, wusste sie nicht, was sie davon halten sollte. Sie bestand lediglich aus einem Griff. Die Bedienungsanleitung, auf dem das seltsames Ding lag, verriet ihr, worum es sich handelte, einen Elektroschocker, 600 000 Volt stark. Rainer musste sich das Ding erst kürzlich schicken haben lassen. Die Verpackung samt Zubehör lag ebenfalls auf dem Tisch, die Batterien waren noch in der verschweißten Plastikfolie.

»Jetzt spinnt der Typ komplett«, murmelte Laura, und augenblicklich kam ihr die wahnsinnigste Idee ihres Lebens. Kurz entschlossen steckte sie den Elektroschocker, die Bedienungsanleitung und das Zubehör in die Verpackung zurück und verschwand damit aus Rainers Atelier.

Als Laura in ihrem Auto vor der Gewerbehalle saß, verspürte sie wieder diese dumpfe Leere im Kopf, ausgelöst von einem plötzlichen Schwindelgefühl.

Eigentlich ein kompletter Irrsinn, dachte sie. Nach dem Aufstehen hatte sie in einem Heißhungeranfall alles in sich hineingestopft, was im Kühlschrank an Essbarem zu finden gewesen war. Obwohl sie vorhatte, ihr Leben zu beenden.

Gestärkt in den Tod … Ach, wie witzig …

Die Tränen kamen schlagartig, als sie an ihre Absicht dachte. Gut, dass sie gleich mehrere Tabletten genommen hatte. Da würde es leichter sein, den letzten Schritt zu tun. Was sie bereits tausend Mal durchdacht hatte, schoss Laura erneut durch den Kopf. Wer würde um sie weinen?

Sie hatte nicht eine einzige Freundin. Weder im Krankenhaus noch in ihrem Umfeld gab es eine Person, die sagen würde, dass sie ihr abging. Am ehesten noch der Zeitungsverkäufer, denn bei dem war sie an diesem Morgen nicht gewesen. Sein Pech, ein Euro weniger Umsatz.

Selbst den Kontakt zu Tante Margot in Bad Ischl hatte sie, seit sie mit Rainer zusammen war, einschlafen lassen. Einmal hatte Laura sie noch angerufen, letzte Weihnachten. Da hatte es einen bösen Streit wegen ihres Bruders gegeben. Das war's dann – seither war Funkstille.

Ach, Tante Margot, du wirst es verkraften …

Wie Rainer darauf reagieren würde, darüber wollte sie sich nicht mehr den Kopf zerbrechen. Dieses »ewige Kind« würde ohne sie erwachsen werden müssen.

Wer wird also um mich weinen, wenn nicht ich selbst?

Laura startete das Auto, ließ es langsam vom Hof rollen und kramte zugleich mit der rechten Hand in ihrer Tasche, um sich zu vergewissern, dass sie nichts vergessen hatte.

Beinahe hätte sie einen jungen Mann angefahren, der noch rechtzeitig zur Seite springen konnte. Aufgebracht schlug er mit der flachen Hand auf das Seitenfenster und rief etwas von einer bescheuerten Gans. Die bin ich auch, dachte Laura grimmig.

Als Antwort stieg sie aufs Gaspedal, so dass es die Kieselsteine wegschleuderte. Im Rückspiegel sah sie, wie der Bursche den Kopf schüttelte und ins Haus ging. Der Typ war nicht verletzt worden. Jetzt noch in einen Unfall verwickelt werden, das fehlte ihr noch. Sie atmete tief durch.

Ich bin echt verrückt! Je eher ich es hinter mich gebracht habe, desto besser …

Wie eine Irre lachte sie, fuhr sich mit dem Ärmel ihrer Bluse über die Nase und wischte sich die Augen frei. Schließlich musste sie auf die Straße achten. Niemand sollte ihretwegen zu Tode kommen …

Laura schaltete das Radio ein.

Man muss auch am letzten Tag seines Lebens wissen, was sich in dieser schrecklichen Welt so abspielt …

Die kleine Waldlichtung schien wie geschaffen zu sein.

Laura hielt an, stellte den Motor ab, ließ den Regionalsender aber weiterlaufen. Ein klassisches, schwermütiges Stück unterstrich ihre Endzeitstimmung, die auch zum Wetter passte.

Heftig zerrte der Sturm an den Baumwipfeln. Erneut setzte Regen ein. Sie beobachtete die Tropfen, wie sie über die Windschutzscheibe gepeitscht wurden. Ließ der Wind nach, bahnten sie sich im Zickzack einen Weg über das Glas, bis sie am Scheibenwischer scheiterten.

Im Zickzackkurs abwärts …

Schluck mehr von dem Zeug, Laura …

Sie bemerkte einen Mann und eine Frau, die in einiger Entfernung aus dem Wald getreten waren. Wie groß geratene, gelbe Kapuzenzwerge gingen sie in ihren Regenmänteln auf das Auto zu. Laura überlegte: wegfahren oder bleiben?

Sie entschied zu bleiben. Als die beiden an ihrem Auto vorüberkamen, beugte sich Laura zum Handschuhfach hin, öffnete es und kramte darin, als würde sie etwas suchen. Sie wollte ihr Gesicht nicht zeigen.

Die Musik verklang, es folgte die Zeitansage und ein Nachrichtensprecher begann die neuesten Meldungen vorzulesen.

»… Linienflug von Frankfurt nach Wien … tragischen Zwischenfall gekommen … Turbulenzen … Passagier mit dem Kopf auf die Armlehne eines Sitzplatzes geschleudert … Mann verstarb … Mödlinger Unternehmer … Buchmesse …«

Die betäubende Wirkung der Tabletten hatte Laura die Meldung ohnehin nur bruchstückhaft verstehen lassen. Doch bei *Mödlinger Unternehmer* und *Buchmesse,* fuhr sie aus ihrem Sitz hoch.

Von der Meldung wie erschlagen, saß sie im Auto und glotzte benommen durch die regennasse Scheibe.

Um klarer zu sehen, schaltete sie den Scheibenwischer ein.

Klarer sehen? Was für ein Schwachsinn!

Den ewigen Glückspilz hat's erwischt ...

Erst kicherte, dann lachte Laura, schlug sich mit beiden Händen an den Kopf und wollte sich vom Gurt befreien. Das plötzliche Gefühl, in einer bedrohlichen Enge gefangen zu sein, ertrug sie nicht mehr. Sie schrie auf und zerrte verzweifelt am Stoffriemen, bis sie endlich die Schnalle fand und sie lösen konnte. Von einem Weinkrampf geschüttelt, sank sie in sich zusammen.

Bring es hinter dich, Laura!, befahl die innere Stimme.

»... Meldung für einen besonderen Glückspilz ... Gewinner des Lotto-Vierfach-Jackpots ... sieben Millionen Euro ... bisher noch nicht gemeldet ... im Raum Mödling aufgegeben ...«

Die Stimme des Nachrichtensprechers vernahm Laura wie durch einen dichten Nebel.

»... nochmals die Lottozahlen: zwei, vier, sechs, elf, zweiundzwanzig, dreiunddreißig ...«

Laura wurde plötzlich schlecht. Verkrampft hielt sie sich am Lenkrad fest. Diese verdammten Pillen ...

Wasser, Wasser! Sie musste Wasser trinken, kam es ihr panikartig. Aber sie hatte nicht die Kraft, sich zu erheben.

Regenwasser? Egal, wenn nur Wasser!

Laura ließ das Seitenfenster runter. Sogleich klatschte ihr eine Windböe einen Regenguss ins Gesicht. Es gelang ihr, den Kopf ein wenig zu heben und dem Sturm entgegenzustrecken. Die Nässe tat ihr gut. Minutenlang saugte Laura gierig die feuchte Luft ein und leckte sich den Regen von den Lippen.

Als ihr kalt wurde, ließ sie das Fenster wieder hochfahren. Ein taubes Gefühl, das Arme und Beine bleiern schwer machte, kroch in ihrem Körper hoch.

Da durchdrang sie plötzlich der unbändige Wunsch, weiterleben zu wollen … jemanden anzurufen … die Notruftaste zu drücken …

Ihr Handy – wo war es?

Jegliche Kraft war aus ihren Armen gewichen. Sie war zu keiner Bewegung mehr fähig und reagierte nur noch träge und zeitversetzt. Diese Zahlen! Es waren Rainers Zahlen!

Sie hatte sie getippt und … und Rainer war tot!

Und wo war jetzt der Lottoschein?

Da machte es Klick in ihrem Hirn und ihr wurde schwarz vor Augen. Laura knallte mit dem Kopf auf das Lenkrad …

Sie befand sich auf ihrer geliebten bunten Blumenwiese, im strahlenden Sonnenlicht. Doch Papa und Mama waren dieses Mal nicht zu sehen, so sehr sie sich die beiden herbeisehnte. Sie hätte ihnen vom sagenhaften Gewinn berichten wollen und dass sie ihren Bruder …

Eine Stimme, die Laura nur zu gut kannte, flüsterte:

»Du bist schuld, wenn die tot sind!«

Da bekam sie furchtbare Angst und lief davon. Nur weg!

Laura rannte um ihr Leben. Doch je weiter sie sich von der Blumenwiese entfernte, desto dunkler wurde es um sie. Ihr Herz drohte zu zerspringen und die Stimme brüllte sie an:

»Du bist schuld, wenn die tot sind!«

Unter hämmerndem Dröhnen wurde dieser Vorwurf wie ein Stahlstift in ihre Hirnmasse getrieben. Von unglaublichem

Schmerz gepeinigt, hielt sich Laura mit beiden Händen den Kopf, der zu zerspringen drohte.

Gellend schrie sie auf. Doch niemand hörte sie …

»Hallo, Sie!«

Esther klopfte mit ihrer Plastiktrinkflasche an die Seitenscheibe des roten Kleinwagens. Um diese Tageszeit – es war kurz vor halb elf Uhr – im Auto zu schlafen, war unüblich. So wie die junge Frau schlaff übers Lenkrad hing, das war immerhin verdächtig, und auf Esthers Klopfen reagierte sie nicht.

»Hallo, Sie! Geht's Ihnen nicht gut?«

Esther ahnte Schlimmes und hämmerte mit der Faust an die Scheibe – keine Reaktion. Da riss sie an der Tür. Sie war nicht verriegelt. Kaum war sie geöffnet, fiel ihr die Frau entgegen.

»Hoppala!«, rief Esther erschrocken. Reflexartig fing sie die Leblose auf, schob sie vorsichtig auf den Sitz zurück und lehnte ihren Kopf an die Nackenstütze.

»Ich … will … nicht … sterben!«, kam über die schön geschwungenen Lippen. Esther tätschelte ihr beide Wangen.

»Hallooo! Sie müssen aufwachen!«

Da schlug die Frau die Augen auf und sah Esther benommen an.

Verflixter Mist, bestimmt ein Suizidversuch. Notruf, Rettungswagen, Magenauspumpen, kamen Esther in den Sinn. Was tat die sich bloß an!

»Was haben Sie genommen?«

»Tabletten … ein paar … starke«, kam es schwach zurück.

Die junge Frau war immerhin bei Bewusstsein und reagierte auf Fragen. Es schien noch nicht zu spät zu sein. Esther atmete auf. Sie sah sich im Auto um. Eine Tablettenpackung war nicht zu sehen.

»Es geht mir schon wieder …«, sagte die Frau, richtete sich auf und versuchte ein Lächeln.

»Ich hatte nicht die Absicht … wirklich nicht.«

»So, so – nicht?« Esther war sich da nicht so sicher.

»Ich habe Durst …«

»Hab noch was in meiner Trinkflasche. Moment …«

Esther griff sich die Flasche, die ihr auf den Boden gefallen war, drehte den Verschluss ab und reichte sie der Frau, die sie gierig leertrank.

»Aaahhhh …! Hat das gutgetan!«

Dankbar lächelte sie Esther an und gab die Flasche zurück.

»Geht's wieder?« Prüfend sah Esther die Frau an, die allmählich wieder Farbe ins Gesicht bekam.

Die etwa Fünfundzwanzigjährige war eine ausgesprochen hübsche Frau. Ihre strahlend blauen Augen faszinierten Esther. Ein gut geschnittenes Gesicht, schöne Hände mit langgliedrigen Fingern. Die Figur war burschikos, wie Esther aufgefallen war, als sie die Frau ins Auto gehoben hatte.

»Ich danke Ihnen … und Sie können beruhigt sein: Es ist nicht das, was Sie sich von mir denken … dass ich mich umbringen wollte … Ich muss nachhause.«

»Ich kann Sie in Ihrem Zustand nicht wegfahren lassen«, erwiderte Esther. »Ich fahre Sie.«

»Bitte … das kann ich wirklich selbst.«

»Hören Sie, ich bin von der Polizei. Ich darf Sie in Ihrer derzeitigen Verfassung nicht ans Steuer lassen.«

»Na, das beweisen Sie mir erst mal«, erwiderte die Frau unwillig und schickte sich an, den Wagen zu starten. Da fuhr ihr Esther dazwischen und zog den Schlüssel ab.

»Hallo – jetzt bitte mal ganz langsam! Seien Sie vernünftig, ich möchte Ihnen doch nur helfen! Oder wollen Sie unbedingt an einem Unfall Schuld haben?« Esther war jetzt sauer. Sie holte ihr Handy hervor, um Hilfe anzufordern. Diese Person war eindeutig suizidgefährdet.

Da schluchzte die Frau laut auf. Wie ein Kind heulte sie und wurde von Weinkrämpfen geschüttelt.

Esther wartete und ließ sie ausweinen. Als sich die Frau beruhigt hatte, sprach sie auf sie ein:

»So, und jetzt fahre ich Sie heim. Dann trinken wir einen kräftigen Kaffee. Den brauche ich, sonst kipp ich aus den Latschen … hab noch nichts in den Magen bekommen …«

Da lächelte die in Tränen aufgelöste Schöne, was Esther ermutigte. Geht doch, dachte sie und redete weiter auf sie ein:

»… und dann erzählen Sie mir, weshalb Sie Ihr Leben wegwerfen wollten. Ich fühle eine gute Schwingung zwischen uns. Außerdem hab auch ich in den letzten Wochen eine Scheißzeit hinter mich gebracht … ich bin eine gute Zuhörerin.«

Zögernd stieg die Frau aus ihrem Wagen und stand unschlüssig im nassen Gras, als warte sie auf weitere Anweisungen. Kurz entschlossen bugsierte Esther sie zur Beifahrertür, öffnete diese und forderte die Frau freundlich auf:

»Also, rein in die Kiste. Wie heißen Sie denn eigentlich?«

»Laura … Laura Simmel«, erwiderte sie und blieb vor der geöffneten Autotür stehen.

»Laura? Schöner Name, so tät ich auch lieber heißen. Und Simmel? Das klingt ja direkt nach Promi. Sind Sie etwa mit dem Schriftsteller verwandt?«

»Mit wem?«

»Na, mit dem Schriftsteller Johannes Mario Simmel. Den hab ich in meiner Jugend gern gelesen. Was heißt gelesen, gefressen hab ich seine Romane. Das waren so Herz-Schmerz-Geschichten. Die tun gut, wenn man was zum Heulen braucht.«

»Nein, ich bin nicht verwandt, glaube ich zumindest. Hab auch nix von dem gelesen.«

»Macht nichts. Sollten Sie aber versuchen.«

»Ich hab's nicht so mit dem Lesen.«

»Aha. Und was machen Sie, wenn Sie nicht gerade im Wald Bäume anweinen?« Esther setzte ihr süßestes Lächeln auf.

»Bin Krankenschwester … in Mödling … Ambulanz.«

»Das ist gut, sehr gut. Da weiß ich, an wen ich mich wenden kann, wenn ich dort wieder einmal stundenlang warten muss.«

»Hilft nichts. Hab nicht viel zu sagen.«

»Aber jetzt. Kommen Sie, steigen Sie schon ein. Sie laden mich auf einen Kaffee ein, und dann reden wir. Bestimmt steckt ein Typ dahinter, um den Sie nutzlos Tränenwasser vergießen.«

»Wie heißen Sie?«, fragte Laura, nachdem sie im Auto Platz genommen hatte.

»Esther. Und weil ich Esther Mensch heiße, nennen mich alle nur Menschesther. Als Kind hat ich mich das furchtbar geärgert. Das ist längst ausgestanden … Also, ich bin die Menschesther.«

Die Polizistin in Zivil reichte der Frau die Hand.

»Freut mich, Menschesther«, erwiderte Laura Simmel misstrauisch und gab nur kurz die Hand …

Es war Stunden später, als Esther sich nach Sulz fahren ließ. Hochrotherd hieß der Ortsteil, in dem ihr Auto stand. Nahe jenem Waldstück, in dem sie die Krankenschwester in ihrem Wagen auf einem Forstweg an einer Waldlichtung angetroffen hatte. Wäre sie nicht im rechten Augenblick aufgetaucht, hätte die junge Frau wahrscheinlich ihrem Leben ein Ende gesetzt.

In Gedanken versunken saß Esther im Taxi, das Laura Simmel ihr bezahlt hatte. Wenigstens diese kleine Gefälligkeit solle sie annehmen, hatte Laura sie gebeten, wenn Esther sich schon die

Zeit genommen und Lauras Leidensgeschichte angehört hatte. Es war eine Kurzschlussreaktion, hatte Laura gestanden und erklärt, dass sie sich ein Schlussmachen mit allem zwar gedanklich überlegt habe – so, wie man vieles im Leben mit *was wäre, wenn …* eben durchspielt. Doch diese Überlegung auch tatsächlich durchzuziehen, dazu sei sie letztendlich zu feige gewesen.

»Du steckst mitten in einem Burn-out! Tabletten schaffen dir niemals Probleme vom Hals. Bestenfalls lösen sie Magenkrämpfe aus, aber das weißt du als Krankenschwester ohnehin am besten. Viel schlimmer ist, dass es wirklich schade um dich gewesen wäre, hättest du zu viel davon geschluckt.«

Esther gefiel die junge Frau. Das Du-Wort hatte sich wie von selbst ergeben, als Laura zu erzählen begonnen hatte.

Laura Simmel hatte wie schon oft die Nacht zuvor so gut wie nichts geschlafen und in ihrer Verzweiflung dann am Morgen diese verdammten Pillen eingeworfen. Okay, ein paar zu viel, um ihren Stress und Frust im Job für ein paar Stunden zu vergessen und ihre Trennung vom Freund besser verkraften zu können.

Auch Esther war zurzeit nicht gut drauf. Sie hatte eine Liaison hinter sich, in der sie sich emotionell ausgebeutet gefühlt hatte. Das gegenseitige Ausweinen hatte beiden gutgetan.

Bei ihren Gesprächen merkten sie, dass sie auf einer Wellenlänge lagen – so als würden sie sich ewig kennen. Die paar Jahre Altersunterschied waren irrelevant, Esther war vierunddreißig und fühlte sich, als sei sie Lauras ältere Schwester.

Sieben Jahre bedeuteten ein Mehr an Lebenserfahrung, und ihr Job als V-Agentin bei einer Sondereinheit tat das Übrige dazu. Esther hatte Laura vom S-C-ONE in Mödling erzählt. Von ihrer Tätigkeit, von aufsehenerregenden Mordfällen, die von ihrer Gruppe aufgeklärt worden waren und über die in den Medien ausführlich berichtet worden war.

»Zum Beispiel jener Fall, als eine alte Frau monatelang tot, von Krähen halb gefressen, in ihrer Wohnung lag. Unser Chef hat in diesem Zusammenhang auch einen Hochhauseinsturz verhindert – eine ganz arge Geschichte muss das gewesen sein. Dabei kam es unter anderem zu einer Verfolgungsjagd, bei der eine V-Agentin von einem Gangster erschossen worden ist. Ich war damals noch nicht beim S-C-ONE. Na ja, und ich bin ihre Nachfolgerin – sozusagen …«

»Ich kann mich noch erinnern. Der Rest von der Alten ist dann bei uns wochenlang in der Prosektur gelegen.«

»Ziemlich brutal, wie du das formulierst, Laura.«

»In dem Job wirst du so … wenn alle auf dir rumhacken.«

»Du solltest eine Therapie machen.«

»Bei meinem Dienstplan? Tausche bloß eine Woche lang mit mir, Esther – zum Teufel, was soll's! … Aber was anderes, weil's mir dazu einfällt: Dein Chef, das ist doch dieser Feschak, oder? Ich bin nämlich damals in der Pathologischen eingeteilt gewesen, als die Leiche von der … die mit den Rabenviechern … weißt eh. Der Typ jedenfalls ist deswegen ein paar Mal bei uns aufgetaucht.«

»Genau, das war mein Chef. Bei uns gibt's nur den einen, der ausschaut wie … wie …« Esther lachte auf. »Jetzt fallt's mir net ein, wie der Schauspieler heißt. Mario Meller heißt jedenfalls der, den du meinst, und du bist nicht die Einzige, der mein Chef ins Auge sticht.«

»Aber ich nicht ihm! Weil mich hat er total ignoriert, während er meine Kollegin angebaggert hat, bloß weil die mehr Busen hat und steiler daherkommt. Mag dein Chef noch so aufregend sein, mich lässt er kalt wie eine Leiche im Kühlfach.«

»Unser Kommissar ist aber echt super und nicht so einer, wie du glaubst.«

»Ich hab's jedenfalls nicht vergessen. Der hat bestimmt an jedem Finger eine …«

»Da täuscht du dich gewaltig. Was ich von einem Kollegen so gehört hab, steht er auf eine Künstlerin aus Mödling. Eva Roth – noch nix gehört von der? Eine ausgeflippte Malerin, macht andauernd Ausstellungen … und den Meller lässt sie zappeln.«

»Recht so! Dem würde ich auch gern einmal einen ordentlichen Denkzettel verpassen.«

Typisches stutenhaftes Um-sich-Beißen, hatte Esther gedacht.

Ach, Laura, man kann im Leben nicht alles bekommen.

Außerdem, was sollte eine siebenundzwanzigjährige Krankenschwester mit einem fünfzigjährigen Krimineser anfangen?

Ihn maximal pflegen, wenn er im Krankenhaus lag.

Lauras bissiges Statement über ihren Chef hatte Esther geärgert, und sie wollte ihre Meinung dazu äußern. Doch da hatte es bereits an der Tür geläutet. Der Taxifahrer, den Laura bestellt hatte, wartete auf seinen Fahrgast.

Als sie im Vorzimmer standen, war Esther ein Bild aufgefallen, das vis-à-vis vom Spiegel hing. Ein bizarres Muster in Schwarz auf reliefartigem, weißem Hintergrund, einem Teppichmuster ähnlich. Laura hatte Esthers Blicke bemerkt.

»Seelenspiegel. Solche male ich, wenn's mir schlecht geht.«

»Super Seele … Ich meine super Bild«, erwiderte Esther entschuldigend, als Laura sie böse ansah. »Und wie schauen deine Muster aus, wenn du gut drauf bist?«

»Dann male ich nicht«, kam es von Laura frostig.

Esther hatte ihre Handynummer auf dem rosa Notizblock in Herzform hinterlassen, der im Vorzimmer auf einem Tischchen lag, und sich verabschiedet.

»Also, bis dann. Bevor dir die Decke auf den Kopf zu fallen droht, weißt du ja, wo du mich findest …«

Laura Simmel saß auf der graugrünen Couch in ihrem kleinen Wohnzimmer und starrte auf Esthers Handynummer. Ihre Hand strich über jene Stelle, an der zuvor die Polizistin gesessen hatte. Ich spüre ihre Körperwärme, bildete sich Laura ein.

Diese Polizistin hatte in ihrem Kopf einen Sturm ausgelöst. Ihr Herz pochte, während das rosa Herz, das sie in ihren Fingern hielt, zitterte.

Das bedrohliche Ziehen im Kopf kam plötzlich.

Nicht schon wieder, flehte Laura, während sie, vom Schmerz gepeinigt, seitlich auf die Couch sank. Sie zog die Füße an und kauerte sich wie ein Kind zusammen. Das half jedes Mal, wenn diese verfluchten Schübe kamen. Als Krankenschwester hatte sie die Möglichkeit, sich das passende Mittel zu verabreichen, und inzwischen auch gelernt, mit dem Schmerz umzugehen.

Mama, Papa … bitte helft mir!

Wankend erhob sie sich und schlurfte in die Küche.

In einer der Laden fand sie das rettende Medikament. Diesmal würde sie eine größere Dosis benötigen, sie kannte die feinen Nuancen der wellenartigen Schübe, die sich pulsierend in ihrem Kopf ankündigten. Mit zitternden Fingern stach sie die Kanüle in das Fläschchen und beobachtete die glasklare Flüssigkeit, mit der sich die Spritze füllte.

Mit einer Gummischleife band sich Laura den linken Arm ab, suchte eine Ader, stieß die Nadel hinein und ließ das Betäubungsmittel in ihren Körper fließen.

Es wirkte augenblicklich. Ein warmer, wohliger Schauer durchströmte ihren Körper, der schmerzende Druck im Kopf verschwand. Von einer plötzlichen Müdigkeit befallen, schaffte sie es gerade noch bis zur Couch. Sie sank darauf nieder und fiel Sekunden später in einen komaähnlichen Zustand.

Es war bereits dunkel, als Laura erwachte. Erst registrierten ihre Augen das zuckende Licht einer fernen Straßenampel, die gelbfarbene Blitze durch die Fenster auf Wände und Decke warf. Das rhythmische Blinken beunruhigte und schmerzte in den Augen. Laura presste die Augenlider zusammen. Das tat sie immer nach einem Komaschlaf – wie sie ihn nannte –, wenn sie sich eine Dröhnung gegeben hatte, weil der Kopfschmerz sonst nicht mehr auszuhalten war.

Nach Jahren hatte sie sich nun endlich aufgerafft und sich untersuchen lassen – Magnetresonanz, Gehirnströme messen –, obwohl sie Angst hatte, man würde etwas finden. Sie war sicher, dass ihre Kopfschmerzen eine Folge des Unfalls waren, der sich ereignet hatte, als sie noch ein Kind war.

Die Augen geschlossen, lag Laura auf der Couch und versuchte ihre Gedanken zu sammeln. Doch Geräusche, die sich im Haus mehr und mehr bemerkbar machten, irritierten sie und gaukelten ihr bedrohliche Situationen vor.

Laura fühlte sich in ihre Kindheit zurückversetzt.

Das Rauschen eines Wasserhahns schwoll zu einem reißendem Gebirgsbach an, der jeden Augenblick das Haus wegspülen konnte. Das Stakkato von Stöckelschuhen zweier Frauen auf dem Steinboden im Gang kam einer Meute Soldaten gleich, die Laura aus dem Bett holen und verschleppen würden. Sie lächelte ob des grotesken Hirnkinos. Denn als kleines Mädchen hatte sie sich auf diese Weise oft angstvollen Fantasien ausgeliefert.

Plötzlich – ein Knall. Eine Tür fiel hart ins Schloss, wurde wieder aufgerissen und Schimpfworte, schrill tönend, füllten das Stiegenhaus. Vermutlich galten sie einem Mann, der – den flotten Schritten nach – die Treppe hinuntereilte.

Gab's wieder Krach nebenan bei den Birneckers?

Böser Krach … böser Streit … böser Lärm!

Mit einem Mal schrak Laura hoch. Sie musste handeln. Sofort.

Vom abrupten Aufspringen völlig benommen, reagierte ihr Körper entsprechend lasch. Sie strauchelte und wäre beinahe hingefallen, hätte sie nicht Halt an der Stuhllehne gefunden. Doch schon hatte der linke große Zeh ein Tischbein gerammt.

Verflixte Scheiße!

Laura schrie auf, ging vor Schmerz stöhnend in die Knie und tastete vorsichtig den verletzten Zeh ab. Gott sei Dank nicht gebrochen. Um den Schmerz zu ertragen, hüpfte sie auf einem Bein hin und her und ließ sich schließlich auf einen der beiden Sessel nieder. Bekümmert besah sie den linken Fuß.

»Warum immer ich?«, jammerte Laura, brach in Tränen aus, bemitleidete sich und verfluchte ihre Ungeschicklichkeit.

Plötzlich schlug ihr Schmerz in Wut um.

Nicht mehr mit mir!

Sie zog den linken Fuß zu sich auf die Stuhlkante. Verbissen presste sie mit beiden Händen alle Zehen zusammen, was ihr vor Schmerz beinah den Atem nahm.

Schmerzen mit Schmerzen bekämpfen!

Minutenlang verharrte sie gebückt auf dem Sessel und lenkte sich mit ihrer bewährten Atemtechnik ab.

Einatmen – Luft anhalten – langsam entweichen lassen.

Als der pochende Schmerz nachgelassen hatte, glitten ihre Blicke durch die kleine Wohnung. Das rosa Herz entdeckte sie auf dem Fußboden. Der Zettel mit Esthers Handynummer musste ihr entfallen sein. Langsam kehrte die Erinnerung an den Vormittag zurück. Laura war es, als seien seither Tage vergangen.

Polizistin … Rainer … Nachrichten …

Wie ein Blitz schossen ihr Rainers Lottozahlen ein.

Der Lottoschein! Verflixt, wo hatte sie ihn hingesteckt?

Vorsichtig hinkte sie zu ihrer Tasche, die im Vorzimmer hing. Ihm nochmals Schmerz zuzufügen, würde ihr der Fuß nicht verzeihen. Laura kramte in der Tasche. Doch so sehr sie den Inhalt durchwühlte – der Schein war weg.

Jetzt kam erst recht Panik in ihr auf.

»Scheißlottoschein!«, fluchte sie. Außer dieser Polizistin war niemand in ihrer Wohnung gewesen! Hatte gar Esther den Schein an sich genommen … gestohlen? Eine Polizistin?

Laura ging in die Knie und schüttete den Inhalt ihrer Tasche auf den Boden. Hastig durchpflügte sie das Sammelsurium.

Kein Lottozettel! Wie betäubt starrte sie auf die Utensilien.

»Wie war das?« Gedanklich ging sie die letzten Schritte durch, als sie samstags Rainers saublöde Zahlen gespielt hatte.

Aber ja! Laura sprang auf. Hastig durchsuchte sie die Jeansjacke, die sie an jenem Tag getragen hatte. Als sie das Stück Papier in einer der Brusttaschen fand, fühlte sie sich von einer Glückswelle getragen. Sie stieß einen tierisch klingenden Schrei aus.

Mein Millionenschein, mein neues Leben!

Zärtlich glättete sie das zerknitterte Papier, die Augen starr auf die schicksalshafte Ziffernreihe gerichtet. Die Zahlen des Millionengewinns in der letzten Reihe waren eindeutig zu lesen:

2 – 4 – 6 – 11 – 22 – 33

Rainers bescheuerte Glückszahlen!

Laura fixierte den Lottoschein, drehte und wendete ihn. Dann presste sie ihre Lippen drauf – immer wieder –, als wäre das läppische Stück Papier der Traumtyp, in den sie sich verliebt hatte. Solch unbeschreibliches Glück muss man an sich ketten und gut verstecken, riet ihr die innere Stimme.

Gehetzt sah Laura sich um. Wohin mit ihrem Schatz?

Als würde sie etwas Feuchtes in der Luft trocken schwenken, lief sie mit dem Lottoschein in der Hand durch ihre Wohnung. In der Küchenzeile verstecken? Nein, zu offensichtlich. Im Bettkasten etwa? Auch nicht sicher. Zwischen Buchseiten schon gar nicht – in keinem Gegenstand, den man aus der Wohnung tragen konnte! Wie oft las man davon, dass hinter Bildern, in Büchern oder Möbelstücken Schätze gefunden worden waren.

Im Badezimmer vielleicht? Sie sah sich in dem drei Quadratmeter kleinen, fensterlosen Raum um.

Da fiel ihr Blick auf den Handtuchhalter. Rainer hatte vor Wochen versprochen, ihn zu montieren. Mit größeren Schrauben, weil er die verchromte Metallstange, die immer wackelte, in seiner Schusseligkeit aus der Wand gerissen hatte. Seither lag sie oben auf dem Spiegelschrank, und die Handtücher hingen über dem Badewannenrand. Eh bloß mit vier Schrauben neu zu befestigen, das blöde Ding. Erneut ärgerte sie sich über Rainers Nachlässigkeit und die ewigen Versprechungen.

Bald hatte Laura größere Schrauben gefunden. Statt der letzten schob sie den gerollten Lottoschein in das Bohrloch. Ein Stück Schnur mit Knoten hatte sie dran geklebt, mit dem sie den Schein aus dem Loch wieder herausziehen konnte. Zufrieden betrachtete sie ihr Werk und die Handtücher hingen auch wieder an ihrem Platz.

»Außerdem habe ich deinen Lottoschein bezahlt«, flüsterte Laura, als wollte sie damit ihr Gewissen beruhigen, »und deine Zahlen, Rainer, hätte ich ebenso spielen können.«

Eine Weile lang stand sie unschlüssig da. In einer Gedankenspirale gefangen, schossen ihr tausenderlei Dinge durch den Kopf. Sie hatte plötzlich verdammt viel zu erledigen.

»Ich komm dich besuchen«, begrüßte Laura ihre Tante am Telefon, als hätte sie erst gestern mit ihr gesprochen. »Ich muss mit dir dringend was besprechen.«

»Du weißt, wo ich bin«, erwiderte Margot kurz angebunden.

»Zwei – vier – sechs – elf – zweiundzwanzig – dreiunddreißig«, flüsterte Laura, nachdem sie den Hörer aufgelegt hatte.

Lauras Türklingel schlug an. Sie erschrak. Ihr Blick durch den Spion zeigte eine blonde Föhnwelle. Kaum hatte Laura die Tür geöffnet, wurde sie in den engen Vorraum gedrängt, während die Unbekannte mit dem Fuß die Tür zustieß.

»Hilfe!«, schrie Laura und versuchte die Hände der Angreiferin abzuwehren, die sie mit dem Gesicht an den Spiegel gedrückt hielt.

Aber, das war doch … jene, die hinter Rainer her war, ihm sogar eine Rose vor die Tür gelegt hatte! Im Spiegel sah Laura eine grimmig dreinblickende Lisa.

»So lassen Sie mich doch los! Was wollen Sie von mir?«

Die Blonde fuhr Laura an: »Weißt du, was Rainer passiert ist?«

»Nein … doch, ja … wenn er der im Flieger war, der …«

»Du hast die Nachrichten wohl schon gehört, was?«

»Seit wann sind wir per Du?«, wehrte sich Laura, die sich wieder gefasst hatte. Was wollte diese aufdringliche Ziege von ihr? Wenn Rainer tot war, dann … dann …

… da kam es ihr, warum.

»Du weißt, was ich will«, bestätigte die Blonde Lauras stumme Vermutung. »Rainer schuldete mir Geld und das hole ich mir. Also – wo ist sein Schein?«

»Sein Lottosch…? Den hab ich nicht«, log Laura keck.

Die Blonde schnaubte verächtlich:

»Verkauf mich nicht für blöd, Mädel ... Okay, mein Angebot: halbe-halbe. Das ist bei der Summe genug für uns beide. Wenn nicht, dann ...«

Plötzlich hatte die blonde Lisa eine Pistole in der Hand. Mit einem gefährlichem Glitzern in ihren Augen drückte sie das schwarze Metall brutal an Lauras Brust ...

Da begann Laura zu lachen.

»Hahaha ... da tun Sie mir ... hahaha ... direkt ... hahaha ... einen Gefallen ...« Sie umklammerte mit beiden Händen den Pistolenlauf. Da verschluckte sie sich, bekam einem Hustenanfall und knallte hart auf den Boden. Erschrocken beugte sich die Blonde über Laura.

»Scheiße, verdammte!«, murmelte sie. »Heut geht mir aber auch schon alles daneben.«

– – –

Das ist nicht real, ich träume!, schoss es Peter Navratil durch den Kopf, während er tief gebückt durch dichtes, kolumbianisches Unterholz hechtete – den Feind im Nacken.

Bis zuletzt waren sie seine Freunde gewesen, seine Kampfesbrüder. Doch jetzt waren sie hinter ihm her und würden keine Sekunde zögern, ihn abzuknallen.

Das flache Päckchen, das er sich um seinen Bauch gebunden hatte, war seine Lebensversicherung, sofern er diese Hetzjagd überstehen würde. Navratil kannte den Urwald und seine Tücken. In den letzten drei Jahren war er eine Art Heimat für ihn geworden.

Da fiel er der Länge nach hin. Eine Wurzel hatte ihn zu Fall gebracht. Geistesgegenwärtig rollte er sich zur Seite. Den tiefen

Einschnitt, eine mit Laub bedeckte Regenrinne, bemerkte er zu spät. Sein Körpergewicht drückte ihn abwärts, und er schlitterte den Abhang hinunter. Den Versuch, eine der vielen Lianen zu ergreifen, bereute er sofort. Kaum bekam er eine in die Finger, riss die Pflanze seine Handflächen auf. Vor Schmerz schrie er auf und ließ los – ein Schrei, der ihn verriet.

Schon hatten sie ihn ausgemacht. Kurze Salven, aus einer Maschinenpistole abgefeuert, fegten knapp über seinen Kopf hinweg. Sirrend pfiffen Querschläger, die von Felsen abprallten, Laub aufwirbelten und gefährlich nahe ins Erdreich klatschten.

Da traf es ihn. Einem Stromschlag gleich, schoss eine Hitzewelle das Rückgrad entlang und betäubte die Nervenzentrale.

Überleben ... ich muss am Leben bleiben!

Seine Schreie waren lautlos, und er drohte zu ersticken. Nach Luft japsend, wand er sich durchs Unterholz. Das dichte Laub war sein einziger Schutz. Wie im Zeitraffer sah er sich samt Laubwerk und Geröll, einem Wasserfall gleich, ins Bodenlose fallen, sah sich aus seinem Körper entweichen.

Es ist so leicht, mit dem Universum im Einklang zu sein!

Ein letztes Mal erfasste ihn ein furchtbares Brennen und holte ihn aus seiner Glückseligkeit zurück.

Ich will nicht zurück ... lasst mich in der Unendlichkeit!

Doch er musste zurück. Sein Lebenswille befahl es ihm. Er hatte noch vieles zu erledigen. Seine Gedanken flohen auf einen anderen Kontinent, in eine andere Zeit. Sie waren so sehr mit jenen Menschen verbunden, die er einst vor den Kopf gestoßen, belächelt, beleidigt, heruntergemacht und hintergangen hatte. Ja, er war ein Ekel, ein Arschloch. Damals hatte er alles unternommen, um als solches zu gelten, war sogar stolz darauf gewesen. Er war der Beste! Alle zusammen waren sie nur halb so clever wie er.

Nur eine hatte er in seine wahre, seine so leicht verwundbare Seele schauen lassen. Ach, wäre sie jetzt bei ihm und würde ihn begleiten, zu seinem unbekannten Reiseziel.

Dich hab ich geliebt … nur hast du es nie bemerkt!

Seine Tränen schmerzten mehr als das glühende Metall in seinem Körper. Doch seine Reue kam zu spät.

Der harte Aufprall in der tosenden Gischt vermischte sich mit einem furchtbaren Schrei. Er dröhnte in seinen Ohren.

Diese Stimme – er kannte sie! Es war seine, die vom tosenden Wasserfall übertönt wurde.

Eine Hölle tat sich auf …

Zwei

Freitag, 5. November 2010

»Wahnsinn – was für eine Wucht!«, entfuhr es Laura. Wobei sie diesen Begriff auch wörtlich meinte, denn das Gebäude stand wie ein wuchtiger Felsen auf der Anhöhe. Und erst diese Aussicht – der Blick über die sanft geschwungenen Hügel hinweg war einfach unbeschreiblich.

Laura bekam eine Gänsehaut. Nicht die gewöhnliche, die einen aus lauter Freude wegen einer supertollen Nachricht überzog. Nein, es war die ultimative Pipihaut, die im Rückenmark hochkroch und im Hirn jeden vernünftigen Gedanken ausblendete. Diesen ekstatischen Kick hatte ihr Rainer stets verpasst, als sie noch schwer verliebt in ihn war – jedes Mal, knapp bevor sie zum Orgasmus kam. Seltsamerweise nicht währenddessen.

Augenblicklich ergab sie sich diesem traumhaften Rundblick, während das einzigartige Kribbeln sämtliche ihrer Sinne einlullte. Obwohl es Anfang November war, zeigte sich der Wettergott ausnehmend milde. Für Laura hatte es gefühlte 30 Grad. Mindestens. Auch der Verkäufer in dem kleinen Feinkostladen hatte in gebrochenem Deutsch etwas von *venti gradi … is-ä heiße Tag in-ä Novembre …* gefaselt.

Im Westen untergehend, präsentierte sich die halb verschwundene Sonnenscheibe. Ein Schauspiel, das Urlauber in ihre Gehirnwindungen eingebrannt bekamen, wenn sie das erste Mal in der Toskana verweilten. Alles, was die Strahlen noch erfassten, wurde in ein unvergesslich goldenes Rot getaucht. In ein flammendes Rot, wie es auch die beiden Frauen noch nie erlebt hatten, was ihre staunenden Ausrufe bestätigten.

»Ein Wahnsinn! Und dieses Panorama!«, kam von der blonden Lisa.

»Saaagenhaft!«, urteilte die rothaarige Laura und drückte mit einer Hand auf ihren Venushügel, um den vor Erregung aufkommenden Drang, sich anzupinkeln, zu unterdrücken.

»Nicht zum Aushalten … Ich muss mal«, gestand sie.

Lisa wandte nur kurz ihren Blick in Lauras Richtung, die im Haus verschwand, und widmete sich wieder der einmaligen Aussicht. Ein letzter Sonnenstrahl hatte sich der Hausmauer und des Swimmingpools bemächtigt. Blitzartig wurde die klobige Steinwand in ein glühendes Rot getaucht, und die Wasseroberfläche hatte sich in einen glitzernden Goldschatz verwandelt, die spiegelte und blendete.

Lisa konnte nicht anders. Sie suchte, fand einen faustgroßen Stein und zielte auf den Pool, der etwa zehn Meter von ihr entfernt lag.

Plumps …

Selbst das satte Glucksen des Wassers, das über dem Stein zusammenschlug, klang hier anders – mondän. Der kreisrunde Wellenschlag spülte zwei Erkenntnisse in ihren Kopf und zauberte Lisa ein breites Grinsen ins Gesicht:

Hier werde ich glücklich … Wenn, dann nur hier sterben.

Von einer unbändigen Lebensfreude getrieben, streifte sie sich das T-Shirt über den Kopf und ließ es zu Boden fallen, entledigte sich ihrer sandfarbenen Sandaletten und schälte sich aus der Stretchhose. Warum sie in dieses hautenge Ding geschlüpft war? Wenn schon, dann wollte sie auch vor Laura die bessere Figur machen. Dabei hatte Lisa die ohnehin. Ginge es nach der Vielzahl bewundernder Männerblicke, hätte sie keineswegs Probleme haben dürfen. Doch ihre Seele hatte welche damit, und die war nun mal maßgeblich bei der kritischen Beurteilung ihrer Rundungen.

Laura war burschikoser, was ihre Figur betraf. Über ihre Charakterzüge wusste Lisa lediglich so viel, wie Rainer auszuplaudern bereit gewesen war, nachdem sie es mit ihm auf seiner Couch getrieben hatte.

Typisch Rainer: Erst schwören, mit Laura Schluss zu machen, und dann Lisa verklickern, dass die Krankenschwester eine sehr sensible, angeknackste Seele habe und er sie nicht einfach so vor den Kopf stoßen – sprich, verlassen könne.

Verdammter Rainer! Zerknirscht hatte Lisa sich eingestehen müssen, Laura gegenüber trotz allem die Verliererin zu sein. Ihr Geständnis, dass Rainer sie nur schamlos benützt habe, sollte Laura in Schadenfreude wiegen und milde stimmen.

»Du verzeihst mir?« Voll Dankbarkeit war sie in Lauras Armen gelegen.

»Trennungsleid schweißt zusammen«, hatte Laura ihr ins Ohr geflüstert und sie mit tränennassen Augen angestrahlt …

Also war Lisa mit Rainers Ex in die Toskana gefahren. Laura habe sich von ihm getrennt, sagte sie, da sie sich von ihm seelisch und finanziell wie eine Weihnachtsgans ausgenommen gefühlt hatte. Aus, Ende und vorbei. Und Lisa hatte bei Laura jenen Schalthebel gefunden, der sie streichelweich machte. Sie brauchte ihn nur umlegen und schon …

Umlegen – was für ein die Fantasie anregender Begriff. Und erst die Folgen, wenn sie ihn wörtlich nähme?

Nun hatte es Lisa indirekt Rainer zu verdanken, dass sie nur mit dem Slip bekleidet in der Toskana auf einer traumhaften Terrasse stand und im Begriff war, *ihren Pool* einzuweihen. Ihren Pool meinte sie so, wie Lisa alles im Leben sah:

Was mir zusteht, hole ich mir – koste es, was es wolle.

Ein Geräusch ließ sie herumfahren. Misstrauisch geworden, sah sie um sich. Im nahe stehenden Buschwerk hatte es verdächtig geraschelt. Wird wohl ein Spanner sein, dachte sie. Grinsend schlüpfte Lisa aus dem letzten Stück Stoff, stolzierte nackt auf den Pool zu, setzte sich auf die oberste Sprosse der Einstiegsleiter und streckte die Füße ins Wasser. Es war angenehm warm. Sie erinnerte sich, dass der Makler ausdrücklich betont hatte, der Pool sei geheizt, so dass man auch in der kalten Jahreszeit schwimmen konnte.

Herwig Nordland war überhaupt ein Typ, mit dem Lisa sich noch intensiver beschäftigen würde müssen. Der Mann hatte ihr auf Anhieb gefallen. Das markante Kinn, der sportliche Auftritt, seine sonore Stimme – genau jene Mischung, die ihr weiche Knie verschaffte. Im Vergleich zu Herwig Nordland war Rainer Pechhacker eine öde Pappnase gewesen. Allein der Name! Wie hatte sie sich nur in diesen Typen verknallen, schlimmer noch, um ihn weinen, ihm nachlaufen können!

So war es, wenn man sich zu wenig umsah und beim erstbesten Typen hängen blieb, bloß weil er einen auf Touren brachte und man deswegen glaubte:

Nur dieser und kein anderer.

Okay, Rainer war für kurze Zeit ihr Mister Right gewesen, witzig und wortgewandt, wie er war. Auch sein Talent hatte sie beeindruckt, ebenso seine Qualitäten in der Horizontalen. Deswegen hatte sie auch versucht, Rainer von dieser naiven Laura-Kuh wegzubringen. Es wäre ihr bestimmt gelungen, wäre nicht … Ach, egal. Die paar Mal, die Lisa noch in seinen Armen gelegen hatte, waren es allemal wert gewesen. Jetzt war Rainer ohnehin kein Thema mehr …

Verdammter Rainer – und doch bist du plötzlich ein Thema geworden, mit deinen bescheuerten Lottozahlen!

Lisa sprang auf. Mit einem flachen Köpfler ließ sie das Wasser aufspritzen, tauchte unter und schwamm knapp oberhalb des türkisfarbenen Bodens entlang. Als sie wieder hochkam, sah sie Laura unschlüssig vor dem Pool stehen. Lisa schwamm auf sie zu.

»Was stehst du noch lang herum?«, rief sie. »Komm rein, es ist super!«

Mit der flachen Hand klatschte sie aufs Wasser, so dass Laura etwas vom erfrischenden Nass abbekam.

»Iiiiiieh … nicht!«, wehrte diese lachend ab und sprang zur Seite. »Mein Magen!« Sie hielt sich demonstrativ eine Faust auf ihre Körpermitte. »Wenn ich aufgeregt bin, dann bekomme ich immer Magenkrämpfe!«

Ha, du bist ein einziger Krampf, dachte Lisa verächtlich und schwamm zur Einstiegsleiter. Wie konnte man nur so wehleidig, so unleidlich sein!

Das Wetter war traumhaft, die Gegend sowieso. Ein tolles Wochenende in einer millionenschweren Villa lag vor ihnen, mit italienischer Küche und erstklassigem Wein aus der Region – also, was wollte diese Zickenlaura eigentlich noch?

Die Lage der »Casa Visconti«, oder wie der Kasten heißen mochte, war ideal. Selbst wenn Lisa – jetzt langfristig gedacht – einmal krank wäre. Das ehemalige Bauerngehöft lag etwa sechs Kilometer von Arezzo entfernt, nördlich von San Fabiano, in der Nähe von San Polo, auf einer Anhöhe mit Blick über die Weinhänge bis weit ins Tal hinein.

Die Casa Visconti hatte ein deutscher Industrieller renovieren und für seine Belange umbauen lassen, mit allem Pipapo und einem Swimmingpool dazu. Als seine Frau sich von ihm getrennt hatte, war sein Interesse an dem Anwesen gestorben, hieß es offiziell. In Wahrheit aber brauche der Mann das Geld, um seine veränderte Lebenssituation zu finanzieren, hatte der Makler verraten. Am Preis sei also noch einiges zu machen.

Das Anwesen würde nun für drei Tage ihnen gehören – zum Testwohnen inklusive Poolbenutzung, hatte Herr Nordland angeboten und ihnen die Schlüssel überreicht. Sie könnten nach Belieben Party machen, und – wenn alles nach ihrem Geschmack war – die Casa Visconti wäre um eineinhalb Millionen zu haben.

Nun, die hatten sie locker. Doch wie Dagobert Duck hielt Laura den Schein gebunkert und tat so, als würde der Gewinn ihr allein gehören, was Lisa zusehends wurmte. Dabei waren es Rainers Zahlen gewesen, mit denen Laura den Vierfach-Jackpot abräumen konnte. Sie habe den Lottoschein bezahlt. Na und? Ärgerlich war nur, dass nicht Lisa die Quittung mit den richtigen Zahlen vorweisen konnte, mit der das Geld nach Ablauf der Reklamationsfrist abzuholen war.

Und daran war nicht zu kratzen … verdammtes Lottoglück!

Doch Rainer war Lisa Geld schuldig geblieben, und deswegen fühlte sie sich auch im Recht, einen satten Happen vom Kuchen abzubekommen. Schließlich hatte *sie* Rainer durchgefuttert, bevor sich Laura in die Beziehung gedrängt hatte.

Dieses schnuckelige Anwesen um läppische eins Komma fünf, dazu zwei Millionen zum Leben, das wäre doch ein fairer Deal, hatte sie Laura vorgeschlagen, die bald Kohle zum Abwinken besitzen würde. Und bei geschicktem Verhandeln könnte man sich mit dem Besitzer vielleicht auf eins Komma zwei einigen. Da würden für Laura noch etwa vier Millionen bleiben.

Damit könnte sich diese schmalbrüstige Zicke die halbe Welt samt den steilsten Typen reinziehen!

Auf einer Finca in Spanien zum Beispiel, in einer Strandvilla in der DomRep oder auf einer Almhütte in Davos.

Zugegeben, Lisas bewaffneter Überfall auf Laura war eine verdammt blöde Kurzschlusshandlung gewesen.

Immerhin war Laura mit ihr hierher gefahren, um sich das Anwesen anzuschauen, das Lisa vorgeschlagen hatte.

Glück gehabt – und dieses wollte Lisa noch weiter in Anspruch nehmen, und dann – ja, dann …

Während des Abendessens war Laura still und in sich gekehrt. Stumm saß sie da, nahm von den Spaghetti mit Garnelen lustlos ein paar Bissen zu sich.

Schließlich murmelte sie, nicht in Stimmung zu sein, und ging auf ihr Zimmer.

Lisa aß in Ruhe fertig, räumte den Tisch ab und erledigte den Abwasch. Mit einer Flasche Rotwein und zwei Gläsern klopfte sie sanft an Lauras Tür und war trat ein. Laura lag auf dem Bett, ihr Gesicht hatte sie fest im Kissen vergraben. Lisa stellte Wein und Gläser auf dem Nachtkästchen ab und setzte sich zu ihr ans Bett.

»Komm, sag schon, was dich so sehr belastet.« Lisa streichelte ihr tröstend über den Rücken.

Laura schluchzte auf und tastete mit einer Hand nach ihr.

Lisa ergriff die Hand und drückte sie leicht. Da hob Laura ihren Kopf und sah Lisa mit tränenüberströmten Augen an.

»Ich fühle mich so … so überflüssig, so einsam … und du willst doch auch nur …«

»Psst, Laura. Sag nicht so was, das ist nicht fair.« Lisa beugte sich zu ihr und nahm sie in den Arm. »Es soll nichts mehr zwischen uns stehen, das haben wir uns doch geschworen. Ich möchte einfach deine Freundin werden … Bin ich's nicht schon ein bisschen?« Sie lächelte Laura an. »Während der Fahrt hierher hatten wir so viel Spaß und sind uns so nahe gekommen … Und jetzt, wo du dich für die erste gemeinsame Sache …«, Lisa ließ ihre Blicke durch das Zimmer gleiten, »entscheiden kannst … Ist das nicht eine wunderbare Fügung? Wir beide mögen uns, und erst dieser Gleichklang …«

Da richtete sich Laura auf und fiel Lisa schluchzend um den Hals. Unter Tränen rief sie:

»Verzeih mir, Lisa, ich bin so eine blöde, misstrauische Kuh!«

Ja, das bist du, eine blöde Laura-Kuh!

Lisa küsste Laura erst links und rechts auf die Wange, schließlich drückte sie ihre Lippen auf Lauras halb geöffneten Mund.

Von einer plötzlichen Welle erfasst, durchfuhr Laura ein wohliger Schauer. Vor Erregung zitternd, tastete sie mit der Zunge Lisas Lippen ab. Wir sind uns so ähnlich, erkannte sie, warum ist mir das nicht eher aufgefallen?

Was Gesichtsform und Größe betraf, bestand tatsächlich eine Ähnlichkeit. Den Unterschied machten Lisas blond gefärbte Haare und ihre betont weibliche Figur. Um die Laura sie beneidete und zugleich bewunderte, nachdem sie Lisa nackt aus dem Pool steigen gesehen hatte.

Lauras Begehren wurde erwidert. Lisa öffnete den Mund und ließ Laura ein Zungenspiel beginnen. Im Einklang ihrer beider Begierde sanken sie auf das Bett zurück und gaben sich ihrer heftig fordernden Lust hin. Wie von selbst fielen die letzten Hüllen, und ihre nackten, vom ungestümen Verlangen nach Vereinigung erhitzten Körper rieben sich aneinander.

»Lass mich dich so weit bringen!«, flehte Laura und begann an Lisas Brustwarzen zu lecken, wie ein Baby daran zu saugen. Sofort stellten sich diese auf. Lisas tiefer Seufzer verriet, dass sie nur darauf gewartet hatte. Emsig wanderte Lauras Zunge zu Lisas Nabel, umspielte ihn und glitt weiter zum Venushügel vor. Laura verbiss sich kurz im krausen Haar und schob Lisas Beine sanft auseinander. Da hielt es Lisa nicht mehr aus. Mit einem leisen »Ja, ja, ja!« drückte sie Lauras Kopf mit beiden Händen auf ihre feucht gewordenen Schamlippen.

Erst zaghaft, dann immer heftiger saugend und leckend, begann Laura sich in Lisas wohligwarmer Öffnung geborgen zu fühlen …

– – –

Der Morgen war noch kühl, doch die ersten Sonnenstrahlen wärmten ihren Körper. Die Natur revanchierte sich mit einer für diese Region einzigartigen Farbenpracht. Obwohl Laura wenig geschlafen hatte, fühlte sie sich wie neugeboren. Nackt, wie sie war, schlüpfte sie wieder ins Bett und schmiegte sich an Lisa.

»Liebes, das Frühstück ist fertig«, flüsterte sie ihr, die noch die Augen geschlossen hielt, ins Ohr. Da tastete Lisa mit einer Hand Lauras Körper ab und blieb auf ihrem knabenhaften Po liegen.

»Guten Morgen, du kleiner, süßer Arsch. Ich beneide dich darum«, murmelte sie und kniff in Lauras strammes Hinterteil.

»Auaa!«, gurrte Laura genüsslich. »Und ich hätte gern deine wunderschönen Kurven.«

Sie presste ihren Körper an Lisas Rücken und Po. Behutsam tastete sie sich vor, kraulte Lisas Schamhaar kurz und begann den kleinen Knubbelpunkt, den sie vergangene Nacht mehrmals verwöhnt hatte, erneut zu streicheln und zu rubbeln.

»Du kleiner Nimmersatt«, kam es von Lisa kichernd, die sich auf den Rücken drehte, die Beine weit von sich streckte, um ihrem Körper ein frühes, genussvolles »Kommen« zu gönnen.

Plötzlich hielt Lauras Finger inne, und sie presste ihre Hand auf die sanfte Wölbung.

»Ich liebe dich, Lisa … liebe dich … liebe dich …!«

»Ich dich doch auch … bitte, nicht aufhören …!«, flehte Lisa.

Erneut begann Lauras flinke Zunge ihr Spiel, und Lisa fühlte sich einer nie gekannten Lust ausgeliefert. Die Geschehnisse der vergangenen Nacht hatten ihre Absichten völlig über den Haufen geworfen. Sie hatte sich tatsächlich verliebt.

Mit einem glücklichen Lächeln setzte sich Laura rittlings verkehrt auf Lisa und versenkte ihren Kopf zwischen deren Schenkeln. Von einer lustvollen Welle getragen, ließ sich Lisa forttreiben, während sie Lauras feuchte Öffnung abwechselnd mit Zunge und Fingern bearbeitete.

»Jaah …! Du tust mir so gut …!« Laura stöhnte vor Lust.

Beide kamen sie – zuerst Laura, Sekunden später Lisa.

Mit voller Wucht schoss ein elektrisierendes Pulsieren durch ihre Nervenbahnen, zerrte die Sehnsucht nach Verschmelzung an ihren Herzen, schmiegte sich beiderseitiges Glücksgefühl in ihre Seelen, ließ die beiden Körper eins werden und vor Lust und Ergriffenheit weinen und stöhnen …

Matt vor Glück lauschten sie dem stillen Morgen. Nur die Vögel schickten im Vorbeiflug ihr markantes Trillern durchs offene Fenster zu den beiden Liebenden.

»Jetzt hab ich einen Mordshunger«, stellte Lisa grinsend fest.

»Ich auch, Liebes«, gestand Laura und schmiegte sich an sie. An diesem Tag würde sie Lisa ein tolles Geschenk machen.

Ich bin so glücklich, so glücklich!, pochte Lauras Herz.

»Sie sagten, am Preis sei noch was zu machen?«

Laura und Lisa saßen Herwig Nordland gegenüber, der den Akt durchsah, als müsse er den endgültigen Preis für die Casa Visconti erst suchen. Der von italienischer Sonne gebräunte Makler hob seinen Kopf, sah kurz zu Laura Simmel. An Lisa Lauermann blieb sein Blick hängen. Bedächtig zog er die Stirn in Falten – selbst das ließ ihn umwerfend aussehen, fand Lisa –, faltete die Hände wie zum Gebet und stützte mit beiden Daumen sein Kinn ab. Seine Zeigefinger spielten mit der Nasenspitze, während er nach einer Formulierung rang:

»Werte Damen, verstehen Sie mich bitte nicht falsch. Ginge es nach mir, also, ich würde liebend gern … Doch ich muss die Interessen meines Klienten vertreten. Da Sie mir aber überaus sympathisch sind – also, wie soll ich's sagen …«

»Wie viel …«, fiel ihm Laura genervt ins Wort. Dieser schleimende Machotyp ging ihr auf den Geist. »Sagen Sie einfach, was sich Ihr Klient als letztes Angebot einfallen hat lassen.«

»Sind Sie die Käuferin?«, fragte Nordland und ließ seine Blicke zwischen den beiden Hübschen hin und her wandern.

»Wenn der Preis stimmt, ja«, stoppte ihn Laura.

»Dann also …« Er blätterte nochmals in den Unterlagen, um sich zu vergewissern, schließlich sagte er bedeutungsschwer:

»Bedenken Sie, Frau Simmel, was veranschlagt ist: eins Komma fünf Millionen! … Nun denn, sagen wir schlappe eins Komma drei?«

»Und wenn ich mitkaufe?«, warf Lisa ein, Lauras missbilligenden Seitenblick wahrnehmend.

»Also, wenn das so läuft«, Nordland lächelte Lisa flüchtig zu, blätterte erneut im Akt und sagte schließlich:

»Eins Komma zwei. Letztes Angebot.«

»Eins Komma null. Allerletztes Angebot«, konterte Lisa, erhob sich und schob den Stuhl demonstrativ zur Seite. »Komm, Laura, solche halb verfallene Kästen kriegen wir jederzeit um die Hälfte. Bei *der* Krise in Italien tragen sie uns das Haus noch nach.«

»Aber hallo, meine Damen! Wer wird denn so schnell die Flinte ins Korn werfen?«, rief der Makler enttäuscht.

»Sie kennen unser letztes Angebot. Nützen Sie diese Chance, Herr Nordland.« Lisas vieldeutiger Augenaufschlag schien bei Nordland angekommen zu sein. Der Makler befeuchtete seine Lippen.

Laura stand unentschlossen da, während ihre Blicke zwischen dem Makler und Lisa wechselten.

Herwig Nordland lächelte gequält in Lisas Richtung.

»Ein wenig kann ich den Rahmen noch ausreizen. Also, mein Klient erklärt sich bereit, wenn Sie ... wenn ich ... wenn wir eins Komma ein Millionen anpeilen. Wäre diese Option für Sie vorstellbar?«

»Darüber möchten wir uns kurz besprechen«, forderte Lisa.

Laura wollte etwas einwenden, doch Lisa hielt sie mit einem bittenden Blick zurück.

»Aber gern, meine werten Damen!«, schleimte Nordland. »Ich kontaktiere inzwischen meinen Klienten.« Er überließ den beiden sein Zimmer.

»Entschuldige«, begann Lisa, bevor Laura etwas sagen konnte, »aber du hast doch auch sofort bemerkt, dass uns ... dass dich der Typ über den Tisch ziehen wollte und da dachte ich ...«

»Du bist so ... so souverän, Lisa«, unterbrach Laura sie. »Ich hätte das nie geschafft.« Sie strahlte Lisa an und ergriff ihre Hand. »Weißt du was, Liebes? Nach dieser Nacht mit dir habe ich mich entschlossen: Die Casa Visconti soll uns gehören. Und wenn es mit uns so schön weitergeht, dann ...«

»Laura, bitte ... sag nichts mehr. Ich bin doch schon dankbar, dass alles so gekommen ist.« Tränen standen in Lisas Augen, während sie einen Finger auf Lauras Lippen drückte. Sie umarmten sich.

»Wie ich sehe, sind Sie sich einig geworden!«, freute sich der Makler, der wieder ins Zimmer gekommen war.

»Ja«, hauchte Lisa und tupfte sich mit einem Taschentuch die Augen trocken. Dann forderte sie den Makler heraus:

»Treffen wir uns in der Mitte, Herr Nordland. Eins Komma nullfünfzig – da bleibt Ihnen noch ein satter Gewinn. Wetten?«

»Wenn Sie immer so beinhart verhandeln – na, gute Nacht«, stöhnte Herwig Nordland.

»Sie können es ja testen«, versprach Lisa.

»Heißt das, wir sind handelseins?«, wollte Laura wissen.

»Was bleibt mir denn anderes übrig, als dem Angebot zweier so ausnehmend schönen Damen zuzustimmen«, ergab sich Nordland honigsüß lächelnd.

»Dafür sind Sie heute Abend eingeladen«, erwiderte Lisa spontan. »Laura kocht hervorragend und ich bin für die Nachspeise zuständig. Es wird ein unvergesslicher Abend für Sie!«

Der Mann sollte seine Belohnung bekommen, dachte sie und grinste ihn vielsagend an.

»Oh, da muss ich erst meine Frau anrufen. Es kann sein, dass sie heute Abend schon etwas geplant hat.«

»Aber bringen Sie Ihre Frau doch mit!«, ereiferte sich Laura. »Wir freuen uns über jeden neuen Kontakt!«

»Ich werde zusehen, was sich machen lässt«, versprach er.

Lisa wusste, dass Nordland garantiert allein kommen würde.

»Wo Sie zu finden sind, weiß ich ja, hahaha«, lachte er und schwenkte die Mappe mit den Unterlagen der Casa Visconti.

»Also abgemacht: eins Komma nullfünfzig«, erinnerte Lisa den Makler.

Herwig Nordland drückte ihre hingestreckte Hand. Dann die von Laura, die sie zaghaft reichte.

»Ich darf dann abends um …« Er wartete auf eine Zeitangabe.

»Um zwanzig Uhr«, sagte Lisa mit einem Blick auf Laura, die stumm nickte.

Natürlich war Nordland allein gekommen.

Mit zwei üppigen Rosensträußen war er aufgetaucht, die er mit einer übertriebenen Verbeugung überreichte. Der gebürtige Hannoveraner hatte sich das Aufrissgetue der Italiener perfekt einverleibt. Die Konversation bei Tisch wurde mit seinen verzückten Ausrufen unterstrichen.

Madonna! … Mamma mia! … Molto bene! … Fantastico!

Das Essen hatten sie von einem Restaurant kommen lassen, was Nordland sichtlich nicht mitbekommen hatte. Oder er war clever genug, es sich nicht anmerken zu lassen. Er lobte Lauras Kochkünste – überhaupt habe er noch nie zwei so fantastische Damen im Team erlebt, gestand er.

Laura hatte vorzeitig das Feld geräumt, weil ihr der Typ auf die Nerven ging. Auch, weil sie die Nacht zuvor wenig Schlaf abbekommen hatte. Mitten in der Nacht war sie plötzlich hochgeschreckt.

Hatte da nicht jemand aufgeschrien?

Ihre Hand, nach Lisa tastend, griff ins Leere. In Angst um Lisa sprang sie aus dem Bett, suchte ihre Kleider zusammen, zog sie über und schlich durch die vielen Zimmer der Villa. Doch Lisa war nirgends zu finden.

Auf der Terrasse angekommen, sah sie dann Nordlands Protzkarre, die sich rhythmisch bewegte. Laura schlich zum Auto hin und sah hinein. Lisa lag nackt auf dem Rücksitz, die Beine weit gespreizt, die Augen hielt sie geschlossen. Sie hatte sich in

Nordlands Rücken verkrallt, der sie mit heftigen Stößen bearbeitete.

»Ja! … Ja! … Oh Gott, oh Gott! … Jaa! … Jaaaah!«

Einem Hammerschlag gleich traf Laura die Eifersucht – sie zerriss ihr das Herz. Gedemütigt schlich sie sich davon …

Drei

Monate später

Dienstag, 20. September 2011

Erleichtert band Meller Joe an das Gartentor von Eva Roths schwedenroter Villa in der Giannoni-Gasse und begab sich flugs zu seinem Auto.

Zuvor war er noch schnell daheim gewesen, um sich in einen dunklen Brioni-Nadelstreif zu zwängen. Abnehmen wäre auch notwendig, war ihm vor dem Ganzkörperspiegel aufgefallen. Seiner Visage eine Rasur zu verpassen, hatte er sich erspart. Ein Zweitagebart war längst salonfähig, und ihm stand er richtig gut, wie Eva Roth süffisant bemerkt hatte.

Die Armbanduhr zeigte ihm, dass er zu spät käme, wenn er in Wien nicht sofort einen Parkplatz fände. Was ihm sichtliches Unbehagen bereitete, da er auch von anderen stets pünktliches Erscheinen verlangte. Also durfte man es auch von ihm erwarten.

Meller sei zu einem Gespräch unter vier Augen mit dem Minister eingeladen, hieß es lapidar in der Mail aus dem Sekretariat des Innenministeriums. Okay, beim Obersten des S-C-ONE war er maximal einmal im Monat, wenn's ein Meeting gab. Aber ein Termin beim Minister?

Vergangenes Jahr hatte es einen Aufsehen erregenden Fall gegeben, bei dem ein Österreicher namens Jonny Schwarz in

Panama von Meller gerettet worden war. Dabei hatte er selbst zwei Kugeln abbekommen und wäre beinahe draufgegangen, hätte nicht sein Freund Lo Bianco rechtzeitig Hilfe geholt. Dass Meller sich damals in seiner Freizeit auf die Suche nach Jonny Schwarz begeben und ihn gefunden hatte, war in der Zentrale sehr widersprüchlich behandelt worden, wobei sich die derzeitige S-C-ONE Chefin kräftig ins Zeug gelegt hatte, um Mellers Ansehen zu schaden. Die Medien jedoch waren voll auf seiner Seite gewesen und hatten den selbstlosen Einsatz eines Kriminalbeamten hochgejubelt. So wurde, um nicht noch mehr Öl ins Feuer zu gießen, seitens der Zentrale der Vorfall mehr oder weniger »wohlwollend totgeschwiegen«.

Doch was wollte der Minister plötzlich von ihm, einem gewöhnlichen Kriminalkieberer? Hatte er wieder etwas vergurkt oder was?

Meller, warum so negativ? Vielleicht gibt's eine verspätete Anstecknadel für den Schwarz-Fall und ein Urkunderl dazu?

Eitler Naivling, schimpfte er sich. Außerdem stand er nicht auf Auszeichnungen dieser Art, schon gar nicht auf seinen Brioni-Nadelstreif geheftet. An seinen Anzug durften nur er und maximal zwei schöne Frauenhände, um ihm den edlen Stoff vom Leib zu reißen.

Meller, du spinnst!

Nun aber war er über die S-C-ONE Chefin verärgert. Warum musste sie ihn auch so lang aufhalten? Als hätte sie es drauf angelegt, dass er zu spät kam, hatte sie umständlich Unterlagen zusammengesucht, die er mitnehmen solle, wenn er schon ins Ministerium fahre. Effektives Umsetzen von *Einsparressuassn* – ein Lieblingswort, das Dr. Agathe Schaller gern über ihre bleistiftschmalen Lippen flutschte. Unschlagbar war jedoch ihr *Agentenmiljööö,* das aus ihr wie gejodelt sprudelte. Am liebsten wäre die Schaller nämlich ein weiblicher James Bond gewesen. Allzu gern verkehrte sie mit einem gewissen Herrn im Bundesamt für Verfassungsschutz und Terrorismusbekämpfung. Sehr privat allerdings, wie es bald im Haus die Runde machte. Der Herr hatte auch unterstützend nachgeholfen, dass ihr Vorgänger seinen Sessel an sie abgeben musste.

Eigentlich eine sinnvolle Entscheidung bei dem Choleriker Dr. Erwin Brüller, der seinem Namen stets gerecht wurde. Doch wenn man bedachte, welchem *krummen Giftstachel* – Körners treffende Bezeichnung, da die Schaller Skorpion im Sternzeichen war – der S-C-ONE nun ausgesetzt war …

Meller zwang sich, nicht länger darüber nachzudenken, und konzentrierte sich auf den Verkehr. Von der Giannoni-Gasse aus musste er aufgrund von Bauarbeiten einen Umweg fahren, um zur Bahnbrücke zu gelangen.

Erfreut über seinen unerwarteten Anruf, hatte Eva sich sofort bereit erklärt, den Hund zu übernehmen.

»Du hast Glück, dass du mich ausnahmsweise daheim erreichst. Ich bin nämlich zurzeit oft in Moskau. Die Russen sind total scharf auf meine Aktmalereien.«

Irgendwie hatte Meller das Gefühl gehabt, um Jahre zurückversetzt zu werden, als er Evas Stimme hörte – dennoch, sie klang irgendwie anders. Nicht mehr so schrill, wie er sie in Erinnerung hatte. War die Stimme seinerzeit mit ein Grund gewesen, dass er sich von Eva Roth zurückgezogen hatte?

Nein, eher war's der aufreibende Job als S-C-ONE Chef, der ihn rund um die Uhr beschäftigte. Vor allem aber steckte damals der Schmerz über seine tödlich verunglückte Frau noch tief in seiner wunden Seele …

Meller tat's dem Scheibenwischer nach, der über die nasse Windschutzscheibe schrammte, und fuhr sich mit einer Geste des Wegwischens übers Gesicht – als Zeichen einer geglückten Vergangenheitsbewältigung.

Zurück zu Evas Stimme, sie klang tatsächlich anders – tiefer, kehliger und verdammt erotisch.

Meller, du verdammter Stimmenfetischist!

Ja, er musste sich Recht geben. Es hatte ihn kalt erwischt, unerwartet, unverhofft.

Nach Wien jedenfalls konnte er den Cockerspaniel nicht mitnehmen. Joe verabscheute Autobahnfahren und wäre Meller bestimmt auf den Schoß gesprungen. Auf seinen Brioni-Anzug? Das fehlte noch. Außerdem – wie käme das beim Minister an, wenn er mit dem Hund aufkreuzen würde?

In seinem Büro konnte Joe nicht bleiben, das hätte wieder unnötige Diskussionen mit der S-C-ONE Chefin gegeben.

Daheim wollte er ihn nicht allein lassen. Es war niemand da, der sich um ihn kümmerte. Manuel war in der Schule und Erika Hauser … leider – den lieben, alten Hauskobold gab's nicht mehr. Nicht, dass Meller sie nur wegen Joe vermisste, das wäre jetzt mies und egoistisch gedacht. Meller hatte Erika wirklich gemocht. Auf ihren Wunsch hin hatte er sie sogar von Rio nach Mödling geholt und ihr hier einen schönen Lebensabend bereitet. Doch welch tragisches Ende war ihr beschert worden … Er wollte jetzt nicht weiter daran denken …

Aber wenn Joe stundenlang allein war, richtete er manch Schaden an – er hatte schon Schuhe und Badematten vernichtet und Mellers drei bemalte indianischen Holzfiguren in Mannesgröße regelmäßig aus Protest eingewässert.

Dennoch – Meller liebte Joe. Nur war das mit der Liebe so eine diffizile Angelegenheit. Der Hund war nämlich das letzte Bindeglied zu seiner Lilian.

Mein Gott, wie lang war das her?

Der Flugzeugabsturz war am 22. Mai 2003 passiert – seit acht Jahren war er bereits Witwer! Meller atmete tief durch. Er musste aufpassen, denn wenn er begann, in Vergangenem herumzukramen, verfuhr er sich meistens. Das Wetter tat sein Übriges dazu.

Regentage krochen in Mellers Gefühlswelt wie ein Grottenmolch über ein ungemachtes Bett, in dem ein einsamer Mann von Sehnsüchten heimgeholt wurde. Ein Vergleich, der ebenso schmerzte.

Doch stetes Verlassenwerden war Mellers Karma und hatte einen dauerhaft wehmütigen Zug in seine Visage gebrannt. So war er als Kommissar schlechthin ein Gezeichneter – ein Ausgebrannter, dem durch allerlei Widrigkeiten Steine in den Weg gelegt wurden, wenn er einer Spur nachhetzte. Ebenso ein Gezeichneter als Privatmann – ein Hirnverbrannter, wenn er in eine Affäre schlitterte wie zum Beispiel mit Stefanie Hochleitner vergangenes Jahr.

Zusammenfassend: Er sah sich als das sensible Mellerchen, das gebrannte Kind, das nicht zu schnell alt werden wollte, weil es so viel in seinem Leben verpasst zu haben glaubte. Gerade dieser sichtbare Anflug von Wehmut in seinen Gesichtszügen machte ihn für die Frauen so unwiderstehlich.

Für zu viele, sinnierte er.

Mensch, Meller, was soll dieses selbstmitleidige Gesülze?

Ja, was er denn wolle, schimpfte oft sein Freund Lo Bianco, wenn eine Lady auf den Kommissar abfuhr wie der hungrige Joe auf ein Leckerli. Anstatt sich zu freuen und zu baggern, was das Zeug hielt, räumte der errötende Meller stotternd das Feld.

Er, der konservative Kommissar, hatte das *verdammte Unglück,* einem gewissen Filmschauspieler, dessen unverschämt fotogene Visage auf Magazinseiten, von Plakatwänden und vor allem im Werbefernsehen spitzbubenhaft lässig grinste, frappant ähnlich zu sehen, was die Damenwelt total kirre machte.

Mochte Bianco ihn darum beneiden, Meller hing das lästige Getue und Getuschel ob dieses Phänomens längst zum Hals raus. Wieder und wieder wurde er mit diesem Kaffeekapsel-Werbestar verglichen, schlimmer noch, er wurde angehimmelt!

Einmal im Leben das weibliche Geschlecht zu verstehen – ein unerfüllbarer Wunsch. Deshalb fiel es Meller so schwer, die Passende für sich zu finden. Und ereilte ihn dieses seltene Glück dennoch – wie in jungen Jahren mit Nora, später mit Lilian und Bella –, wurde sein Herz aufs Äußerste strapaziert. Das war das Gemeine daran. Alle Beziehungen gingen den Bach runter.

Das Schicksal hatte ihm stückweise böse zugesetzt ...

Seit er wieder solo war, hatte er sich in seine Arbeit verkrochen und nebenbei die Villa im Auholz bezogen. Sie hätte das gemeinsame Zuhause mit Bella und Manuel werden sollen.

Schon wieder fand sich der Kommissar von einer Vergangenheitswelle weggespült. Isabella Fischer, wie sehr hatte er sie geliebt, so wie Lilian Goldmann – und doch anders ... Ach egal, schlimm war's, dass er auch sie verloren hatte.

Ja, Bella hatte sich ihrem Mörder namens Krebs entgegengestellt, hatte um ihr Leben gekämpft und diesen Kampf verloren. Meller hatte nur trösten können und ihr am Sterbebett versprochen, sich um ihren Sohn zu kümmern.

Immer wenn er Bella auf dem Mödlinger Friedhof besuchte, hatte er ein schlechtes Gewissen, weil er Lilians Grab so selten sah. Ob zwei tote Frauen um seine Gunst streiten könnten? Wenn er es zuließe, ja. Was für ein makaberer Gedanke ...

»Ich werde bald zum Zombie, wenn ich mich nur noch mit Toten umgebe«, schalt er sich halblaut, während er von der B17 auf den Autobahnzubringer fuhr. Er versuchte, sich in den dichten Verkehr einzureihen.

Ein kleiner Ruck – schon ließ ihn die Schussverletzung aus Panama zusammenzucken. Wenn es einen Wetterumschwung gab, machte sie sich empfindlich bemerkbar. Verdammter Umschwung, verdammtes Wetter – und das sollte ein milder September sein? Es hatte um die fünf Grad!

Als wollte ihn Petrus, der Wettermacher, auslachen und ihm zeigen, dass Schimpfen auf universelle Mächte nichts nütze, bekam er die Kraft einer Windböe zu spüren. Die Sicht auf die Straße war gleich null. Beinahe wäre er mit einem Autofahrer kollidiert, der sich rücksichtslos vor ihm eingereiht hatte. Abrupt musste er das Tempo drosseln und kam dabei ins Schleudern.

Kurz schoss Meller eine heiße Pulsschlagwelle ins Gesicht, die ihn nicht nur vor Ärger erröten ließ. Ein »Trottel, verdammter«, schluckte er hinunter wie ein Viertel Zitronensaft ex getrunken. Ach, pfeif drauf, dachte er, lieber zu spät kommen als nie mehr ankommen.

So war es dann auch. Als er sich auf der Südosttangente gerade noch zwischen zwei Lastwagen hineinschwindeln konnte, dauerte es keine zwei Minuten – und die Kolonne stand.

Nichts ging mehr. Dabei hatte er noch überlegt, von Siebenhirten aus mit der U6 in die City zu fahren. Sich nun deswegen ärgern? Auch ein Minister musste aufgrund höherer Gewalt das Warten lernen. Ein Stau war höchste Gewalt, wie Meller sich mit einem Blick in den Rückspiegel eingestehen musste und auch an den verbissenen Gesichtern der Fahrer sah, die mit ihren Autos im Schritttempo an ihm vorbeischlichen.

Wehe, es drängte sich jemand in die Kolonne, der vielleicht ein paar Sekunden früher ans Ziel kam. Der Stinkefinger – die ohnmächtige Waffe – lag locker am Lenkrad, um im nächsten Moment gezückt zu werden.

Meller rief im S-C-ONE an, mit der Bitte, sein Zuspätkommen dem Minister mitzuteilen, da er auf der Tangente im Stau stecke.

Es dauerte nicht lang, da dudelte sein Handy.

»Meller, ja …?«

»Magister Maurer vom Sekretariat des Ministers«, meldete sich eine jugendlich-weibliche Stimme, »spreche ich mit Herrn Mario Meller, Kommissar der V-Gruppe 4, vom S-C-ONE?«

»Das tun Sie, Frau Magister.«

»Der Herr Minister ist über Ihren Lapsus informiert. Er lässt Sie bitten, zum Mittagessen im *Plachutta* sein Gast zu sein. Schaffen Sie einen Termin um zwölf Uhr fünfzehn?«

»So lang werde ich wohl nicht im Lapsus … im Stau stecken, denke ich. Richten Sie dem Herrn Minister einen schönen Dank für die Einladung aus.«

»Dann darf ich den Termin fixieren, Herr Meller?«

»Bitte, fixieren Sie, Frau Magister.«

»Dann darf ich Sie bitten, pünktlich zu sein, Herr Meller.«

»Ich komme stets pünktlich, Frau Magister.«

»Ich richte das so dem Herrn Minister aus …«

Meller hörte noch undeutliches Lachen und Gekicher im Hintergrund, bevor die Leitung unterbrochen wurde.

Ja, was war denn das, Frau Wichtigtuermagister? Was wäre, wenn der Herr Kommissar früher antanzte, etwa um zwölf Uhr dreizehndreiviertel? Ob der Herr Minister punkt zwölf Uhr fünfzehn tatsächlich seinen Hintern auf den Sessel drückt und – *ding-dong* – das Essen zaubert sich auf den Tisch?

Klar würde Meller überpünktlich sein und zwischenzeitlich die Serviette verspeisen, weil er bereits eine Stunde früher bei Tisch saß. Was für ein Getue! Immerhin wich alle Anspannung von ihm und er atmete erleichtert durch. Ein gepflegtes Arbeitsessen verhieß Positives. Allerdings konnte er sich nicht vorstellen, was der Minister mit ihm *unter vier Augen* besprechen wollte …

Träum weiter, Meller, du hast jetzt knapp zwei Stunden Zeit.

Schon kam ihm erneut Eva Roth in den Sinn.

Er hatte sie schon ein paar Mal anrufen wollen. Und wenn er ehrlich war, aus einer ganz bestimmten Absicht. Seit sie sich kannten, hatte sich immer wieder ein emotionelles und erotisches Spannungsfeld zwischen ihnen aufgebaut, das jedoch nie so recht entladen werden konnte. Aus vielerlei Gründen, mit denen er sich jetzt nicht näher befassen wollte. Und als er sich vorhin bezüglich Joe in einer ziemlichen Notlage befand, hatte er sich bei ihr gemeldet. Nicht nur von Bianco wusste er, dass die Roth in Russland ziemliche Erfolge einheimste, auch in den Medien war davon zu lesen.

So hatte er dies zum Anlass genommen, Eva zu fragen, wie's ihr denn mit der Malerei – und überhaupt – so ginge und nebenbei angeschnitten, ob sie etwa für ein, zwei Stündchen den Cockerspaniel zu sich nehmen würde. Er kannte Evas Schwäche für Joe.

Sie war verschnupft – aber nicht wegen Meller. Einen Grippevirus hatte Eva als lästiges Mitbringsel aus Moskau heimgeschleppt. Na bravo, hatte Meller sich gedacht, dann würde es maximal drei Tage dauern und er wäre ebenfalls grippal verseucht. Also hatte er Joe vor der schwedenroten Villa an die Gartentür gebunden und mit Eva nur kurz ein paar Worte gewechselt, um nicht zu spät zum Ministertreffen zu kommen. Aufgrund umherschwirrender russischer Schnupfenbazillen hatte man auf das links und rechts der Wangen vorbeigehauchte Begrüßungsbussi verzichtet und sich stattdessen ein hastiges, händisch angedeutetes *wir telefonieren* zugewunken. Als Dankeschön würde er sie zu einem Abendessen ins Ristorante »Pino« einladen.

»Hau endlich ab, Meller, ich mach's gern für dich. Auch ohne Essen!«, war ihre Antwort gewesen.

Joe war also versorgt, Meller davongebraust …

… und jetzt grübelte er schon über eine Stunde auf der Südosttangente dahinschleichend in Höhe Hanssonkurve

– über den Sinn seines Lebens …

Warum bin ich? Das Sinnhafte daran?

– über die Frauenwelt schlechthin …

Warum gehen mir die meisten Frauen auf die Nerven?

– über sein seit Jahren schleichend steigendes Übergewicht …

Mühevoll ablaufen oder bequem absaugen lassen?

– über das Pech, in diesem verdammten Stau zu hängen …

Verdammt – verdammt – verdammt!

Er versprach sich, alles zu ändern, sich zu bessern, ein neuer Mensch zu werden und vor allem dieses Autobahnstück bis zum Ende seines Lebens zu meiden. Im Nachhinein ist man immer klüger, musste er sich eingestehen.

Dideldidü … dideldidü …

Sambamäßiges Handygedudel schreckte ihn aus seinen Gedanken hoch. Diesen Sound hatte er, seit er aus Rio zurückgekommen war, nicht geändert. Und er sollte auch bleiben – als wehmütige Erinnerung an eine unglaublich glückliche Zeit.

Eva Roth war dran.

»Mario … es … es ist was Furchtbares …!«, stammelte sie in sein linkes Ohr. »Ich weiß nicht, wie ich das …«

»Was ist passiert, Eva?«, fiel er ihr ins Wort.

»Joe … er ist weg!«

»Was weg?«

»Er ist mir … wie soll ich sagen … gestohlen worden!«

»Wie bitte?«

»Ja, gestohlen! Ich … ich habe ihn zum Einkaufen mitgenommen. Beim Ladeneingang hab ich ihn angehängt … und … und als ich wieder aus dem Geschäft rauskam, war er weg! Was soll ich machen? Eine Diebstahlsanzeige? Eine Vermisstenanzeige?«

Mir bleibt auch nichts erspart, jammerten Mellers Gehirnzellen. Er überlegte fieberhaft, während er zwei Autolängen weiterrollen durfte.

»Verdammtes Gesindel!«, fluchte Eva. »Weißt, wär's ein Fahrrad gewesen – bitte, das könnt man noch verstehen! Was aber fängt einer mit einem Hund an? Ich war …«

»Wo genau war das?«, wollte er wissen.

»… vielleicht maximal fünfzehn Minuten drin«, Evas Redeschwall war nicht zu stoppen, »und als ich rauskam, war der Hund weg, samt Leine … Die Kassierin und die Leute, die im Laden waren, habe ich gefragt, ob sie vielleicht jemanden mit dem Hund gesehen haben, aber die haben nix …«

»Eva, bitte, wo?«

»Beim dm-Markt auf der Hauptstraße! Ich steh noch davor!«

»Ah ja … Also, vis-à-vis neben dem Museum ist die Polizei …«

»Weiß ich doch, hab dort genug für Strafmandate abgelegt. Ich sag dir, ich bin so was von durcheinander …«

»… und mach bitte eine Anzeige. Der Diensthabende soll mich gleich anrufen … Ich stecke auf der Südosttangente noch immer im Stau und kann von hier aus nichts …«

… die Leitung war unterbrochen.

Meller stoppte seinen Wagen und versuchte hastig, Evas Nummer ins Handy einzutippen. Dabei bemerkte er nicht, dass sich in seiner Kolonne der Abstand zum vorderen Wagen vergrößerte. Sofort füllten andere Autos die entstandene Lücke. Plötzlich hupte es hinter Meller derart laut, dass ihm vor Schreck das Handy aus der Hand fiel. Bevor er danach greifen konnte, war es zwischen Sitz und Mittelkonsole verschwunden. Wütend schaltete er die Alarmblinkanlage an, stellte die Automatik auf »P«, zog die Handbremse und stieg aus.

Dieser verdammte Huper sollte jetzt einen erbosten Meller kennenlernen.

»Sagen Sie, sind Sie wahnsinnig geworden?«, stellte er den Mann zur Rede, der das Fenster heruntergelassen hatte. »Mich so anzuhupen? Sie werden es auch noch erwarten können, bis der Sargdeckel über Ihnen zugenagelt wird.«

»Hab kein Problem damit. Aber wenn Sie nicht weiterfahren, dann komm ich auch dafür zu spät …«

Der Mann scherte rasant aus der Kolonne aus und reihte sich vor Mellers BMW wieder ein. Sofort nutzten auch andere die Chance und fuhren in die frei gewordene Lücke.

»Oidaaa! Auf was wartest? Auf a besseres Wetter?«, spottete ein Bursche aus einem knallroten Flitzer, den Stinkefinger zeigend.

Meller stieg wieder ein und fuhr langsam an. Seine Laune war am Tiefpunkt. Immer diese Wickel mit der Roth! Doch wenn er es genau überlegte, der Hund hätte auch ihm gestohlen werden können.

Sein Handy dudelte erneut, dieses Mal gedämpft aus den Tiefen seines Wagens.

Ach, leckts mich doch alle!

Die einzig richtige Einstellung mitten im Stau, fand Meller und versuchte seine Laune mit Musik zu besänftigen. Meistens steckte eine seiner Klassik-CDs im Player. Schuberts »Der Tod und das Mädchen«, ein Streichquartett in d-Moll, umschmeichelte alsbald Mellers Ohren. Nicht unbedingt passend, um sich für einen Termin beim Minister einzustimmen. Für den Wahnsinn auf der Südosttangente aber allemal, da das Werk Mellers aufgebrachte Gemütslage zusehend glättete. Wenn er längere Zeit im Auto verbringen musste, begann er immer öfter über sein Leben, über die Vergänglichkeit schlechthin nachzudenken. Und das nicht nur im Auto, auch in der Nacht, wenn er nicht schlafen konnte. In den letzten Jahren ebenso tagsüber, wenn er gerade nichts zu tun hatte.

Du wirst alt, Meller! Tritt ab von der Bühne des Lebens!

Schlagartig kam ihm der 21. 12. 2012 in den Sinn. Das derzeit aktuelle Weltuntergangsdatum frei nach dem Maya-Kalender. Es hatte ja schon immer solche Stichtage gegeben, für die der Menschheit ihr Ende vorausgesagt worden war. Alles reiner Schwachsinn, doch so herrlich zum Fürchten. Aber wenn dieser Maya-Kalender nun doch stimmte?

Zum Jahresbeginn hatte Meller sich endgültig vorgenommen, spätestens an seinem Geburtstag im Jahr 2012 seinen Schreibtisch einem Nachfolger zu überlassen, damit er wenigstens bis zum letzten Maya-Tag seine privaten Agenden in Ordnung gebracht hätte. Man sollte – auch innerlich – aufgeräumt das Feld seines Lebens verlassen.

Doch als er in Anbetracht des lähmenden Staus auf diesem verdammten Autobahnstück sein einsames Leben überdachte, entschloss er kurzfristig, dem S-C-ONE sofort den Rücken zu kehren, nach Rio zu fliegen, eine neue Liebe zu suchen und bis zum 21. 12. 2012 das Leben zu genießen. Worauf noch warten?

Meller, jetzt spinnst aber komplett!

Schelmisch grinste selbiger. Ganz wohl war ihm aber bei diesem Weltuntergangsgetue auch nicht. Weil ihm die passende weibliche Ergänzung zum ultimativen Abgang fehlte?

Jedenfalls wurde durch Schuberts triste Moll-Klänge sein melancholischer Wesenszug von innen nach außen gestülpt …

»Und Sie garantieren mir bei meinen Ermittlungen jegliche Unterstützung sowie freie Hand?«, fragte Meller den Minister.

»Völlig freie Handhabe, vorausgesetzt, Sie agieren innerhalb der gesetzlichen Regelungen.«

»Etwas anderes käme für mich ohnehin nicht infrage«, erwiderte Meller hintergründig lächelnd.

»Dann verstehen wir uns. Ich danke Ihnen, dass Sie meiner Bitte so großzügig nachkommen.« Der Minister sah zur Tür hin, wo ihm ein Mann zuwinkte. »Ich muss dann wohl wieder.«

Er erhob sich. Meller tat es ihm nach.

»Bitte, bleiben Sie doch sitzen! Meine Nachspeise überlasse ich Ihnen.« Der Minister lächelte säuerlich. »Man verlangt schon wieder dringend nach mir … Ich darf Sie nochmals eingehend daran erinnern, dass unsere Vereinbarung unter absoluter Geheimhaltung steht. Ihre Ergebnisse teilen Sie bitte Frau Magister Maurer mit. Als meine persönliche Sekretärin ist sie in sämtliche Belange eingeweiht. Wir verstehen uns?«

»Das tun wir, Herr Minister. Eine Frage, vielmehr eine Bitte hätte ich noch.

»Nämlich welche?«

»Ich möchte mir mein Team selbst zusammenstellen, mit Kollegen, die ich von meiner Gruppe zeitweise abziehen müsste. Ich arbeite gern mit Menschen, deren Stärken und Talente ich kenne.«

»Tun Sie, was Sie für richtig halten. Ich setze meine ganze Hoffnung in Sie.«

»Na, dann darf ich mich bedanken, Herr Minister.«

»Herr Meller, ich habe Ihnen zu danken … Nun muss ich aber

wirklich los. Ist das wieder eine Hektik. Ich gebe Ihnen einen guten Rat, Herr Meller: Gehen Sie niemals in die Politik. Sie sehen ja, wohin das führt. Nicht einmal die Nachspeise ist mir vergönnt.«

»Ich werde beim Verspeisen an Sie denken.«

Meller grinste.

Gehetzt lächelnd reichte der Minister ihm die Hand, dann eilte er davon. Meller nahm wieder Platz und widmete sich einer nicht unbeträchtlichen Portion heißer Himbeeren mit Vanilleeis, die der dunkelhäutige Kellner als »eine heiße Liebe für den Herrn« elegant serviert hatte. Sie schmeckte wahrhaft köstlich. Minister müsste man sein, kam es Meller, dann sind selbst die Nachspeisen etwas üppiger.

Als er die Portion verdrückt hatte, war er endgültig satt.

»Wünschen der Herr noch einen Kaffee?«, fragte der aufmerksame Kellner.

»Danke nein, das war mehr als ausreichend.«

Meller erhob sich. Er sah auf seine Uhr. Es war Zeit, aufzubrechen und sich zuallererst ermittelnd um Joes Verschwinden zu kümmern, der am helllichten Tag in einer pulsierenden Hauptgeschäftsstraße von einem dreisten Dieb entführt worden war.

Während Meller nach Mödling raste, ließ er sich das Gespräch mit dem Minister durch den Kopf gehen.

Der Grund des Treffens war ein sehr trauriger. Vor Jahren hatte der Minister ein Flüchtlingskind aus Afghanistan bei einer Familie in Kärnten unterbringen können. Als Patenonkel hatte er Saphira Pototschnig finanziell unterstützt. Saphira hatte fleißig gelernt, war begabt gewesen und zu einer lebensfrohen, jungen Frau herangewachsen. Bei der Polizei in Klagenfurt hatte sie sich ihre ersten Sporen verdient. Saphira war mit Leib und Seele Polizistin geworden. Für den Minister war es eine Freude mitzuverfolgen, was das Flüchtlingskind aus sich gemacht hatte. Im April war die 24-jährige Polizistin jedoch unter mysteriösen Umständen ums Leben gekommen – allen Anzeichen nach ein Selbstmord.

»Saphira war allseits beliebt und hätte absolut keinen Grund gehabt, freiwillig aus dem Leben zu scheiden«, hatte der Minister erzählt. »Vierzehn Tage vor ihrem Tod war ich beruflich in Klagenfurt, hab mich dort auch mit ihr getroffen. Saphira war die Lebensfreude pur. Sie hat mir von ihrer Arbeit, von ihren künftigen Berufszielen erzählt. Um eine Laufbahn als Staatsanwältin anstreben zu können, wollte sie ein Jusstudium beginnen.«

Die Ergebnisse der Ermittlungen hatten jedoch keine Hinweise auf Fremdeinwirkung ergeben, also ging man von einem Suizid aus. Da hatte sich der Minister persönlich des Falls angenommen. Da er die Patenschaft für Saphira nie publik gemacht hatte, sollten auch seine Nachforschungen den Medien vorenthalten bleiben. Dr. Arnold Hofer, Oberster der S-C-ONE Zentrale und Studienfreund des Ministers, hatte ihm Meller ans Herz gelegt. Wenn einer der geeignete Mann dafür sei, diesen mysteriösen Todesfall aufzuklären, dann der Kommissar aus Mödling. Diesen Hinweis hatte Dr. Hofer von seinem langjährigen Freund, Dr. Walter Meller, Ministerialrat a.D. und ehemals Initiator des S-C-ONE, bekommen.

Mellers Onkel war also wieder der Strippenzieher gewesen.

Da hatte Meller dem Minister klargemacht, dass er seinen Job beim S-C-ONE eigentlich nicht mehr ausübte. Der Grund dafür sei, neben permanentem Personalmangel und den fehlenden Räumlichkeiten, die Art und Weise, wie die derzeitige Chefin den S-C-ONE in Mödling leite. Es war nicht Mellers Art, jemanden anzuschwärzen, aber es musste einmal auf den Tisch kommen: Seit Dr. Agathe Schaller das Sagen hatte, habe die Motivation bei vielen Kolleginnen und Kollegen, dadurch auch das Arbeitsklima einen Tiefpunkt erreicht.

Da hatte ihm der Minister zugesichert, sich persönlich davon zu überzeugen und nötigenfalls »klartextlich zu agieren«.

Doch Meller war nicht umzustimmen gewesen. Abgesehen davon schmerzte seine Verwundung aus Pananma noch immer – und das würde auch bis zu seinem Lebensende so bleiben, wie im die Ärzte prophezeit hatten.

Keine tröstlichen Aussichten für einen Einundfünfzigjährigen. Seine noch aktiven Jahre wollte Meller halbwegs gesund verbringen können. Außerdem hatte er in Rio de Janeiro eine gewaltige Verpflichtung zu erfüllen – die Umsetzung seines Sozialprojekts *Kinder mit Zukunft,* das schon seit einiger Zeit in seinem Kopf herumgeisterte. Dafür würde er wieder nach Brasilien übersiedeln. Es gab also nichts mehr, was ihn hier noch hielt.

»Ich habe einen Ziehsohn. Manuel wird in Rio genauso glücklich werden. Vielleicht wird er eines Tages mein Lebenswerk weiterführen, das wäre zumindest mein Wunsch.«

»Ich weiß um Ihr trauriges Schicksal, Herr Meller. Ministerialrat Doktor Walter Meller hat mir alles über Sie erzählt.«

Sein Onkel hatte also aus seinem Privatleben geplaudert?

Meller war sauer gewesen und hatte erklärt, dass er sich auf diese Weise nicht instrumentieren lasse.

»Gerade deswegen, weil ich Ihre Empathie, Ihre Herzenswärme spüre, ersuche ich Sie, eine Ausnahme zu machen«, hatte ihn der Minister gebeten und seine Beweggründe erklärt.

»Mir geht es wie Ihnen, Herr Meller. Wir können nicht alle

Hilfsbedürftigen dieser Welt retten. Aber rettet man wenigstens einen, dann rettet man dessen Welt. So habe ich es bei Saphira versucht. Sie war ein so liebenswerter Mensch. Sie hätte geheiratet, hätte Kinder bekommen. Als kleines Mädchen hat sie mir oft erzählt, dass sie auch so glückliche Kinder haben würde, wie sie eins sein durfte … Wie sehr hat sie ihren Beruf, ihr Leben geliebt … Ich bin überzeugt, dass sie ermordet worden ist. Oder glauben Sie, dass ein solch hoffnungsfroher Mensch so plötzlich sein Leben wegwirft?«

Dieses selbstlose Engagement des Ministers für ein Kind, das den Kriegswirren in Afghanistan hilflos ausgeliefert war, hatte natürlich Mellers sensible Seele berührt.

»Also gut. Sie haben mein Wort. Ich übernehme den Fall.«

Aber nur unter Mellers Bedingungen, und niemand – auch er als Minister – dürfe ihn bei seinen Ermittlungen dreinreden.

Geld spiele keine Rolle, hatte der Minister versichert. Ihm ging es in diesem Fall um die Wahrheitsfindung.

»Gibt es einen Mörder, so soll er die gerechte Strafe erhalten. Das bin ich meinem Patenkind schuldig. Ein so liebenswerter Mensch. Ich kann es nicht glauben, dass Saphira sich … Mein Gott …« Der Minister war ins Stocken geraten. Mit der Stoffserviette hatte er sich die feuchten Augen trocken getupft und gedankenverloren auf den leergegessenen Teller gestarrt.

Eine Gefühlsregung, die Meller nachvollziehen konnte. Wenn er sich vorstellte, jemand würde *seinem* Manuel auch nur ein Haar krümmen! Obwohl er den Jungen manchmal an die Wand klatschen könnte, wenn er von ihm genervt war – aber das stand auf einem anderen Blatt.

»Patenkind« wurde somit das Codewort für den Informationsaustausch zwischen Meller und dem Minister …

Mellers Begrüßung waren, trotz Evas Warnung, zwei Wangenbussis.

Sie hatte ihn ins Haus gebeten. Nun saß er auf ihrer gemütlichen, schwedenroten Sitzlandschaft und befürchtete, spätestens in drei Tagen würde ihn ein russischer Schnupfen niederwerfen. Ach, was soll's. Was macht man nicht alles für seinen Hund.

Seit Meller das letze Mal hier gesessen hatte, war einige Zeit vergangen. Das war gewesen, bevor sich Eva mit diesem Schweden eingelassen hatte.

Damals war Meller verdammt frustriert gewesen, vielleicht auch mit ein Grund, dass er und Bella umso eher …

Alte Wunden aufzureißen, tat nur weh. Leid war ihm um Evas Freundschaft gewesen, der Kontakt war nämlich völlig abgerissen. Nur von Lo Bianco erfuhr er hin und wieder, wie es ihr ging, was sie so machte und dass sie mit ihrer Malerei ziemlich erfolgreich unterwegs war.

Die schwedenrote Villa in der Giannoni-Gasse war Evas Zuhause und Atelier in einem. Bianco hatte ihr seinerzeit die Räumlichkeiten umgestaltet und ein Loft daraus gezaubert.

Im Atelier hatte sich so gut wie nichts geändert, lediglich andere Bilder, als Meller sie in Erinnerung hatte, hingen an den Wänden. Eva malte jetzt figural naturalistisch. Die Farbintensität jedoch war unverändert, vielleicht eine Spur zu heftig, fand er. Infolgedessen war auch der ohnehin vergammelte Dielenboden noch üppiger mit Farbe bekleckert, was ihn als spezielles Kunstwerk auszeichnete. Der grindige Boden hatte eine edle Patina bekommen.

Alles braucht eben seine Zeit, um zum Kunstwerk zu werden, dachte Meller, während er an dem Häferl nippte, das ihm Eva in die Hand gedrückt hatte. Der Kaffee war heiß und gut.

Breitbeinig stand sie vor ihm, selbst eine Tasse in der Hand. Ihre feuerroten Haare hatte sie mit einem Stirnband nach hinten gebunden. Im Atelier roch es nach Ölfarbe.

Sein Blick glitt unauffällig an ihr hoch. Selbst in ihrer grellbunten Latzhose – oder gerade deswegen? – war sie eine auffallende Erscheinung mit einer unglaublich weiblichen Ausstrahlung.

Eva war schlanker geworden, was ihrem Gesicht noch mehr Ausdruck verlieh. Sie war eine Frau, an der die Natur nicht geknausert hatte, weder an ihrer Figur noch am Talent. Einzig ihre Stimme war's, die ihn früher gestört hatte.

Wie vermessen ich bin, schalt Meller sich im Stillen. Er war nämlich verwundert, dass ihre Stimme anders klang, nicht mehr so schrill. Evas Tonlage hörte sich tiefer, ja, eine Spur heißer an, was ihrer Attraktivität noch eins draufsetzte.

Meller schluckte bei dem Klang und spürte eine aufkeimende Gänsehaut unter seinem dezentgrauen Hemd. Er lockerte den Krawattenknopf, überlegte kurz, dann löste er ihn, zog die Krawatte mit einem Ruck vom Hals, rollte sie zusammen und steckte sie in die Sakkotasche.

»Entschuldige, Eva, wenn ich mich freimache, aber diese Dinger nerven mich die längste Zeit. Das war die letzte Krawatte, die ich in meinem Leben getragen habe.«

Eva, ihre Kaffeetasse balancierend, setzte sich neben Meller, überging sein Gejammer und lamentierte selbst:

»Und ich könnt mich in den Hintern beißen! Warum musste ich den Hund bloß zum Einkaufen mitnehmen?«

In ihrer Erregung rührte sie etwas zu heftig in der Tasse, so dass der Kaffee überschwappte und ihr über Hand und Hose lief. Sie stellte die Tasse auf dem niedrigen Tischchen neben sich ab und wischte sich die Hand am mit Farbe über und über befleckten ursprünglich weißen Overall ab. Ihre Arbeitsdress wurde um ein paar kaffeebraune Farbflecken bunter.

»Wie kann ich das nur wieder gutmachen?«, jammerte sie, die Flecken betrachtend, meinte aber Joes Verschwinden.

»Gar nicht«, erwiderte Meller. »Das hätte mir ebenso passieren können und …«

»Aber das ist doch pervers!«, unterbrach sie ihn. »Einen Hund stehlen! So was macht man in Asien … die essen Hunde!«

Mellers Antwort war ein säuerlich verzogenes Mienenspiel.

»Entschuldige, Mario, das war taktlos. Aber jetzt ehrlich: Was macht bitte jemand bei uns mit einem gestohlenen Hund? Joe ist gechipt. Außerdem verursacht er Kosten … Hundefutter … Tierarzt … was weiß ich noch alles!«

»Ist eine Rasse besonders gefragt, bringt sie viel Geld.«

»Okay, Joe ist ein ein süßes Viecherl, aber er ist nicht mehr der Jüngste und so was Besonderes ist ein Cockerspaniel ja auch nicht. Entschuldige, Mario, nix gegen deinen Hund. Einen Welpen fladern könnte ich vielleicht noch eher verstehen … Gott, bin ich fertig … Der arme Joe und ich bin schuld!«

Eva war aufgesprungen, lief hin und her und blieb schließlich vor Meller stehen, der die Tasse ebenfalls abgestellt, sich aus der Sitzlandschaft rausgeschält hatte und jetzt Eva ganz nah gegenüberstand. Da begann sie zu weinen. Die Tränen flossen ihr nur so über die Wangen.

»Ich bin … so eine … blöde Kuh!«, stieß sie zwischen zwei Schluchzern hervor. »Zu nix bin ich zu gebrauchen, ich …«

Hemmungslos heulte sie auf und warf sich an Mellers Brust.

»Jetzt komm, Eva!«, tröstete er, der keine Frau weinen sehen konnte. Frauentränen schnitten in Mellers Herz wie ein Messer durch handwarme Butter. Er drückte Eva, die sich sichtlich nicht mehr fangen konnte, an sich.

»Joe wird bald gefunden. Wozu bin ich bei der Kripo?«

»Und was soll das jetzt heißen?«, schluchzte sie und sah den Kommissar mit tränennassem Gesicht an.

»Dass ich noch jeden Hund am Schlawittl erwischt hab. Und weißt du was: Die falschen Hunde waren immer die richtigen«, erwiderte Meller spitzbübisch grinsend.

Da musste selbst Eva lachen. Erst verhalten, und als Meller ihr Lachen erwiderte, schaukelten sie sich beide hoch, bis sie nicht mehr konnten.

»Ist doch wahr!«, rief Meller, vom Lachanfall gebeutelt.

Da sah ihn Eva ernst an.

»Was ist jetzt wieder?«, fragte Meller irritiert.

»Ach, Mario ...«, flüsterte Eva. Sie nahm Mellers Gesicht zärtlich in ihre Hände und streichelte seine Wangen. »Warum bist du so ... so unglaublich?«

»So unglaublich wie was?«, fragte Meller, dem plötzlich ein Hitzeschwall durch den Körper fuhr. Das Blut in seinen Adern pulsierte, und ihm wurden die Knie weich.

Tränen sind der Kitt für zerbrochenes Glück!, brummte sein *Favela-Ton,* der sich immer dann in seine Gehörwindungen schlich, wenn ihn Empfindungen extrem stark aufwühlten.

Da fanden ihre Lippen zueinander und sie sanken wie still abgemacht auf die schwedenrote Sitzlandschaft. Auch die russischen Viren genossen das innige Zungenspiel.

In diesem Moment dudelte Mellers Handy und klang wie ein Querschläger eines wild um sich schießenden Gangsters. Doch Meller war rechtzeitig in Deckung gegangen, was bedeutete, dass er sich nicht wie sonst entschuldigend von der Dame löste. Er ließ das Handy vor sich hin dudeln, und je länger der Sambasound nach ihm verlangte, desto heftiger wurden die Küsse, wurde das innige Drücken und Aneinanderreiben.

Der Mann hat gelernt, die wahren Momente zu nutzen, urteilte Eva. Mit geschlossenen Augen genoss sie seinen frischen Atem nach Kaugummi und Himbeeren, seinen männlich herben Duft nach … nach … egal – Mario roch, schmeckte, küsste ganz nach ihrem Geschmack.

Meller dachte einen winzigen Moment lang an Joe, den Verursacher dieser emotionell aufgestachelten Körperannäherung.

Wohl die feinste Art, auf den Hund zu kommen, was, Meller?

Natürlich war etwas dazwischengekommen.

Diesmal war es Eva, die in Mellers gewohnter Art – egal, in welcher Situation – nach dem dudelnden Handy schielte und jegliches aufkommende Lust-und-Liebe-Gefühl unterdrückte.

»Entschuldige, Mario«, flüsterte sie und löste sich aus seiner Umarmung. »Ich muss … abheben. Auf diesen Anruf warte ich schon seit Stunden.«

Sie ging dem Gedudel nach, das aus irgendeiner Ecke des Raums anschlug. Endlich unterbrach sie das nervende Signal.

»Ja … nein … ja, ja … nein, nein … ja, okay«, hörte Meller Eva antworten, dann legte sie auf.

»Ja-nein-ja-nein! Was war denn das?«, fragte er neugierig.

»Kommt jetzt der Schnüffler durch? Also gut, ich gestehe: Die Ladung Koks kommt übermorgen an. Rauschgifthandel – mein zweites Standbein. Willst du Co-Partner sein? Ich such noch einen Deppen, der die Lieferung bezahlt.« Grimmig starrte sie ihn an.

»Entschuldige, sei doch nicht gleich eingeschnappt«, erwiderte Meller beleidigt.

»Also gut – ich treffe mich mit jemandem, den du auch einmal kennengelernt hast. Mit Björn Mellberg. Auf rein künstlerischer Basis … was dagegen?«

Meller ergab sich säuerlich lächelnd. Also doch.

»Mario, du bist ein total lieber Kerl. Was ich aber nicht mag, ist, wenn jemand bei mir rumschnüffeln will. Aber bitte – ich bekomm einen Auftrag für …«

»Danke, ich will nichts davon wissen.«

»Na, dann nicht.« Eva zeigte sich plötzlich reserviert.

Was war denn das jetzt wieder?, fragte sich Meller. Er musste sich allerdings eingestehen, dass es die Vertrautheit wie früher nicht mehr gab und dass er von Evas Leben und Freundeskreis so gut wie nichts wusste. Mit wem sie zusammen war, was sie erlebt hatte. Kurz gesagt: Er hatte kein Recht auf irgendwas in ihrem Leben. So war seine Frage aber auch nicht gemeint gewesen.

Doch die Stimmung war dahin. Ihr Zusammensein hatte eine saublöde Wendung genommen.

Meller spürte Evas ablehnende Haltung.

»Nochmals – entschuldige, Eva. Ich wollte nicht in dich dringen … ich wollte einfach …«

»Das mit dem in mich dringen bequatschen wir ein andermal. Vergiss meine etwas heftige Reaktion, Mario … Was aber unternehmen wir jetzt wegen Joe?«

»Du unternimmst gar nichts, lass mich machen. Ich begebe mich anschließend zur Polizei, dann zum dm-Markt. Schaun ma mal, vielleicht erfahre ich doch noch was.«

»Klingt irgendwie witzig – ein Polizist geht zur Polizei. Wär's nicht so ernst, wär's zum Lachen«, erwiderte Eva sarkastisch. Sie sah kurz auf ihr Handy und drückte darauf herum. Irgendwie schien sie mit ihren Gedanken ganz woanders zu sein.

»Du entschuldige, Mario … Ich bin wegen dieses Angebots doch etwas durcheinander. Ich muss auf die Schnelle noch einiges erledigen. Morgen fliege ich nach Moskau, bin aber in spätestens einer Woche wieder hier, falls nichts dazwischenkommt ... Dann könnten wir ja da weitermachen, wo wir ...«

»Verstehe, Geschäfte gehen vor ... Ich verschwinde eh schon.« Meller war zur Tür vorausgegangen. »Also, man sieht sich.«

Eva eilte ihm nach und hielt ihn am Arm zurück.

»Jessas, bist du angrührt, Mario! Das war doch nicht so gemeint! Tut mir leid, dass das eben so blöd gelaufen ist. Wir finden schon wieder einen Draht ... ich spür das.«

Eva umarmte und küsste ihn.

Doch Meller war nicht mehr danach. Halbherzig genoss er ihren Versuch, hielt sich dezent zurück und brach die Küsserei schließlich ab.

»Viel Spaß bei ... na, du weißt schon. Bis bald, Eva, ich freu mich ... für dich«, versicherte er noch und verließ sie.

Von wegen *ich freu mich*. Gar nicht freute Meller sich.

Ernüchtert vom indirekten Rauswurf hatte er die Villa in der Giannoni-Gasse verlassen und war zur Polizeidienststelle in der Klostergasse gegangen. Dort sprach er mit der Beamtin – einem weiblichen Neuling –, die Evas Anzeige aufgenommen hatte.

Meller ließ sich das Protokoll geben, las es durch und bat um eine Kopie.

Sie würden nach allen Richtungen hin ermitteln, meinte der weibliche Jungspitz, man müsse aber damit rechnen, dass wenig Chancen bestünden, den Hund zu finden. Sie hätten noch drei weitere Hundediebstähle aufgenommen. Allem Anschein nach gab es eine Diebesgruppe, die sich auf Dognapping spezialisiert hatte. Noch tappe man im Dunkeln, aber wenn es eine heiße Spur gebe, würde man den Kommissar natürlich sofort informieren.

Na, was für ein Trost!

Es gab ja eine Versicherung für den Hund. Was da genau alles mitversichert war, wusste Meller natürlich nicht. Er wollte das jedenfalls prüfen. Joe musste ja nicht gestohlen worden sein. Ebenso konnte jemand den Hund losgebunden haben, und Joe, ein leidenschaftlicher Genießer seiner Freiheit, strawanzte durch die Gegend. Verursachte womöglich einen Unfall oder stellte was auch immer für einen Unfug an.

Nicht auszudenken!

Falls Joe gestohlen worden war, konnte Meller nur hoffen, dass sich der Dieb bald bemerkbar machen und seine Lösegeldforderung stellen würde. Joe einfach nur schnell zu verkaufen, würde nicht allzu viel bringen. Vom Hundebesitzer jedoch konnte man ordentlich Geld abcashen, weil der für sein geliebtes Viecherl alles zahlen würde.

Die Kassierin des Drogeriemarkts hatte natürlich nichts gesehen.

»Es tut mir leid um Ihren Hund. Aber ich kann mich nicht auch noch um die Viecher unserer Kunden kümmern. Was glauben S', was ich mir anhören kann, wenn die Leut bloß eine Sekunde zu lang an der Kasse warten müssen.«

Das war zu erwarten gewesen. Meller beließ es dabei und fuhr zum S-C-ONE, um seine Chefin über die Tatsache in Kenntnis zu setzen, dass er ab sofort einen Spezialfall zu bearbeiten habe – von höchster Stelle gewünscht – und sie sich um einen neuen Gruppenleiter umschauen solle.

Er wusste, die Schaller wartete nur darauf, in seinen Sessel rutschen zu können. Während er an den Disput mit ihr im vergangenen Jahr dachte, als sich die S-C-ONE Chefin in seinen Kompetenzbereich gemischt hatte, schoss ihm blitzartig eine Idee ein.

»Genau, so mach ich's«, sagte er halblaut, grinste schelmisch und lenkte den Wagen an den Straßenrand. Er wartete, bis er wenden konnte, und fuhr zur Redaktion der *Neue-Süd*.

Ewald Bacher würde ihm helfen müssen.

»Oh, hoher Besuch. Herr Kommissar – pardon – Mario, hallo, grüß dich! Was führt dich zu mir?«

Der Chefredakteur kam hinter seinem Schreibtisch hervor und eilte auf Meller zu. Ausgiebig drückte ihm Bacher die Hand. Die übertrieben herzliche Begrüßung irritierte Meller. Er hätte ihm das Du-Wort nicht so voreilig antragen dürfen, dachte er.

Dass Meller mit Bacher so freundschaftlich verkehrte, hatte sich nach Mellers Genesung von seinen Schussverletzungen ergeben. Als er wieder seinen Job ausüben konnte, hatte er Bacher mit seinem spektakulären Fund eine heiße Story verschafft. In einem geheimen Stollen unter der Fußgängerzone, in einer Nische eingemauert, hatte Meller im Zuge einer Ermittlung Münzen aus der Babenbergerzeit entdeckt, wie von den Fachleuten des Bundesdenkmalamts festgestellt worden war.

War das ein Aufsehen rund um diesen Schatz und natürlich um seinen Finder gewesen. Bachers mehrseitiger Bericht war so erschienen, wie Meller es sich ausbedungen hatte – nicht ein Politiker war in der Reportage auf den Fotos zu sehen. Meller gingen diese Parteifuzzis mächtig auf den Geist, die sich selbst beim kleinsten medial aufbereiteten Ereignis auf oberwichtig nach vorn drängten.

Er hatte des Öfteren beobachtet, wie diese Leute mit ihren Fotografen auftauchten, sich – grins-grins – ablichten ließen und sofort wieder verschwanden. Sah man dann ihre Gesichter aus der Zeitung grinsen, sollte man glauben, dass sie tüchtig und aktiv überall dabei waren. Alles nur Fassade – wie halt so vieles in der Politik.

Jetzt lagen die wertvollen Fundstücke im Museum. Dazu war Bachers Bericht auf großen Schauwänden dargestellt und mit Fotos dokumentiert. Der Chefredakteur hatte seinen Job bravourös gemeistert. Fernsehteams waren gekommen, hatten im Stollen gedreht. Alles in allem war es für die Stadt eine kulturelle wie geschichtliche Sensation und eine wertvolle Bereicherung fürs Museum. Meller hatte auf Ehrungen und Dankesreden verzichtet, was manche Politiker verärgert hatte. Weil sie um ihre Grinsefotos in der Presse gekommen waren?

»Es ist ein privates Anliegen, das ich habe, Herr Bacher – entschuldige – Ewald.« Meller lachte. »Das mit dem Du-Wort scheint noch ein bisschen holprig.«

Bacher überging Mellers Verlegenheit mit einem Handwink.

»Was darf ich für dich unternehmen, Mario?«

»Es ist so … Joe ist gestohlen worden.«

»Welcher Joe?« Bacher sah den Kommissar verwundert an.

»Joe, mein Hund. Der vom Frühlingsrolle-Fall.«

»Ah ja, der hellbraune Cockerspaniel.«

»Genau. Eine Bekannte von mir hatte Joe zum Einkaufen mitgenommen. Vor dem dm-Markt an der Hauptstraße, wo er angehängt war, wurde er von jemandem entführt.«

»Der nächste Hundediebstahl also«, urteilte Bacher. »Warte, ich mach mir ein paar Notizen. Das ist bereits der vierte Fall innerhalb einer Woche. Wenn da nicht eine organisierte Bande dahintersteckt.«

»Du sagst es – ja, Dognapping, leider«, bestätigte Meller. »Deswegen bitte ich dich, in der *Neue-Süd* zu schreiben, dass Joe von seinem Herrl gesucht wird. Und da die Leute dein Blatt gern lesen, habe ich mir eine Strategie ausgedacht.«

»Danke, ich weiß. Ich scheue auch weder Kosten noch Mühe, um stets am Ort des Geschehens zu sein.«

Ewald Bacher grinste verwegen und nicht ohne Stolz.

In früheren Zeiten waren der Redakteur und der Kommissar des Öfteren aneinandergekracht. Für Meller waren Zeitungsleute eine mediale Seuche schlechthin. Aber ganz ohne sie konnte auch er nicht auskommen, wie sich in einigen Mordfällen gezeigt hatte.

»Was für Zeiten!«, fuhr Bacher fort. »Jetzt werden schon die Herrlis und Fraulis mit ihren Hunden erpresst!«

»Und es scheint zu funktionieren. Wer lässt schon gern sein Viecherl in Stich?«, erwiderte Meller. Dabei fiel ihm ein Erlebnis ein, bei dem er – wenn er ganz, ganz ehrlich war – weggeschaut hätte, wenn sich jemand Joes bemächtigt hätte. Eh nur ein einziges Mal. Damals hatte er sich vor Bella ziemlich blamiert, weil Joe ihn und Raffaela Battisti mit der Leine so fest umwickelte, dass die beiden, um nicht hinzufallen, sich fest umarmen mussten. Für Bella hatte es ausgesehen, als seien sie ein Liebespaar mit Kleinkind, da die rassige Italienerin mit ihrem Nachwuchs im Kinderwagen unterwegs gewesen war. Damit hatte Meller sich bei Bella einen verdammt großen Minuspunkt eingehandelt. Ach – alles Schnee von gestern …

Bacher beobachtete Meller beim Nachdenken.

»Hast du ein Bild von ihm?«, fragte er ihn.

»Von wem?« Irritiert fuhr Meller aus seinen Gedanken.

»Na, von Joe.«

»Nicht so direkt. Ich dachte, in deinem Archiv wird so ein Hund wohl zu finden sein.«

»Haha, der Witz ist gut, Mario! Ich habe tatsächlich unzählige falsche, hinterfotzige und blöde Hunde fotografiert … Aber du hast Recht, ein Cockerspaniel wird darunter zu finden sein … Nun gut, ich werde mir etwas überlegen. Was bist du bereit zu bezahlen?«

»Wie … was … bezahlen? Der Artikel kostet mich was?«

»Nicht der Artikel, Mario. Ich meine den Finderlohn für den Hund.«

»Ah ja. Schreib …«, Meller überlegte kurz, »… zweitausend … nein, schreib dreitausend Euro.«

»Na bravo! Sehr üppig. Ich meine, bloß für einen Hund?«

»Für Joe ist mir nichts zu teuer«, erwiderte Meller. Bei dieser Summe würde jeder Hundedieb schwach werden.

Und dann gnade dir Gott, du verdammter Mistkerl!

»Ich schreib dir eine Story, Mario, dass den Lesern die Tränen grad so aus den Augen spritzen – meine Spezialität«, versicherte ihm Ewald Bacher mit einem Lächeln, das Mellers Alarmglocken schrillen ließ. Dennoch erwiderte er:

»Wenn's mir Joe nur wiederbringt, ist mir jede Story recht.«

Der Hund ging ihm plötzlich ab.

Immer die Wickel wegen dieses kuscheligen Knuddelviechs!

»Ich wurde bereits informiert, Herr Meller.«

Mit einer säuerlichen Miene fixierte die S-C-ONE Chefin den Kommissar. Dr. Schaller schien es mächtig gegen den Strich zu gehen, dass sie von oberster Stelle einen Anpfiff bekommen hatte und Mellers Anweisungen akzeptieren musste.

»Dann ersparen wir uns viel Erklärungszeit«, erwiderte Meller.

»Mir gegenüber hält man sich ja bedeckt, worum es bei Ihrem Spezialauftrag geht. Sie müssen ja einen kräftigen Anschieber in der Zentrale haben … Aber bitte, setzen Sie sich.«

»Ohne meinen ausdrücklichen Wunsch schiebt mich niemand, Frau Doktor Schaller. Und was ich benötige, lässt sich im Stehen formulieren«, erwiderte Meller mit einem feinen Lächeln.

Sie konnte es einfach nicht lassen, ihn zu beleidigen. Was für eine Komplexlerin.

»Zwei Bitten …« Meller hielt kurz inne. Er hätte es auch anders sagen können, doch *Bitten* klang netter. Vielleicht brauchte er Schallers Connections doch irgendwann.

»… vorrangig benötige ich Herrn Lehner und Herrn Körner, ohnehin nur zeitweise. Die zweite Bitte …«

»Warum nicht gleich den ganzen S-C-ONE?«, zischte die Chefin giftig dazwischen.

»Frau Schaller!« Meller nervte dieses Kompetenzgetue.

»Frau Doktor!«, fuhr sie den Kommissar an. »Meinen Doktor habe ich mit Auszeichnung bestanden – Herr Meller, wenn ich bitten darf, ja?«

»Pardon, Frau D-o-k-t-o-r Schaller«, versuchte Meller es nun versöhnlich. »Frau Rotter soll mir im S-C-ONE zur Seite stehen. Ich werde laufend Infos benötigen. Da Sie jetzt direkt der Gruppe 4 vorstehen, also meine Nachfolgerin sind …«, Meller lächelte zuckersüß, »… informiere ich Sie gleich vorweg, dass ich nach meinem Spezialauftrag dem S-C-ONE nicht mehr zur Verfügung stehen werde. Ich kündige sozusagen mit offenem Datum, da ich nicht weiß, wann mein Job erledigt sein wird. Wo ich bis dahin sitzen werde, sage ich Ihnen noch.«

»Mo-Moment, Herr Meller!« Dr. Schaller schnappte nach Luft. »Sie glauben wohl, Sie können sich alles so lässig richten?«

»Dieses schon, Frau *Doktor* Schaller. Und seien wir ehrlich, es könnte für Sie nicht besser laufen. Mich sind Sie los … Was ich noch anmerken wollte: Frau Mensch und Frau Schneider stehen Ihnen alleinig zur Verfügung. Ein gutes Team. Außerdem weiß ich, dass Sie mit Frau Schneider ohnehin gut können.«

Erleichtert, die Intrigantin Schneider von der Backe zu haben, konnte Meller es nicht lassen, mit einem verschmitzten Grinser nachzuhaken:

»Mein Geheimauftrag ruft, ich muss los, Frau *Doktor* Schaller.«

»Tun Sie, was Sie nicht lassen können«, erwiderte die Chefin, während sie sich verbissen in ein Schriftstück vertiefte, das sie demonstrativ in der Hand hielt.

Meller hatte die Tür hinter sich noch nicht ganz zugezogen, da sprang Agathe Schaller aus ihrem Bürosessel – mit einer Siegesgeste triumphierte sie tanzend und rief:

»Endlich! Der aufgeblasene Affe ist weg! Jetzt komme ich!«

Meller hatte das noch gehört. Ruckartig riss er die Tür auf. Die vor Schreck erstarrte Schaller verlor in der Drehung sichtlich das Gleichgewicht, stolperte über ihre hohen Absätze und fiel der Länge nach direkt vor den Kommissar.

»Wohl zu schnell gekommen?«, fragte Meller sarkastisch und bot seine Hand an, um ihr hochzuhelfen.

»Greifen Sie mich nicht an!«, zischte ihn die Chefin vor Wut und Scham hochrot im Gesicht an und rappelte sich hoch. »Wenn das hier jemand erfährt, lege ich Ihnen, wo's nur geht, Prügel in den Weg. Auch ich habe meine Anschieber.«

»Na, dann lassen Sie kräftig anschieben!«

Wütend geworden, ließ Meller Dr. Schaller liegen und knallte hinter sich die Tür zu.

»Was war denn das jetzt?« Esther hatte im Gang gestanden und den Vorfall mitverfolgt.

Geistesgegenwärtig reagierte Meller:

»Wenn jemand vom soeben Geschehenen erfährt, legt dir Frau Doktor Schaller, wo's nur geht, Prügel in den Weg. Du kennst dich aus?«

»Ahhhja … Eigentlich wollte ich zu dir, Chef.«

»Der bin ich nicht mehr.« Meller deutete mit einem Kopfwink auf Schallers Bürotür. »Die Gefallene ist ab sofort der Boss der Gruppe 4.«

»Uije, scheiße!«

»Schön sprechen, Menschesther. Sie ist auch nur ein Mensch.«

»Ein Unmensch«, beharrte Esther.

»Was liegt dir denn auf dem Herzen«, lenkte Meller das Gespräch auf ihr Anliegen.

»Das zu erklären, dauert länger, muss auch nicht sofort sein. Ich wollte deinen Rat, rein privat. Aber wenn du ...«, Esther warf einen Blick zu Schallers Bürotür hin, »... sag, heißt das, dass du dem S-C-ONE den Rücken kehrst?«

»Ja und nein. Aber das ist geheim. Und wenn du das hinausposaunst, dann ...«

»Dann wirfst du mir, wo's geht, Prügel ... ich verstehe.«

»Du bist eine Blitzgneißerin ... Also, wenn's nicht unbedingt sofort sein muss, besprechen wir das nach Dienstschluss. Heute oder morgen? Ich ruf dich an.«

»Ist okay, Chef.«

»Wie bereits gesagt – das bin ich nicht mehr.«

»Was ich sehr schade finde, ehrlich«, erwiderte Esther und ließ ihren Exchef im Gang stehen.

Der Kommissar stand in seinem Büro und wusste auf die Schnelle nicht, womit er beginnen sollte.

Joes Verschwinden beschäftigte ihn, und Eva Roths seltsames Verhalten war irritierend gewesen. Erst recht das bescheuerte Wortgeplänkel mit Dr. Schaller – es war zum Verrücktwerden!

Die Welt ist ein Irrenhaus und du lebst darin, Meller!

Einer von Körners Sprüchen fiel ihm ein: Wer spinnt, kommt in ein Heim. Wer weiterspinnt, wird Heimleiter.

Es gab einfach zu viele, die sich aufführten, als seien sie das Gelbe vom Ei – Eierköpfe eben. Die gab's im privaten wie beruflichen Umfeld. Ach, was soll's. Wer sich sein Hirn mit allerlei Müll vollstopfen ließ, sollte schnellstens beginnen, darin

Ordnung zu schaffen. Aufräumen, ausräumen und wegräumen – zum Beispiel mit Vorurteilen.

Hirnleere als Start für neutrale Denkweisen?

Spinn nicht herum, Meller, räum einfach deinen Platz leer.

Und wenn nicht jetzt, wann dann? Dafür aber benötigte er Pappschachteln. Doch woher auf die Schnelle nehmen?

Sylvana Hamurcu fiel ihm ein. Sie war dafür verantwortlich, dass es im S-C-ONE – räumlich gesehen – sauber herging. Den Status »Putzengel« hatte sie sich schwer erarbeitet und war beliebt wie gefürchtet. Beliebt bei denen, die es gern sauber hatten. Gefürchtet von … ja, auch von Meller. Nicht aber, weil er ein Grindiger, ein Saufadl war. Nein, er war durch und durch ordnungsliebend – zumindest die meiste Zeit.

Nur hatte es Sylvana seit ihren ersten Stunden im S-C-ONE auf ihn abgesehen. Eine verhängnisvolle, wenn auch einseitige Beziehung. Doch fängt eine Frau Feuer, sollte man sich nie an ihr reiben, sondern flüchten.

»Kommissar is schenste Mann, was Sylvana gesehen in ganze Leben. Is große Versuchung! So scheene Mann, was is wie Schauspieler. Was sollen machen, dass wollen Frau an Seite?«

Nein, der Kommissar stand nicht auf Sylvana Hamurcu an seiner Seite. Nicht, um Smalltalk in türkisch-deutschem Kauderwelsch zu führen, und für Intimeres schon gar nicht. Zu anstrengend, zu … was sollten diese bescheuerten Gedanken?

Jedes Mal, wenn ihm diese Putzfrau in den Sinn kam, begann sein Innerstes zu rebellieren. Es reichte, wenn der Putzengel sein Büro täglich sauber machte und sich sonst im Hintergrund hielt. Eine klare Arbeitsregelung, ohne die geringsten erotischen Gedanken seinerseits.

Nicht, dass er jetzt Standesdünkel hatte, von wegen *bloß eine Putzfrau.* Nein, keineswegs.

Doch diese Frau hatte gar nichts – weder ihr Aussehen noch ihre Ausstrahlung –, was Meller reizen könnte. Wenn ihn was reizte, dann ihr überlautes Mundwerk und ihre nervenden Avancen. Er nahm sie zwar geduldig lächelnd entgegen und versicherte Sylvana jedes Mal, wenn sie ihn im S-C-ONE über den Weg lief – was ja täglich war –, dass sich *ihr Kommissar* weder sofort noch in Zukunft eine Frau an seiner Seite zulegen würde. Die viele Arbeit und überhaupt …

Doch jetzt benötigte er dringend Sylvanas Hilfe. Meller griff zum Telefonhörer, suchte ihre Nummer aus dem Verzeichnis und wählte sie.

»Sylvana … Was wollen?«

»Hier Meller. Ich hätte da eine kleine Bitte, Frau Sylvana …«

»Kommissar! Ich schnell kommen, wenn helfen muss …«

»Bitte, Frau Sylvana …!«

Sie hatte aufgelegt. Auch dieses Problem würde sich lösen, wobei es das kleinste war. Irgendwie konnte Meller diese tüchtige Frau, die es immerhin zur Verantwortlichen der Putzbrigade gebracht hatte, ja doch leiden. Nur wenn Sylvana ihm zu nahe kam, wurde sie anstrengend und – ja, auch gefährlich. Das hatte Meller schmerzlich zu spüren bekommen, als er wegen des Putzengels auf glitschigem Boden ausgerutscht war und sich das Kreuz böse verrissen hatte.

Es klopfte. Gleichzeitig wurde die Tür aufgerissen.

»Kommissar, wo brennt?«, rief Sylvana Hamurcu, in ihrem taubengrauen Arbeitsmantel den Türrahmen ausfüllend.

»Nirgendwo brennt es. Ich habe lediglich eine kleine Bitte …«

»Auch wenn Kommissar mögen Bitte groß wie Mond haben, ich tu für scheene Mann alle Wunsch.«

»Also bitte, Frau Sylvana! Ich brauche zwei, drei Kartons. Pappschachteln, Sie verstehen? … Diese Größe etwa.«

Meller zeigte mit den Händen das Volumen eines mittelgroßen Koffers. Da fiel ihr Blick auf die herausgeräumten Utensilien auf Mellers Schreibtisch. Sie kannte die Mappen und Ordner von ihren regelmäßigen Stierlereien, wenn sie in Mellers Abwesenheit saubermachte. Vor allem stach ihr jener türkische Krieger ins Auge, den sie vor Jahren beinahe weggeworfen hätte. Es waren ja nur Bruchstücke gewesen – Kaputtes-in-drei-Teile, wie sie die Figur nannte –, die ihr einen gehörigen Wickel mit dem Kommissar beschert hatten. Immerhin hatte Sylvana den zerbrochenen Krieger von ihrem Bruder reparieren lassen.

Die kleine Zinnfigur lag jetzt in eine Klarsichthülle eingewickelt auf einem Stapel Mappen. Sylvana Hamurcu war nicht auf den Kopf gefallen. Sofort schnallte sie, was hier vor sich ging. Dennoch stellte sie sich unwissend.

»Ah, Kommissar machen reine Tisch endlich?«

»So kann man es auch ausdrücken. Nein, ich räume das Feld. Jemand anderer wird hier einziehen …«

»Aber wo dann Kommissar haben neie Biro?«

»Kein Büro mehr. Vorübergehend bei Frau Rotter, dann …«

»Gehen weg?«, hauchte Sylvana entsetzt, »Kommissar gehen weg von die S-C-ONE?«

»Ja … nein. Frau Sylvana, bitte! Ich habe jetzt wirklich weder Zeit noch Lust, mit Ihnen das zu diskutieren … Kurz gesagt: Es ist nicht, wonach es etwa aussehen mag.«

»Sylvana aber sehen, wie sieht aus!«

Plötzlich hatte sie Tränen in den Augen, und sie sah Meller so unendlich traurig an, dass er es nicht ertrug. Er kam hinter seinem Schreibtisch hervor, nahm Sylvana kurz in den Arm.

»Aber, aber, Frau Sylvana! Was sollen die Tränen. Ich komme zwar nicht mehr jeden Tag ins Büro, aber ich bin ja nicht aus der Welt. Außerdem werde ich wie gesagt bei Frau Rotter …«

Da schlang Sylvana, der sensibelste Putzengel der Welt, ihre starken Arme um Mellers Hals, zog ihn zu sich und küsste seine Stirn und beide Wangen … dann fanden ihre Lippen seinen Mund. So sehr sich der Kommissar auch dagegen wehrte, Sylvanas Hände waren wie zwei Klammern, die seinen Kopf gefangen hielten. Sie versuchte Meller zu küssen, als würde im nächsten Augenblick die Welt versinken und sich keine Gelegenheit mehr bieten, sich zu verabschieden.

In diesem Moment wäre auch Meller am liebsten im Erdboden verschwunden, denn Körner war zur Tür hereingeplatzt.

Meller und Sylvana fuhren auseinander, als wären beide von einer Kobra gebissen worden. Irritiert wollte sich Körner zurückziehen, doch Meller winkte ihm dezent, zu bleiben.

»Jetzt ich tragen Trauer … solang Herz schlagen in Brust«, flüsterte sie ergriffen und schlug sich mit der Faust auf ihre üppige Oberweite.

»Und jetzt holen Schachtel für Kommissar«, setzte Sylvana nach, wischte sich über die Lippen sowie einen Rest Tränen aus den Augen und verschwand zur Tür hinaus.

Sekundenlang sah Körner den Kommissar entgeistert an und bemerkte schließlich:

»Ich verrat nix … wenn du mich auch deckst.«

»Was hast denn schon wieder angestellt, Axel?«

»Noch nix. Aber bald.«

»Dann lass es mich rechtzeitig wissen.«

Grinsend nickte Körner, während Meller ihn fixierte.

»Was du soeben gesehen hast, war lediglich die unglückliche Verkettung eines unglaublichen Missverständnisses.«

»Das hab ich mir gedacht. Und auch, dass man in einen Menschen nicht hineinschauen sollte. Man könnte diverse Abgründe entdecken.«

»Dein Gedankengang zielt wohl auf mich?«

»Chef!«, erwiderte Körner schelmisch. »Auf dich doch nicht!«

»Und warum grinst du dann so bescheuert, Axel?«

»Ich grinse immer so, wenn ich grinsen muss«, beruhigte der V-Agent den Kommissar …

»Na, super, Mario! Sag bloß, dass das dein Ernst ist«, forderte Claudia Rotter ihren Chef auf und sah ihn betroffen an.

Auch wenn sie schon seit Jahren mit dem Kommissar per Du und sehr vertraut war, hatte sie ihre Befangenheit ihm gegenüber nicht abgelegt – einfach deswegen, weil er ihr gefiel.

Vor Jahren hätte sie sich auf eine Liaison eingelassen, wären von ihm eindeutigere Signale gekommen. Doch das Feuer züngelte nur anstatt aufzuflammen. Nichts war daraus geworden.

War die Ursache des leidigen Feuerflackerns diese Distanz zwischen Chef und Mitarbeiterin? Oder war's ihr Gespür dafür, dass Mario damals noch zu sehr unter dem Verlust seiner Frau Lilian gelitten hatte, und sie abwarten wollte, bis er darüber hinweg wäre?

Letztendlich war dann alles ganz anders gekommen. Claudia hatte Marios besten Freund kennengelernt und sich Hals über Kopf in Lo Bianco verliebt. Der Ersatzliebhaber? Wenn schon nicht das Original, dann immerhin den Freund des Originals – Freunde sind sich doch in allem ähnlich.

Was für ein Schwachsinn, dachte sie, und sie wunderte sich über ihren absurden Gedankengang.

Doch was Claudia soeben erfahren hatte, ließ sie erst einmal in den Besuchersessel rutschen. Vorwurfsvoll sah sie ihren künftigen Exchef an, als wäre er ein Verräter.

»Alles hat ein Ende«, bekräftigte Meller seinen Entschluss. »Für mein Alter muss ich mir ein geruhsameres Betätigungsfeld suchen. In diesem Haus wird mir zu heftig intrigiert. Durch wen, weißt du ohnehin.«

»Und dann verlässt unser Kapitän der Bequemlichkeit halber einfach das sinkende Schiff?«

»Claudia, bitte! Wir sind nicht auf einer Windjammer!«

»Ein Jammer ist's mit dir!«, fuhr ihn Claudia plötzlich scharf an.

Mit dieser Reaktion hatte selbst Meller nicht gerechnet.

Tief Luft holend, hielt er Claudias verbissenem Blick stand, während sie versuchte, ihre Wut und Enttäuschung zu unterdrücken. Jahrelang hatte sie sich für ihren geliebten Chef den Arsch aufgerissen, hatte alle seine Launen ertragen, sich Mellers Nöte angehört und ihm – wer weiß, wie viele Male – Kaffee und Golatschen serviert. Ja, und im letzten Jahr hatte sie um ihn gezittert, als er beinahe abgenippelt wäre. Hatte ihn vor der bescheuerten Dr. Schaller in Schutz genommen und war extra zu ihm nach Panama geflogen, auf eigene Kosten.

Und jetzt diese Meldung?

Als würde Meller ihre Gedanken erahnen und aus ihrer Miene lesen können, bekam er einen roten Kopf. Vor Scham, aber auch vor Ärger.

Sind denn heut alle verrückt?, schoss es ihm in den Sinn. Was soll denn das! Ich bin ein freier Mensch, kann tun und lassen, was ich will.

Claudia Rotter, die ihren Chef wie sonst niemand kannte – ein Vorteil bei einem solch intensiven Arbeitsverhältnis –, wetterte drauflos:

»Du glaubst, dir alles leisten und auch uns so mir nichts dir nichts beiseite schieben und abhauen zu können! Doch wir sind Kollegen, Menschen aus Fleisch und Blut, wir haben Gefühle, wir sind mit dir ein eingeschworenes Team. Was haben wir seit Bestehen dieses … dieses … verdammten S-C-Haufens nicht alles durchgemacht! Und jetzt wirfst du einfach das … das Handtuch? … Alles hin? … Und wir?«

»Ich bin ja nicht aus der Welt. Obendrein arbeiten wir unverändert zusammen. Nur ich bin halt nicht mehr euer …«

Das Telefon schlug an. Erleichtert wegen der willkommenen Unterbrechung, hob er ab.

»Meller, ja …?«

Erst hörte er nur mit halbem Ohr hin, dann hoben sich seine Augenbrauen. Er sah seine Sekretärin an, die Tränen in den Augen hatte und nach einem Taschentuch suchte.

Erfreut sagte er:

»Frau Rotter kommt sofort und holt sie ab.«

»Wen hole ich ab?«, maulte Rotter ihre Nase demonstrativ geräuschvoll putzend und starrte ihren Chef vorwurfsvoll an.

»Es tut mir leid, Claudia«, versuchte Meller sich zu entschuldigen. Er fühlte sich ihr gegenüber plötzlich verdammt mies.

Wie Recht sie hatte. Er konnte es sich leisten, dem S-C-ONE von einer Sekunde auf die andere den Rücken zu kehren, was den Leuten in seinem Team nicht so leicht möglich war.

Doch mit seiner Entscheidung lag das Schicksal seiner Abteilung nicht mehr in seiner Hand. Aber das hatte es ohnehin nie. So war das Leben nun mal.

Alles hat ein Ende … und die Wurst hat zwei.

Lustig, der Witz war gut, gell, Meller?

Nix war lustig, das war's ja eben! Die S-C-ONE Chefin, diese lästige Zecke, hatte Meller jegliche Freude an seinem Job genommen.

Wenn ich tot wäre, müssten meine Leute auch ohne mich weiterwurschteln, dachte er ausweichend.

Du bist aber nicht tot, sondern ein verdammt lebendiger Egoist, Meller!

Das hatte er von seiner Sensibilität. Selbst sein inneres Ich stritt sich mit ihm um eine endgültige Entscheidung. Es bog sich den Kommissar wie die Büroklammer zurecht, mit der er seine innere Zerrissenheit unkontrolliert preisgab. Ein in Seelenfragen geschulter Fachmann hätte ihn sofort durchschaut.

Das verbogene Stück Draht rotierte in Mellers Fingern vor und zurück, hin und her. Schließlich entglitt es ihm und verschwand unter einem der Schriftstücke, die vor ihm lagen.

»Wen soll ich abholen?«, erinnerte ihn seine Sekretärin.

»Geh runter, Claudia, und sieh selbst nach.«

Geheimnisvoll lächelnd strahlte Meller sie an.

»Herr Meller!«

»Frau Huang? Sie hier in Mödling? Was für eine Überraschung!«

Meller kam hinter seinem Schreibtisch hervor, da eilte ihm die Frau auch schon entgegen. Erst blieb sie vor ihm stehen, doch dann lagen sich der Kommissar und die Chinesin in den Armen. Da trat auch Claudia Rotter hinzu und umarmte die beiden ebenfalls.

Durch ein gemeinsames Erlebnis in die Vergangenheit katapultiert, standen die drei ergriffen in Mellers Büro. Aus den Augenwinkeln sah der Kommissar, dass Körner soeben am Gang vorbeiging, kurz stehen blieb, die Augen verdrehte und den Kopf schüttelte – dann aber, Gott sei Dank, ohne einen Kommentar von sich zu geben, weiterging.

Ein kleiner chinesischer Junge verfolgte neugierig das seltsame Umarmungsritual der Erwachsenen.

»Ist das der Mann, der mich auf die Welt gebracht hat?«, unterbrach er schließlich die innige Begrüßung.

»Ja, David. Das ist Herr Meller«, erwiderte die Chinesin, nachdem sie sich von Meller und Rotter gelöst hatte. Zum Kommissar gewandt, sagte sie ernst: »Das ist mein David«, und leise hinzufügend: »Omours Sohn.«

»Die haben mich als Erste gesehen?« Der Knirps zeigte ungläubig auf Meller und Rotter.

»Da sie mir bei deiner Geburt beigestanden haben, waren sie die Ersten, die dich gesehen haben«, bestätigte die Chinesin.

»Das war alles Claudias Verdienst. Ich hab dabei nicht viel gemacht«, wehrte Meller ab.

Er erinnerte sich an die bangen Momente, als Ma-Lin Huang im Schockzustand ihr Kind zur Welt gebracht hatte. Wäre Claudia nicht so geistesgegenwärtig als Hebamme eingesprungen, wäre die Geburt nicht so glimpflich abgelaufen. Das war vor über sechs Jahren gewesen, am 13. April 2005.

Ein Tag, der Meller immer in den Sinn kam, wenn er eine Mutter mit ihrem Baby auf dem Arm sah.

»Manches vergisst man sein Leben lang nicht«, sagte er mehr zu sich und laut: »Was für ein Tag.«

Von einer Gefühlswoge in die andere gleitend, schossen Claudia Rotter jetzt vor Rührung die Tränen in die Augen. Sie wischte und wischte. Doch der Drang zu weinen war zu stark. Endlich konnte sie ihren aufgestauten Emotionen freien Lauf lassen.

»Ja, was für ein Tag, Mario! Erst das von vorhin und jetzt diese Freude! Damit du's gleich weißt: Für heute mache ich Schluss. Ich nehm mir frei und geh mit meinen Schützlingen ins Kaffeehaus. Ma-Lin wird mir erzählen, wie es ihr bisher ergangen ist.«

»Tu, was du nicht lassen kannst. Ich hab leider noch einiges aufzuarbeiten. Ruf mich an, wo ich euch allenfalls treffen kann.«

Der kleine Chinesenjunge trat auf den Kommissar zu und wollte in einwandfreiem Deutsch wissen:

»Schießt du auf Verbrecher?«

»Wenn es keine andere Möglichkeit gibt und ich mich davor schützen muss, selbst getroffen zu werden, dann schon.«

»Hast du schon viele Verbrecher getötet?«

»David, es gehört sich nicht, das zu fragen!«, ermahnte ihn seine Mutter.

»Ich werde auch einmal Kommissar. Dann werde ich alle Verbrecher von der ganzen Welt erschie… fangen«, besann er sich und grinste erst seine Mutter, dann Meller an.

»Du willst also Kommissar werden?« Meller stubste mit dem Zeigefinger dem kleinen Aufgeweckten an die Brust. »Vor dir werden die Verbrecher Angst bekommen, das weiß ich jetzt schon, wenn ich mir dich so ansehe. Aber weißt du, auch ohne Pistole kann man Verbrecher fangen.«

Der Kommissar wandte sich an die Mutter:

»Wie geht es Ihnen, Frau Huang? David …« Meller verstummte. Ihm fehlten plötzlich die Worte. Die Erinnerung an Ma-Lins furchtbares Schicksal ließ in ihm den Frühlingsrolle-Fall wieder hochkommen. Was musste die junge Frau seither alles mitgemacht haben. Gedanklich sah Meller sich zeitversetzt im ehemaligen S-C-ONE Gebäude unterhalb der HTL in seinem alten Büro, in dem Ma-Lin ihr Kind bekommen hatte. Joe hatte sich auf den Inhalt der geplatzten Fruchtwasserblase gestürzt und diesen vom Boden auflecken wollen. Meller war gerade noch rechtzeitig dazwischengefahren und hatte den Hund aus dem Zimmer bugsiert, während Claudia sich um die gebärende Chinesin gekümmert hatte.

»Mir …? Ach, uns geht es wieder gut«, erwiderte die Chinesin seufzend mit einem Blick auf ihren Sohn. »Ich habe mich mit meinem Schicksal versöhnt und … und … ja, Omour lebt in David weiter … Nicht wahr, David?«

»Omour heißt mein Vater«, mischte sich David aufgeweckt ein. »Das war ein gaaanz berühmter Mann in Afrika und … und da fliegen wir hin.«

»Also, sooo berühmt war er auch wieder nicht«, belehrte ihn seine Mutter, und zu Meller und Rotter gewandt sagte sie entschuldigend:

»David übertreibt manchmal maßlos.«

»Buben sind so in diesem Alter, Frau Huang, ich weiß das.«

Woher die kinderlose Claudia das wohl wusste, kam es Meller sarkastisch in den Sinn.

»Sie hatten doch Joe, diesen süßen Cockerspaniel«, wollte Ma-Lin Huang wissen. »Gibt es den Hund noch? Ich habe David von Joe erzählt. Er hat sich schon so auf ihn gefreut!«

»Joe ist zurzeit nicht greifbar … nicht hier, wollte ich sagen.«

Die Frage nach seinem Hund erinnerte den Kommissar an sein nächstes Problem. Er wollte der Chinesin nicht erzählen, dass Joe ausgerechnet an diesem Morgen allem Anschein nach gekidnappt worden war.

»Aber Joe war doch in der Früh noch in deinem Büro«, stellte Claudia fest. »Ich hab ihm doch Leckerlis gegeben.«

»Ich weiß, Claudia, ich erzähl's dir später. Geht schon voraus«, erwiderte Meller frustriert. Zur Chinesin sagte er mit einem Blick zu seinem Schreibtisch: »Sie entschuldigen mich, Frau Huang, ich hab leider zu tun. Wenn ich es schaffe, komme ich nach. Versprechen kann ich es allerdings nicht.«

Er beugte sich zu Ma-Lins Sohn hinunter und tippte ihn an.

»Ich muss Verbrecher fangen, damit du weniger Arbeit hast, wenn du eines Tages groß bist, David.«

»Ich bin schon groß!«, behauptete er und plusterte sich auf.

»Dann iss ein großes Stück Apfelkuchen, damit du so stark wirst wie ich.«

»David, lass Herrn Meller endlich in Ruhe arbeiten!«, mahnte seine Mutter.

Sie verabschiedeten sich. Meller hielt Claudia kurz zurück.

»Joe ist am Vormittag gestohlen worden.«

»Von wem?«

»Was für eine Elferfrage, Claudia.«

»Geh bitte, wer stiehlt denn schon deinen Hund?«

»Bestimmt kein Hundefreund. Oder doch – wer weiß?«

»Aber ausgerechnet Joe! Der ist doch für nichts … Entschuldige«, warf Claudia schnell ein, als Mellers frostige Miene sie strafte, »ich meinte, Joe hat doch niemandem was getan!«

Auch in dieser Frage war Meller sich nicht sicher.

»Du tust gut daran, deine Emotionen bei einer Portion Eiskaffee abzukühlen. Ich werde nicht nachkommen. Mir ist nicht nach Herumwühlen in der Vergangenheit. Grüß Frau Huang und ihren Jungen herzlich von mir.«

Meller schob Claudia sanft zur Tür hinaus.

Eine Weile stand er ratlos in seinem Büro. Sein Blick war in eine innere Ferne gerichtet. Eine Welle der Einsamkeit, eine plötzliche Leere befiel ihn, panikartige Schübe ließen ihn erschauern und in einer seelischer Starre verharren.

Solche Stimmungsschwankungen kannte er und wusste damit umzugehen, wenn sie in den Nächten sein Gemüt belasteten. Doch seit den Schussverletzungen hatten sie ihn immer öfter auch tagsüber heimgesucht. Gedanken an Sinn und Ziel des Lebens, an sein Ende, an die große Ungewissheit danach ließen in seinem Innersten dunkle Schatten zu drohenden Gewitterwolken anschwellen. Unmittelbar darauf folgten Herzrasen und Schweißausbrüche. So wie eben.

Ausgelöst durch seine Gedanken an Joes Verschwinden.

Verdammt, verdammt!

Ein Erinnerungsfetzen zwang Meller zu handeln. Er gab sich einen Ruck, setzte sich auf seinen gewohnten Platz und suchte den Schreibtisch ab. Schließlich fand er die Visitkarte im Stapel Unterlagen, auf der die Zinnfigur gelegen hatte. Sein Glücksmännchen, einen türkischen Krieger darstellend, hatte er einst beim Bau seiner Villa gefunden. Bei der Lösung eines Falls hatten diese Figur und Joe sein Team vor Jahren auf die richtige Spur geführt.

Verdammt, Joe, wo bist du? Wer tut dir Böses an?

Dass einem ein Hund so ans Herz wachsen konnte! Meller fluchte und schlug mit der Faust auf den Tisch. Ein stechender Schmerz folgte unmittelbar.

Auaah ... verdammt! Welcher Trottel hat dieses Ding ...?

Eine Büroklammer steckte in Mellers Hand. Augenblicklich erkannte er den Trottel, der das aufgebogene Drahtstück auf seinem Tisch hatte liegen lassen. Zwei Tränen kullerten. Eine für den Schmerz, eine für Joes Verschwinden.

Seufzend wischte er die Augen trocken, nahm den Telefonhörer und wählte zitternd die Nummer, auf die er die längste Zeit gestarrt hatte. Was für ein beschissener Tag.

Was bin ich plötzlich für eine Heulsuse geworden, fluchte er. Was stimmt mit mir nicht mehr?

Der Erde Lauf würde Mödling in kosmischer Gelassenheit in eine tiefe Finsternis tauchen, hätten nicht Hunderte Straßenlampen sowie Tausende beleuchtete Fenster und vor allem ein silbrig glänzender Mond das Dunkel durchbrochen.

Schlechte Zeiten für dunkle Gestalten, welche die Absicht hatten, verbrecherisch zu Werke zu gehen. Eine Tatsache, die dem Kommissar, der seit knapp einer Viertelstunde auf einer beigefarbigen Couch lag, aber schon so was von egal war. Denn er heulte wie ein Schlosshund seinen Seelenschmerz raus. Zum Sondertermin für ein stolzes Sonderhonorar.

Die Therapeutin reichte ihm ein Taschentuch nach dem anderen, sobald er die Hand hob und winkend danach bettelte.

So gut ihm das Weinen tat, so wütend war er über sich selbst, weil er so lang zugewartet hatte, um diesen Schritt endlich zu wagen. Mindestens zwei Drittel der Tränen galten seinem Seelenschmerz und ein Drittel seiner Wut darüber. Er wusste zwar, dass er in einer depressiven Phase steckte, nicht aber, wie er sich daraus befreien sollte.

Seinen Freund Lo anzujammern, widerstrebte ihm. Gerade vor ihm wollte er nicht als Weichei gelten. Doch sonst wusste er niemanden, dem er sich mit seinen innersten Problemen anzuvertrauen wagte. Eva Roth etwa? Niemals! Wenn, dann noch am ehesten seinem Hund. Und der war nicht verfügbar.

Nein, nein – besser, niemand wusste über sein seelisches Dauertief Bescheid. Damit muss man allein zurechtkommen, war er seit jeher der Meinung gewesen …

»Sie wären ein Fall für mich«, hatte ihm eine gewisse Sarah Reimann kryptisch prophezeit. Zufällig hatten sich an einem schönen Sommerabend Mellers Wege mit jenen der geheimnisvollen Schönen beim Heurigen gekreuzt. Einem Ort, an dem man eigentlich unbeschwert – und wenn schon nicht fröhlich, so zumindest in positiver Stimmung – den Tag ausklingen lassen sollte.

Meller und Bianco waren beim Pferschy-Heurigen an ihrem Tisch zusammengerückt, damit sich noch weitere Leute dazusetzen konnten. Zwei Damen, etwa zehn Jahre jünger als Meller, hatten sich alsbald zu ihnen gesellt. Nach üblichem Smalltalk über Wetter, Wein und News aus Mödling sowie dem Rest der Welt war man über Berufliches ins Gespräch gekommen.

Sarah Reimann war Psychotherapeutin mit eigener Praxis, ihre Freundin Ulla Bauer führte die Filiale eines Reformladens in der Shopping City Süd.

Lo Bianco präsentierte sich in solchen Runden von seiner charmanten Seite und unterhielt sein Gegenüber mit Gschichterln über manch schräges Erlebtes. Mit seinem Wortwitz hatte er die Tischrunde köstlich unterhalten, während Meller eher wortkarg dagesessen hatte. Was Ulla Bauer schließlich nachfragen ließ, was dem Herrn Kommissar denn über die Leber gelaufen sei, weil er gar so ein verzwicktes Gesicht mache.

Meller wusste nicht mehr, was ihn damals speziell bedrückt hatte. Sarah hatte jedenfalls seine seelische Schieflage mit ein paar geschickten Fragen aus ihm herausgekitzelt, obwohl es nicht seine Art war, sein Innerstes an einem Heurigentisch auszubreiten. Vor Fremden noch dazu.

Doch Sarah Reimanns Stimme und ihre tiefen Blicke hatten ihn total aus der Fassung gebracht. An diesem Abend hatte sich Mellers Depression komprimiert in seine linke Gehirnhälfte verschoben, um Sarah Reimanns tiefgründige Augenblicke sowie ihren nachhaltigen Satz, der sein Innerstes aufwühlte, auf seine rechte Hälfte wirken zu lassen: »Sie wären ein Fall für mich.«

Diese Feststellung hatte Lo Bianco animiert, Meller mit einem unauffälligen Stupser in die Rippen »Die wär doch was für dich« zuzuflüstern. Wobei Lo beileibe keine therapeutische Behandlung im Auge hatte, sondern lediglich Mellers mönchshaften Lebensstil aufpeppen wollte.

»Wenn einem Mann im gewissen Alter – hehehe – unerklärbare Depressionen das Leben schwer machen, dann sollte er sich schnellstens ein geeignetes Pendant suchen, um mit diesem sein Leid zu vertreiben. Weil geteiltes Leid ist halbes Leid. Obendrein macht das Teilen einen Mordsspaß.« So weit Biancos Antileidensphilosophie, mit der er immer schon durchs Leben flutschte. Dass sich Meller in Durchhängephasen so was von patschert anstellte, das ging Lo schon die längste Zeit auf den Sack. Das sagte er vor den beiden Damen natürlich wesentlich dezenter.

»Wach endlich auf, Meller! Du zappelst am Schicksalsfaden und hast Angst, dass er reißt. Junge, freu dich übers Leben und lach endlich wieder!«

Meller kannte Bianco, wenn ihm etwas gegen den Strich ging. Doch so war er von ihm noch nie angefahren worden.

»Was spinnst du dir denn für einen Blödsinn zsamm, Lo? Halt einen anderen am Faden!«

Typische Frustreaktionen. Lo war sauer, weil Claudia nicht mehr bei ihm wohnen wollte, obwohl er ihr versprochen hatte, dass er nie mehr … ach was, das war Biancos Bier.

Er hatte Meller gebeten, für ihn bei Claudia ein gutes Wort einzulegen, vielleicht war sie umzustimmen. Bianco konnte einfach nicht allein leben. Stets sollte jemand um ihn herumschwirren, ihn umschwänzeln, bekochen und von hint und vorn bedienen.

Meller war der Ansicht, dass ein echter Kerl seine seelischen Defizite mit sich selbst ausmacht – und basta.

Bevor die unbeschwerte Stimmung zu kippen drohte, hatten die Damen sich verabschiedet, wobei die Psychotherapeutin Meller ihre Visitkarte zugesteckt hatte.

»Wenn Sie emotionell nicht mehr durchblicken, können Sie mich jederzeit anrufen. Als freie Therapeutin richte ich mich terminlich ganz nach den Wünschen meiner Klienten …«

Während Meller in Tränen aufgelöst und tief in seiner vom Schicksal geprüften Seele herumwühlend auf das Ende seiner depressiven Stimmung hoffte, starrte er unverwandt auf eine mystische Darstellung.

Das Gemälde hing vis-à-vis seines Blickfelds in der Dachschräge. Es war ein von Grün ins Blau schillernder spiralförmiger Schlangenkörper in diffusem Nebel, der ihn auf den ersten Blick nach unten führte. Bei längerem Hinsehen jedoch drehte sich die Spirale zugleich aufwärts in ein kosmisches Dunkel hinein, das von zwölf Planeten beherrscht wurde.

Abwärts aufwärts? Aufwärts abwärts?

Wohin soll ich mich wenden, bevor ich muss verenden?

»Scheiße, genau so fühle ich mich!«, platzte es unvermittelt aus Mellers Mund. Erschrocken über die vulgär entglittene Erkenntnis schwieg er, wollte aber schließlich wissen:

»Entschuldigung … Ein echter Max Escher?«

»Ein echter Eisenkorn«, erwiderte die Therapeutin hinter Mellers Kopf, während er sich aus dem Bild eine für ihn heilsame Offenbarung bastelte.

»Noch nie von diesem Maler gehört.«

»Gilbert Eisenkorn – ein ehemaliger Studienkollege.«

»Beeindruckendes Bild«, urteilte Meller, nachdem er sich geschnäuzt hatte. Der Haufen benützter Taschentücher auf seiner Brust fiel zu Boden, als er den Kopf zur Therapeutin wandte. Er wollte sie aufheben.

»Lassen Sie die liegen … Was vermittelt Ihnen das Bild?«

»Meinen Iststand – nicht wissen, wohin mit mir.«

»Keinerlei Richtung?«

»Sohin gesehen ist keinerlei Richtung auch eine Richtung.«

Sie schwieg.

Meller grinste wie ein Lausbub, so befreit fühlte er sich mit einem Mal. Er wartete auf einen therapeutischen Lösungsansatz. Als nichts kam, fuhr er fort:

»Ich glaube, mir geht's schon viel besser. Eine Viertelstunde lang Ausheulen und ich bin schon wieder obenauf.«

»So schnell geht das bei Ihnen?«

»Jedenfalls fühle ich mich auf Ihrer Couch so wohl wie schon lang nicht mehr.«

»Dann beginnen wir ... Erzählen Sie aus Ihrem Leben. Was Ihnen so einfällt.«

Meller kam sich plötzlich wie bei einem seiner Verhöre vor.

»Vom Beginn weg?«

»Wenn es Ihnen wichtig erscheint?«

Meller schloss die Augen, atmete tief durch, dann begann er mit seinen ersten Erinnerungen als Kind; erzählte von Erlebnissen als Jugendlicher, die ihm gerade einfielen; von seinen einsamen Jahren, als er die Welt ohne rechtes Ziel durchkreuzte, weil ihm die Jugendliebe abhandengekommen war ... und dann war da noch ... Schnarch ... schnarch ... schnarch ...

Ding ... dang ... dong!

Ein harmonischer Dreiklang tönte irgendwo im kuscheligen Dachbodenzimmer.

Meller riss die Augen auf und gähnte ausgiebig.

Momentan wusste er nicht, wo er sich befand, so tief und erholsam hatte er geschlafen. Er versuchte, seine Gedanken zu sammeln:

Bei Therapeutin auf der Couch – zum Heulen gewesen – Lebensgeschichte erzählt – dabei eingeschlafen – Meller, wie peinlich!

»Jetzt bin ich glatt eingenickt, tut mir leid«, entschuldigte er sich und setzte sich mühsam auf. Die verdammte Schussverletzung verpasste ihm einen Stich, so dass er zusammenzuckte.

Benommen saß er auf der Couch und drückte eine Hand auf die Narbe.

»Sie sollten einen Arzt konsultieren.«

»Wieso? Ist was mit mir?«, fragte Meller beunruhigt.

»Sie schnarchen, Herr Meller.« Sarah Reimann lächelte ihn an.

Das ist ja noch peinlicher als peinlich, Meller!

Verlegen reckte und streckte er sich unauffällig und stand auf.

»Das kurze Schläfchen hat Ihnen scheinbar gutgetan. Für heute belassen wir's dabei, Herr Meller. Wann wollen wir einander wiedersehen? Einmal die Woche sollte es schon sein. Zumindest die ersten paar Male.«

Meller konnte keinen genauen Tag sagen, da er sich für die nächste Zeit einiges vorgenommen hatte und viel unterwegs sein würde. Man einigte sich schließlich auf eine kurzfristige Terminabsprache.

»Wie ich schon sagte, für meine Klienten bin ich jederzeit verfügbar«, betonte Reimann erneut, »was natürlich auch ein bisschen mehr kostet. Aber dafür haben Sie sicher Verständnis, Herr Meller.«

Ihr gekonnt süßes Lächeln flutschte Meller nur so runter und staute sich im Beckenbereich. Er musste sich sehr zusammenreißen, um die plötzliche Erektion zu verbergen, die den Hosenstoff im Schritt verdächtig ausbeulte. Da war zum Abschied eine höfliche Verbeugung das Sinnvollste.

Wer seine geschundene Seele repariert haben wollte, musste eben etwas tiefer in die Tasche greifen. Mit Meller traf die Therapeutin ohnehin keinen Armen, das schien sie zu ahnen.

So war das Leben nun mal. Ungerecht und vor allem verdammt teuer. Aber man lebt eben nur zu gern. Da möchte man möglichst lang und gesund mit all seinen Sinnen alles erleben, bevor einen der Sensenmann holt …

… und der Weihnachtsmann ist eine Wunschpackerl-Gebärmaschine … Mensch, Meller, werd munter!

Sarah Reimann ist lediglich auf deine geheilte Seele scharf, mehr nicht, capito?

Vier

Mittwoch, 21. September 2011

Auf der Fahrt nach Kärnten war Meller bestens aufgelegt.

Die vergangene Nacht hatte er durchgeschlafen wie schon lang nicht mehr. Der Tag war ein sonniger, und er fühlte sich völlig ausgeruht.

»Siehst du«, sagte er laut zum Meller im Innenspiegel, »ausheulen unter professioneller Aufsicht zahlt sich aus.«

Bevor er losgefahren war, hatte er noch die nötigen Arbeiten erledigt, um für die nächsten Tage im S-C-ONE abkömmlich zu sein. Mike Lehner sollte ihn vertreten, sofern Dr. Schaller nicht anders bestimmte. Sich da einzumischen, hatte er sich erspart.

Natürlich hatte sich herumgesprochen, dass er seinen Job aufgeben würde. In seiner Abteilung waren alle, außer V-Agentin Irene Schneider, ziemlich betroffen gewesen. Meller ärgerte sich, dass diese Opportunistin ihre Abneigung auch ihm gegenüber so offen präsentierte. Sie deswegen zur Rede stellen, wollte er nicht, um nicht ihre Freude noch mehr anzuheizen.

Zum Mittagessen war er nicht mehr gekommen, also ließ er sich in einem Supermarkt zwei Käseweckerln einpacken. Dazu kaufte er sich ein paar Schokoriegel und eine Flasche Mineralwasser. Beim Bezahlen wurde er Zeuge eines interessanten Dialogs.

Ein junger Bursche, ein Schwarzafrikaner im blauen Overall mit Wurstsemmel und Coladose in der Hand, bat höflich lächelnd, indem er wortlos seinen Einkauf zeigte, ob er vor dürfe. Eine Mutter mit Kleinkind und auch Meller nickten ihn stumm durch.

Die Frau an der Kasse, eine massige Dicke mit speckigem Haar – die Fleisch gewordene Unfreundlichkeit in Person –, verfolgte die Aktion mit verkniffener Miene.

»Eine schöne Tag!«, grüßte der Bursche fröhlich und lachte der Kassierin mit zwei blitzweißen Zahnreihen zu.

Die Dicke, darauf nicht reagierend, fertigte ihn missmutig ab und wollte sich schon Meller zuwenden.

Da sagte der Arbeiter zu ihr: »Wenn du auch sagen *schöne Tag*, dann werden schöne Tag und machen Lachen in Gesicht von Frau!«

»Was wü der Nega von mir?«, spielte sie sich empört auf, während der Bursche mit beschwingtem Schritt freundlich grüßend den Supermarkt verließ. Sichtlich wollte sie von den Leuten, die an der Kasse angestellt standen, ihre abfällige Bemerkung goutiert wissen.

Da musste sich Meller einmischen.

»Der junge Mann wollte Ihnen ein Lächeln ins Gesicht zaubern. Das scheint ihm wohl nicht gelungen zu sein.«

Die Kassierin schien es nicht – oder doch? – verstanden zu haben, da sie Meller mit verbissener Miene abfertigte …

Im Nachhinein gab Meller dieses Erlebnis zu denken. Diesem jungen, hoffnungsfrohen Immigranten wurde es wegen seiner Herkunft, seiner Hautfarbe gewiss nicht leicht gemacht. Doch der Schwarzafrikaner hatte sich nicht kleinmachen lassen. Durch sein mutiges Auftreten hatte er seine Freude am Leben gezeigt und dass er an eine Zukunft glaubte. Im Vergleich dazu die frustrierte, ungepflegte Kassierin – was für ein Unterschied! Die Frau hatte mit ihrer unmöglichen Art demonstriert, was sie von ihren Mitmenschen hielt.

Das Leben ist einem ins Gesicht geschrieben. Eine Strafe?

Kritisch betrachtete Meller sich bei hundertdreißig Stundenkilometer im Innenspiegel.

Geh in dich, Meller, erinnerte ihn erst sein Gewissen. Dann seine Vernunft: *Vor allem geh vom Gas weg, sonst erübrigt sich womöglich jede weitere seelische Auseinandersetzung mit dir.*

Doch sein Fuß blieb auf dem Gaspedal. Seinen wundgescheuerten Seelenspiegel sollte diese Therapeutin aufpolieren, jetzt hatte er Wichtigeres zu tun …

Meller nützte lange Autofahrten für philosophische Allerleibetrachtungen – genügend Zeit, seine künftigen Schritte zu planen und sein Leben neu zu gestalten.

Wer glücklich sein will, muss sich verändern.

So ähnlich lautete eine Konfuzius-Weisheit, die Meller einfiel. Das Glück hatte ihn zunächst mit Sarah Reimann zusammengeführt.

Frage: Durfte einem seine Therapeutin auch als Frau gefallen?

Das ewig klassische Klischee: Klient verliebt sich in Therapeutin. Klischee hin oder her – er dachte an die körperliche Reaktion am Abend zuvor, als er sich von ihr verabschiedet hatte. Dabei hatte er erst eine Stunde bei ihr abgesessen. Wie witzig: liegend eine Stunde absitzen …

Wobei er nicht sagen konnte, was genau ihn an ihr so faszinierte. Egal.

Ob mehr daraus werden könnte? Mit einer Therapeutin?

Vermutlich würde die Anfangszeit aufregend sein wie in einer gewöhnlichen Liebesbeziehung. Wie bitte? Gewöhnlich?

Doch mit einer professionellen Seelenklempnerin zusammen

zu sein, müsste im Wahnsinn enden. Sich zum Seelereparieren das Innerste liebevoll nach außen stülpen und streicheln lassen? Wahrlich – der totale Wahnsinn.

Also besser die Finger davon lassen. Doch manch erotisches Wunschbild ließ ihm ein schauriges Wohlfühlgefühl durch den Körper fahren …

… und ihn in eine Radarfalle sausen.

Im Rückspiegel sah er es aufblitzen. Um dreißig Stundenkilometer zu schnell, sagte ihm sein Blick auf den Tacho.

Kleine Sünden straft Gott sofort!

Wieder in der Realität gelandet, führten ihn seine Gedanken in sein Büro, auf seinen Schreibtisch. Er hatte noch einiges zu regeln, Entscheidungen zu treffen, naheliegende Aufgaben zu erledigen – kurz, sich eine weitreichende Strategie zurechtzulegen, um schließlich am Tag X mit gutem Gefühl das Zepter aus der Hand zu geben.

Ihm war es ein Bedürfnis, maßgeblich mitzubestimmen, wer sein Nachfolger werden würde. Die S-C-ONE Chefin sollte ihm dabei nicht hineinpfuschen können, diesen Triumph wollte er ihr nicht gönnen.

Schaun ma mal, was er beim Minister erreichen würde, wenn er mit den ersten Ergebnissen aus Klagenfurt antanzte.

Ob Saphira Pototschnig nun freiwillig aus dem Leben geschieden oder einem Mordanschlag zum Opfer gefallen war – was auch immer bei seinen Ermittlungen herauskam, es würde den Minister nicht fröhlicher stimmen können.

So weit seine Gedanken den Job betreffend. Doch auch Mellers private Belange waren zu organisieren. Der Ausstieg aus dem Berufsleben war das eine – doch was dann? Damit hatte er sich in Wahrheit noch nicht so recht auseinandersetzen wollen. Hatte er etwa Angst vor einer totalen Veränderung?

Wer glücklich sein will, muss sich verändern.

Wieder kam ihm die Konfuzius-Weisheit in den Sinn – aber auch gleichzeitig seine von Depressionen geschwängerte Erkenntnis auf Reimanns Couch:

Wohin soll ich mich wenden, bevor ich muss verenden?

Wohin wollte er tatsächlich? Wohin würde es ihn treiben?

Ihn, den seelisch Staatenlosen, der eigentlich nirgendwo sein Zuhause zu finden vermochte. Stets waren es Schicksalsschläge, die ihn von geliebten Menschen wegtrieben. In der Jugend war es Nora gewesen, die ihn aus seiner Ursprungsheimat gewissermaßen »verjagt« hatte. Er war vor ihr geflohen, weil er nicht ertragen konnte, dass sie sich in Lo Bianco verknallt hatte. Nora war Mellers Startschuss für eine rastlose Reise um die Welt gewesen – ohne eigentliches Ziel.

Dass er mit Bianco wieder Freund sein konnte, war Mellers jahrelangem Fernbleiben der Heimat zuzuschreiben. Im Grunde genommen war Lo ja in Ordnung und inzwischen wieder Mellers bester Freund geworden. Auch wenn Bianco manchmal verdammt mühsam sein konnte. Aber Kreative waren nun mal so, dafür bereicherten sie einem das Leben mit manchen Überraschungen, deren Auswirkungen zwar nicht vorhersehbar, jedoch meistens spektakulär und oft auch witzig waren.

Alles in allem – auf Lo konnte er sich hundertprozentig verlassen. Er hatte Meller vergangenes Jahr sogar das Leben gerettet. Instinktiv griff er sich an eine der Stellen, weil sie ihm einen Stich versetzte, ausgelöst durch eine Bodenwelle.

Verdammte Kugel!

Er musste tief durchatmen.

Da war auch Mike Lehner. Ältester V-Agent und Ruhepol in seiner Gruppe. Auch er hatte Meller vor Jahren schon einmal das Leben gerettet. Hätte Mike ihn nicht rechtzeitig aus einer

Felswand gerissen, er wäre in die Tiefe gestürzt. Aus, tot – baba, schöne Welt, hätte es schon damals für Meller geheißen.

Ja, Mike Lehner sah er als seinen würdigen Nachfolger.

Der V-Agent hatte die Krise mit Lieselotte Lehner, seiner Noch-Ehefrau – von ihm einst liebevoll Stoppl genannt –, überwunden. Mike war inzwischen mit seiner Kollegin Menschesther verbandelt. Näheres wusste Meller nicht, jedoch war ihm zu Ohren gekommen, dass eventuell sogar die Hochzeitsglocken läuten würden.

Armer Mike, dachte er. Noch nicht einmal geschieden, schon treibt es ihn erneut in Richtung Opferaltar, auf dem er seine frisch gewonnene Freiheit zu Grabe tragen wollte. Wenn das nur mal gut ging.

Meller kannte Stoppl, Mikes künftige Ex. Doch ob sie so ohne Weiteres das Feld räumen würde? Sie hatte ihrem Mann ewige Rache geschworen, das wusste er von Mike. Meller hatte mal überlegt, mit Stoppl zu reden, um die angespannte Situation zu entschärfen. Aber es war Mikes Zukunft, die allein er in die Hand nehmen musste.

Wer schon am Kleinen scheitert, dem fehlt es an Größe!

Stoppl ragte dem Zwei-Meter-Mann gerade mal bis zur Brust. Doch Mike war zu feig, das leidige Thema Scheidung mit seiner Stoppl anzugehen. So war es nur eine Frage der Zeit, bis sich im Hause Lehner ein weiteres Schlachtfeld auftun würde.

»Heiraten heißt in den Krieg ziehen«, war Körners Meinung dazu. Ausgerechnet Axel Körner, der sich in Eva Roths Halbschwester, Raffaela Battisti, verguckt und ihr schwuppdiwupp ein Baby gemacht hatte, die süße kleine Bruna. Vergangenes Jahr hatten Axel und Raffaela ebenfalls knapp vor dem Ende ihrer Beziehung gestanden.

Der Obermacho hatte vollmundig verkündet, er mache nur

Buben, keine halbe Sachen. Als er anzweifelte, dass die süße Bruna sein Kind war, hatte es Raffaela gereicht. Sie war in ihre Heimat Sizilien abgerauscht, samt Bruna und dem moppeligen Luigi, dem damals knapp fünfjährigen Buben aus einer frühe-ren Beziehung. Da hatte Axel einen verzweifelten Vorstoß gewagt und in einer spektakulären Aktion Raffaela zum Jawort regelrecht »gezwungen«. In Taormina, im Teatro Greco hatte er sich an eine der fünf freistehenden Säulen gekettet. Vor sich aufgebreitet ein Transparent, auf dem er verkündete, hier so lang auszuharren, bis Raffaela seinem Heiratsantrag zustimmen würde. Vier Tage und Nächte lang hielt Körner eisern durch. Lehners süffisantes Statement: »Mit Ankettungen hat Axel ja Erfahrung« hatte auf Körners Affäre mit einer mörderischen Dame gezielt, wegen der er tagelang an ein Bett gefesselt gewesen war.

Natürlich war die Lovestory durch sämtliche Medien gegangen und hatte Axel den gewünschten Erfolg gebracht. Vor Reportern, Blitzlicht und TV-Kameras hatte sich Raffaela erweichen lassen, als er vor ihr auf die Knie gegangen war und sein »Vuoi essere la mia sposa?« gestammelt hatte. Mit dem lukrativen Nebeneffekt, dass die Kosten der Hochzeitsfeier durch Waren- und Geldspenden mehrerer Firmen abgedeckt werden konnten.

Schlaues Weibervolk. Meller war sicher, dass Eva Roth und ihre Halbschwester Axels verzweifeltes Liebeswerben geschickt gelenkt hatten, nachdem sie mitbekommen hatten wie heftig die Medien darauf abfuhren.

Seither lebten die Körners in Axels kleiner Wohnung. Man bedenke: eine impulsive Sizilianerin, emotionell dauerexplosiv geladen, und ein Supermacho wie es Axel Körner von Geburt an war.

»Tödlich«, entfuhr es Meller und er grinste. Doch Körner brauchte solche Kicks.

Apropos tödlich, schoss Meller ein absurder Gedanke durch sein Hirn. Hätte ihn Mike seinerzeit nicht aus der Felsenwand hochgerissen, hätte es sich Lo sparen können, Mellers Leben zu retten.

Was spinnst dir zsamm, Meller? Achte lieber auf den Verkehr!

Ist doch so! Des Menschen Schicksal fällt ohne anzuklopfen mit der Tür ins Haus, sinnierte er, während er sich scharf hinter einer Lkw-Kolonne einreihte, um einen Wahnsinnigen an sich vorbeirauschen zu lassen, den er im Rückspiegel mit einem Mördertempo gerade noch rechtzeitig auf sich zurasen gesehen hatte.

Dieser Irre sucht wohl sein Nirwana? ärgerte er sich.

Ja, das Schicksal konnte zerstörerisch zuschlagen – egal, ob man es herausforderte oder nicht. Aber ebenso behutsam sein, wenn es sich zum Beispiel bis in die kleinste Seelenfalte schlich, sich wie ein Oktopus übers Herz stülpte und ein Feuer verursachte, das einer Brandschatzung gleichkam, die sich weder mit einem See voll Tränenwasser noch sonst irgendwie ablöschen ließ.

Abgelöscht fühlt sich wie ausgelöscht an.

Auch Meller waren schmerzhafte Schicksalsschläge nicht erspart geblieben. Er ließ Verstorbene, die ihm besonders ans Herz gewachsen waren, chronologisch vor seinem Seelenspiegel vorüberziehen: seine Eltern; Lilian, seine große Liebe und Frau; Henriette, seine Ziehmutter; Bella, seine zweite große Liebe; seine Kollegin Manuela Kohn, für deren Tod er sich verdammt verantwortlich fühlte. Zuletzt Erika Hauser, der liebenswürdige alte Hauskobold aus Rio de Janeiro, den Meller zu sich nachhause geholt hatte.

Sein Junge Manuel machte sich die größten Vorwürfe, weil Erika wegen seiner Schlamperei über seine Schuhe gestolpert war und sich den linken Oberschenkelhals gebrochen hatte. Nach ihrer Operation hatte sich Erika nicht mehr erholen können. Kränklich und meist schlecht drauf, war sie durchs Haus gehumpelt. Ganz grantig war sie auch, weil der liebe Herrgott anscheinend vergessen hatte, sie zu sich zu holen.

Schließlich war die Situation Anfang des Jahres völlig aus dem Ruder gelaufen. Eines Nachts hatte Meller die alte Hauser ertappt, als sie Hand an sich legen wollte. Zum Glück hatte Joe angeschlagen und Meller aus seinem ohnehin viel zu kurzen Schlaf gerissen. Da Erika seine Schlafgewohnheiten kannte – zwischen zwei und vier Uhr früh saß Meller meistens vor der Flimmerkiste –, hatte sie sich kurz nach zwölf ins Bad geschlichen.

Tagsüber hatte Joe seinen Schlafplatz im Wohnzimmer. In der Nacht jedoch wanderte er regelmäßig zwischen den Schlafzimmern von Meller und Manuel hin und her. Da Meller früher seine Tür meist geschlossen hielt, lag Joe davor, was manchmal zu Beinahstürzen führte. Darum hielt er die Tür nur angelehnt, damit Joe ins Zimmer konnte, um sich neben das Bett zu legen.

Der Hund machte durch sein Bellen auf sich aufmerksam. Meller folgte Joe, der schnurstracks ins Untergeschoss zu Erikas Badezimmer lief. Als Meller sie mit dem Föhn in der Hand in der Dusche stehen sah, wo sie soeben das Wasser aufdrehen wollte, war es ein Werk von Sekunden gewesen, Erika das Gerät zu entreißen. Zum Glück hatte sie vergessen, den Föhn anzustecken. Völlig verwirrt war sie dagestanden und hatte gejammert:

»Warum nicht, Mario? Ich will endlich sterben!«

Behutsam hatte er Erika in den Bademantel geholfen und war

mit ihr in die Küche gegangen. Dort hatten sie bis zum Morgengrauen geredet. Über die alten Zeiten bei den Goldmanns, wo sie und ihr geliebter Helmuth bereits von Lilians Großmutter als Hauswarteehepaar angestellt worden waren. Helmuth war vor sechs Jahren in Rio gestorben.

»Und wenn auch ich endlich tot bin, dann möchte ich als Asche auf Helmuths Grab gestreut werden«, hatte Erika den Kommissar zuletzt gebeten.

»Wenn du mir versprichst, dass du es den lieben Herrgott entscheiden lässt, wann es so weit sein soll«, hatte Meller darauf bestanden, »dann werde ich deinen Wunsch gern erfüllen.«

Damit Erika nicht mehr solch abstruse Aktionen wie mit dem Föhn durchführen konnte, kündigte er an, für tagsüber eine Pflegehilfe zu organisieren, die Erika zur Hand gehen sollte, damit sie's leichter, vor allem jemanden zum Reden hatte.

»Zug um Zug bringen wir dich wieder zum Lachen. Du darfst dir natürlich die Person aussuchen, die dich betreuen soll.«

»Du bist so fürsorglich, Mario. Aber das zahlt sich doch nicht mehr aus«, hatte sie mit einem seltsamen Lächeln erwidert.

Meller hätte genauer auf Erikas Worte hören sollen, denn noch am selben Tag war das Unglück dann geschehen. Während Manuel in der Schule war und Meller im S-C-ONE saß, ereilte ihn die schreckliche Nachricht: Erika hatte sich mit einem Taxi in die Grenzgasse zum Schranken der Südbahnstrecke bringen lassen. Dort war sie, laut Aussage des Lokführers, plötzlich wie eine Säule auf den Schienen gestanden. Seine sofort eingeleitete Notbremsung war vergeblich gewesen. Total geschockt sprach der Mann auch vom seltsamen Lächeln dieser alten Frau, das er noch kurz vor dem Aufprall sah. Daheim hatte Meller dann Erikas Zeilen gefunden.

Gedanklich sah Meller den Inhalt des Briefs vor sich:

Mein lieber Mario!
Der liebe Herrgott hat mich endlich zu sich geholt,
weil mein Helmuth so allein ist.
Richte Manuel liebe Grüße von mir aus, und er soll sich
nicht grämen. Er ist nicht schuld gewesen an meinem Sturz.
Ich hätte besser aufpassen müssen.
Aber jetzt tut mir nichts mehr weh.
Ich freu mich, meinen Helmuth wiederzusehen.
Auch Lilian, die gnädige Frau Goldmann und alle anderen,
die ich so liebgewonnen habe. Weint nicht um mich.
Ich bin glücklich dort, wo ich jetzt bin.
Dir, Mario, danke ich für deine unendliche Geduld mit mir.
Ich habe euch ganz fest lieb!
Deine Erika

»Zug um Zug bringen wir dich wieder zum Lachen …«

Waren es Mellers aufmunternde Worte gewesen, die Erika auf die fatale Idee gebracht hatten, sich vor einen Zug zu werfen? Nein, er wollte sich nicht schuldig fühlen. Der Mensch ist letztlich für sein Leben selbst verantwortlich.

Erikas Freitod an jenem kalten Jännertag wurde für Manuel zur Tragödie. Erikas Formulierung in ihrem Abschiedsbrief – er sei nicht schuld an ihrem Sturz gewesen – bereitete ihm ein seelisches Desaster.

Ein Woche lang war er im Bett gelegen und nicht in der Lage gewesen den Unterricht zu besuchen. Meller hatte ihm zu erklären versucht, warum Menschen zu solch tödlichen Handlungen bereit waren. Bei einer Jugendtherapeutin saß Manuel viele Stunden ab, bis er sich weigerte hinzugehen. Weil es ihm nichts brachte, wie er sagte.

Der Junge war immer stiller geworden, hing meist grübelnd

im Keller herum oder saß vor dem Computer. Es hatte lang gedauert, bis sich Manuel von dem Schock erholt hatte.

Sein Freund, Florian Streber, und Joe waren Manuel in diesen schweren Tagen eine wertvolle Hilfe und Stütze gewesen. Was die beiden bei Manuel geschafft hatten, damit er wieder ein fröhlicher Junge wurde, dafür konnte ihnen Meller nur dankbar sein.

In Mellers Villa war es nach Erikas Tod ähnlich still geworden wie seinerzeit in Lilians Anwesen in Rio de Janeiro, nachdem Mellers Frau verunglückt war.

Schlimme Ereignisse holen sich die bösen Schatten aus der Vergangenheit!

Nun war Joe verschwunden. Für Manuel und Meller schlimm genug, beide hingen sie an dem Hund. Eva Roth war das furchtbar peinlich. Gewiss, sie konnte nichts dafür, dass Joe abhandengekommen war. Vielleicht hatte sie ihn nicht ordentlich angebunden und Joe war einfach abgehauen. Nein, dann wäre er längstens aufgegriffen worden, fressfreudig, wie der Hund war. Egal, Meller war trotzdem sauer auf Eva. Einfach wegen eines Schweden und vieler Russen, die so störend in seine amourösen Bemühungen hineingepfuscht hatten.

Manuel hatte mit seinem Freund Flo im Internet eine »Wanted Joe«-Suchseite eingerichtet. Auf Facebook, mit Joes Geburtsdatum, Eigenheiten, Lieblingsfutter und einer Reihe von Fotos sowie einem Video, das den kleinen Racker beim Herumtollen mit den Jungs zeigte. Meller hatte erlaubt, dass die 3000-Euro-Prämie – für den, der Joe finden würde, lebend natürlich – erwähnt wurde. Innerhalb eines Tages hatten die beiden aufgeweckten Jungs via Computer eine gewaltige Anzahl an Freunden zusammengetrommelt. Alle wollten helfen, Joe zu finden.

Kein Wunder bei dieser Prämie.

Meller hatte Claudia Rotter wiederum gebeten, die paar Tage, während er in Klagenfurt zu tun hatte, ein Auge auf die beiden Buben zu werfen. Manuel war sechzehn und Flo vierzehn. Der Kühlschrank war zwar gefüllt, doch was weiß man – wenn die Katze außer Haus ist … Claudia war schon einmal in Mellers Villa übersiedelt, im vergangenen Jahr, als er in Panama ermittelt hatte.

Flo hatte von seinem Vater die Erlaubnis, bei Manuel zu übernachten, um bei der »Wanted Joe«-Hundesuchaktion stets auf dem Laufenden zu sein.

Meller lächelte zufrieden. Er war stolz auf die Buben und ertappte sich beim Vergleichen tiefer Freundschaften.

Manni und Flo … Meller und Lo.

Zwei Generationen, zwei unschlagbare Duos.

Noch während er sich an Vergangenes erinnerte, fiel ihm ein, dass er Esther versprochen hatte, sich bei ihr zu melden. Nach seiner Heulstunde bei Sarah Reimann hatte er darauf schlichtweg vergessen. Wird schon nicht so dringend sein, dachte er, sonst hätte sie längst angerufen …

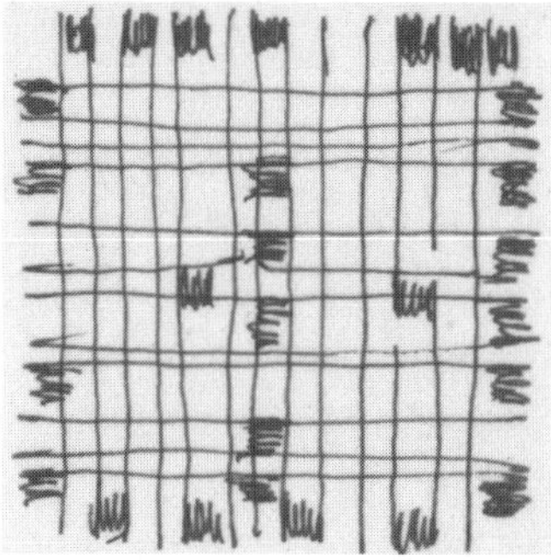

Fünf

Donnerstag, 22. September 2011

Das Hotelbett war ungewohnt und Meller fühlte sich verspannt. Ich werde alt, seufzte er im Stillen, während er im Frühstücksraum ein Pärchen beobachtete, das ihm vis-à-vis saß. Sie war bestimmt noch keine fünfundzwanzig, er hingegen mochte in Mellers Alter sein. Vater – Tochter? Oder …?

»Is was?«, fragte der Mann lauernd, während seine Hübsche – sie hatte Mellers freundlichen Blick lächelnd erwidert – sich tänzelnd und leise vor sich hin summend am Buffet bediente.

»Mein Kreuz«, erwiderte Meller ausweichend, um keine ungute Stimmung aufkommen zu lassen. »Das Hotelbett …«

»Hab's heut auch mit'm Kreuz … aber net wegen dem Bett«, grinste der an sich nicht unsympathische Typ mit einem Blick zu seinem herzig-knusprigen Pupperl hin.

Also nicht der Vater – wie Meller vermutet hatte.

»Von wo samma denn?« Der Mann war neugierig.

»Sie meinen mich?«, fragte Meller, um sich schauend.

»Frühstückt noch wer mit uns?«, kam es wohl originell gemeint vom nächtlichen Freudenspender.

Okay, der Witz war peinlich. Das kann ich auch, entschied Meller und antwortete kryptisch:

»Wien … Steuerfahndung.«

»Aha …«

»Und was macht der nette Herr?«, fragte die Summende, die nur halb hingehört hatte.

»Ach … nix Besonderes, Mausi!«

War das ein Spaß, zu beobachten, wie das Pärchen emsig und ohne ein weiteres Wort an Meller zu richten Spiegeleier mit Speck, Brötchen, Kaffee und Törtchen verzehrte und verschwand. Mellers spitzbübischer Grinser, mit dem er die beiden bedachte, erlöste ihn jedoch auch nicht von seiner Rückenverspannung.

Der Morgen war trüb, es regnete mäßig.

In der Polizeiinspektion nahe dem Klagenfurter Hauptbahnhof traf Meller auf Lukas Jerolitsch, einen der beiden Polizisten, die im Fall Saphira Pototschnig die Ersten am Unglücksort gewesen waren.

Aus den Unterlagen, die der Minister Meller überreicht hatte, kannte er die Ergebnisse der Ermittlungen. Nun aber wollte er von den beiden Beamten persönlich etwas über deren Eindrücke erfahren. Auf Papier liest sich alles anders, als wenn man Beobachtungen direkt erzählt bekommt.

Der Fall Saphira Pototschnig war vor etwa fünf Monaten abgeschlossen worden, mit dem Resultat: Suizid.

Die Wohnung, in der die Polizistin gelebt hatte, war inzwischen wieder vermietet worden. Sollte er sich den Tatort anschauen, um einen Eindruck zu gewinnen? Viel versprach er sich allerdings nicht davon. Aber was weiß man.

Was er jedoch in diesem Moment wusste: Den Voicerecorder mitzunehmen, hatte er vergessen. Das war ärgerlich. Ein untrügliches Zeichen, sein In-Rente-Gehen wirklich ernst zu nehmen? Wenn's denn so sein soll – okay, dachte er.

Er saß bei Lukas Jerolitsch im Zimmer, das dieser mit mehreren Kollegen teilte, wie die Anzahl der Arbeitsplätze zeigte.

Meller bat um einen Notizblock und einen Kuli. Damit ausgestattet, forderte er den jungen Polizisten auf, über seine Eindrücke betreffend Saphira Pototschnig zu berichten.

»Also – das Ganze war so …«, begann Jerolitsch.

Sie wurden von drei Kollegen unterbrochen, die ins Zimmer stürzten und Jerolitsch lautstark begrüßten. Am Vortag musste es ein größeres Fest gegeben haben, wie Meller aus den Gesprächsfetzen heraushören konnte. Geduldig wartete er, bis die Leute wieder gegangen waren.

»Also, das Ganze hat sich folgendermaßen abgespielt …« Jerolitsch räusperte sich. »Die Mutter von Saffi – so haben wir Saphira genannt – hat bei uns völlig aufgelöst angerufen und … und hat was von *überall Blut* und so gefaselt und dass die Saffi tot in der Wanne liege. Wir sind daraufhin sofort zur genannten Adresse gefahren. Wie Sie ja wissen, war Saphira eine Kollegin von uns, und Tom war – wie soll ich sagen – ein bisserl arg verknallt in die Saffi. Tom ist mein Kollege. Herr Trattnig, er ist grad auf Streife … Also, der Tom und ich rasten zur Wohnung von der Saffi. Dort war auch schon die Rettung, die wurde inzwischen von der Mutter verständigt. Das hat natürlich auch nix mehr geholfen, weil die Saffi ja schon tot war. Jedenfalls sind die Rotkreuzleute mit ihren Latschen in der Wohnung herumgestanden. Ich meine mit den Schuhen und dem ganzen Zeugs, das sie immer bei sich haben, wenn sie jemanden retten sollen. Dadurch haben sie die meisten Spuren vernichtet … Das wollten Sie doch von mir hören, Herr Kollege, stimmt's?«

»Erzählen Sie weiter. Was war dann?«

»Also, wir – nein, ich hab erst die Leute alle rausgeschmissen und sofort die Kripo verständigt. Der Tom war völlig fertig und hat einen Schwächeanfall gekriegt, wie er die Saffi tot in der Wanne gesehen hat. Das ganze Blut und … und … ich sag's Ihnen, Herr Kollege, das war wirklich furchtbar grauslich … die arme Saffi …« In Erinnerung an den Anblick verstummte Jerolitsch kurz. Er räusperte sich. »Ja, was wollte ich noch sagen? … Ja, genau damit ich's net vergesse: Die Mutter ist total geschockt neben der Badewanne gekniet und hat die ganze Zeit die Hand von der toten Saffi gehalten. Furchtbar geweint hat die Frau Pototschnig und immer wieder hat sie gesagt, dass die Saffi ihr das wegen Tom verzeihen soll.«

»Wie? War Ihr Kollege denn mit Frau Pototschnig liiert?«

»Der Tom mit der Mutter? Nein, mit der Saffi! Aber das war auch net so richtig, ich meine … ich glaube …«

»Das soll mir Herr Trattnig selbst erzählen.«

»Genau, Herr Kollege«, erwiderte der Polizist erleichtert. »Soll ich ihn anrufen?«

»Ich bitte darum.«

Ein weiteres Mal polterten Kollegen zur Tür herein und wollten von Jerolitsch unbedingt sofort etwas wissen.

»Sehen Sie nicht«, fuhr Meller sie an, »dass wir ein dienstliches Gespräch führen?« Jerolitsch fragte er: »Gibt es hier einen Raum, in dem wir ungestört sein können?«

Der Polizist deutete seinen Freunden, dass er sich später bei ihnen melden würde.

»Kommen S' mit, Herr Kollege.«

Jerolitsch ging einen langen Gang entlang voraus und probierte vergeblich an mehreren Türen. Schließlich fand er eine unversperrte. Kaum hatte er sie geöffnet, wehte beiden eine Wolke kalten Zigarettenrauchs, Alkoholdunst und Schweißgeruch um die Nase.

»Ohjee – da hat die Putzfrau leider noch nix gemacht!«

Der Polizist eilte zum Fenster und riss es auf, da einem die abgestandene Luft den Atem raubte. Meller sah sich kurz um. Auf dem Schreibtisch standen ein gefüllter Aschenbecher, leere Flaschen sowie Sekt- und Biergläser, teilweise mit Inhalt, herum. Reste einer Konditortorte thronten auf einem Papierstapel. Mehrere Plastikgabeln steckten in der weißen Glasur inmitten einer geschriebenen Verzierung *…rem feschen Ferdi…*

Ein Glas lag zerbrochen auf dem mit grauen Teppichfliesen ausgelegten Boden. Die eingetrocknete Rotweinpfütze würde wahrscheinlich für immer zu sehen sein.

Am Bürosessel schwebte ein Playboyhäschen-Luftballon in Rosa, der durch die Frischluft in Bewegung geraten war. Unterschriften umrandeten eine tröstende Erkenntnis:

Junge Hasen schätzen erfahrene Rammler!

»Das ist das Zimmer vom Chef. Er hat gestern seinen Fünfziger gehabt. Deswegen schaut's da so aus.«

Irgendwie geriet Meller zu heftig an den Ballon, als er den Sessel zur Seite schieben wollte, um sich zu setzen. Ein Knall – schon war's um den luftigen Hasenkopf mit den prallen Ohren geschehen.

»Verdammt, das wollte ich nicht«, entfuhr es ihm.

»Ah geh, das kann doch jedem mal passieren, oder net?«

»Ihr Chef wird sich nicht freuen … sein Haserl zerplatzt.«

»Wegen einem depperten Luftballon macht unser Chef keinen Aufstand net.«

»Na, wenn Sie das sagen?«

»Der Ferdinand ist ein ganz feiner Mensch. So einen wie den gibt's heut nirgends mehr.«

Meller irritierte das Gesülze um Geburtstag, Luftballon und Chefbeweihräucherung. Da er nichts darauf erwiderte, stand Jerolitsch stumm vor ihm und wartete.

»Sie wollten doch …«, erinnerte ihn Meller.

»Ah ja, den Tom anrufen wollt ich!«

Er drehte sich zur Tür, da kam ihm ein Polizist entgegen.

»Ah – da is er ja eh schon!«, rief Jerolitsch, und zum Kollegen gewandt, fragte er:

»Wieso hast du gewusst, dass ich dich suche?«

»Ich weiß, wer du bist, was du denkst und wo du wohnst, verstehst, Lukas?«, pflanzte ihn sein Kollege.

Thomas Trattnig, ein sportlicher Typ mit wachen Augen, war dem Kommissar wie aus dem Gesicht geschnitten – nur an die zwanzig Jahre jünger.

Da schau her, dachte Meller und war ziemlich irritiert, als er seinem Doppelgänger gegenüberstand. Das wäre der ideale Nachfolger im S-C-ONE, kam es ihm, und er musste bei dieser Vorstellung grinsen.

Und so, wie der junge Mann auftrat, fielen ihm die Frauen sicher reihenweise ins Bett. Der Kerl hatte es faustdick hinter den Ohren, das sah man Thomas Trattnig an, der spitzbübisch zurückgrinste.

»Wenn Sie mich nicht mehr brauchen«, unterbrach Jerolitsch Mellers Gedankengänge, »ich müsst nämlich wieder …«

»Gehen Sie nur. Danke inzwischen, Herr Kollege. Wenn ich noch was wissen will, weiß ich, wo ich Sie finde.«

Lukas Jerolitsch war fester gebaut, bereits ins Mollige gehend und schien seinem Kollegen in vielerlei Hinsicht unterlegen zu sein. Doch das wollte Meller nicht auf die Probe stellen. Er wartete, bis die Tür hinter Jerolitsch ins Schloss fiel.

Trattnig hob einen Sessel auf, der – aus welchen Gründen auch immer – in der Ecke lag.

Er setzte sich Meller vis-à-vis zum Schreibtisch hin.

»Herr Trattnig, Sie wissen, worüber wir reden werden.«

»Ja«, seufzte dieser, »ich nehme an, mein Kollege hat seine Version bereits erzählt … Sicher auch das von Saffi und mir, dass wir liiert waren. Aber das steht ohnehin im Ermittlungsbericht … Mich hat das mit Saffi total fertig gemacht. Auch, weil ich nicht mal ansatzweise bemerkt hab, dass sie sich so etwas antun würde.«

»Wie erklären Sie sich dann das mit dem Buch?«

»W-Welches Buch denn?«, fragte Trattnig und errötete.

»Ein Buch mit dem Titel *Ausgelebt* lag auf ihrem Nachtkästchen. Ihre Kollegin muss an jenem Abend noch darin gelesen haben. Wenn Sie mit Saphira so eng befreundet waren, dann müsste Sie mit Ihnen doch irgendwann auch über solche Themen gesprochen haben.«

»Ehrlich, das hat sie nie. Das Buch kannte ich auch nicht.«

»Was vermuten Sie sonst, was Saphira sozusagen über Nacht zu ihrem Entschluss gebracht haben könnte?«

»Ich weiß nicht. Ich finde keine Erklärung. Es stimmt, wahrscheinlich hat niemand die Saffi so gut gekannt wie ich … und ich …« Der Mann rang nach Worten und bekam feuchte Augen. »Sie dürfen mir glauben, Herr Kollege, dass ich sämtliche Vermutungen durchgespielt und durchgedacht habe. Ich seh nicht den geringsten Grund dafür, warum sie sich …«, Trattnig hielt inne. Er begriff, worauf Meller hinzielte.

»Eh klar!«, begehrte der Polizist auf. »Auch Sie wollen mir reindrücken, dass die Saffi sich wegen mir umgebracht hat! Danke, das habe ich mir oft genug anhören …!«

»Jetzt mal halblang, Herr Trattnig«, unterbrach ihn Meller. »Angenommen, jemand hat ein bisschen nachgeholfen? Und zwar so perfekt, dass bei den Ermittlungen eindeutig ein Suizid festgestellt werden würde?«

Meller sah dem Polizisten lang und tief in die Augen.

»Wie?« Thomas Trattnig war aufgesprungen. »Sie unterstellen mir, ich hätte die Saffi … umgebracht?«

»Herr Trattnig!« Meller winkte ihm, sich niederzusetzen. »Mein Job ist es in diesem speziellen Fall, nachträglich gewisse Ungereimtheiten aufzuklären. Sie wissen vermutlich, von welch höchster Stelle ich meine Order bekommen habe. Als Pototschnigs Liebhaber sind Sie jedenfalls verdächtig. Ich will Ihnen aber glauben und biete Ihnen eine amikale Chance: Sie reden offen mit mir und ich …« Meller schwieg bewusst und zog die Stirn in Falten. Durch seine Strategie, eine vage Unschuldsvermutung, einem zugeworfenen Rettungsring gleich, durchklingen zu lassen, ließen sich Verdächtige oft zu Aussagen hinreißen, die sonst nie über ihre Lippen gekommen wären.

Da ihn Trattnig einfach nur entsetzt ansah, hakte er nach:

»Nun, wenn Sie so felsenfest überzeugt sind, es nicht gewesen zu sein – wer käme denn sonst so in Betracht?«

»Ehrlich, ich kann mir niemanden vorstellen. Die Saffi hatte keinerlei Feinde. Alle mochten sie …«

»Moment – langsam, Herr Trattnig. Überlegen wir gemeinsam. Ein Mensch, der keine Feinde hat, ist suspekt und mir vor allem höchst verdächtig … Sie zum Beispiel, Herr Trattnig – Sie haben doch auch Feinde!«

»Ich, Feinde? Nein. Doch, ja … Also, ich weiß nicht.«

»Was jetzt? Ja oder nein?«

Trattnig fühlte sich überrumpelt. Irritiert schwieg er.

»Na, sagen wir, jemand, der Ihnen Saphira neidig war? Sie war wirklich ein sehr hübsches, vor allem intelligentes Mädchen. Da muss es doch reihenweise Verehrer gegeben haben, die sich um alles in der Welt lieber an Ihrer Stelle gesehen hätten.«

»Ehrlich – ich weiß es nicht«, wiederholte der Polizist.

»Ihr Verhältnis zu Saphira. War es ein vorübergehendes oder

war's etwas Ernstes? Ich will Details hören … und natürlich waren Sie mit dem Mädchen auch intim, oder?«

Thomas Trattnig bekam einen roten Kopf, er stöhnte leise. Nervös geworden, veränderte er seine Sitzhaltung.

»Ist es so schwer, unter Erwachsenen diese Fragen zu beantworten?«, drängte Meller.

»Ich … steh nicht … auf Frauen … sexuell gesehen.«

»Ah ja …« Jetzt war es Meller, der irritiert reagierte. Verdrehter konnte dieser Fall wohl nicht sein. Eine junge Frau bringt sich um, weil sie plötzlich erfahren hat, dass ihr Liebhaber schwul ist? Auch möglich.

»Wenn Sie mir garantieren, dass niemand von diesem Gespräch erfährt, werde ich weiterreden. Ansonsten …«

»Herr Trattnig, wir sind hier nicht auf dem Basar. Als Polizist wissen Sie um die Konsequenzen, wenn Sie was verschwiegen haben, das gegen das Gesetz verstößt.«

»Es ist nichts Ungesetzliches … wenn ein Mann einen Mann liebt und … und eine Frau … eine Frau«, brachte Trattnig leise über seine Lippen. »So war es bei Saffi und mir nämlich.«

Na bitte, geht doch. Und deswegen so ein Theater?

Meller lehnte sich weit nach hinten. Er sah zur Decke hoch und überlegte. Da die Mechanik im Sessel verdächtig zu knirschen begann, ließ er sich in die Sitzposition zurückschwingen.

Peng!

Der Schuss klang metallisch.

Erschrocken fuhr Meller aus dem Sitz hoch, so dass der Bürostuhl dabei umfiel. Trattnig hingegen ließ sich zu Boden fallen und zog seine Waffe.

»In Deckung!«, schrie er Meller zu. »Jemand schießt auf uns!«

Doch der Kommissar stand nur da. Misstrauisch beäugte er schließlich den Sessel und musste hellauf lachen.

Beleidigt erhob sich Trattnig, der sich veräppelt glaubte.

»Eure Sitzmöbel sind ja höchst explosiv!«, erheiterte sich der Kommissar. »So ein Sessel wär für manche bei uns genau das Richtige.« Er dachte dabei an die Schaller.

Etwas in der Mechanik unter der Sitzfläche – die Hydraulik? – musste explodiert sein und hatte diesen Knall verursacht.

Erst einen Playboyhasen platzen lassen und jetzt den Bürostuhl ruiniert. Meller hoffte, dass ihm der Chef des Hauses nicht über den Weg laufen würde …

»Ist Ihnen was passiert?«, zeigte Thomas Trattnig sich besorgt.

»Nein, nein, bis jetzt noch nicht! Ihr Chef aber wird mir …!« Fast wäre Meller eine wörtliche Entgleisung rausgerutscht.

»… den Arsch aufreißen«, ergänzte Trattnig im verbalen Reflex gedankenverloren.

Beide sahen einander an, dann fiel ihr Blick auf den malträtierten Sessel, der wie die Titanic in Schräglage vor ihnen stand. Da konnten sie sich nicht mehr halten und brüllten drauflos …

Immerhin – noch hielt der Bürostuhl Meller aus. Vom Lachanfall erholt, schwenkte er wieder auf das eigentliche Thema.

»Was ich zuvor anschneiden wollte …« Er rang nach einer Formulierung. »Ihre … Ihrer beider Neigung ist prinzipieller Bestandteil des persönlichen Grundrechts und geht niemand etwas an … Sofern nicht Minderjährige involviert sind.«

»Es war unser gegenseitiges Alibi«, erwiderte Trattnig leise.

Nachdem er sich geoutet hatte, war er wie ausgewechselt, als wäre eine Maske von ihm gefallen. Der wahre Trattnig war sensibel und unsicher.

»Sie haben keine Vorstellung, wie schwer es mir fällt, immer den coolen Aufreißertypen zu mimen. Natürlich weiß ich, wie gut ich bei Frauen ankomme!« Trattnig seufzte auf.

»Alles nur Show, was ich so täglich aufführe. Was soll's – seit meiner Jugend bin ich einer *vom anderen Ufer.* Das hab ich bei uns daheim aber nie jemand sagen, geschweige denn gar zeigen dürfen. Nicht einmal bei der Beichte habe ich es jemals gewagt, dem Pfarrer zu gestehen, dass ich schwul bin.«

Trattnig verdrehte die Augen, verbittert lachte er auf.

»Die Saffi aber hat mich sofort durchschaut gehabt. Sie hat mir geholfen und das Angebot gemacht: Offiziell sind wir zusammen, dann wassert niemand nach. Weil wenn jemand draufgekommen wäre, dass sie auf Mädchen steht, wär's genauso schlimm gewesen. Sie hat sich bei mir ausweinen können und ich mich bei ihr. Und jetzt … seit Saffis Tod bin ich der einsamste Mensch. Alle glauben, dass sie sich wegen mir umgebracht hat. Wehe mir, ich würde sagen, wie's wirklich war zwischen uns … Ehrlich, lang halt ich das nimmer durch.« Seine Lippen bebten, während ihm Tränen über die Wangen liefen. »Entschuldigung. Das ist mir jetzt peinlich – so vor Ihnen.«

Mit einer hastigen Geste wischte er sich die Augen frei.

»Ich darf meine Neigung natürlich nirgends zeigen, da wär ich bei allen sofort unten durch. Bei meinen Freunden und erst recht bei den Kollegen hier. Meine Karriere könnt ich sofort an den Nagel hängen. Aber das wär mir auch egal. Wenn ich nur einen Freund finden würde … Mei, wär das schön … Einen Mann, mit dem auch ich endlich glücklich sein dürfte …«

Verträumt sah Thomas Trattnig den Kommissar an.

Aber nicht mit mir, dachte Meller und blickte demonstrativ zum Fenster hinaus. Er war nicht *vom anderen Ufer.* Meller liebte die Frauen, wie Gott sie erschaffen hatte, und besonders stand er auf ehrliche, intelligente und vor allem warmherzige Frauen. Wann endlich würde wieder eine in sein Leben treten! Denn kaum war ihm Liebesglück beschert worden, schon hatte ihm das Schicksal kräftig in den Hintern getreten.

So ist's im Leben, wenn man ein Unglückspilz ist.

Verdammter Herz- und Seelenschmerz!

Meller rechnete blitzartig: Wenn von sieben Milliarden Menschen der männliche Anteil weggerechnet wird; inklusive Zicken und Emanzen; inklusive allen anderen, die ihm nicht gefielen und die er nicht ausstehen konnte; inklusive allen, die nicht auf seiner Wellenlänge lagen und die nicht … ach, egal – es würden mindestens eine Milliarde Frauen zur Auswahl übrig bleiben. Davon bloß ein Promillesatz hieß: Es blieben eine Million Frauen zur Auswahl. Und da lag der Hund begraben – aus der Million *die Eine* zu finden. Und wenn sich herausstellte, dass er an die Falsche geraten war? Außerdem – um dieses Vorhaben auszuführen, müsste er sofort alles liegen und stehen lassen und sich weltweit auf die Suche begeben.

Doch Meller war ein Sturkopf mit Charakter. Dem Minister hatte er zugesichert, den Fall Pototschnig zu durchleuchten. Anschließend könnte er sich dem Frauenthema widmen …

Meller, dein Schicksal heißt Unglück im Glück – capito?

Dieser junge Mann vor ihm sollte selbige Berechnung anstellen, die Konsequenzen aus seinem jahrelangen Verstellen-Müssen ziehen und diese moraline Enge sofort verlassen und wegziehen von Klagenfurt.

Suchen und finden – worauf sollte Trattnig noch warten?

Meller kamen seine Wanderjahre in den Sinn. Als er frustriert durch die Welt getingelt war, bis er in Rio de Janeiro landete und dort bei der Polizei anheuerte.

Eine kühne Idee schoss Meller durchs Hirn.

»Sind Sie gern Polizist – so richtig mit Leib und Seele?«

»Also, wenn ich ehrlich sein darf, wüsste ich mir interessantere Jobs. Aber da bei uns gibt's net so viel, dass man sich's aussuchen kann.«

»Was schwebt Ihnen denn so vor? Wo sehen Sie Ihre Talente?«

»Also, wenn – dann würde ich am liebsten ein vegetarisches Lokal aufmachen. Ich ess nämlich kein Fleisch. Mit der Saffi hab ich oft darüber geredet. Sie hätte mitgemacht, wenn wir das Geld dazu gehabt hätten. Aber jetzt ...« Trattnig schwieg, seufzte und fuhr fort: »Die Kollegen haben uns deswegen oft verspottet, dass wir den armen Viecherln das Futter wegfressen. Wenn ich mir vorstelle, die hätten auch gewusst, das wir beide ... na ja ... dann wär das ein totaler Skandal gewesen. Vor allem für die Saffi daheim. Sie hat sogar gemeint, ich soll ihr ein Kind machen, damit sie von ihrer Mutter endlich in Ruhe gelassen wird. Weil sie die Saffi immer ärger bedrängt hat, sie soll endlich einen Mann ins Haus bringen, damit sie Oma wird. So was Deppertes! Glauben Sie jetzt immer noch, dass ich der Saffi jemals was hätte antun wollen?«

»Kann es sein, dass der aufdringliche Wunsch ihrer Mutter Saphira in den Freitod getrieben hat?«

Trattnig erhob sich und stand unschlüssig im Raum.

»Also, wenn's das war, dann wär indirekt die Mutter schuld, dass sich die Saffi ... ein Wahnsinn!«

In Trattnig schien etwas aufgebrochen zu sein. Erregt hob er die Hände, wollte etwas sagen ... ließ es aber bleiben. Er ging zum Fenster, starrte hinaus, dann wandte er sich dem Kommissar zu. Sich zu beruhigen, fiel ihm sichtlich schwer. Erst als Meller ihm wortlos deutete, sich wieder zu setzen, nahm Trattnig Platz.

Verbittert begann er:

»Da sieht man wieder, was Eltern an einem verbrechen können! Ich hab kein so feines Elternhaus gehabt wie die Saffi, bei der alles geregelt war. Ich bin bei meinen Großeltern aufgewachsen, weil meine Mutter sich nie Zeit für mich genommen hat. Meinen Vater kenn ich nicht einmal. Vermutlich weiß sie selbst nicht, wer's war. Jedenfalls weigert sie sich, mir zu verraten, wer sie seinerzeit geschwängert hat. Aber das ist mir inzwischen auch egal … Als ich aus dem Gröbsten heraus war und bei der Polizei einen Job gefunden hab, hat sich die Mutter plötzlich wieder für mich interessiert. Ich aber hab den Kontakt zu ihr abbrechen müssen, als ich gemerkt hab, warum. Sie hatte sich total verschuldet und war der Meinung, als Sohn hätte ich die Verpflichtung, ihr zu helfen. Ihr Konto ausgleichen und überhaupt … Entschuldigung, Herr Kollege, das hat zwar nix mit dem Fall jetzt zu tun, aber …« Er hielt inne.

Meller spürte, wie der Mann mit der Vergangenheit haderte.

»Aber bitte, Herr Trattnig, erzählen Sie weiter. Um Zusammenhänge zu erkennen und zu verstehen, ist alles von Bedeutung.«

»Na dann … dann erzähl ich Ihnen alles aus meiner Sicht, weil mit der Mutter von Saffi hab ich nie so recht können. Die ist mir einfach so was von auf die Socken gegangen mit ihrer Art. Ich hab immer das Gefühl gehabt, sie … sie … Aber reden S' mit ihr, Herr Kollege, dann werden S' wissen, was ich meine.«

»Es gab also Meinungsverschiedenheiten?«

»Nein, überhaupt nicht! Das war's ja eben! Die Frau war mir gegenüber total freundlich – peinlich war das direkt … *Tommi hin, Tommi her … die Saffi muss alles so machen, wie mein Tommi es will.* Sie hat immer von *ihrem Tommi* geredet. Aber in einer Art, als wär ich ihr Lover gewesen.«

Trattnig hielt inne, es schien ihm ein Erlebnis einzufallen.

»Einmal, etwa zwei Monate bevor sich die Saffi … Damals hat sie noch daheim gewohnt, und ich bin manchmal bei ihr über Nacht geblieben – auch so eine Alibihandlung. Ich hab dann auf der Couch geschlafen. Wir haben uns immer eingesperrt, damit die Mutter nicht überraschend ins Zimmer konnte …

Also, ich hab bei ihr geschlafen und musste in der Nacht aufs WC. Und als ich aus dem Klo wieder raus bin, ist ihre Mutter plötzlich vor mir gestanden, im Nachthemd – aber in was für einem! Mir war das peinlich, und ich wollte an ihr vorbei, aber sie hat mich zurückgehalten. Sie müsse mit mir reden … Na ja, dann sind wir in der Küche gesessen, und sie hat mir vorgeworfen, wie wir sie nur so arg täuschen konnten. Ich schwul und – noch schlimmer – ihre Tochter eine Lesbe … Sie muss uns belauscht haben. Die Saffi hat nämlich das von sich niemandem verraten … Egal, ihre Mutter wusste es jedenfalls, und sie wollte, dass ich mit ihr ins Bett gehe. Sie habe Erfahrung mit Männern, und sie könne mich von dieser Krankheit heilen … Das muss man sich geben: Schwul sein war für sie eine Krankheit! Ja, und die Saffi sollte endlich ein Kind bekommen … Es mag stimmen, dass die Saffi immer von Kind und Familie geredet hat, das aber war wiederum ihre Alibihandlung … Jedenfalls ist die Mutter richtig zudringlich geworden, bis mir halt rausgerutscht ist, dass ich mit einer Frau nie ins Bett gehen würde und mit einer alten schon gar nicht … Na, mehr hab ich net gebraucht. Sie hat mir angedroht, dass sie meine Neigung überall publik machen würde. Vor lauter Angst bin ich vor ihr auf die Knie und hab sie um Verzeihung gebeten … Na ja, und dann ist's passiert …«

»Was ist passiert?«

»Ich … ich hab mit ihr – na ja … müssen. Für mich war's einerseits seelisch eine Tortur, andererseits eine saukomische Situation. Echt arg war die Frau, wenn ich mir vorstelle, wie sie sich sonst mir gegenüber gegeben hat. Mich hat's gewundert, dass überhaupt was gegangen ist – wahrscheinlich aus purer Angst. Ich hab's auch der Saffi zuliebe getan … Zu den Pototschnigs ins Haus aber bin ich seither nicht mehr gegangen.

Die Saffi hab ich so weit bringen können, dass sie sich eine Wohnung gemietet hat. Soweit ich weiß, hat der Herr Minister ihr finanziell unter die Arme gegriffen …«

Trattnig schwieg, da fiel ihm noch etwas ein.

»Richtig – was ich noch erzählen wollte. Nachdem ich die Sache mit der Mutter hinter mich gebracht hatte, ist sie plötzlich in Tränen ausgebrochen. Sie hat mir gestanden, dass sie ein furchtbares Geheimnis quäle, seit Jahren schon. Sie könne aber mit niemandem darüber reden. Damit ginge es ihr so ähnlich wie mir mit meiner Neigung.«

»Haben Sie erfahren, was Frau Pototschnig so sehr belastete?«

»Na ja … nicht so konkret. Mich hat das, was sie angeblich so quälte, nicht interessiert. Ich wollte nur raus aus ihrem Bett und weg von diesem mannstollen Weibsbild … Es muss sich um einen Unfall gehandelt haben, der ihr und ihrem Mann passiert ist. Saffis Eltern waren früher auch bei der Polizei – sogar in Ihrer Gegend, Herr Kollege. Sie hat was von einen Unglücksfall gefaselt, an dem sie und ihr Mann beteiligt gewesen waren oder so … Wenn sie ihr Gewissen erleichtern will, soll sie beichten gehen oder sich der Polizei stellen, hab ich ihr geraten. Und meine *Krankheit* betreffend, hab ich ihr gesagt, dass schwul sein nicht gesetzeswidrig ist. Die Leute sind aber so blöd und stigmatisieren einen deswegen.«

Nervös drehte Trattnig an einem Knopf an seinem Hemd so lang herum, bis er abfiel. Eine Weile lang betrachtete er ihn, dann ließ er ihn im Hemdtäschchen verschwinden.

»Ja, noch was fällt mir dabei ein«, begann er wieder, »vielleicht ist das von Bedeutung … Saffi und ich haben uns ausgemacht, dass wir uns offiziell getrennt haben, weiterhin aber gute Freunde bleiben wollen und jeder seine Wohnung hat. So konnte Saffi endlich auch, ohne von ihrer Mutter kontrolliert zu werden, jemanden zu sich einladen … Ja, das war zwei Tage bevor das mit Saffi passiert ist. Sie hat mir von einer Frau vorgeschwärmt, die sie kennengelernt und in die sie sich total verknallt hatte.«

»Wissen Sie, wie jene Dame geheißen hat?«, fragte Meller.

»Den Namen hat sie mir leider nicht mehr sagen können. Aber die Saffi hat mir noch am Tag zuvor versprochen, dass sie mir die Frau vorstellen wird, wenn sie sicher weiß, dass es mehr als nur ein Strohfeuer ist.«

»Warum haben Sie das bei den Ermittlungen seinerzeit nicht ausgesagt?«, wollte Meller wissen.

Trattnig bekam einen roten Kopf.

»Ich … ich wollte Saffis Ansehen nicht beschmutzen. Ich weiß, wie die Kollegen blöd dahergeredet hätten … Eine Lesbe treibt's mit einem Schwulen und so. Ich hab wegen Saffis Tod schon genug über mich ergehen lassen müssen …«

Der Polizist stöhnte auf und schwieg.

»Saphiras Laptop …« Meller las in seinem Bericht. »Laut den Ermittlungen gab es einen. Überhaupt, wo befinden sich ihre Sachen?«

»Da die Ermittlungen eindeutig auf einen Selbstmord hingewiesen haben, ist Saffis Hinterlassenschaft von der Spurensicherung frei gegeben und der Mutter überlassen worden. Ein Poster – eine Fotovergrößerung von Saffi und mir – hätte ich gern selbst gehabt. Als ich Frau Pototschnig darum gebeten habe, hat sie mir die Tür vor der Nase zugeknallt.«

»Herr Jerolitsch hat von alledem keine Ahnung«, vermutete Meller.

»Gott bewahre!«, bestätigte Trattnig. »Was der Lukas zu hören bekommt, weiß ganz Kärnten innerhalb von einer Stunde. Er ist etwas einfach in seiner Art gestrickt – Sie haben ja eh zuvor mit ihm gesprochen.« Er lächelte hintergründig. »Deswegen war der Lukas für uns ideal, wenn es darum ging, entsprechende Gerüchte zu verbreiten.«

»Ich habe Sie schon verstanden, Herr Trattnig«, erwiderte Meller und erhob sich. »Für heute soll's genug sein. Sie und Herr Jerolitsch hören noch von mir, falls ich … Sie kennen ja das Prozedere.« Meller überlegte kurz, dann entschied er:

»Ich danke Ihnen für das offene Gespräch, das für Sie gewiss kein leichtes war … Es ist sicher in Ihrem Sinne, wenn ich mich mit dem Fall Saphira Pototschnig nochmals eingehend beschäftige. Ich will aber unter allen Umständen vermeiden, dass Jerolitsch das groß hinausposaunt … Wir verstehen einander?«

Der Kommissar verzog seinen Mund zu einem Lächeln, in der Erwartung, dass er mit Trattnigs Hilfe rechnen konnte.

»Natürlich, Herr Kollege, vollständig verstanden.«

Trattnig hatte sich ebenfalls aus dem Sessel erhoben.

»Nun, dann sind ja alle Klarheiten beseitigt«, scherzte Meller. Ich müsste jetzt zu Saphiras Mutter. Können Sie mir sagen«, er sah in seinen Unterlagen nach, »wie ich in die Sterneckstraße komme?«

»Ich fahre Sie hin, Herr Kollege«, erwiderte Trattnig erleichtert. Er ging vor und hielt dem Kommissar die Tür auf …

Meller hatte es auf den Versuch ankommen lassen. Er wusste nicht, ob sie daheim war. Der Überraschungsmoment war ihm jedoch nicht gelungen.

»Sie sind also der Herr, der extra wegen meiner Tochter von Wien gekommen ist? Der Lukas hat mich angerufen.«

Ärgerlich. Jerolitsch war ihm zuvorgekommen. Was hatte der Mann alles ausgeplaudert?

Das Haus der Familie Pototschnig war älteren Baujahrs und

hatte bereits bessere Zeiten gesehen. Das war Mellers erster Eindruck gewesen, als ihn die Frau hineingebeten hatte. Die dunklen Holzvertäfelungen im Vorzimmer, im Gang und im Wohnzimmer ließen den Kommissar den Begriff *düstere Trauer* definieren.

Germana Pototschnig hingegen zeigte sich völlig konträr. Der Frau schien Meller auf Anhieb zu gefallen. Hatte sie sich deshalb so aufgebrezelt? Dann müsste Jerolitsch auch verraten haben, dass ein attraktiver Mann sie besuchen würde. Sie war jedenfalls eine sehr gepflegte Frau, die viel auf ihr Äußeres hielt.

Meller konnte ein Grinsen nicht verhindern, vor allem, weil ihn die Frau anstarrte, als sei er extra gekommen, um ihre intimsten Träume zu erfüllen. Sein Grinser schien jedoch nicht so anzukommen, wie er von ihm gedacht war. Vielmehr schien die Frau zu glauben, dass Meller auf sie ebenso abfuhr.

Germana Pototschnig konnte es nicht entgangen sein, dass Trattnig den Kommissar direkt vor dem Haus aussteigen hatte lassen, denn sie stand am Gartentor wie die Braut, die auf ihren Prinzen wartete. Sie hatte Trattnig bewusst übergangen.

Eine suspekte Frau. Wobei sich Meller für dieses vorschnelle Urteil selbst rügen sollte. Vom Minister wusste er, dass sie eine liebevolle Ersatzmutter für Saphira gewesen war. Wenn er dieser Tatsache dann aber die pikante Story, die er von Trattnig erzählt bekommen hatte, gegenüberstellte? Für seine Ermittlung würde sie jedenfalls von maßgeblicher Bedeutung sein.

Aber bitte – erst mal Kaffee trinken und abwarten, wie sich das Gespräch entwickeln würde.

Während Meller aus einem der Fenster, die üppig mit Blumen geschmückt waren, auf eine Rasenfläche blickte, die vermutlich mit der Nagelschere gestutzt wurde, huschte Pototschnig blitzschnell, beinahe unhörbar zwischen Küche und Wohnzimmer hin und her. Sie stellte auf dem niedrigen Tischchen der Sitzgarnitur die Utensilien für eine gemächliche Jausenrunde für zwei Personen ab: Kaffee in der Kanne; drei Kuchensorten, je zwei Stück davon auf einem Tablett; zwei Tellerchen mit Besteck und Stoffservietten; ein längliches, fragiles Keramikgefäß mit unterschiedlichen Zuckersorten sowie Wasser in einer modernen Karaffe mit Kristallsteinen und zwei grazile Trinkkelche.

Zuletzt tanzte sie mit einer Glasschale an, darin eine Blütenpracht zwischen drei brennenden Kerzen im Wasser schwimmend. Die Schale platzierte sie als Aufputz an einer Ecke des Tischchens.

Erst als alles wie exakt vermessen zurechtgerückt lag und stand – die Servietten drei Zentimeter rechts der Kuchenteller parallel zur Tischkante, darauf mittig die Kuchengabeln im neunzig Grad Winkel und an den Stirnseiten der Servietten die gläsernen Trinkkelche, ebenfalls mit drei Zentimeter Abstand –, bat sie den *Herrn Kommissar* mit einem schmachtenden Lächeln, Platz zu nehmen. Ob es tatsächlich drei Zentimeter waren, das hätte Meller erst nachmessen müssen, die Abstände jedenfalls waren fürs Auge absolut gleich.

Diese Frau war ein Kontrollfreak. Möge ihr gläserner Kelch ohne gröbere Folgen an ihm vorübergehen.

Kristallsteine im Trinkwasser? Nach Pototschnigs Worten würden diese speziellen Steine positiv auf die Wassermoleküle wirken und im weiteren Sinne Menschen, die solch angereichertes Wasser trinken, mit positiven Energien aufladen.

Um eine gewisse Vertrautheit aufzubauen, bat er sie:

»Lassen Sie den Kommissar weg, Meller genügt.«

»Aber es hat doch geheißen, Sie wären …!«

»Liebe Frau Pototschnig. Ich bin nur auf Bitten unseres Herrn Ministers zu Ihnen gekommen, sozusagen in privater Mission, wenn Sie das beruhigt. Daher wollte ich Sie …«

»Ach, der Herr Minister«, unterbrach ihn die Frau, plötzlich nervös geworden. Sie griff zur Kaffeekanne, um dem Kommissar einzuschenken.

»Darf ich?«

»Danke, ja.«

Meller hielt ihr das Häferl mit der Untertasse entgegen.

Ihre Hand zitterte. Sie schlug mit der Kanne an den Tassenrand, was ein Geräusch verursachte, als sei soeben ein kleines Erdbeben im Gange.

»Ich weiß nicht, ich bin heute so … so aufgedreht … liegt sicher am Wetter«, entschuldigte sie sich und errötete leicht.

In ihrem Dirndlkleid samt verlockender Fülle beugte sie sich zu Meller hin, was ihm einen gewagten Einblick gestattete.

Es ist nicht das Wetter, was Germana Pototschnig so aufdreht, dachte er im Stillen und lächelte sie an.

Nach dem ersten Schluck Kaffee holte er endlich nach, was er beinahe vergessen hätte – ein kurzes Schreiben des Ministers und seinen Dienstausweis zu zeigen.

»Worum geht's denn jetzt wieder?«, jammerte sie, während sie den Ausweis in den Händen hielt und Mellers Foto anstarrte. Den Brief ignorierte sie völlig. »Immer wieder kommt jemand und wühlt in alten Wunden.«

»So, so? Wer wühlt denn noch?«, wollte Meller wissen, nahm ihr den Ausweis ab und steckte ihn und den Brief wieder weg.

»Ach, der Herr Minister …«, begann sie ohne auf Mellers Frage einzugehen, »die Saffi macht er auch nimmer lebendig … An mir aber bleibt's hängen, dass sie einen furchtbaren Blödsinn gemacht hat. Warum, das weiß nur der da …«

Sie nickte mit dem Kopf zum Herrgottswinkel hin. In einer Ecke hing ein kunstvoll geschnitztes Kruzifix oberhalb eines kleinen Holzbords. Darauf stand eine Kerze, flankiert von zwei Pflanzentöpfchen mit dunkelroten Blüten. Das ewige Licht, eine batteriebetriebene Flamme, flackerte ein wenig.

… und ich weiß es, dachte Meller.

In einer altgedienten, jedoch gemütlichen Sitzgarnitur saß er und überlegte, wie er die Frau dazu bringen konnte, ihm bei seinen Ermittlungen behilflich zu sein, anstatt ihn anzulügen.

Nach dem ersten Eindruck, den er inzwischen von Saphiras Mutter bekommen hatte, glaubte er Trattnigs Version. Sein Gefühl hatte ihn selten im Stich gelassen. Sollte es ausgerechnet bei dieser Frau der Fall sein? Mitnichten, dessen war er sich aber schon so was von sicher.

Mensch, Meller, wir sind doch alle nur kleine Sünder!

Diese Frau hatte es in den letzten Jahren gewiss auch nicht leicht gehabt. Aus dem Bericht wusste Meller, dass Germana Pototschnig seit vier Jahren verwitwet war. Und wie er die sportliche Fünfzigerin einschätzte – der er maximal fünfundvierzig gegeben hätte –, konnte man verstehen, wie sehr sich die Frau nach einer neuen Liebe sehnte.

Zwei Menschen verloren zu haben – ihren Mann vor ein paar Jahren, ihr Kind vor ein paar Monaten –, hatte sie hart hergenommen, wie ihre Gesichtszüge um die Mundwinkel verrieten.

Meller war sofort aufgefallen, dass ihre Trauer um die Tochter nicht so sehr im Vordergrund stand. Germana Pototschnig verriet durch ihr verbittertes Verhalten, dass sie mit Saphiras sexueller Neigung nicht zurande gekommen war. Dazu noch die Art und Weise, wie Saphira aus dem Leben geschieden war, das verkraftete die Frau wohl schwer, da sie sich ja selbst die meiste Schuld geben musste.

Für Hinterbliebene ist der Freitod eines Menschen immer eine Tragödie. Das zwischen den letzten Zeilen stehende: *Ich hab's wegen euch getan* ist die pure Anklage gegen jedermann. Was sagen Freunde, Nachbarn, alle anderen dazu? Wie steht man plötzlich vor denen da? Einem Spießrutenlauf ist man ausgesetzt, mit dieser Schuld. So eine Schuld beschmutzt das gesellschaftliche Ansehen, ramponiert im schlimmsten Fall auf Jahre das Image. Im Fall Saphira besonders das von Germana Pototschnig, die um den schwerwiegenden Grund wusste. Den kannte auch Thomas Trattnig und von ihm nun der Kommissar.

Moral zu predigen, ist eine Sache, nach ihr leben zu müssen, eine andere.

Meller bat Pototschnig, bezüglich Saphiras Selbstmord ein paar Fragen an sie richten zu dürfen.

Vorweg hatte er noch einen schönen Gruß vom Herrn Minister auszurichten. Das war gelogen, aber Meller dachte sich, sie würde sich freuen und etwas beruhigen.

»Ach, der! Da geht mir gleich das G'impfte auf!«, zeigte sich Pototschnig verbittert. »Früher, da war er oft bei uns. Seit mein Erwin tot ist, hat er sich nicht ein Mal bei mir blicken lassen! Wenn er in der Gegend war, hat er sich nur mit der Saffi getroffen, im Kaffeehaus, oder er war bei ihr auf der Dienststelle. Das hat sie mir immer gesagt – nachher … Seit er ihr mit der Wohnung geholfen hat, kann er mir den Buckel runterrutschen. Ich war's nämlich, die seine Saffi großgezogen hat … Außerdem ist er nicht ganz unschuldig an ihrem Tod.«

»Das ist aber eine schwere Anschuldigung, Frau Pototschnig«, warf Meller ein, »erklären Sie mir Ihre Begründung.«

»Weil's wahr ist! Seit die Saffi bei mir ausgezogen ist, hat sie sich total verändert. Hätte ihr der Herr Minister finanziell nicht unter die Arme gegriffen, hätte sie sich die Möbel und das ganze Klumpert nicht kaufen können. Dann wär sie jetzt noch bei mir … Vor allem noch am Leben! Jetzt wissen S' auch, warum ich so sauer auf den Mann bin, auch wenn er der beste Freund von meinem Erwin war.«

»Was ist denn mit Ihrem Mann passiert?«, schwenkte Meller auf ein Thema um, über das zu reden ihr sichtlich leichter fiel.

»Ja, mei«, seufzte sie, »Erwin ist im Wörthersee ertrunken.«

Dann erzählte Germana Pototschnig, wie sie oft im Sommer mit Freunden nachts im See baden gegangen waren.

Eines Abends waren sie in der Nähe von Maria Wörth mit einem Boot zur schwimmenden Plattform gerudert, von der aus die Wasserschifahrer immer starteten. Dort hatten sie den Geburtstag eines Freundes gefeiert. Irgendwann in der Nacht brach man wieder auf. Die Frauen ruderten zurück, und die Männer veranstalteten wie jedes Mal in solchen Nächten ein Wettschwimmen. Die fünfhundert Meter von der Plattform bis zum Ufer waren für Erwin ein Klacks. Als Rettungsschwimmer hatte er auf dieser Strecke noch jeden abgehängt. Als alle aus dem Wasser raus waren, war Erwin nicht dabei. Die Freunde hatten angenommen, dass er mit Germana und den anderen Frauen schon weggefahren war. Germana aber war allein nachhause, da ihr Erwin gesagt hatte, er würde mit den anderen in Pörtschach noch weiterfeiern. Irgendwie käme er schon nachhause, und wenn nicht, würde er bei seinem Freund Klaus übernachten.

Als Erwin am nächsten Tag jedoch daheim nicht aufkreuzte, machte sich Germana auf die Suche.

»Klaus und ich haben unsere Freunde abgeklappert, doch Erwin war wie von Erdboden verschwunden. Dann kam die Polizei mit der furchtbaren Nachricht, dass Erwins Leiche nahe dem Ufer unweit von Maria Wörth von Urlaubsgästen gefunden worden war. Die spätere Obduktion hatte ergeben, dass er infolge eines epileptischen Anfalls ertrunken war. Was wir alle nicht wussten: Erwin musste schon öfter solche Anfälle gehabt haben.«

Pototschnig schwieg betroffen und seufzte auf.

»Das Begräbnis war furchtbar. Unglaublich viele Leute waren da, weil mein Erwin war sehr beliebt. Ich hab geglaubt, ich schaffe das nimmer. Auch der Herr Minister – damals war er noch keiner – war da. Bei seiner Abschiedsrede sind ihm die Tränen grad so heruntergeronnen, weil ihm ein Kamerad aus dem Herzen gerissen worden ist. Erwin und er waren seit ihrer Kindheit unzertrennliche Freunde gewesen. Vor dem Sarg hat der Herr Minister noch geschworen, dass er sich um die Familie seines einzig wahren Freundes kümmern würde, solang er lebe … Na, man sieht ja, was das Wort eines Politikers wert ist.«

»Er wird halt recht viel um die Ohren haben, als Minister«, warf Meller ein.

»Dann soll er erst überlegen, bevor er was verspricht. Ich hab jedenfalls mit meinem Erwin früher Furchtbares mitgemacht …« Pototschnig hielt kurz inne, dann flüsterte sie beinahe: »Weil manchmal kommt alles wieder hoch.«

»Was denn?«

»Ach, nix … das ghört jetzt net da her.«

»Saphiras Habseligkeiten betreffend – haben Sie ihren Computer noch?«, wollte Meller wissen.

»Zuerst hab ich mir überlegt, ihr ganzes Zeug dem feinen Herrn Minister zu schicken, aber dann hab ich's bleiben lassen. Nicht einmal bei ihrem Begräbnis war er dabei. Wegen eines plötzlichen Auslandstermins hat er sich entschuldigen lassen. So kann man sich's auch richten, net wahr?«

Pototschnig nickte bedeutungsschwer mit dem Kopf.

»Aber ich hab auch meinen Stolz …«

»Sie wollten mir sagen«, unterbrach Meller sie, »wo sich der Computer Ihrer Tochter befindet.«

»Ihr Gwand hab ich hergeschenkt. Eine Schachtel voll mit ihren Sachen ist übrig geblieben, die steht am Dachboden. Ich hab das Zeug nimmer anschauen können, nach dem, was sie mir angetan hat. Das werden Sie wohl verstehen, oder?«

»Ich würde trotzdem Saphiras Sachen gern sehen.«

»Wenn Sie glauben, dass das was bringen wird?«

Pototschnig erhob sich, massierte sich mit beiden Händen den Hals und meinte, mehr zu sich: »Ich bin heut so was von verspannt. Wird Zeit, dass ich mich wieder massieren lasse.« Zum Kommissar gewandt, sagte sie:

»Dann können S' das Zeug auch gleich mitnehmen. Ich tät Sie nur bitten, es vom Dachboden selbst runterzuholen. Die Luke mit der Leiter klemmt nämlich ein bisserl. Außerdem möcht ich nicht mit meinem Dirndl …« Bittend zeigte sie Meller lächelnd ihre einwandfreien Zahnreihen.

»Aber selbstverständlich mach ich das für Sie.«

»Na dann, gemmas an.«

Meller folgte Pototschnig in das obere Stockwerk.

Der Verschluss klemmte nicht nur ein bisschen – die Dachluke ließ sich schlichtweg nicht öffnen. So sehr sich Meller über Kopf auch mit dem eingehakten Holzstab abmühte und an der Verriegelung rüttelte und zerrte.

»Eine Leiter! Haben Sie eine im Haus?«, schnaufte er und ärgerte sich über seine vorschnelle Hilfsbereitschaft.

»Natürlich. Warten Sie hier, ich hole eine.«

Flugs begab sich Pototschnig wieder hinunter ins Erdgeschoss.

Meller hörte sie eine Tür aufsperren, dann war Stille im Haus.

Geduldig wartete er mit der Holzstange in der Hand.

Seitlich von ihm sah er eine Tür einen Spalt geöffnet. Neugierig geworden, drückte er sie mit der Fußspitze auf.

Was er zu sehen bekam, übertraf alle seine Erwartungen. Der Raum war komplett in Schwarz gehalten. Wäre nicht etwas Licht durch die vorgezogenen, dunklen Seidenvorhänge in den Raum gedrungen, hätte er meinen können, in einer Dunkelkammer gelandet zu sein. Ein Betstuhl stand mittig im Zimmer, in Blickrichtung zur Wand, an der ein schlichtes, größeres Holzkreuz hing. Auf einer Anrichte standen mehrere brennende Kerzen sowie zwei Fotos in Bilderrahmen mit Trauerschleife – Erwin und Saphira Pototschnig. Die Witwe hatte sich einen Andachtsraum eingerichtet. Oder war das alles nur Show? Er würde es herausfinden. Meller zog die Tür wieder zu.

Keine Sekunde zu früh, denn Pototschnig stand plötzlich hinter ihm.

Erschrocken fuhr Meller zurück und fühlte sich augenscheinlich ertappt, worauf sie lauernd wissen wollte:

»Stimmt was nicht?«

»Nein, nein – alles in bester Ordnung.« Meller deutete mit dem Kopf zur Tür hin. »Die Tür war offen. Sie entschuldigen, dass ich kurz reingeschaut habe?«

»Saffis Zimmer«, erwiderte sie kurz angebunden und hielt Meller eine mittellange Stehleiter entgegen.

Misstrauisch besah er das wackelige Ungetüm aus Holz.

»Was Besseres hab ich nicht«, entschuldigte sie sich mit einem nervösen Ausdruck im Gesicht.

Kein Wunder, dass so viele Hausfrauen verunglückten, dachte Meller mit einem Blick auf das fragile Stück und schickte sich an, die Leiter zu besteigen, um an den Verschluss der Dachbodenluke zu gelangen.

»Ich halte sie«, beruhigte ihn die Frau und packte zwei der Leiterholme mit festem Griff, worauf Meller mit dem Gleichgewichthalten Probleme bekam und sich verkrampft am Verschluss festhielt.

Dann sah er, warum sich die Klappe nicht öffnen ließ. Der Verschlusshaken war völlig verbogen und spießte sich.

»Ich bräuchte einen Hammer und einen größeren Schraubenzieher«, bat er Pototschnig, die ihn genau beobachtete.

»Sofort«, erwiderte sie dienstbeflissen, ließ die Leiter mit einem Ruck los und verschwand, um das Gewünschte aus dem Untergeschoss zu holen. Daraufhin versagte die Stehleiter jämmerlich. Mehr und mehr neigte sie sich zur Seite. Um nicht abzustürzen, hakte Meller sich mit dem Zeigefinger in der Öse des Verschlusses ein und fühlte sich wie ein Parmaschinken am Haken. Er schnappte nach Luft – behutsam gelang es ihm, halbwegs die Balance zu halten.

Wann kommt denn dieses Weibsbild endlich?

Plötzlich gab die Dachbodenverriegelung aus unerklärlichen Gründen nach, und Meller sauste mit der Klappe abwärts. Er gelang ihm zwar noch, den Finger rechtzeitig aus der Öse zu ziehen …

… doch er landete hart … sehr hart.

Die Treppe auf der Innenseite der Klappe entfaltete sich mit Schwung und knallte ihm mit voller Wucht auf sein linkes Schienbein. Meller schrie auf. Einen solch punktuell brutalen Körperkontakt hatte er noch vom Fußballspielen in seiner Jugendzeit schmerzhaft in Erinnerung.

Selten gab es Momente, in denen Meller ausrastete.

Dieser war einer. Er verfluchte die gesamte Situation. Weil er sich breitschlagen hatte lassen, diesen verdammten Fall zu übernehmen. Weil er deswegen in diesem alten Gemäuer auf eine windschiefe Leiter gestiegen war. Und er war wütend auf die eigentliche Verursacherin, die aufgrund des Lärms soeben die Treppe hochgeschossen kam.

»Jessas, Maria und Josef!«, rief Pototschnig, die Hände zusammenschlagend, als sie den Kommissar sein linkes Schienbein haltend und fluchend auf dem Boden hocken sah.

»Das tut mir jetzt aber furchtbar leid! Ist Ihnen was passiert?«

»Ach, lassen Sie nur, halb so schlimm«, stöhnte Meller, der sich aufrichtete und nicht wusste, was er zuerst massieren sollte – das Schienbein oder den Zeigefinger.

Verdammte Scheiße, verdammt, verdammt!

Um vor der Frau keine Schwäche zu zeigen, wimmerte er innerlich. Unauffällig massierte er sich den Finger.

Pototschnig stand, einen Hammer in der Hand, neben ihm und wusste nicht, wie sie reagieren sollte. Lachen oder …?

Meller schien ihre Reaktion zu erahnen.

»Ein blöder Lacher … und ich verhafte Sie wegen Weitergabe einer klapprigen Stehleiter!«

Da drückte Pototschnig Meller den Hammer in die Hand und sagte: »Entschuldigung, aber der Schraubenzieher …«, mehr brachte sie nicht über ihre Lippen. Es schüttelte sie vor Lachen, sie japste nach Luft und musste sich abwenden.

Bis sie sich beruhigt hatte, das dauerte. Meller hatte solang Gelegenheit, seine Situation zu überdenken und zu überlegen, auf welche Weise er sich rächen würde.

»Es tut mir wirklich leid, Herr Meller. Ich wollte mich nicht über Sie lustig machen. Aber als ich Sie da sitzen sah …«

Sie wurde ernst und wischte sich die Tränen aus den Augen, die plötzlich welche der Trauer waren.

»Verzeihen Sie. Ich weiß nicht mehr weiter«, flüsterte sie nach einer Weile.

»Ich sage Ihnen jetzt, wie's weitergeht.« Meller stieg die Stufen der ausgeklappten Leiter hoch. »Zuerst hole ich Saphiras Sachen, und anschließend erzählen Sie mir, was Sie so sehr bedrückt. Es gibt nämlich etwas, was ich von Ihnen endlich hören will – die Wahrheit.«

Im Dachboden war es zappenduster.

Er beugte sich aus der Luke und fragte:

»Gibt's auch ein Licht hier oben?«

»Ein Kippschalter muss rechter Hand zu spüren sein.«

Er tastete die rechte Seite ab, fand den Schalter und knipste das Licht an. Mehrere prall gefüllte Plastiksäcke, drei Koffer unterschiedlicher Größe, eine Truhe sowie eine Campinggarnitur – ein Tisch und vier Klappsessel – füllten den Raum. Auf dem Tisch entdeckte Meller eine größere Schachtel.

»Ist es die braune Schachtel?«, rief er, um sicherzugehen.

»Genau, die ist es!«, hörte er Pototschnig.

Als sie wieder im Wohnzimmer saßen, warf Meller einen flüchtigen Blick in die Schachtel. Saphiras Laptop lag obenauf. Darunter fand er Bücher, mehrere Fotoalben, einen hellbraunen Teddybären, zwei Barbiepuppen und sonstigen Krimskrams sowie einen Eiffelturm als Tischleuchte.

Ein Sambasound, den er nur zu gut kannte, drang aus seiner Sakkotasche. Als Meller die Nummer auf dem Display sah, aktivierte er das Handy.

»Meller, ja …?«

»Hallo, Mario … Ich bin's!« Sein Junge klang aufgeregt.

»Was liegt an, Manuel?« Meller sah auf die Uhr – punkt zwölf.

»Wir wissen, wer Joe entführt hat!«, gellte es in Mellers Ohr.

»Manuel, schrei nicht so! Ich bin nicht taub«, ermahnte er ihn. »Also, wer soll Joe entführt haben? Und wer ist wir?«

»Flo und ich. Das … das mit Joe ist noch nicht sicher. Aber wir sind auf einer total heißen Spur!«

»Und wer soll eurer Meinung nach Joe entführt haben?«

»Ich … das möchte ich nicht verraten, weil … weil sonst …«

»Manuel!« Mellers Stimme bekam einen scharfen Ton. »Ich warne dich – ein krummes Ding und ihr beide seid …!«

»Eh nicht. Wir wollen nur detektivisch vorgehen und haben uns gedacht, dass wir …«

»Wie gesagt: kein krummes Ding. Über jede Aktion möchte ich informiert werden … Vorher bitte, nicht im Nachhinein.«

»Geh, bitteeee! Wir tun eh nix!« Manuel grinste hörbar.

»Allein, wenn ich dich so reden hör, schwant mir Böses.«

»Wir machen's wie du. Erst auskundschaften und belauschen. Und dann umzingeln wir den Gangster und schnappen …«

»Ihr schnappt mir niemanden, hörst du, Manuel!«

Doch sein Junge antwortete nicht mehr. Die Leitung war unterbrochen und Meller höchst verärgert. Das fehlte noch, dass die beiden sich womöglich in unnötige Gefahr begaben.

Er versuchte Manuel zu erreichen. Eine nette Stimme verriet ihm, dass der gewünschte Teilnehmer zurzeit nicht erreichbar sei. Verdammt, was heckten die zwei Buben da wieder aus?

In Gedanken versunken starrte er sein Handy an, dann auf Germana Pototschnig.

»Einen Moment noch, bitte«, entschuldigte er sich, da sie ihn abwartend beobachtete.

Meller wählte die Nummer seiner Sekretärin. Als sie sich meldete, bat er: »Hallo, Claudia! Ich hab ein ganz spezielles Anliegen: Würdest du bitte ein Auge auf Manuel und seinen Freund werfen? Die beiden scheinen etwas auszuhecken. Angeblich wissen sie, wer Joe entführt hat.«

»Mir gegenüber hat Manuel aber nichts erwähnt«, wunderte

sich Claudia. »Deine herzerweichende Story steht übrigens in Bachers Schmierblatt. Unsere Chefin ist schon ausgezuckt, weil bei uns deswegen die Telefone heißlaufen. Nach den eingegangenen Meldungen muss Joe sich geklont haben. Wo der plötzlich überall aufgetaucht sein soll – sogar am Ku'damm in Berlin. Bloß, weil alle auf die Ergreiferprämie scharf sind.«

»Das ist es ja! Der Bub ist ganz wurlert. Er hat mich vorhin angerufen. Jetzt wollen er und Flo auf eigene Faust dem Verdächtigen eine Falle stellen. Die wissen doch nicht, in welche Gefahr sie sich dadurch begeben!«

»Ganz der Papa«, erwiderte Claudia mit einem schelmischen Lacher. »Bleib locker, Chef. Ich knöpfe mir die beiden vor. Vielleicht kann ihnen eine Superagentin behilflich sein.«

»Claudia, bitte! Ich kenne Manuel und fürchte, dass …«

»Mario…! Vertrau mir.«

»Na dann, danke.«

Meller unterbrach das Gespräch und atmete tief durch.

»Welcher Joe ist denn entführt worden?«, wollte Pototschnig wissen, die das Gespräch aufmerksam mitverfolgt hatte.

»Joe, was?«, fragte er gedankenverloren. »Ah ja – mein Hund.«

»Wie bitte? Jetzt werden sogar schon Hunde entführt? Was ist das für eine kaputte Welt?«

»Sie sagen es, Frau Pototschnig. Den Kerl zermalme ich zu Hundefutter, wenn er Joe auch nur ein Fellhärchen krümmt … So wahr ich hier sitze.«

»Na das glaube ich Ihnen aufs Wort«, stellte die Frau eingeschüchtert fest, als sie Mellers grimmiger Blick traf.

Er versuchte seine Erregung wieder auf ein Normalmaß runterzufahren. Schließlich konnte er die Frau nicht für Joes Dognapping und die leichtfertige Abenteuerlust zweier Halbwüchsiger verantwortlich machen.

»Wieder zu unserem Fall, Frau Pototschnig.«

Er sah erneut auf seine Uhr. Fünf Minuten waren seit Manuels Anruf vergangen. Doch mit Mellers Ruhe war's vorbei. Die Sorge um seinen Buben regte ihn unnötig auf.

»Ich habe nicht mehr lange Zeit. Erzählen Sie mir also nicht, was ich Ihnen ohnehin nicht glauben werde. Daher erlaube ich mir, um unser Gespräch nicht endlos werden zu lassen, ein paar grundlegende Fakten vorauszuschicken … Von Herrn Trattnig habe ich einiges erfahren. Zum Beispiel, wie Sie zu ihm gestanden sind. Ich bringe es im Telegrammstil: Sie waren enttäuscht, als Sie erkennen mussten, dass Ihre Tochter und Herr Trattnig eine, ich sage bewusst, komplizierte Beziehung pflegten. Thomas Trattnig war schwul, Saphira lesbisch. Beide gaben nach außen hin ein Liebespaar ab, um nicht engstirnigen Moralaposteln ausgesetzt zu sein. Auch Sie waren nicht unbeteiligt mit Ihrer Meinung … Bitte lassen Sie mich ausreden«, bat Meller, da Pototschnig sich aufpudeln wollte. »Ich bin kein Richter – Sie allerdings auch nicht, Frau Pototschnig –, wenn es über Art und Weise des Zusammenlebens von Menschen zu urteilen gilt. Solang sich alles im gesetzlichen Rahmen bewegt … so viel dazu.«

Pototschnig nützte Mellers Redepause.

»Aber ich habe ein Recht, zu wissen, mit wem meine Tochter zusammenlebt. Ich sage bewusst *meine* Tochter. Immerhin habe ich Saffi als kleines Kind zu mir genommen und …«

»… und dabei übersehen, dass Ihre Saffi längst erwachsen war, tun und lassen konnte, was ihr in den Kram passte. Für ihre Neigung war sie niemandem Rechenschaft schuldig. Sie allerdings haben das nicht akzeptiert und sich mit eigennützigen Moralvorstellungen in ihr Leben eingemischt, sie seelisch unter Druck gesetzt. So wie sich's nun herauskristallisiert, ist Saphira an der Arroganz und Uneinsichtigkeit solch obskurer Moralapostel, wie auch Sie einer sind, zerbrochen …«

Pototschnigs Lippen waren dünn wie zwei Bleistiftstriche. Ihre Augen drückten puren Hass aus, und die Knöchel ihrer zu Fäusten geballten Finger traten weiß hervor. Doch sie schwieg.

Meller erwiderte ihre Blicke und fuhr fort:

»Das ist hart gesagt, Frau Pototschnig – aber es war so. Als Saphira aus dieser Spirale nicht mehr rausfand und ihrem Leben ein Ende setzte, warfen Sie Ihrer Tochter diese letzte Konsequenz auch noch vor. Das tun Sie noch immer. Was nicht zu sein hat, darf nicht sein! Weder Saphiras sexuelle Neigung noch ihr Selbstmord.«

Ob es da noch etwas anderes gab, das wollte Meller im Moment nicht hinterfragen. Er war einfach nur sauer. Manuels Anruf war natürlich auch mit ein Grund.

Ihm ging dieses selbstmitleidsheischende Gesülze dieser aufgetakelten Dirndlschnepfe mächtig auf die Nerven. Nach außen hin musste alles moralisch sauber glänzen. Abweichungen wurden gnadenlos ausgemerzt. Als er von Trattnig erfahren hatte, dass Pototschnig ihn wegen seiner Neigung sogar erpressen wollte – das sprach schon für sich.

Saphira Pototschnig war ein tragisches Schicksal beschieden gewesen. Einst der Hölle eines von Kriegen zerstörten Landes entkommen, war sie letztendlich einem infamen Krieg hier zu Lande zum Opfer gefallen.

Sie war noch so jung, so hoffnungsfroh und doch voller Ängste gewesen. Ängste, die man leicht aus der Welt hätte schaffen können. Allein mit mehr Menschlichkeit, mit mehr Achtung der Privatsphäre.

Ob hetero, schwul oder lesbisch – niemand hatte das Recht, darüber zu urteilen, was richtig ist und was nicht.

»Das war's aber nicht«, unterbrach sie Mellers Gedankengang, »warum Saffi sich umgebracht hat.«

»Dann sagen Sie mir, was der Anlass war?«

»Sie hatte ein Verhältnis.«

»Ja, mit Thomas Trattnig.«

»Nein. Ich habe sie beobachtet, wie sie sich mit einer Frau getroffen hat.«

»Ihrer Tochter nachzuspionieren, schien wohl Ihre Hauptbeschäftigung gewesen zu sein?«

»Ich musste das. Ich konnte nicht anders.«

»Und warum das?«

»Weil ... weil es ...« Die Frau verstummte.

»Jetzt machen Sie's nicht so spannend, Frau Pototschnig! Muss ich Ihnen wirklich jedes Wort aus der Nase ziehen? Befreien Sie sich endlich von einer Last, die Sie scheinbar mit sich herumschleppen.« Meller fielen Trattnigs Worte ein: »Oder gehen Sie in die Kirche und beichten sich die Seele rein.«

Verärgert setzte er nach: »Also, weil was ...?«

»Ich habe ... jemanden ... umgebracht«, stammelte die Frau.

Sekundenlange Stille. Der Fall wurde ja noch schriller.

»Etwa gar Saphira?«

»Doch nicht die Saffi! Wie kommen S' denn da drauf?«

Meller überlegte blitzartig.

»Wen dann? Und wie? Vergiftet, erstochen oder was?«

»Sagen Sie, was glauben Sie von mir!«, stieß Pototschnig aufgebracht hervor.

»Was ich von jedem Menschen glaube. Er ist zu allem fähig, im Guten wie im Bösen.«

Meller ließ nicht locker. Er wusste um den Moment, in dem Geständnisse über die Lippen flutschten. Diesen Augenblick schien er in Pototschnigs aufgelöster Verfassung zu erahnen.

»Ich möchte reinen Tisch machen, bevor mich meine Krankheit dahinrafft.« Die Frau seufzte auf.

»Sie sind krank?«

»Unheilbar. Das hat mir Gott zur Prüfung auferlegt, um meine Seele zu retten.«

»Wenn Sie daran glauben, so wird es seine Richtigkeit haben.«

Halte deinen Sarkasmus im Zaum, Meller!

Doch wer Böses getan hat, verdient kein Mitleid, maximal die Chance für sein Verbrechen zu büßen. Warum nur hatte er mit dieser Frau kein Mitleid?

»Mir machen Folgendes …«, Meller legte einen Notizblock aus der mitgebrachten Mappe vor sich auf den Tisch dazu einen Kugelschreiber. *Schneller am Ziel,* stand sinnigerweise auf dem Werbestift eines Taxiunternehmens.

»Soll ich mitschreiben oder nur zuhören?»

»Bitte nur zuhören«, kam von Pototschnig.

»Nun gut. Bitte – beginnen Sie.«

Meller lehnte sich zurück. Schemenhaft zogen Verhaftete an seinem geistigen Auge vorüber. Mit ihnen ihr Gestammel über Diebstähle, Raubüberfälle, Mord und Totschlag. Geständnisse, mit denen Straftäter ihr Gewissen erleichtert hatten. Eine Fülle unglaublicher Grausamkeiten hatte er sich im Lauf der Jahre anhören müssen.

Das kotzte Meller an, die längste Zeit schon. Ein untrügliches Zeichen dafür, diesen verdammten Job an den Nagel zu hängen und sich endlich den schönen Dingen des Lebens zuzuwenden.

Nun sollte er sich erneut einem Menschen widmen, der seine kranke Seele vor ihm ausbreiten wollte, dazu womöglich auch hoffte, eine Art Absolution für was auch immer zu erheischen.

Weil grundlos brachte man ja niemanden um. Wenn man aber etwas niemals bekam, das ein anderer besaß und es auf legalem Weg nicht erreichbar war? Oder wenn die Wut auf einen so groß war wie das Messer lang, mit dem man zustach? Täter hatten stets Argumente, die ihre Verbrechen erklärten. Diese geschickt mit einer Brise Mitleid gewürzt, dazu ein paar Tränen – schon war ein Täter gleichzeitig auch Opfer.

»Echt zum Kotzen«, entfuhr es Meller.

Als er die Augen öffnete, war Pototschnig verschwunden.

Ich spinn wohl, dachte er und sprang auf. Was hatte diese Frau vor?

Doch da kam sie schon wieder ins Zimmer und setzte sich zum Tisch hin. In ihren Händen hielt sie ein abgegriffenes, graues Buch und gab es Meller.

»Mein Tagebuch. Ich habe es an jenem Tag zu schreiben begonnen, als das Unglück geschah.«

»Darf ich?«, fragte Meller und blätterte darin.

»Sie dürfen es mitnehmen. Ich brauche es nur als Gedankenstütze, damit ich nichts auslasse.«

Er schob es ihr hin. Sie klappte es auf.

»Das Schicksal nahm am …«, sie deutete mit dem Finger auf die erste Zeile, »am 24. Mai 1990 seinen Lauf. An diesem Donnerstag waren wir zu zweit mit dem Auto auf Streife. Erwin, mein damaliger Kollege, wurde später mein Mann. Das nächste Desaster in meinem Leben – doch davon später … Damals waren wir in einen Unfall verwickelt, eine junge Mutter mit ihren beiden Kindern saß im anderen Auto. Erwin und ich hatten eine tolle Nacht hinter uns, und er wollte mich während der Fahrt küssen. Ich wehrte ihn ab und ermahnte ihn, auf den Verkehr zu achten … Wir blödelten so herum und ich griff ihm ins Lenkrad. Da geschah es. Ich weiß nicht mehr, wie – es ging alles so schnell … Der andere Wagen, es war ein Puch 500, lag in der Wiese auf dem Dach. Im Auto waren die Mutter und ein kleiner Junge eingeklemmt. Das andere Kind, ein Mädchen, hatte es herausgeschleudert ... Es war furchtbar. Ich bin bei dem Mädchen auf die Knie gefallen und habe Gott angefleht, er möge die drei nicht sterben lassen. Erwin hat mich weggezogen und ins Auto gesetzt, weil ich völlig hysterisch reagiert habe. Dann hat er über Funk die Rettung und die Kollegen gerufen. Schrecklich war das ... ich seh das Kind jeden Tag vor mir, das bleiche Gesicht ... und je älter ich werde ... Ach, es ist zum ...«

Pototschnig schwieg. Sie blätterte ein paar Seiten weiter.

»Hier ... Vier Monate später war die Verhandlung. Wir wurden von einem Rechtsanwalt vertreten, den Erwin von seinem damaligen Freund, dem heutigen Minister empfohlen bekommen hatte. Der Fall an sich war klar. Die junge Frau hatte eine Nachrangtafel übersehen. Aber ich weiß, dass wir moralisch schuld an dem Unfall waren. Niemand sollte davon jemals erfahren, das haben Erwin und ich uns geschworen ... Dieses Geheimnis trug ich bis heute in mir. Einerseits hat es Erwin und mich noch enger zusammengeschweißt, andererseits hat diese Last mich mehr und mehr hinuntergezogen ... Sie ist auch der Grund meiner Krankheit ...«

Sie schwieg.

»Worunter leiden Sie denn?«

Pototschnig blieb Meller die Antwort schuldig und fuhr fort:

»Wir haben geheiratet und sind von Mödling weggezogen, in die Heimat meines Mannes, nach Klagenfurt. Ich habe bei der Polizei gekündigt und bin bei verschiedenen Firmen beschäftigt gewesen, meistens im Büro, was mich aber nicht befriedigt hat. Ich wollte Kinder haben, zwei, drei – und wenn's mehr geworden wären, mir wär's recht gewesen. Doch der Wunsch ging nicht in Erfüllung ... Die erste Strafe Gottes. Ich weiß das. Daher mein heutiges Leiden – Unterleibskrebs, unheilbares

Stadium. Ein paar Monate, wenn's gut geht ein Jahr habe ich noch. Vielleicht verstehen Sie jetzt meine übertriebene Lebensgier … Aber ich wollte weitererzählen.«

Sie schlug eine Seite auf, auf der Kinderfotos zu sehen waren.

»Erwins Freund hat uns ein Mädchen aus Afghanistan gebracht. Am 23. Oktober 1992 war die Adoption durch, und die kleine Saphira durfte unseren Namen tragen. Ich war noch nie so glücklich wie in diesen Tagen … Was für eine schöne Zeit.«

Verträumt strich die Frau über ein Foto – die kleine Saphira auf ihrem Arm. Ihr Mann drückte dem lachenden Mädchen einen Teddybären an den Rücken.

Unter dem Bild stand: *Pezi – ein erster Freund?*

»Meine furchtbaren Träume vom Unfall und dem Kind in der Wiese waren damals verschwunden. Saffi hat sich sofort eingelebt bei uns. Da sie in Afghanistan zuletzt bei Schwestern eines christlichen Ordens untergebracht war, hatte sie etwas Deutsch gelernt. So war es für sie sprachlich in der Schule keine große Umstellung. Durch ihre sonnige Art war Saffi sehr beliebt, die Kinder, die Lehrer – alle mochten sie.«

Pototschnig blätterte in ihrem Buch.

»Doch dann, etwa drei Jahre später, hatte ich den Verdacht, dass Erwin das Mädchen abgrapschte. Ich hab ihn natürlich zur Rede gestellt. Aber er hat geschworen, dass er nichts dergleichen getan habe. Ich wusste nicht mehr, wie ich mich verhalten sollte. Meinem Mann habe ich nichts mehr glauben können – einem Polizisten, das muss man sich vorstellen … Das war eine schwere Zeit. Wir hätten uns damals beinahe getrennt. Natürlich habe ich auch Saffi gehörig ins Gebet genommen. Da hat sie mir dann gestanden, dass alles gelogen war. Es war um eine Wette mit ihrer Schulfreundin gegangen. Die Mädchen hatten etwas über sexuellen Missbrauch im Elternhaus aufgeschnappt. Die Saffi war schon als Kind ein bisserl verrückt und musste alles genau wissen. Vielleicht hat sie ausprobieren wollen, wie weit sie bei uns gehen konnte – furchtbar war das damals! Sie hat sich dann bei meinem Mann entschuldigt … Na, wir waren erledigt!«

Die Frau sah zum Fenster hinaus und atmete tief durch.

»Erwin und ich waren von Saffi natürlich sehr enttäuscht. Gott sei Dank war von alledem nichts nach außen gedrungen. Wenn man sich vorstellt, was die Leute von uns gedacht hätten – die rechtlichen Schwierigkeiten, das Gerede erst – nicht auszudenken!«

»Warum haben Sie sich denn nicht psychologische Hilfe gesucht?«, wollte Meller wissen.

»Wo denken Sie hin, hier kennt doch jeder jeden! Damals haben sich bei mir diese furchtbaren Unfallträume wieder eingestellt … So sind dann die Jahre vergangen. Saffi hat in der Schule brav gelernt und später eine Berufslaufbahn bei der Polizei begonnen, so wie ihr Vater. Der Minister war uns natürlich eine große Hilfe. Er hat sich als Pate um sie gekümmert … Doch meinem Mann ging es in den letzten Jahren seelisch immer schlechter. Mit der Konsequenz, dass er zu trinken begonnen hat. Während der Woche hat er sich zurückgehalten, damit es auf seiner Dienststelle nicht auffiel. An den Wochenenden aber – ohne einen Doppler pro Tag ging's nicht mehr. Wenigstens trank er nur daheim … Er wollte mir nicht sagen, warum es bei ihm so weit gekommen war. Ich vermute aber, dass der Unfall damals der Grund für sein Alkoholproblem war. Erwin war ein Weltmeister im Verdrängen. Wenn ich aber mit ihm über die Sache reden wollte, hat er sich im Keller verkrochen, sich zugeschüttet und ist gleich über Nacht unten geblieben. Mir war das schließlich recht, so habe ich ihn nach außen hin abschotten können. Es wäre furchtbar gewesen, wenn Freunde und Nachbarn das mitbekommen hätten … Als er dann im See ertrunken ist, habe ich gewusst: Das war eine weitere Strafe Gottes. Und dann ist das mit der Saffi passiert. So läuft es, wenn Gott Sünden bestraft … Jetzt werden Sie verstehen, wenn ich mich in Reue auf mein Ende vorbereite. Ich hoffe, der Herrgott verzeiht mir mein sündhaftes Leben.«

Mit einem tiefen Seufzer klappte Pototschnig das Tagebuch zu und starrte darauf.

»Der Unfall damals – wie ging er für die Mutter und ihre beiden Kindern eigentlich aus?«

Die Frau hob den Kopf und sagte mit müder Stimme:

»Die Mutter starb noch an der Unfallstelle. Der Bub war schwerstens verletzt, aber noch am Leben. Das Mädchen war ebenfalls verletzt, doch durch sein leichtes Gewicht und den Sturz auf die Wiese …« Sie schwieg betreten.

»Wie? Sie haben sich nie nach den Kindern erkundigt?«

Pototschnig sah den Kommissar direkt an und gestand:

»Nein – wie auch. Erwin und ich schafften das damals seelisch nicht und später … wir waren so weit weg von Mödling. Was hätten wir schon machen können? Die rechtliche Lage war ohnehin geklärt. Sämtliche Schadensforderungen waren von der Versicherung abgedeckt worden … Soweit ich mich erinnere, gab es eine Tante, die sich der Kinder annahm … Wie gesagt, was hätten wir da noch … Erwin hat die ganze Geschichte aus seinem Kopf verbannt, einfach weggeklickt. Dass auch ich nichts mehr davon wissen wollte, das … das muss man doch verstehen! Die Rechnung dafür habe ich ohnehin mehrfach präsentiert bekommen … bis zuletzt.«

Meller nervte das dauernde Wehklagen der Frau. Zu sagen, dass man sich schuldig fühle und für seine Sünden büßen müsse, war natürlich auch eine Art des Verdrängens. Die Wahrheit war, das Schicksal der beiden Kinder hatte Pototschnig nie interessiert. Doch ihr schlechtes Gewissen sowie ihre Gottesfurcht – dazu ihre moralische Einstellung der Tochter gegenüber – hatten ihr das Leben nicht gerade leichter gemacht. Ob ihr Mann davon gewusst hatte?

»Wusste Ihr Mann von Saphiras sexueller Neigung?«

»Um Himmels willen, nein! Das hätte Erwin nie verkraftet. Ich habe es auch erst mitbekommen, als ich …«, Pototschnig stockte und errötete.

»Als Sie was?«, wollte Meller wissen.

»Ich … ich habe in ihrem Computer entdeckt, dass sie sich Seiten über Lesben und Schwule, so schweinische Sachen angeschaut hatte … das war wirklich rein zufällig. Saffi hatte den Laptop in ihrem Zimmer und ich …«

»Ich verstehe – rein zufällig.«

Meller nahm sich vor, in Mödling den Unfallbericht vom Archiv anzufordern, um nachlesen zu können, was aus den Kindern geworden war.

Ihm fiel noch etwas ein, und er fragte sie:

»Es gab ein Poster mit Saphira und ihrem Kollegen. Haben Sie das noch?«

»Das habe ich weggeworfen.«

»Aha. Und warum?«

»Weil Tommi … weil Herr Trattnig nicht das Recht hat, auch nur ein Bild von Saffi zu besitzen.«

»Und das bestimmen Sie, Frau Pototschnig?«

»In diesem Fall, ja«, beharrte sie.

Meller hatte einen ausgiebigen Stadtbummel hinter sich.

Er war noch nie in Kärntens Landeshauptstadt gewesen. Wie

ein Tourist war er sich vorgekommen, als er in einem der trendigen Lokale in der Fußgängerzone unter Hunderten Italienern das Abendessen unter freiem Himmel zu sich genommen hatte.

Das Wetter war Abends wieder milde geworden, und so hatte er das rege Treiben auf der Straße genossen und manch schönen Beinen nachgeschaut, die an ihm vorübergingen.

Hmmm – Nudeln in der Pfanne, leicht angebraten, mit frisch geröstetem Gemüse. Dazu ein leichter italienischer Rotwein.

Wie das mediterrane Mahl seinen Gaumen erfreut hatte, so hatten die Blicke mancher Schönheiten, die ihn länger als üblich im Auge behielten, seine Fantasie beflügelt.

Wahrlich, das Leben ist schön!

Wie schön wäre es erst, wenn eine der Schönen an meiner Seite gesessen wäre …

Nun saß er müde und satt in seinem Hotelzimmer.

Zuvor hatte er noch an der Hotelbar zwei Gin Fizz getrunken, um das Alleinsein leichter ertragen zu können. Beinahe wäre er noch ausgegangen, um sich das Klagenfurter Nachtleben zu geben. Aber als sich ihm an der Bar eine mittelschwer angesäuselte Businesslady mit eindeutigen Avancen aufdrängte, war ihm die Lust auf ein nächtliches Herumpirschen vergangen.

Draußen war es bereits dunkel. Durch die raumhohen Fenster lagen die Lichter der Stadt zu seinen Füßen.

Saphiras Hinterlassenschaft hatte er vor sich auf dem Boden aufgebreitet. Verdammt wenig, was von der 24-jährigen Frau übrig geblieben war. Sieben Taschenbücher – Biografien bekannter Philosophen und ein Roman sowie die Kriminaltrilogie von Stieg Larsson. Wobei sich Saphira in diese Serie noch nicht vertieft haben konnte. Das bewiesen die glatten Buchrücken, die bei gelesenen Taschenbüchern normalerweise einknicken, und die Buchhüllen, die sich aufbogen.

Der Roman »Ausgelebt« von Albin Winterholz stach Meller ins Auge. Es war jenes Buch, das auf Saphiras Nachtkästchen gelegen hatte. Er nahm es zur Hand und blätterte darin.

An einer Stelle blieb er hängen und las:

... und du wirst keine Angst haben ... dein Körper ist stets nur eine Hürde, eine Last. Sein Zerfall ist ein jämmerlicher Prozess. Wie leicht ist es, dieser Gewissheit zu entfliehen ... wie frei wird dein Ich erst sein, wenn du diese anfällige Hülle verlassen kannst ... ewiges Glück wird dir hold sein ...

So kann man es auch sehen, dachte Meller, doch noch gefällt es mir in meinem Körper.

Als er weiterblätterte, fiel ihm ein mehrfach gefaltetes Blatt Papier entgegen. Es war verklebt. Vorsichtig entfaltete Meller es.

Ein gepresstes Kleeblatt kam zum Vorschein. Er ließ es ins Buch zurückgleiten und widmete sich der Abbildung, die auf dem Blatt zu sehen war. Es war die Kopie einer Grafik, ein mit Linien und Quadraten geformtes kreuzähnliches Gebilde.

Ein paar Tropfen – quer über das Papier gespritzt – hatten die Grafik leicht beschädigt, als er das Papier auseinandergefaltet hatte.

War es Farbe? War es Blut?

Das musste erst untersucht werden. Die prinzipielle Frage vorweg aber war: Warum zog sich eine als lebensfroh bekannte Person eine solche Lektüre rein? Es schien tatsächlich, dass sich Saphira Pototschnig nach außen hin als die Fröhliche, die Lebensbejahende, die auf Zukunft Bedachte gab, während sie sich bereits mit ihrem Suizid auseinandersetzte.

Meller blätterte in einem der schmalen Fotoalben, die fortlaufend nummeriert waren. Saphira als Kind ... vor dem Schulgebäude ... mit anderen Schülern im Klassenzimmer ... mit ihren Eltern ... im Sommer am See ... im Winter mit Skiern beim Lift … auf der Piste … mit der Rodel … auf dem Eislaufplatz … immer wieder ein lachendes Mädchen.

Auch die anderen Alben zeigten Saphira als fröhliches Kind, als übermütige Jugendliche, als hübsche, junge Dame.

Im letzten Fotobuch befanden sich Bilder von Saphira Pototschnig auf der Polizeischule, mit Kolleginnen und Kollegen. Auch Familienfeste und Partystimmungen waren bildhaft verewigt … Saphira tanzend … im Kreise lachender Gleichaltriger. Zwei Bilder zeigten sie mit einer hübschen Rothaarigen nackt auf dem Bett knutschend. Wer diese Fotos wohl geschossen hatte? Auf den letzten Seiten waren vermehrt Fotos mit Thomas Trattnig zu sehen.

Eine Aufnahme war besonders reizvoll. Vermutlich jenes Motiv, das der Polizist erwähnt und dessen Vergrößerung Saphiras Mutter vernichtet hatte. Das Foto klebte extra auf einer Seite und war größer als die übrigen Abbildungen.

Die Erfüllung aller Sehnsüchte liegt im Sinn des Lebens, stand darunter.

Meller wunderte es, dass die Mutter diese – für sie – peinlichen Fotos nicht vernichtet hatte, wenn ihr so daran gelegen war, Saphiras sexuelle Neigung und ihren Suizid zu vertuschen. So auch jenes Buch, in dem der Sinn eines Selbstmordes sowie die Methoden des schmerzlosen Hinübergleitens beschrieben wurden.

Darüber wollte er mit Germana Pototschnig noch sprechen.

Erneut nahm der die Kopie zur Hand und betrachtete die seltsame Grafik. Er sah darin keinen Zusammenhang zu Saphiras Suizid.

»Noch nicht«, murmelte er und legte das Blatt zur Seite. Denn jedes Detail ergab einen Sinn. Er brauchte nur die jeweiligen Anknüpfpunkte dazu finden.

Auch die kitschige Eiffelturm-Leuchte hatte eine Geschichte. Warum hatte Saphira sie behalten?

Vielleicht war sie einmal in Paris gewesen und hatte sie als Souvenir mitgebracht oder sie hatte die Tischleuchte geschenkt bekommen – von einem Freund, einer Freundin, einer Geliebten? In den Alben waren jedenfalls keine Fotos mit dem Eiffelturm im Hintergrund zu sehen gewesen.

Der Teddybär – abgegriffen, wie er war – verriet, über Jahre geknuffelt und liebgehabt worden zu sein. Ebenso schien Saphira ihre zwei Barbiepuppen als Erinnerungsstücke behalten zu haben, sonst wären sie nicht in diesem Karton gelandet.

Auf dem Laptop klebte ein Sticker mit dem Wort *frannmau*. Das Codewort, um an Saphiras Daten zu gelangen – ein wenig in ihre Gedanken- und Gefühlswelt vordringen zu können?

Von Thomas Trattnig wusste Meller, was es mit dem Wort auf sich hatte. »Saffi und ich verwendeten oft das Wort *frannmau* als Ausdruck unserer Einstellung. Mann und Frau verbal vermischt als Synonym für eine neue, liberale Lebensform.«

Zuallerletzt hieß das Dokument, in dem sich Saphira mit verwirrenden Worten verabschiedet hatte und von dem ein Ausdruck in der Mappe lag, die Meller vom Minister bekommen hatte.

Zuallerletzt.

Wenn ich euch verlasse, verlasse ich euch nicht, sondern bin näher bei euch, als ihr glaubt.

Wenn ihr um mich weint, weint ihr nicht um mich, sondern eures schlechten Gewissens wegen.

Ich will nicht mehr so leben müssen.

Saphira

Meller startete den Laptop. Er wartete, bis das Feld für das Codewort aufschien, und tippte *frannmau* ein. Sekunden später sortierte sich die obere Menüleiste und der Monitor zeigte sein typisches Apple-Blau. Doch auf der Festplatte befanden sich nur die Systemdateien, aber kein einziges Dokument.

Wer auch immer die Daten gelöscht hatte – Claudia Rotter würde der Festplatte wieder auf die Sprünge helfen. Im Aufspüren gelöschter Dateien war sie unschlagbar.

Da hatte Germana Pototschnig ihre Finger im Spiel gehabt, war Mellers Vermutung. Während er verärgert den Computer ausschaltete und zur Seite schob, rutschte die Kopie mit der seltsamen Grafik vom Tisch und fiel ihm direkt vor die Füße. Er wollte das Blatt aufheben, da fiel sein Blick schräg auf die Grafik. Täuschte er sich? Nein.

Tatsächlich – es waren Buchstaben …

Überrascht von der optischen Täuschung nahm er die Kopie zur Hand, drehte und wendete sie hin und her. Dann sah er in einem Abstand von etwa 30 Zentimetern leicht oberhalb der Blattkante auf die Grafik.

MEIN IST, las er.

Er drehte das Blatt waagrecht um neunzig Grad …

DIE RACHE, kam zum Vorschein.

Verdammt, verdammt!

Ein tiefes Brummen machte sich zwischen Mellers Ohren bemerkbar. Dieses Phänomen hatte er sich in Rio de Janeiro eingehandelt, als er während eines Polizeieinsatzes beinahe erschossen worden wäre, hätte ihn nicht ein Kollege aus der Schusslinie gestoßen. Jedes Mal nun, wenn er eine heiße Spur witterte oder unter besonderem Stress stand, schlich sich ein Brummton in seine Gehörgänge.

Sein *Favela-Ton,* wie er ihn nannte.

»Mein ist die Rache«, murmelte er.

Wessen Rache?, drängte sich ihm fragend auf, und Saphiras Selbstmord kam ihm mit einem Mal äußerst suspekt vor.

Verdammt, die Fingerabdrücke!, schoss es ihm durch den Kopf, und er ärgerte sich, weil er die Kopie mehrmals in den Händen gehalten hatte.

Und wozu das Kleeblatt? Stand es in einem direkten Bezug zu diesem Mein-ist-die-Rache-Spruch?

Meller schüttelte das Buch über dem Tisch aus, um das vertrocknete Ding zu finden. Doch es schien verschwunden zu sein.

Also blätterte er sich Seite für Seite durch die bescheuerte Suizidanleitung. Auf den Seiten 72 und 73 wurde er fündig.

Allerdings entdeckte er nicht das Gesuchte, sondern drei Wörter, die mit Bleistift unterstrichen waren:

… Mörder … meinen … kenne …

Und auf den Seiten 124 und 125 las er die markierten Worte:

… Tod … meinen … beschlossen … hat …

Ein leichtes Spiel – es waren zwei Sätze:

kenne meinen Mörder
hat meinen Tod beschlossen

Dass diese stümperhaft versteckte Botschaft entdeckt werden sollte, lag wohl auf der Hand. Sollte dadurch Saphiras Selbstmord grundsätzlich infrage gestellt werden?

Oder sollte … ja, was sollte?

War diese Unbekannte, von der Germana Pototschnig und Thomas Trattnig berichtet hatten, jene Schlüsselfigur, der Meller sich widmen sollte? Wer war die Frau?

War sie Saphiras Freundin, Geliebte … Mörderin?

Erst darüber schlafen, entschied Meller. Er machte sich daran, seinem müden Haupt die nötige Erholung zu ermöglichen.

Zuvor wollte er noch mit seiner Sekretärin telefonieren und sich erkundigen, ob Manuel sich ordentlich benahm.

Die beiden gaben sich gerade einen Krimi im Fernsehen.

Von Claudia erfuhr Meller, dass Dr. Schaller sich die rechte Schulter und den Oberarm gebrochen hatte. Sie war in Wien nach einem Meeting über ein aufstehendes Teppicheck gestolpert und die Treppe hinuntergestürzt.

»Je höher der Stöckel, desto tiefer der Fall«, ätzte Meller.

»Das war jetzt gemein, Mario. Wir Frauen tragen diese Dinger doch nur für euch.«

»Wegen mir braucht sich keine die Füße zu ruinieren.«

»Du gehörst eben zur aussterbenden Spezies der Biedermänner«, konterte Claudia. Denn auch sie trug öfter hohe Absätze. Lo Bianco stand nämlich drauf.

»Aber jetzt im Ernst: Die Chefin kann einem wirklich leidtun. Bevor ich aus dem S-C-ONE bin, habe ich noch mit ihr gesprochen. Eine Härte hat die Frau allerdings. Sie hat sich nach dem Eingipsen ins Büro fahren lassen, um sich Unterlagen zu holen. Ich habe ihr dabei geholfen. Du kannst mir glauben, Mario – unsereins bleibt nach so einem Unfall im Krankenhaus liegen. Sie will von daheim aus ihren Job machen und so bald wie möglich im Büro sitzen.« Claudia lachte kurz auf. »Also ausschauen tut's schon witzig mit ihrem Gipsarm, der wie ein Engelsflügel absteht … Wie gesagt – für ein paar Tage sind wir die Schaller los.«

Joe war noch immer nicht aufgetaucht. Es gab eine Menge Hinweise. Zu viele, um sie sofort abzuarbeiten. Wäre Joe ein

Mensch, hätte man einen Suchtrupp aufstellen können. So aber war es eine private Angelegenheit. Ein Hund galt als Sache.

Manuel hatte nichts Besonderes zu berichten.

Ob Post gekommen sei? Nein, eigentlich nicht, das übliche Werbezeug nur … Doch, ja – ein Brief, war dem Buben plötzlich eingefallen. Manuel hatte im Vorgarten ein weißes Kuvert gefunden. Reklamemist, hatte er gedacht, den ein Prospektverteiler über den Zaun geworfen hatte.

Erst wollte er das Kuvert zum Altpapier stecken. Da aber mit schöner Handschrift *Für Herrn Meller* drauf geschrieben stand, hatte Manuel es auf das Tischchen im Vorzimmer gelegt, auf dem sich üblicherweise die Post stapelte.

»Von wem ist der Brief?«, wollte Meller wissen.

»Keine Ahnung – steht kein Absender drauf.«

»Mach ihn bitte auf.«

»Und wenn's eine Briefbombe ist?«, scherzte Manuel.

»Hast wohl zu viele Krimis im Hirn, oder was? Gib mir bitte Claudia noch einmal. Sie soll sich das Kuvert anschauen.«

»Es ist eh nur ganz dünn. Warte, ich leg den Hörer zur Seite.«

Kurz darauf ertönte ein Aufschrei …

»Manuel … Um Gottes willen, was ist mit dir?«, schrie Meller ins Telefon, und es kroch ihm eiskalt über den Rücken.

»Pfaah! Das gibt's net!«, hörte er den Buben noch rufen, dann war die Leitung unterbrochen.

Nervös geworden, versuchte er erneut, Manuel zu erreichen.

Besetzt – verdammt, verdammt!

Endlich war die Leitung wieder frei und Claudias Stimme an Mellers Ohr.

»Manuel ist okay, keine Sorge«, beruhigte sie ihn. »Aber irgend so ein Idiot hat dir ein Erpresserschreiben geschickt. Er fordert fünftausend Euro, wenn du Joe lebend wiedersehen willst.«

Wenn der Typ Joe auch nur ein Fellhaar krümmt, schneide ich ihm die Eier ab, schwor sich Meller und atmete tief durch.

»Okay, ich steig auf sein Angebot ein. Steht auch drin, wie man mit dem Kerl in Kontakt treten kann?«

»Nicht so direkt. Er meldet sich wieder«, teilte ihm Claudia mit.

Sechs

Freitag, 23. September 2011

Meller suchte Trattnig auf und teilte ihm die Ergebnisse seiner Nachforschungen sowie die daraus resultierenden Vermutungen mit.

Saphira war allem Anschein nach nicht freiwillig aus dem Leben geschieden. Jemand musste kräftig nachgeholfen haben.

Vielleicht jene unbekannte Frau? Oder ein Helfershelfer?

Lukas Jerolitsch, der ins Zimmer platzte, schnappte Mellers letzte Worte noch auf.

»Wos? Die Saffi ist umgebracht worden?«, rief er und starrte Trattnig an, als sei dieser der Täter gewesen.

»Was schaust denn mich so deppert an? Ich war's nicht, klar?«, reagierte Trattnig gereizt.

»Aber du-du hast do-doch zuletzt …«, stotterte Jerolitsch.

»Nix hab ich … verstehst?«, unterbrach ihn Trattnig barsch.

»Also, was hatten Sie mit Ihrer Freundin zuletzt?«, wollte auch der Kommissar – aufschauend, die Stirn runzelnd – wissen.

»Es hat eine kleine Meinungsverschiedenheit gegeben, an dem Tag damals, wo sie sich … na ja … Wir haben uns abends noch einmal kurz getroffen und ausgesprochen. Die Saffi ist dann weg … den Rest hab ich eh schon ausgesagt.«

»Und warum haben Sie mir das gestern verschwiegen?«

»Weil's nicht von Belang ist und überhaupt nicht ...« Trattnig sah nervös zu seinem Kollegen hin.

»Ich verstehe«, kam Meller ihm zu Hilfe und wandte sich Trattnigs Kollegen zu. »Ich danke Ihnen, Herr Jerolitsch. Wenn ich noch Fragen habe, ruf ich Sie an.«

»Aber gern, Herr Kollege, jederzeit!«, zeigte Jerolitsch sich hilfsbereit und lächelte den Kommissar an.

»Na dann ...« Meller wartete, dass der Mann aus dem Zimmer ging. Als Jerolitsch jedoch keine Anstalten machte, sich zu entfernen, bat er: »Ich habe mit Herrn Trattnig noch etwas Privates zu besprechen.«

»Ahso ... aha ... na dann, auf Wiederschaun, Herr Kollege!«

Mit einem misstrauischen Blick auf Trattnig verließ Jerolitsch die beiden.

»Der hat jetzt was spitzgekriegt ... und reimt sich einen Stuss zsamm, der Depp. Na, wenn ich nur keine Schwierigkeiten krieg«, seufzte Trattnig.

»Das kann doch kein Leben sein! Wenn Sie sich nicht outen wollen, lassen Sie sich versetzen. In unserer Gegend sind die Leute nicht so ... so rückständig. Wenn Sie wollen, kann ich versuchen, Sie beim S-C-ONE unterzubringen.«

Mit der Hilfe des Ministers gelänge mir das, dachte Meller. Trattnig würde gut in das Team der Gruppe 4 passen. Ganz zu schweigen von der frappanten Ähnlichkeit mit seiner Wenigkeit und dem Kaffeekapsel-werbenden Schauspieler – die Kopie der Kopie, eine Ironie der Natur. Und wenn der Jungspitz sich mächtig ins Zeug legte, könnte er eines Tages Mellers würdiger Nachfolger werden. Meller musste grinsen. Die im S-C-ONE sowie die Frauenwelt hätten wieder was zu gaffen und ein Tuschelthema noch dazu. Wenn aber durchsickern würde, dass Trattnig vom anderen Ufer war?

Mensch, Meller! So zu denken, ist erstens politisch inkorrekt und zweitens: So umwerfend bist du auch wieder nicht!

Obendrein bist du ein alter Sack, der unfähig ist, eine solide Beziehung aufzubauen!

Mit wem denn, verdammt, schrie Mellers malträtiertes Herz. Sein Grinsen erstarrte zur säuerlichen Miene. Doch sein schelmischer Gedanke hatte was. Ein cleverer Bursche war Thomas Trattnig allemal.

»Ich werd's mir durch den Kopf gehen lassen«, seufzte der Polizist und sah den Kommissar treuherzig an.

»Machen Sie das … die Chancen stehen derzeit sehr günstig.«

Auch Frust konnte Berge versetzen – hin und wieder einen Polizisten, kam es Meller, der sich bereits eine Strategie ausgedacht hatte …

»Warum haben Sie die Daten vom Laptop Ihrer Tochter gelöscht, Frau Pototschnig?«

»Wie? Was … was soll ich getan haben?«

Pototschnigs Hinhaltetaktik nervte Meller. Er saß wieder bei ihr im Wohnzimmer. Dieses Mal verzichtete er auf Kaffee und Kuchen, die sie ihm aufwarten wollte.

»Geben Sie's doch zu, Frau Pototschnig. Die Ermittler haben den Laptop Ihrer Tochter ohnehin durchforstet und alles ausgewertet … Mich interessiert, was Sie sich davon versprochen haben?«

»Ich … ich wollte nicht, dass jemand …« Sie verstummte.

Was druckste diese Frau da komisch herum, wunderte sich Meller. Was versuchte sie zu verbergen?

»Ihre Tochter ist allem Anschein nach ermordet worden«, fuhr ihr Meller brutal drüber und fixierte sie mit seinen Blicken.

»Ich weiß«, erwiderte sie und hielt seinem Blick stand.

»Wie – Sie wussten das?« Jetzt war Meller am Staunen.

Hält die mich für blöd?, ärgerte er sich und fuhr Germana Pototschnig an:

»Wissen Sie, was das für Sie für Folgen haben kann? Sind Sie sich denn der Konsequenzen überhaupt bewusst?«

»Mir ist alles längst egal. Ich bin todkrank.«

»Na prima. Und wofür das ganze Theater?«

»Es lag ein Hinweis in Saphiras Wohnung, der nur an mich gerichtet sein konnte.«

»Aha, und wie sah der Hinweis aus?«

»Es war ein Stück Karton in Herzform … auseinandergerissen. Drauf stand …« Pototschnig schwieg und schluckte. Tränen traten ihr in die Augen und liefen die Wangen hinab. Mehr zu sich flüsterte sie:

»Auch du sollst mit jeder Faser deines Herzens leiden … Mein ist die Rache …«

»Mein ist die Rache?«, fuhr Meller wie von einer Nadel gestochen auf.

Sie nickte stumm, hatte plötzlich ein Taschentuch in der Hand und wischte sich die Augen frei.

»Und? Dieses Herz … haben Sie es noch?«

»Hab's verbrannt«, flüsterte Germana Pototschnig und sah am Kommissar vorbei in eine unbekannte Ferne …

Der Verkehr auf der Autobahn war mäßig, die Fahrt nachhause daher angenehm, und er hatte Zeit, die überraschenden Ergebnisse rund um Saphiras Tod zu überdenken und zu analysieren.

Der Tatbestand würde neu aufgerollt werden, und die Ermittlungen würden nun in eine ganz andere Richtung laufen müssen.

Seinen letzten Job wollte Meller in erster Linie von daheim aus bearbeiten und nur bei Bedarf seine Crew hinzuziehen.

Im Kofferraum lag die Schachtel mit Saphiras Habseligkeiten voll mit Fingerabdrücken – auch mit DNA-Spuren? Man würde sehen, was und wie viel davon verwertbar war.

Zuhause würde er die Ruhe haben, um im Fall Saphira jene Spur zu finden, die ihn zum Täter führen würde. Bei klassischer Musik und überhaupt …

Meller grinste übers ganze Gesicht. Wie ein kleiner Junge, der einen anderen ausgetrickst hatte, freute er sich. Echt pervers, dachte er. Der Tod eines jungen Menschen war Anlass für sein plötzliches Wohlbefinden?

Mensch, Meller, spinn nicht rum!

Das Schicksal hat dich mit dieser Saphira zusammengeführt! Klär den Fall und dann geh in Rente! Züchte Rosen oder noch besser: Vertschüss dich nach Rio und such dir endlich was fürs Herz!

Genau das würde er …

Wie der Kommissar über die Autobahn, so fetzten tausenderlei Gedanken durch seinen Kopf. Ein schnittiges rotes Cabrio war seit einiger Zeit im Rückspiegel zu sehen. Eine Dunkelhaarige mit Brille saß am Steuer. Das erkannte er, weil sie manchmal so knapp an seinen Wagen auffuhr. Irgendwie war sie nervig …

Ein Hinweisschild – Tankstelle und Raststätte in 2000 Meter – sowie der Gusto auf einen Kaffee und nach etwas Süßem veranlassten Meller die Überholspur zu verlassen und sich rechts einzureihen.

Er wurde langsamer, das Cabrio ebenso. Schließlich bogen sie beide von der Autobahn ab. Die Dame mit dem schnittigen Wagen parkte sich wie er vor dem Restaurant ein.

Meller wartete, bis die Frau ausgestiegen und im Gebäude verschwunden war. Sie war ein sportlicher Typ in heller Jeans und mit beiger Jacke.

Ansprechende Hinteransicht, urteilte er und verspürte ein wohliges Kribbeln im Unterleib. Schemenhaft geisterten Bilder weiblicher Körper durch sein Hirn ... eine gewisse Stefanie blieb länger hängen ... was soll's. Das Leben bestraft einen mit Erinnerungen, dachte er aufseufzend – seinen Hirnbildern nachhängend –, während er aus dem Wagen stieg.

An der Kassa stießen ihre beiden Tabletts aneinander, trafen sich ihre Blicke. Sie hatte ein hübsches Gesicht, das jedoch von zwei Narben quer über die rechte Wange entstellt war. Betreten sah er an ihr vorbei, um sein Mitgefühl zu verbergen.

Was musste dieser Frau wohl widerfahren sein?

Sie bezahlte und schien seine Gedanken zu erraten. Dennoch sah sie ihn freundlich an. Davon peinlich berührt, erwiderte er unsicher ihr Lächeln.

»Danke für Ihr Mitgefühl ... aber es tut mir weh«, sagte die Frau mit leiser, sympathischer Stimme.

Meller errötete und stotterte:

»Entschuldigen Sie ... ich ... ich ...«

»Ich weiß ... Würden Sie sich dennoch zu mir setzen?«, bat sie ihn mit einem unendlich traurigen Blick.

Noch lang beschäftigte ihn das Gespräch mit der tapferen Frau. Stundenlang waren sie in der Raststätte gesessen und hatten einander aus ihrem Leben erzählt. Manchmal gab es das seltene Glück, dass zwei Fremde, die das Schicksal für eine Weile zusammengeführt hatte, als Freunde auseinandergingen – so, als würden sie sich seit Ewigkeiten kennen.

Romana Karner war etwa um die vierzig. Vor fünf Jahren

hatte sie ihren Ehemann verloren. Er war die Liebe ihres Lebens gewesen. Sie besaßen mehrere Boutiquen in Klagenfurt, waren wohlhabend und ihre Ehe lief gut.

Natürlich gab's auch Reibereien, die eine gemeinsame Firma und das tägliche Leben eben so mit sich brachten. Doch im Grunde genommen waren sie ein glückliches Paar. Kinderwunsch hatten sie keinen, ihr Kind war die Firma und die lief hervorragend. Sie fuhr nach Italien, um Ware einzukaufen, er kümmerte sich um die Läden und das Personal.

Eines Tages kam sie dahinter, dass ihr Mann eine Geliebte hatte. Sie war die Leiterin einer ihrer Filialen und von ihm schwanger. Natürlich gab's ordentlichen Zoff. Sie stellte beide zur Rede. Er schwor, das Verhältnis zu beenden. Sie wollte die Ehe retten, da auch die Firma, ihre ganze Existenz daran hing. Eine Scheidung wäre der Ruin für beide gewesen.

Leider hielt ihr Mann sein Versprechen nicht und das Unheil nahm seinen Lauf. Der Mann war seiner Geliebten hörig gewesen, wie sich später herausstellte. Sie hatte ihn angestiftet, seine Frau zu beseitigen.

Romana Karner genoss die rasanten Fahrten mit ihrem Sportwagen. Ihr Mann war einst Kfz-Mechaniker, der sich durch Kurse und Schulungen zum Autohändler hochgearbeitet hatte. Als solchen hatte Romana ihn kennengelernt, als sie ihr erstes, ein gebrauchtes Cabrio erstanden hatte.

Dann kam es zu jenem schrecklichen Unfall, der Romana beinahe das Leben gekostet hatte. Aus unerklärlichen Gründen versagten die Bremsen und Romanas Flitzer wickelte sich um einen Baum. Sie wurde aus dem Auto geschleudert – die hässlichen Narben im Gesicht waren die bleibenden Folgen.

Bei der Rekonstruktion des Unfalls wurde die Manipulation am Auto entdeckt und Romanas Mann schließlich der Tat überführt. Er gestand, dass seine Geliebte ihn dazu angestiftet habe. Im Gefängnis erhängte sich der Mann, nachdem er erfahren hatte, dass seine Freundin eine Fehlgeburt erlitten hatte …

Eben war Romana aus Padua gekommen. Sie hatte ihre Boutiquen an einen Modekonzern verkauft. Jetzt wollte sie nach Wien fahren, um den Erfolg zu feiern und sich bei der Gelegenheit – als Fan klassischer Musik – auch kulturell ein wenig umzuhören …

Meller betrachtete die Visitkarte, die sie ihm gegeben hatte.

Er werde sich bei ihr melden, hatte er versprochen. Und wenn sich's zeitlich ausginge, auch gern den Fremdenführer spielen. Romana war trotz der hässlichen Narben sehr sympathisch. Ihre Stimme hatte es ihm besonders angetan.

Und was ist mit Eva Roths neuer Stimme? Schon vergessen?

Meller grinste. Seit wann beurteilte er Frauen nach der Sympathie ihrer Stimmen? So war's eben, wenn man älter wurde. Innere Werte wurden wichtiger. Die Stimme kommt nun mal von innen, und auf sie sollte man hören – auf die innere Stimme.

Während Meller vor sich hin sinnierte, fiel ihm der Minister ein. Er hatte den rechten Riecher gehabt. Der Fall »Patenkind« hatte sich tatsächlich als Mordfall entpuppt.

Ob er sich bei der taffen Sekretärin des Ministers schon mal ankündigen sollte?

Sein Griff zum Handy erübrigte sich, denn es schlug den ihm vertrauten Sambarhythmus an.

»Meller, ja …?«

»Ja, hier Esther … ich wollte nicht stören, aber …«

»Oh, Menschesther, entschuldige bitte! Ich hätte dich anrufen sollen!«

»Net so schlimm, Chef. Ich hoffe, ich stör grad nicht. Es ist nur wegen der Sache, von der ich gesprochen hab. Es wäre nämlich schon ein bisserl dringend jetzt.«

»In knapp zwei Stunden bin ich im S-C-ONE.«

»Na, so dringend ist's auch wieder nicht.«

»Dann gleich morgen Früh, Menschesther. Versprochen.«

Meller war es recht, nicht mehr ins Büro zu müssen.

Es dauerte dann doch länger. Ein Stau, verursacht durch einen umgekippten Lastwagen bei Wiener Neudorf, beendete die flotte Fahrt abrupt. Man kam nur noch im Schritttempo voran.

Kurz vor Baden verließ ihn die Geduld, und er fuhr von der Autobahn ab. Auch bei Dunkelheit bot sich von der Straße, die sich in schwungvollen Kurven durch die Weinhänge schlängelte, ein fantastisches Panorama. Das unermüdliche Glitzern der Lichter vom nahen Gumpoldskirchen war jedes Mal ein Augenschmaus. Am Horizont sah er die Lichtschlange des Staus auf der Autobahn, davor eine Zuggarnitur auf der Südbahnstecke, die sich wie ein glühender Tatzelwurm durch die Finsternis schob …

Knapp vor der Anhöhe nahe dem »Haus an der Weinstraße« fiel ihm Gerda Schmiedl ein, die unauffällige Vertraute eines jungen Priesters, die wegen eines Irrtums hier ihr Leben hatte lassen müssen. Sie war mit dem Auto in die Weingärten gestürzt. Verursacht durch eine Manipulation an den Bremsen.

Ein Schicksal, das auch Romana Karner widerfahren war, kam es Meller. Nur hatte sie mehr Glück gehabt.

Doch was war das für ein zweifelhaftes Glück, mit entstelltem Gesicht das Leben bewältigen zu müssen?

– – –

Das Wochenende war für den Kommissar relativ entspannend gewesen. Dafür hatte es der Montagmorgen in sich.

Manuel hatte ihm in aller Früh noch aufgeregt mitgeteilt, dass Flo und er bezüglich des Erpressers bereits konkrete Anhaltspunkte hatten. Falls sich ihre Vermutung bestätigen würde, könnten sie Joe bald wieder nachhause bringen und den versprochenen Finderlohn kassieren.

»Das ist kein Kinderspiel, Manuel. Machts mir keine krummen Sachen«, hatte Meller erneut gewarnt, weil sein Bub partout nicht verraten wollte, wen er als Entführer verdächtigte …

Die Sorge um Joe wurde nicht kleiner, selbst wenn Meller jetzt wusste, dass der Hund lebte und gefüttert wurde. Niemand lässt sein Opfer verhungern, solang damit Geld erpresst werden konnte.

Was ihn aber zur Weißglut brachte, war der stümperhafte Erpresserbrief. Zum x-ten Mal las er das Schreiben:

Du Hund wollen haben lebendig
dann zalen fünftausend in käsch.
Noch sagen wann und wo. Du warten auf Nachricht.
Wenn nix zalen dan Hund tot.

Meller war nun zum Abwarten gezwungen worden.

Der Hund war seinerzeit der erklärte Liebling seiner Frau Lilian gewesen. Als sie das niedliche Knäuel damals nachhause gebracht hatte, passte es in zwei Hände. In der Zwischenzeit war ihm der kleine Racker richtig ans Herz gewachsen. Aber auch wenn die Freude über Joe groß war – mindestens ebenso viele Scherereien hatte er mit den Tier gehabt.

Seit Joe verschwunden war, kreisten Mellers Gedanken darum … dass Joe genügend Wasser und Futter bekam … dass Joe einen trockenen Schlafplatz hatte … dass er hoffentlich nicht gequält und geschlagen wurde … Dreitausend Euro war ihm das Verschwinden dieser Sorgen wert.

Wütend schlug Meller mit der Faust auf den Tisch.

Selbst wenn's die doppelte Summe gewesen wäre, das Geld war für ihn das geringste Problem. In Rage brachte ihn aber, dass es ein Krimineller schaffte, ihn an einer sensiblen Stelle zu treffen – seinem Mitgefühl für hilflos Ausgelieferte.

Zu allem Ärger hatte Meller noch den Fall »Patenkind« zu bearbeiten, weswegen er zum S-C-ONE gefahren war. Er hatte die Absicht gehabt, dort kurz vorbeizuschauen. Wobei der Begriff *vorbeischauen,* dem Sinne nach, besser gewesen wäre. So aber hatte er in sein Büro *reingeschaut* und …

… das hatte er nun davon. Die Post türmte sich auf seinem Schreibtisch. Da blieb ihm nichts anderes übrig, als den Kram abzuarbeiten und womöglich mit der verletzten Dr. Schaller konfrontiert zu werden. Was auch prompt geschah.

Nur hatte die Chefin es entgegen ihrer sonstigen Gewohnheit diesmal unterlassen, bereits in aller Früh Giftpfeile abzuschießen und – je nachdem, wer gerade ihre Schusslinie kreuzte – lautstarkt ihren Frust abzureagieren. Ähnlich wie zu Brüllers Zeiten, ihrem Vorgänger im S-C-ONE, schallte nun Dr. Schallers Stimme durch die Gänge.

Den Kommissar verschonte sie aus gutem Grund. Die Gunst des Ministers war ein Schutzwall, gegen den anzukämpfen ihrer Karriere nicht förderlich gewesen wäre. Entgegen ihrer Art, einfach ins Zimmer zu platzen, klopfte sie sogar an und wartete extra, bis Meller ein »Ja, bitte?« ertönen ließ.

»Schönen Morgen, Herr Meller«, säuselte die Chefin, trat ein und schob ihm eine Tageszeitung über den Tisch zu.

Dr. Schaller stand mit eingegipstem Arm, der wie bei einem

einflügeligen Engel abgewinkelt wegstand, vor ihm. Mit der unverletzten Hand tippte sie auf ein Foto, das die Titelseite zierte.

Selbstmord war Mord! stand neben Saphiras Foto.

Etwas kleiner: *Mödlinger Kommissar deckt Verbrechen an Klagenfurter Polizistin auf!*

Welcher Trottel hatte diese Meldung der Presse zugeflüstert?, ärgerte sich Meller. Er hatte die Vorgangsweise erst mit dem Minister absprechen wollen, bevor Details an die Öffentlichkeit gelangen sollten. Auf Anhieb fiel ihm Jerolitsch ein. Dem einfältigen Beamten traute er diese Eigenmächtigkeit zu.

»Über Sie liest man ja bald in allen Zeitungen. Die *Neue-Süd* bringt eine herzergreifende Story über Sie und Ihren entführten Liebling, und in diesem Blatt kann man über Ihren tollen Erfolg in Kärnten lesen«, raunzte sie sich bei ihm ein.

»Daher werde ich auch gleich wieder von hier verschwinden, denn es gibt viel zu tun.«

Meller hatte nicht die Absicht, der Chefin seine Ergebnisse im Fall Saphira auf die Nase zu binden, und lenkte das Gespräch auf ihre Verletzung.

»Sie hat's ja ganz böse erwischt! Kollegin Rotter hat mich informiert. Sie sollten sich schonen und daheimbleiben.«

»Papperlapapp – das ist zum Aushalten … Das Hirn ist wichtig, nicht die Hände«, erwiderte sie und blies sich verächtlich eine widerspenstige Haarsträhne aus der Stirn.

»Na dann, wünsch ich gute Genesung.« Meller widmete sich dem Postberg auf seinem Tisch und begann demonstrativ ihn zu sortieren.

Dr. Schaller verharrte im Zimmer und sah ihm zu.

Meller blickte auf. »Ist noch was?«

»Ja. Ich möchte mich bei Ihnen entschuldigen, Herr Kollege. Es war unklug von mir, dass ich Sie das letzte Mal so …«

»Ach – schon längst vergessen, Frau Kollegin!«, winkte Meller ab und warf ihr ein zuckersüß-gemeines Lächeln zu.

Da verließ sie, ohne ein weiteres Wort zu verlieren, den Raum, was so viel hieß wie: Die Fronten waren restlos verhärtet.

Kaum war hinter der Chefin die Tür ins Schloss gefallen, tauchte Claudia Rotter auf. Ein Tablett in den Händen, darauf zwei Pappbecher und mehrere Topfengolatschen.

»Oh, gibt's heut eine Sonderration?«, freute er sich.

»Hättest wohl gern. Das ist für uns beide«, erwiderte sie, schob die Post zur Seite und stellte das Tablett ab. Sie nahm einen der Becher und setzte sich dem Kommissar gegenüber an den Schreibtisch.

»Liebe macht hungrig«, verriet sie, griff sich eine Golatsche und biss herzhaft ab.

»Kaum bin ich zwei Nächte von Lo weg, schon kriegt er Entzugserscheinungen«, verkündete sie genüsslich kauend.

»Lo ist in der Midlifecrisis. Gönn ihm das letzte Aufflackern vor seiner Rente.« Meller grinste hämisch und griff sich ebenfalls eins der süßen Dinger. »Sag, ist Menschesther schon im Haus?«, wollte er wissen, da ihm sein Versprechen einfiel.

»Gesehen hab ich sie noch nicht, aber gehört«, erwiderte die Sekretärin mit vollen Backen.

»Wie gehört?«

»Im Gang. Sie dürfte eine gröbere Diskussion mit der Chefin gehabt haben.«

»Sie soll anschließend zu mir kommen.«

»Aha, hat sie also doch was ausgefressen?«

»Nicht, dass ich wüsste. Sie will mich lediglich in einer privaten Angelegenheit sprechen.«

Als sie fertig gegessen hatten, fiel Claudias Blick auf die Titelseite jener Zeitung, die Dr. Schaller gebracht hatte. Ätzend bemerkte sie:

»Also, wenn du so weitermachst, läufst du dem Clooney bald den Rang ab.«

»Genau. So was hab ich mir schon immer gewünscht«, erwiderte Meller frostig und bat:

»Da ist der Laptop der Polizistin.« Er schob Claudia den Computer zu. »Leider hat die Mutter alle Daten gelöscht. Aber die Hoffnung stirbt bekanntlich zuletzt. Vielleicht kannst du ihm noch was entlocken. Und wenn's noch Fingerabdrücke gäbe, die uns weiterhelfen könnten … Bitte!«

Dann suchte er aus seinen Unterlagen die Notizen heraus, die er sich von den Gesprächen mit Pototschnig, Trattnig und Jerolitsch gemacht hatte.

»Meine Aufzeichnungen. Könntest du sie bitte in eine lesbare Form bringen? Ich habe den Voicerecorder vergessen … Bitte!«

»Gibt's eine Anleitung, mit der dein Gekritzel zu entziffern ist?«, wand sich Claudia, als sie die Seiten überflogen hatte.

»Vergiss es, ich mach es selbst«, erwiderte Meller und nahm ihr die Notizen aus der Hand …

»Sagen Sie mal, Herr Jerolitsch, haben *Sie* diese Meldung über Saphira an die Medien weitergeleitet?«

»Ich? Nein! … Ich meinte, nicht so direkt. Na-Nachdem Sie das von der Saffi … da-da dachte ich, da-dass …«, stotterte sich der Mann um Hals und Kragen.

»Ich verstehe«, unterbrach ihn Meller verärgert und legte auf. Der Minister fiel ihm ein und dessen ausdrückliche Bitte, bei den Ermittlungen verdeckt zu operieren. Eigentlich wäre für Jerolitsch ein Disziplinarverfahren fällig. Doch was brachte das? Ungeschehen konnte dessen unbedachtes Handeln nicht mehr gemacht werden. Der Beamte war – das hatte Meller sofort bemerkt – in seine junge Kollegin verliebt und auf Trattnig eifersüchtig gewesen. Als Jerolitsch dann Mellers Vermutung mitbekommen hatte, wollte er Saphiras Tod ins rechte Licht rücken … Oder Trattnig eins auswischen, denn jetzt stand dieser unter moralischem Beschuss …

Es klopfte und Esther trat ein.

»Guten Morgen, Chef«, grüßte sie. »Claudia meinte, du hättest jetzt Zeit für mich.«

»Danke, ebenfalls. Komm, setz dich. Wo drückt der Schuh?«

Esther nahm Platz und legte ein Päckchen vor sich auf den Tisch, das eine weite Reise hinter sich gebracht zu haben schien, zerfleddert, wie es aussah.

»Das ist eine ganz komische Geschichte. Sie liegt ein paar Jahre zurück und ich müsste etwas weiter ausholen.«

»Eine Kurzfassung wäre mir lieber – okay?«

Meller lächelte sie bittend an.

»Ich versuch's. Also, in der Polizeischule gab's einen Kollegen, Peter Navratil hieß er, mit dem war ich kurz liiert. Leider war er ein ziemlicher Angeber und hat sich mache Stückerln geleistet. Kein Wunder bei seinen gstopften Eltern. Mich hat es überhaupt gewundert, dass Peter zur Polizei gegangen ist. Bis er mir einmal verraten hat, dass ihm seine Alten ein Leben lang auf den Geist gegangen sind, und dass er nur deswegen Polizist werden wollte, um ihnen Strafzetteln ausstellen zu können. Irgendwie war der Typ nicht ganz dicht, immer auffallen um jeden Preis und dann erst … Aber zur eigentlichen Sache«, fing sich Esther wieder, als sie Mellers ungeduldigen Blick auffing. »Navratil war eines Tages verschwunden. Niemand wusste, wo er sich aufhielt. Mich aber hat er noch angerufen, bevor er Österreich den

Rücken kehrte. Er hat sich sein Erbe auszahlen lassen und ist nach Kolumbien ausgewandert. Seither hab ich nie wieder was von Peter gehört – bis auf das hier, was ich letzte Woche erhalten habe …«

Esther entnahm dem Päckchen einen Brief und reichte ihn dem Kommissar. Die Schrift war beinahe unlesbar. Auch hatte der Schreibstift teilweise ausgesetzt und Meller musste sich aus dem hastig hingefetzten Gekritzel den Sinn zusammenreimen.

Nachdem er die ersten paar Wörter entziffert hatte, fand er es nicht angebracht, sich in Intimitäten eines fremden Menschen zu vertiefen.

»Ist schon okay, steht nix Anzügliches drin«, forderte ihn die V-Agentin auf weiterzulesen, weil er fragend aufsah.

20. 10. 10

Esther, meine einzig wahre Liebe!
Ich weine um uns, um unsere verlorene Liebe. Ich hätte dich nie verlassen dürfen. Aber meine Sucht nach Abenteuer – du weißt, ich hab sie dir zu erklären versucht.
Doch was hilft es, Fehler zu beweinen, zu bereuen. Zu spät. Mein Leben läuft auf den Tag X zu. Schneller als befürchtet. Noch bin ich in der Lage, zu schreiben.
Ich musste fliehen. Warum, das liest du in meinen Aufzeichnungen. In der Nähe von Puerto Platanares wurde ich angeschossen. Die Wunde hat sich leider entzündet. Wie lang ich noch durchhalte, weiß nur Gott – auch einer, den ich stets verhöhnt habe.
Ein Bauer hat mich gefunden und hält mich vor den Guerillas versteckt. Das Teuflische daran ist, dass der Mann mich nicht ins Krankenhaus bringen kann, denn auch dort warten sie auf mich.

Wenn du diese Zeilen liest, hat er sein Versprechen halten können und dir dieses Päckchen geschickt.
Meine Aufzeichnungen sind wichtig. Damit kann ich beweisen, dass mein verpfuschtes Leben doch nicht so sinnlos war.
Liebste, mein gesamter Besitz soll dir gehören – damit du mich nicht vergisst. Er liegt im Safe einer Bank in Pereira.
Die Zugriffsdaten findest du in den Aufzeichnungen.
Verzeih mir das von damals.
In Liebe
Peter

Meller hob den Kopf. Nachdenklich sah er Esther an.

»Worum geht's in diesen Aufzeichnungen?«, fragte er schließlich mit einem Blick auf das Päckchen.

»Soweit ich sie verstanden habe, um Peters Aktivitäten in einer Guerillaeinheit, in die er sich einschleusen ließ. Von wem, konnte ich nicht herauslesen. Es ist ihm jedenfalls geglückt, manche Geiselnahme zu vereiteln, sowie Plätze, an denen Gefangene versteckt gehalten wurden, zu verraten. Als Tourist war er nicht verdächtig. In der Gruppe muss er für das Waschen von Erpresser- und Drogengeldern zuständig gewesen sein.«

»Ein verdammt irrer Typ«, bemerkte Meller.

»Ja, ein verrückter Hund war er schon. Daher war meine Affäre mit ihm – na ja, ich sehe sie als Jugendsünde … Was aber soll ich jetzt damit?«, seufzte Esther auf, nahm ein zerschlissenes Bündel aus dem Kuvert – etwas größer als eine Geldtasche –, das mit einem breiten Gummiband zusammengehalten wurde und reichte es dem Kommissar.

Behutsam löste er das Band. Es war ein Terminkalender aus dem Jahr 2007, dessen Blätter sich größtenteils gelöst hatten.

Sie lagen im Umschlag, eine mit Stoff überzogene Pappkartonhülle.

Meller blätterte sich durch dicht beschriebene Seiten. Bei manchen blieb er hängen und überflog die Notizen:

17. 12. 07
… der General vertraut mir … die anderen auch …
nur Carlo ist noch misstrauisch …
24. 7. 08
… konnte zwei Kids retten … bei Bauer Ronaldo
in Candelaria untergebracht …
27. 2. 09
Kontakt mit Geisel aufgenommen … fürchte, sie hält
nicht durch … Carlo, dieses Schwein, hat sie vergewaltigt …
den Fußtritt des Generals in seine Eier gönne ich ihm …
4. 9. 10
Drei Morde an N.M. gemeldet … der General verhält sich
seltsam … höchste Zeit, abzuhauen …

Meller prüfte den Umschlag. An der Oberkante war der Stoff aufgerissen. Zwischen Karton und Stoff steckte eine Plastikhülle. Er zog sie heraus und fand darin ein gefaltetes Stück Papier, das eine Bankomatkarte verbarg.

Auf dem Zettel stand die Adresse einer Bank und eine Kontonummer, darunter dick unterstrichen: *Menschesther.*

Eine weitere Adresse war einer gewissen Natalie Mendes zugeordnet. Darunter las Meller: *Sie hat den SS.* Das *SS* stand in einem gezeichneten Schlüsselsymbol.

Meller legte alles zurück in den Umschlag, klappte das Zettelwerk zusammen und schob den Gummiring wieder darüber.

»Weißt du, ob Navratil die Verwundung überlebt hat?«

»Keine Ahnung. Wie gesagt, ich habe nach seinem letzten Telefonanruf, bevor er das Land verlassen hat, nie wieder etwas von ihm gehört.«

»Dann solltest du wohl nach Kolumbien, um zu erfahren, was mit ihm los ist.«

»Das ist es ja, was mich so ärgert. Jahrelang meldet sich der Kerl nicht und dann das …« Sie deutete mit einem Kopfnicken auf das Päckchen.

»Und was soll ich deiner Meinung nach tun?«, fragte Meller.

»Mir bitte einen Rat geben, was *ich* tun soll. Mich nimmt das nämlich her, je länger ich darüber nachdenke …«

Sie nahm das Kuvert zur Hand und las den Poststempel.

»Das Packerl war ein Jahr unterwegs, da kann so viel passiert sein! Wenn zum Beispiel dieser Bauer, der Peter gefunden hat, ihn nun doch den Guerillas ausgeliefert hat?«

»Das glaub ich nicht … aber das Packerl beweist leider auch nicht, dass er noch lebt. Lass mich nachdenken …«

Kolumbien war ein gefährliches Pflaster, besonders für einen, der sich mit Guerillakämpfern einließ. Sohin gesehen sah Meller wenig Chancen, dass Navratil noch unter den Lebenden zu finden war.

Der Kommissar überlegte. Er musste ohnehin in Kürze beim Minister aufkreuzen. Da würde er diese Angelegenheit anschneiden. Vielleicht könnte man über das Auswärtige Amt etwas in Erfahrung bringen.

»Was ist mit Navratils Eltern? Geh du in dieser Richtung vor und erkundige dich, ob Navratil sich irgendwann bei seiner Familie, bei Verwandten gemeldet hat. Ich bin in den nächsten Tagen wegen einer anderen ebenso mysteriösen Geschichte beim Minister. Schaun ma mal, was ich dort für deinen Peter ausrichten kann.«

»Was heißt, deinen Peter? Er ist nicht meiner!«, murrte Esther.

»Na ja, er war's zumindest. Und da er dich als Universalerbe eingesetzt hat, musst du bei ihm mächtig Eindruck hinterlassen haben und …«

»Soll ich's ehrlich sagen?«, fuhr Esther verärgert dazwischen. »Navratil war ein einziges Arschloch! Zugute halte ich ihm lediglich, dass er mir einmal sehr geholfen hat.«

»Wie man sieht, sind auch A-Löcher manchmal Retter in letzter Sekunde«, bemerkte Meller lächelnd, um die V-Agentin wieder runterzubringen. »Sieh's doch so, Menschesther, was es auch war, das Navratil dir angetan hat – er bereut seine Tat und bittet dich um Verzeihung.«

»Eben – und deswegen habe ich ein schlechtes Gewissen. Er ist vielleicht längst tot und ich bin ihm immer noch böse!«

»Schlechte Gedanken sind wie Bazillen. Sie vermehren sich und machen schlechtes Blut … Schau, ich zeig dir den Fall, an dem ich zurzeit dran bin.«

»Ich hab's in der Zeitung gelesen. Der angebliche Selbstmord einer jungen Polizistin in Klagenfurt – echt krass. Wurde sie tatsächlich ermordet?«

»Ich vermute, ja. Man findet ein winziges Indiz, dann noch eins und so weiter …«

Der Kommissar fischte aus der Mappe mit Saphiras Unterlagen eine Kopie, die in einer Klarsichthülle steckte.

»Diese Grafik lässt mich an einen Mord glauben.«

Er reichte das Blatt der V-Agentin und fragte:

»Schau genau … Fällt dir daran etwas auf?«

Esther konzentrierte sich auf die Abbildung.

Plötzlich huschte ein Leuchten über ihr Gesicht und sie rief:

»Du wirst es nicht glauben, das Bild kenne ich! Ich meine das Original. Das war … wo habe ich das nur gesehen? … Das war doch in der Wohnung von dieser Krankenschwester? Sie hat übrigens gemeint, dir würde sie auch gern einmal einen ordentlichen Denkzettel verpassen, weil du so überheblich bist …«

Esther grinste kurz. »Die Frau war damals ziemlich fertig und wollte sich anscheinend das Leben nehmen. Ich hab sie in ihrem Auto sitzend im Wald angetroffen … Vor einem Jahr etwa war das … Genau! Und in ihrem Vorzimmer hing dieses komische Bild! … Wie hat sie es noch bezeichnet? … Richtig, jetzt fällt's mir wieder ein: Seelenspiegel hat sie es genannt!«

Jetzt war es Meller, der aufhorchte. Ein leises Brummen, das nach und nach anschwoll, machte sich in seinen Gehörgängen bemerkbar – sein *Favela-Ton*.

Mit wem hatte Menschesther gesprochen? Mit der Urheberin dieser Grafik? Eine Krankenschwester?

»Du kennst die Schöpferin dieses Werkes?«

»Sie heißt Laura Simmel. Ich habe mit ihr ein wirklich gutes Gespräch geführt, habe sie aber leider nie mehr gesehen. Sie hätte sich aber gern mit mir angefreundet – zumindest hatte ich das Gefühl.«

»Zurück zu diesem Bild«, Meller deutete auf das Blatt in ihren Fingern. »Hat sie dir auch verraten, was es bedeutet?«

»Sagte ich soeben – es stellt ihren Seelenspiegel dar. Sie malt solche Bilder, wenn es ihr schlecht geht, hat sie gesagt. Für mich schaut es wie ein Teppichmuster aus.«

»Aha, Teppichmuster. Dann schau noch einmal ganz genau drauf. Dreh und wende die Kopie in alle Richtungen. Was siehst du dann?«

Die V-Agentin tat, wie ihr geheißen.

»Ein Teppichmuster seh ich … einmal so … dann so … Ah – das meinst du! Es sind zwei Strichcodes kreuzweise übereinandergelegt.«

»Vielleicht. Aber halte jetzt das Blatt mit der Längskante direkt vor deine Nase und schau so flach wie möglich auf die Grafik.«

»Da seh ich nur Linien und …«

»Okay, Linien«, drängte Meller. »Und was noch?«

»Pfah – das gibt's doch nicht! Da steht ja was …«, kam es von der verdutzten V-Agentin. Sie drehte das Blatt waagrecht um eine Kantenlänge weiter, las wieder und ließ das Blatt sinken.

»Echt kriminell«, rutschte Esther über die Lippen, während sie dem Kommissar die Kopie reichte.

»Das fand ich auch«, erwiderte er und ließ das Blatt in der Mappe verschwinden.

»Und was soll ich jetzt mit dem da machen?«

Esther zeigte auf das Päckchen und den Brief.

»Schön der Reihe nach. Ich bin kein Wunderwuzzi, der diesen Navratil herbeizaubert. Ich lass mir was einfallen, versprochen.«

»Aber ich kann doch jetzt nicht dasitzen und warten …«

»Menschesther, bitte!« Meller verdrehte die Augen. »Peter Navratil hat sich vor Jahren entschlossen, sein Leben mit diesen Guerillas zu teilen. Wenn du nun sofort wissen willst, wo und ob er lebt, dann musst du ihn suchen. Das heißt: erstens Urlaub beantragen, zweitens rüberfliegen und drittens einen lebensgefährlichen Trip durch den Dschungel auf dich nehmen – mit der Option, dass du gekidnappt wirst, sofern dich nicht vorher eine giftige Schlange … Du verstehst?«

»Und *wie* ich dich verstehe«, ergab sich Esther.

– – –

Unter dem Codenamen »Patenkind« hatte der Kommissar weisungsgemäß seine Ergebnisse betreffend Saphira Pototschnig an das Sekretariat des Ministers weitergeleitet.

Tags darauf kam die Antwort, in der sich der Minister herzlich für Mellers solide Aufklärungsarbeit bedankte und ihn bat, in der Sache mit akribischem Eifer allen erdenklichen Spuren weiter nachzugehen, um den oder die Mörder von Saphira Pototschnig ehest der gerechten Strafe zuzuführen. Jegliche Hilfe und Unterstützung seitens des Ministers sei Meller garantiert. Er möge sich an Frau Mag. Maurer wenden und allenfalls seine Wünsche bekanntgeben. Die Medienberichte über den Tod seines Patenkindes fand er skandalös. Der Minister würde sich diesbezüglich etwas einfallen lassen, um solch reißerische Spekulationen künftig besser in den Griff zu bekommen.

Gutes Gelingen, ätzte Meller beim Lesen der Antwort.

Als ob dies so leicht vonstatten ginge. Das Negative, das Schlechte, besonders Mord und Totschlag waren nun mal die »Butter aufs Brot« für Medienberichterstatter.

Die gute Nachricht ist die böse Nachricht. Wenn Messer erstechen, Seidenstrümpfe erwürgen, Kugeln tödlich treffen und Gift Leben vernichtet – solch mörderische Storys füllen die Kassen. Menschen führen durch irregeleitete Gedanken das Furchtbare aus – vorsätzlich oder im Affekt. Was der Leserschaft wohlig unter die Haut fährt und Besserwisser sofort auf den Plan ruft: Man habe es bei dem oder der schon immer befürchtet, komisch, wie der oder die war.

In Wahrheit ist der Mensch ein gieriges Raubtier, das im Lauf der Evolution lediglich sprechen gelernt und eine Fähigkeit entwickelt hat, die es bis zur Perfektion beherrscht: das Töten. Entweder mit der Waffe in der Hand oder mittels Druck auf den einen Knopf, der Massen vernichtet. Um sich zu holen, wonach es begehrt.

Weltweit sind es eine Hand voll machtgieriger Raubtiere, die bestimmen, dass sich Millionen gegenseitig abmurksen …

Das hat man vom Abschweifen, kam es Meller, der daheim vor dem Computer in seinem Büro saß.

In Gedanken versunken starrte er über den Monitor durch die raumhohe Fensterscheibe in den Garten, in dem eine Katze im Gras lauerte. Plötzlich machte sie einen Satz nach vorn, schon zappelte etwas zwischen ihren Zähnen – eine Maus. Mit einem weiteren Sprung saß sie auf dem gemauerten Stützpfeiler des Gartenzauns und starrte zur Villa hin, als fühle sie sich vom Kommissar verfolgt. Meller testete ihre Reaktion und hob blitzartig eine Hand, woraufhin die Katze mit ihrer Beute auf dem Nachbargrund verschwand.

Wer hat wohl Saphira auf dem Gewissen?

Meller hatte Claudia Rotter gebeten, alles, was über diesen Unfall von Erwin und Germana Pototschnig noch zu finden war, aufzutreiben sowie zu recherchieren, wohin die beiden Kinder gekommen waren und wo sie jetzt lebten. Weiters sollte sie mit Menschesthers Hilfe jene Krankenschwester ausfindig machen, bei der die V-Agentin die seltsame Grafik als Gemälde gesehen hatte.

Laura Simmel hatte im vergangenen Herbst ihren Job im Krankenhaus Mödling von einem Tag auf den anderen aufgegeben. Sie hatte nicht einmal gekündigt. Von ihrer Wohnadresse in Mödling, Schulweg 8, war sie, laut Meldeverzeichnis, noch nicht abgemeldet. Die Wohnung war inzwischen wieder vermietet worden …

Über einen weiteren Fall zerbrach sich Meller ebenso den Kopf. Noch nie hatte er sich so viele Gedanken um Joe machen müssen.

Wiederum geisterte ihm der Hund durch den Kopf. Er nahm das Erpresserschreiben in die Hand und las es durch.

Du Hund wollen haben lebendig
dann zalen fünftausend in käsch.
Noch sagen wann und wo. Du warten auf Nachricht.
Wenn nix zalen dan Hund tot.

Ob man durch signifikante Rechtschreibfehler einem Täter auf die Spur käme? Manuel hatte zur Schreibweise *käsch* etwas von einem gewissen Verdacht gefaselt und dabei ganz kryptisch dreingeblickt.

Der Summton der Sprechanlage riss Meller aus seinen Gedanken. Bestimmt war's der Briefträger. Er aktivierte am Laptop die Kamera, die das Gartentor im Blickfeld hatte, um zu sehen, ob er mit seiner Vermutung richtig lag. Doch weder der Postmann noch sonst jemand war zu sehen. Da die Einbruchsdiebstähle in Mödling überhand nahmen, hatte er eine Alarmanlage plus optischer Überwachung installieren lassen.

Meller musste sich erst daran gewöhnen, von daheim aus zu arbeiten. So ganz allein in der großen Villa kam er sich direkt einsam vor. Erika Hauser fehlte ihm, Joe ebenfalls und – ja, und dann noch eine Person … eine, von der er selbst noch nicht wusste, wer es denn sein würde. Ursprünglich hätte es Isabella Fischer, Manuels Mutter, sein sollen.

Ach weh … dahin waren sie, die glücklichen Zeiten!

Auch Manuel war es nicht, der geläutet hatte.

Vermutlich waren es Kinder, die sich auf dem Nachhauseweg von der Schule einen Spaß machten und die Leute aus den Häusern klingelten. Als Erika Hauser noch als Hausgeist fungierte, hatte sie sich oft geschreckt, wenn der Bub plötzlich vor ihr gestanden war. Daraufhin hatte sie von Manuel verlangt, anzuläuten, bevor er das Haus betrat.

Er müsste bald auftauchen, dachte Meller. Er überlegte, mit

ihm zu einem Kebapstand zu fahren. Dieses Fastfoodzeug war zwar nicht nach Mellers Geschmack, doch Manuel stand auf so was – und für ihn wär's eine Gelegenheit, den Buben ein bisschen auszuhorchen.

Was macht man nicht alles, um die Jungen zu verstehen.

Mit der Schule hatte Manuel es nicht so, eine Klasse hatte er schon wiederholen müssen, und welchen Beruf er später ergreifen wollte, wusste er auch nicht.

Der Tod seiner Mutter hatte ihm einen nachhaltigen Schock versetzt, schlimmer, als Meller vermutet hatte.

Ach, Manuel, was wird wohl einmal aus dir werden?

Doch Meller ging es auch nicht besser. Wieder einmal war er unschlüssig, welchen Weg er künftig einschlagen sollte. Seinen Job als Krimineser wollte er aufgeben – nur, was dann?

Sein Handy dudelte sambamäßig.

»Meller, ja …?«

»Hallo, ich bin's, Claudia. Sag, Mario, sitzt du grad?«

»Tu ich … Wieso?«

»Dann halte dich fest, weil das, was ich recherchiert hab, dich vom Sessel werfen wird.«

»Wirf mich, ich höre.«

»Es betrifft jenen Unfall der Pototschnigs, bei dem die Mutter der beiden Kinder ums Leben gekommen ist. Die zwei haben den Zusammenstoß zwar überlebt, doch der Bub hat schwerste Kopfverletzungen abbekommen. Das Mädchen hingegen musste ein Heer von Schutzengeln gehabt haben. Es wurde aus dem Auto geschleudert und kam mit einem Knöchelbruch und mehreren Hautabschürfungen davon. So viel konnte ich aus dem Akt erfahren. Meine weiteren Recherchen ergaben nun, dass der Bub in einer Rehaklinik behandelt wurde und schließlich in einem Pflegeheim für geistig behinderte Kinder landete. Das Mädchen hingegen war von der Schwester jener verunglückten Mutter aufgenommen worden.«

»Das ist schrecklich tragisch für diese Familie, Claudia. Was aber soll mich vom Sessel werfen?«

»Warte, der Horror geht weiter: Die kommenden Jahre haben die Tante und das Mädchen den Buben regelmäßig im Pflegeheim besucht. Dort ist es dann zu einem weiteren Unglück gekommen. Auf dem Anstaltsgelände ist der Bub einem Krankenwagen vor die Räder gelaufen. Der Fahrer hat geschworen, dass das Mädchen den Bruder vor das Auto gestoßen habe. Das Mädchen jedoch hat immer wieder beteuert, dass es verzweifelt versucht habe, ihn zurückzuhalten. Er hatte sich von der Schwester losreißen können und sich vor das Auto geworfen. Er wollte zu seiner Mama in den Himmel, damit sie nicht so allein sei. Er hatte auch das Mädchen mit auf die Fahrbahn ziehen wollen. Doch seine Schwester war stärker, weil älter – ihr Glück.«

»Wie alt waren die Kinder damals?«

»Das Mädchen zehn, der Bruder zwei Jahre jünger.«

»Was für eine furchtbare Geschichte.«

»Du sagst es. Doch jetzt kommt's – halt dich an. Die Schwester heißt Laura Simmel.«

»Wie bitte …? Laura Simmel? Ist sie etwa gar jene Krankenschwester, von der …?«

»… genau, von der Menschesther erzählt hat«, ergänzte Claudia.

»Und wo treibt sich diese Laura Simmel zurzeit herum?«

»Da bin ich grad dran. Ich weiß bis jetzt, dass sie in Bad Ischl bei ihrer Tante gelebt hat. Später ist sie nach Mödling übersiedelt und hat sich zur Krankenschwester ausbilden lassen.«

»Würdest du mir deine bisherigen Ergebnisse mailen?«

»Soeben geschehen – plus sämtlicher Daten und Adressen.«

»Danke, Claudia, du bist wirklich ein Schatz.«

»Bitte gern und nicht ohne Eigennutz. Falls du nämlich eine Privatdetektei aufmachst, brauchst du so einen Schatz«, erwiderte die Sekretärin süffisant.

»Wie kommst du denn auf diese abstruse Idee?«

»Lo hat was anklingen lassen, dass du eventuell vielleicht ...«

»Wenn Bianco sich was zusammenspinnt«, unterbrach Meller sie, »kommt meist ein Pallawatsch raus.«

»Jetzt komm, Mario! Sei ehrlich: einmal Schnüffler, immer Schnüffler. Und du bist einer mit Leib und Seele. Außerdem – wenn du gehst, geht die Gruppe mit. Alle warten wir schon auf den Startschuss für eine private Meller-Detektei.«

»Ihr könnts mich alle kreuzweise.«

»Soll ich das den anderen genau so verklickern?«

»Das mach schon ich. Aber ich lass mich nicht erpressen.«

»War nur ein Scherz. Ich wollte dir damit nur sagen, dass wir alle ziemlich frustriert sind, weil du uns verlassen willst.«

»Noch ist nicht aller Tage Abend.«

»Heißt das, wir können noch hoffen?«

Die Sprechanlage summte erneut. Meller sah auf die Einblendung auf dem Monitor. Manuel kam nachhause.

»Besprechen wir das ein andermal, Claudia.« Ihm ging das Getue um seinen Abgang gehörig auf den Geist. »Ich hab zu tun. Wir hören einander.«

Er unterbrach die Leitung.

»Hallo«, murrte Manuel, während er seinen Schulrucksack und die Jacke an Ort und Stelle fallen ließ.

Mellers missbilligender Blick auf das auf dem Boden Liegende ließ Manuel widerwillig die Jacke über die Sessellehne hängen und den Schulranzen nahe dem Durchgang zur Küche an die

Wand schieben. Mit einem »Die Post« knallte er einen Packen Werbematerial neben Meller auf den Tisch.

»Na, samma heute schlecht drauf?«

»Überhaupt net. Nur der Professor ist ein Riesen-A-Loch. Ich bin richtig satt«, erwiderte Manuel finster.

»Ich nicht«, erwiderte Meller, der die Post durchsah und sortierte. »Ich hab einen Mordshunger. Schade, dass du satt bist. Ich hätte dich nämlich auf einen Döner eingeladen.«

»Was? Du und Kebap? Wer hat dich denn bekehrt?«

»Ich ess eine Pizzaschitte. So, und jetzt schau nicht so grantig und komm mit, bevor ich's mir anders überlege. Und dann erzählst du mir, warum dein Lehrer ein A-Loch sein soll.«

Meller erhob sich und wollte die Prospekte in den Papierkorb werfen. Da rutschte ein weißes Kuvert aus einem Folder heraus. Einer Vorahnung folgend, setzte er sich wieder nieder und riss es auf. Er hatte richtig vermutet.

Eine stümperhaft gezeichnete Skizze zeigte an, wo die Geldübergabe zu geschehen hatte. Beim Amphitheater, einer Ruine mit einem Turm sowie markanten Torbögen auf dem Kalenderberg. Unter der Zeichnung stand:

Geld 23 Uhrzeit heute Amfiteater bringen.
5000 Euro (in hundata) in Zeitung und in Tasche steken.
Tasche warten in Turm.
Kommen nix Geld, dan Hund tot.

Tasche warten in Turm von Amphitheater? Wie sollte das zu verstehen sein?

Die Ruine war nicht weit von Mellers Villa entfernt und zu Fuß in etwa zehn Minuten zu erreichen.

Na dann – diese Kerle würden einen wütenden Hundefreund

kennenlernen. Mit diesen Typen würde er kurzen Prozess machen. Körner und Lehner sollten ihm dabei zur Seite stehen.

Mit erregter Miene sah er seinen Buben an.

»Wieder der Erpresser, stimmt's?«, tippte Manuel.

»Er will heute Nacht das Geld«, schnaufte Meller.

»Dann werden wir ihn bei der Übergabe schnappen.«

»Nicht wir, Manuel. Du und Flo, ihr haltet euch da gefälligst raus. Überhaupt wirst du mir endlich verraten, wen ihr verdächtigt.«

»Nur, wenn wir mit dabei sein dürfen.«

Der Junge würde ohnehin keine Ruhe geben, bevor Meller nicht nachgab. Innerlich war er ja auch ein wenig stolz auf den aufgeweckten Kerl, der so viel Engagement und Kampfgeist zeigte. Wenn Manuel diesen Eifer auch in der Schule hätte, dann wäre manches leichter. Für ihn und auch für Meller.

»Also gut, ich lasse mir etwas einfallen. Und jetzt komm endlich, ich muss meinen Magen besänftigen, sonst erpresst mich der auch noch. Anschließend entwerfen wir eine Strategie, um den Gaunern das Handwerk zu legen.«

Manuel war ein hartnäckiger Bursche. Weiterhin ließ er den Kommissar im Unklaren, was den Verdacht betraf.

Was lief da hinter Mellers Rücken?

Bevor die Jugendlichen eigenmächtig etwas unternahmen und die Aktion unnötig gefährdeten, schlug Meller Manuel vor, dass die beiden im weiteren Umfeld auf der Lauer liegen sollten, in ständiger Verbindung mit den V-Agenten. Ausgerüstet mit Funkgerät und Nachtsichtglas, um den Weg von und zum Amphitheater zu überwachen. So wusste Meller, die beiden Jungs weit ab vom Zugriff auf den oder die Täter zu haben, um sie nicht einer womöglichen Gefahr auszusetzen.

»Wir ziehen das planmäßig durch, Manuel. Also bitte, ich verlasse mich da voll und ganz auf euch.«

Meller seufzte, sah seinen Buben eindringlich an.

»Okay, okay ... Keine Eigenmächtigkeiten«, versprach Manuel, der an seinem Dönerbrötchen kaute. Sie saßen unweit des Kebapladens im Museumspark. Nach ein paar Bissen hatte Meller genug von der Pizzaschnitte. Mehr mitfühlend als verständnislos sah er dem Buben zu, der seinen Döner bereits verschlungen hatte und nach Mellers Pizzarest schielte. Geschmack dürfe nie ein Problem unter Generationen werden, fand Meller und reichte Manuel die angebissene Schnitte.

Satt sein kann so einfach sein – vor allem friedlich stimmen. Auch dachte er an sein Übergewicht.

»Und wenn der ganze Zauber um Joe vorbei ist, dann planen wir beide, wie's mit uns weitergehen soll.«

»Wie meinst du denn das schon wieder?« Demonstrativ verdrehte Manuel die Augen.

»So, wie ich es sage. Wir müssen uns neu orientieren. Ich genauso wie du. Auch habe ich das Gefühl, wir beide driften auseinander, werden einander fremd. Schau, Manuel, du wirst erwachsen, doch ich sehe wenig Interesse deinerseits an der Gestaltung deiner Zukunft. Allein, wie es mit dir in der Handelsschule läuft ... Würde deine Mutter noch leben, sie hätte keine rechte Freude mit dir.«

»Und mit dir?«, erwiderte keck der Kerl.

»Bestimmt mehr als mit dir.«

»Kein Wunder, auf dich ist meine Mama ja gestanden.«

»Auf dich sollte man auch stehen. Nicht nur wegen deines Aussehens. Sondern in erster Linie wegen deines Charakters, deiner Ehrlichkeit, deiner Verlässlichkeit. Auch wegen deiner Leistungen ... in Mathe zum Beispiel.«

»Ich kann mit Zahlen nicht umgehen. Mich interessiert dieses Fach nicht im Geringsten. Ich bin mehr der Praktiker und möchte eigentlich etwas machen … was Handwerkliches.«

»Das werden wir gemeinsam finden. Bis dahin schreibst du alles auf, was dich interessiert und du dir beruflich vorstellen könntest. Nur wer neugierig ist, bringt es im Leben zu etwas.«

Mellers Handy dudelte. Er aktivierte es. Die Nummer auf dem Display hatte ihm ein Lächeln ins Gesicht gezaubert.

»Meller, ja …?«

Erst war nur ein Knacksen und Rauschen zu hören.

»Mario!«, rief Eva Roth gehetzt. »Ich bin in einer …!«

Die Leitung war unterbrochen.

Ich bin in einer … ja, was denn?

… Stunde bei dir? Weil sie so hektisch klang?

… in einer ganz tollen Kirche? Weil die Stimme so hallte?

… misslichen Lage? Weil ihr jemand an die Gurgel ging?

War das überhaupt Eva? … Ach was, sie war hektisch und seit sie an ihrer Stimme was verändern hatte lassen, klang sie ohnehin anders.

Vermutlich hat's dieser schwedische Exlover Björn Mellberg nicht mehr gebracht, dachte Meller schadenfroh. Wenn's also etwas Dringendes wäre, würde sie sich wohl nochmals melden.

Er wandte sich wieder seinem Jungen zu.

»Ich bin die nächste Zeit wieder öfter außer Haus. Morgen muss ich nach Bad Ischl fahren.«

»So viel zum Einander-fremd-Werden!« Manuel grinste. »Bitte, ich bin ja kein Kind mehr, dass mich deine Sekretärin bewachen muss. Aber mir soll's recht sein. Dann kann ich vor meinen Freunden mit dem steilen Zahn angeben, der die Nächte mit mir teilt.«

»Erstens: *tolle Frau,* zweitens: *bei dir wohnt.*«

»So? Bist du dir da so sicher?«, kam es keck von Manuel.

»Bin ich. Weil Claudia nur auf Männer mit gewissen Qualitäten steht, wie ich sie zuvor aufgezählt habe. Mein Freund Lo zum Beispiel besitzt diese. Deswegen liebt sie ihn auch.«

»In ein paar Jahren wirst du schauen, was für geile Hasen ich ranschaffen werde«, brüstete sich das Bürscherl.

»Erotische Frauen, meinst du wohl.«

»So nennt ihr sie. Ihr von der Opa-Generation.«

»Aber hallo, jetzt langt's! Wart nur, das Leben wird dich auch noch zurechtbiegen«, prophezeite Meller und ärgerte sich über Manuels pubertäre, machomäßige Anwandlungen.

Mensch, Meller! Nie jung, dumm und gefräßig gewesen?

Schon … aber sooo dumm?

– – –

Um 23 Uhr sollte die Geldübergabe für Joe über die Bühne gehen. Der Kommissar hatte Manuel und Flo am Abend noch je ein Funkgerät in die Hand gedrückt und dessen Bedienung erklärt.

Die zwei waren ihr Geld wert, fand Meller, der vom Eifer und Ernst der Burschen angetan war. Etwa eine Stunde vor der Geldübergabe hatten die Buben ihre Verstecke bezogen. In luftiger Höhe von einem Baum aus mussten sie die Wege vom und zum Amphitheater überwachen. Übers Walkie-Talkie sollten sie sich mit dem Kommissar in einer Kürzelsprache verständigen:

KBV – keine besonderen Vorkommnisse

MK – Mann kommt, FK – Frau kommt

VMH – Verdächtiger mit Hund

Erneut mussten die beiden Meller versprechen, ihren Lauschposten unter keinen Umständen zu verlassen. Die V-Agenten

Mike Lehner und Axel Körner hatten sich unweit des Amphitheaters in die Büsche verkrochen.

Der Kommissar ging eiligen Schrittes auf die Ruine zu. Von Weitem schon sah er den wuchtigen Turm mit den haushohen Torbögen. Vom kalten Mondlicht gespenstisch beleuchtet, hob sich das rissige Mauerwerk in der Dunkelheit ab.

Ich fress einen Besen, dachte Meller, wenn das optische Szenario jetzt auch noch akustisch durch fernes Hundegebell und den Ruf eines Käuzchens untermalt wird.

Als hätte ein spukbegeisterter Tonmeister Hand angelegt, geschah es tatsächlich – nur rief erst ein Käuzchen, dann bellte ein Hund, ein anderer antwortete.

Der zweite Hund … war das nicht Joes Gebell?

Sicher war Meller sich nicht. Aber er hoffte es.

»KBV«, kam es flüsternd von Manuel, nachdem Meller ihn angefunkt hatte. Ebenso von Flo. Auch die beiden V-Agenten hatten inzwischen den Kommissar erspäht und ihm ebenfalls »KBV« gemeldet.

Als Joe noch ein Welpe war, hatte Meller mit einer Galtonpfeife versucht, dem Hund verschiedene Kommandos beizubringen.

Drei kurze Pfeiftöne: *Platz!*

Zwei kurze Töne: *Sitz!*

Ein kurzer Ton: *Steh!*

Einmal lang pfeifen: *Zum Herrl kommen!*

Alles in allem – es blieb bei kläglichen Versuchen. Der Hund war bei jedem Pfeifton, ob kurz oder lang, zum Herrli gelaufen und zur Rocktasche hochgesprungen – da drin steckten nämlich die Leckerlis. Und wenn Meller keine mitgehabt hatte, sprang Joe ebenso an ihm hoch – die Taschen rochen nach Leckerlis.

Irgendwann hatte Joe das Pfeiferl in seine Pfoten bekommen und hätte es beinahe runtergewürgt. Seither war das Galtonpfeifchen nutzlos in Joes Hundelade gelegen.

Jetzt steckte neben einer Portion Leckerlis auch diese Galtonpfeife in Mellers Rocktasche. Ohne darüber nachzudenken, hatte er beides mitgenommen, als er nach einer Ersatzleine suchte, die er in der Hundelade gefunden hatte.

Meller war bei der Lichtung angekommen. Vorsichtig bog er beim Turm um die Ecke. Zur Sicherheit hatte er seine Glock 17 im Schulterhalfter mit, die er jetzt in der Hand hielt. Ebenso hatte er die fünftausend Euro mit – wie befohlen in *Hundata* und in Zeitungspapier gewickelt. Er brauchte sie also nur in die Tasche legen, die auf sein Geld *wartete,* wie es im Erpresserbrief angekündigt war. Danach würde alles so ablaufen, wie Meller es mit Mike und Axel besprochen hatte.

Doch im Turm wartete keine Tasche, sondern ein Schäferhund mit umgebundener Tragtasche.

WARTEN HIER – stand vor dem Tier mit Spray geschrieben.

Verdammt! So blöd waren die Kerle nun auch wieder nicht.

Der Köter erhob sich und fixierte Meller knurrend, ohne den Platz zu verlassen. Das sah ganz nach einer Pattstellung aus.

Beißt du mich nicht, beiß ich dich auch nicht, schien Meller die Mimik des Schäfers zu deuten. Apropos beißen – es gab keinen Hund, der nicht zu ködern wäre. Ob Joes Leckerlis auch einen feindlich gesinnten Schäfer zum Freund machen würden?

In der Linken noch immer die Waffe, warf er mit der anderen dem Hund ein paar Stücke zu, auf die der Köter lediglich mit den Augen reagierte und kurz ein Ohr zucken ließ. Weiterhin starrte er den Kommissar an und verfolgte jede seiner Bewegungen.

Nun, Meller hatte beileibe keine Angst vor großen Tieren.

Jetzt aber war er zu mitternächtlicher Stunde einem drohend knurrenden Schäferhund – bekanntlich eine sehr beißfreudige Rasse – ausgeliefert …

Das Käuzchen rief wieder, diesmal weit entfernt, als wollte es den Kommissar wissen lassen: *Ich bin dann mal weg, sieh zu, dass du allein damit klarkommst!*

Ich könnte den Hund ja notfalls erschießen, machte Meller sich Mut, schob aber die Glock wieder in den Schulterhalfter.

»Ich stehe einem Schäferhund gegenüber, mit einer Tasche auf dem Rücken«, flüsterte er über Funk Mike und Axel zu. »Ich stecke jetzt das Geld in die Tasche. Falls der Köter losläuft, müsst ihr ihm nach.«

»Das auch noch!«, stöhnte Körner.

»Hab verstanden … du Weichei«, erwiderte Lehner. Mit *Weichei* war Körner gemeint.

Meller versuchte nun das Tier zu locken, ging langsam in die Hocke und warf ihm wieder Leckerlis zu, die der Hund jedoch weiterhin ignorierte.

»Braves Hundi … Feines Fressi, Fressi für braves Hundi.«

Da – na endlich! Erst blickte der Köter schräg auf das vor ihm liegende Trockenfutter, dann wieder zu Meller. Als der Hund weiteres Futter zugeworfen bekam, begann er es Stück für Stück vom Boden aufzuknabbern. Schließlich ließ er sich nieder und machte es sich bequem.

»Braves Hundi, gaaanz braves Hundi«, murmelte Meller, kam näher, hielt etwas Futter in der offenen Hand und streckte es dem Schäferhund entgegen. Erst beschnupperte er Mellers Finger, dann stieß er mit der Schnauze in die Handmulde und holte sich die Leckerlis.

Meller zog nun das flache in Zeitungspapier eingeschlagene Geldpäckchen aus der Rocktasche. Beruhigend sprach er auf den Hund ein, kraulte ihn hinter den Ohren und streichelte ihm über den Rücken. Dann hob er vorsichtig die Taschenklappe. Es war ein Magnetverschluss. Sofort sah Meller, dass er soeben einen elektronischen Kontakt unterbrochen hatte.

»So also läuft das.« Blitzartig kam ihm die Idee, anstatt des Geldes nur das Zeitungspapier hineinzulegen. Aber Joe zuliebe steckte er das Geldbündel in die Tasche, klappte sie wieder zu und erhob sich. Er wusste, mit dem Verschließen der Tasche hatten die Erpresser ein weiteres Signal erhalten: Das Geld konnte zugestellt werden.

»Los, du kannst abhauen«, forderte Meller den Schäferhund auf. Doch der blieb sitzen, sah ihn freundlich an, legte den Kopf schief und gähnte genüsslich.

»Irgendwas ist mit dem Hund«, gab Meller an seine Kollegen weiter. »Er sitzt da und …«

Plötzlich … ein kurzer schriller Pfiff. Der Hund sprang hoch. Mit einem »Wuff« verabschiedete er sich und verschwand.

»Es geht los, Leute … dem Hund nach. Er läuft in Richtung Hinterbrühl!«, sprach Meller in das Walkie-Talkie.

»Ich seh ihn«, kam von Mike Lehner.

Meller blieb in der Ruine und wartete. Er versuchte Manuel und Flo zu erreichen, doch sie meldeten sich nicht. Diese verflixten Kerle, was heckten die schon wieder aus?

»Axel, hörst du mich?«

»Was ist?«, kam es keuchend.

»Lauf zurück und schau, was die beiden Buben schon wieder aufführen. Sie melden sich nicht!«

»Okay … Warte! … Ich seh sie! … Da ist noch einer! Sie catchen mit ihm … werfen ihn zu Boden! Bleib locker, Chef, ich kümmere mich darum!«

Verdammt! Das hat ein Nachspiel, Manuel!

Meller war wütend. Nervös kramte er in den Rocktaschen und bekam die Galtonpfeife in die Finger.

Er ließ seinem Ärger freien Lauf. Lang anhaltend pfiff er … setzte ab, holte wieder tief Luft und gab ein weiteres Mal einen für menschliche Ohren nahezu unhörbaren Ton von sich.

Da hörte er es im Gebüsch rascheln. Joe kam hechelnd auf ihn zu. Als er sein Herrli erkannte, führte er einen wahren Freudentanz auf. Bellte, sprang an ihm hoch, winselte und bog sich um Mellers Füße.

»Braver Joe! Ist schon gut!« Ohne auf seine Kleider zu achten, nahm Meller ihn hoch und drückte das quicklebendige, vor Freude jaulende Bündel an sich.

Eigentlich mochte es Meller nicht, wenn Joe ihn ableckte. Das hatte er dem Hund von Beginn an verboten. Doch dieser Moment war eine Ausnahmesituation, so empfand es zumindest Joe. Seine flappige, weiche Zunge wusch Herrlis Gesicht und bohrte sich in beide Ohren.

»Pfui, Joe, beherrsche dich!« Meller ließ den Hund zu Boden.

»Wuff-wuff! Wuff-wuff! Wuff-wuff!«

Ein Schatten schoss herbei und gesellte sich dazu.

Hatte die Galtonpfeife gar *beide* Hunde herbeigerufen? Zumindest hatte Joe das erste Mal darauf reagiert. Der Schäfer hatte sogar noch seine Tasche umgeschnallt.

Der Kommissar sah nach. Das Geld lag noch drin.

Tobias Lehner hockte auf einem Stein nahe des Turms und rotzte trotzig vor sich hin. Sein Vater hatte ihm eine gescheuert, nachdem er erfahren hatte, in welch kriminelle Situation sich sein Sohn hineinmanövriert hatte.

Betroffen standen Manuel und Flo abseits mit dem Kommissar und wurden von ihm zusammengestaucht.

Axel Körner, der sich aus den elterlichen Erziehungsmaßnahmen raushielt, kümmerte sich um die beiden Hunde.

»Ich bin von dir enttäuscht, Manuel. Du hast mein Vertrauen missbraucht …«, schimpfte Meller.

»Aber ich …! Wir haben doch nur …!«, wehrte Manuel ab und sah zu Tobias hin.

»Du hast dich und Flo leichtsinnig der Gefahr ausgesetzt.«

»Aber wir haben doch schon lang gewusst, wer der Erpresser ist, und ich wollte dir zeigen, dass wir …«

Meller stöhnte auf. »Manuel, Manuel … egal. Noch einmal so eine eigenmächtige Aktion und ich … ich … ach was, verdammt noch mal, kommt her und vergessen wir das.«

Er breitete die Arme aus. Zögernd gingen die beiden Buben hin und ließen sich von Meller drücken.

Was war er erleichtert, dass die ganze Geschichte glücklich und ohne Verletzungen zu Ende gegangen war.

Es entging ihm, wie die Jungs sich zugrinsten.

Abwechselnd berichteten die beiden. Manuel war beim ersten Erpresserbrief die Schreibweise *in käsch* sofort aufgefallen. Es war eine Formulierung, wie er sie nur von Tobias kannte.

Manuel wusste, dass sich sein ehemaliger Freund in verdächtigen Kreisen umhertrieb. Um sicher zu sein, hatten sie Tobias beschattet und gesehen, wie er und zwei Männer auf einem freien Feld nahe der Südautobahn einen Schäferhund dressierten, der eine Tasche auf den Rücken geschnallt hatte.

Anschließend war Tobias mit den Männern mitgefahren. Das Auto hatte ein ungarisches Kennzeichen. Manuels Verdacht hatte schließlich zum Erfolg geführt. Joe war wieder hier, hatte nichts abbekommen außer ein paar Kilo mehr, was man mit bloßem Auge sehen konnte. Sogar das Lösegeld war gerettet worden. Was also wollte der Kommissar denn noch?

»Moment, die Lösegeldrettung geht auf meine Kappe«, stellte Meller grinsend fest und zeigte die Galtonpfeife.

»Und die dreitausend Euro Belohnung?«, fragte Flo schüchtern.

Meller überlegte, entschied dann kurzerhand: »Die wird durch vier geteilt – Mike, Axel, Manuel und du, Florian.«

»Ich verzichte darauf«, meldete sich Mike.

»Das kann ich mir als junger Vater net leisten«, murrte Axel.

»Also, gut – pro Nase ein Tausender«, beschloss Meller.

»Suppaaa!« Die beiden grinsten übers ganze Gesicht.

Noch an Ort und Stelle wurde Tobias Lehner vom Kommissar verhört. Er gestand, den zwei Ungarn den Tipp, Mellers Hund zu entführen, gegeben zu haben. Warum er das getan hatte? Tobias schuldete den Männern über tausend Euro, die er bei einem Spielautomaten verzockt hatte und die er zurückzuzahlen nicht in der Lage war. Tobias würde seinen nächsten Geburtstag nicht mehr erleben, hatten ihm die Ungarn angedroht, ihm gleichzeitig aber die Chance geboten, bei ihnen einzusteigen. Er sollte Hunde von reichen Leuten ausfindig machen, mit denen man Lösegeld erpressen konnte.

Mike Lehner war am Boden zerstört – sein Junge ein Krimineller? Er konnte es nicht fassen! Vater und Sohn stritten, brüllten sich an und warfen sich gegenseitige Versäumnisse vor. Das ging eine Weile so dahin, bis es Meller zu bunt wurde. Er hatte Verständnis dafür, dass sich die beiden endlich einmal offen die Meinung sagten, nicht jedoch um diese Zeit an diesem Ort.

»Weißt was, Mike, klärt das zuhause. Und kümmere dich bitte auch um die beiden Ungarn. Dabei kann dir dein Sohnemann sicher behilflich sein«, schlug Meller vor.

Zuletzt suchten die drei V-Agenten nach einer Lösung, um Tobias die Zukunft nicht zu verbauen.

Es wurde auf eine Strafanzeige verzichtet und entschieden, dass Tobias einen Monat lang bei einem sozialen Hilfswerk arbeiten müsse. Meller dachte dabei an den Verein, der in Wien warmes Essen an Obdachlose verteilte, bei dem auch Nora Weichselbaumer, Biancos Exfrau, mitarbeitete.

Tobias, der von Manuel ein blaues Auge verpasst bekommen hatte, war heilfroh, so glimpflich davongekommen zu sein. Von sich aus versprach er vor allen, ab sofort sein Leben zu ändern.

Da ging Manuel auf ihn zu und reichte ihm die Hand.

»Wir sind wieder Freunde, Tobi … okay? Egal, was zwischen uns war – es ist vergessen. Einverstanden?«

»Okay, Manni. Auch du, Flo – verzeiht mir. Ich war ein verdammt blödes Arschloch.«

Die drei umarmten sich und die V-Agenten waren gerührt.

Ach, wenn doch alles so einfach zu regeln wäre …

Sieben

Mittwoch, 28. September 2011

Klick-klick … klick-klick … klick-klick … klick-klick …

Der Kugelschreiber ergab sich geräuschvoll ihrem Daumendruck.

»Sie machen mich ganz nervös, Herr Kommissar«, gestand sie.

»Und mich Ihr Daumen. Das Klicken stört nämlich die Aufnahme … Danke«, erwiderte Meller lächelnd, nachdem sie den Kuli zur Seite gelegt hatte. Ihre Hände verschwanden unter der Tischplatte.

Mit ihrer sportlichen, androgynen Figur, dem samtigtiefen Timbre sowie ihrem etwa drei Zentimeter kurzen, rötlich getönten Haarschnitt könnte die ausgesprochen hübsche Pflegerin ebenso als flotter Bursche gelten. Nahm die Frau Eiweißpräparate für den Muskelaufbau? Seiner Meinung nach präsentierte sie sich übertrieben burschikos.

»Kannten Sie Laura Simmel gut?«, wollte der Kommissar von Judith Langer wissen.

»Nicht wirklich. Ich hab sie leider nie gesehen, nur mit ihr am Telefon ein paar Mal gesprochen. Damals, als das mit ihrer Tante passiert war.«

»Und wie stehen Sie zu Frau Margot Stockmaier?«

»Ich bin eine ferne Verwandte der Großtante väterlicherseits.

Es gab zwar keine Kontakte, aber mich hat meine Familienchronik interessiert und so bin ich auf die Margot in Bad Ischl gestoßen. Da habe ich einen Urlaub in ihrer Ferienwohnung gebucht und sie näher kennengelernt. Die letzten drei Sommer bin ich mehrere Wochen bei der Margot einquartiert gewesen.«

»Was ist denn Frau Stockmaier widerfahren?«

»Soweit ich von der Laura erfahren habe, muss d' Margot ein vergiftetes Pilzgericht gegessen haben. Sie mochte ja eine fundierte Kräuterhexe gewesen sein, aber meiner Meinung nach war sie ziemlich schludrig, was ihre Leidenschaft, das Pilzesammeln, betraf. Ich hab bei ihr jedenfalls kein einziges Mal ein Pilzgericht gegessen. Was der Margot dieser Leichtsinn gekostet hat, wissen Sie ja aus Ihren Akten ...«

Außer Stockmaiers Adresse in der Lärchenwaldstraße in Bad Ischl war nichts in Claudias Bericht gestanden. Also konnte Meller auch nichts darüber wissen.

»Wann war das und was hat Ihnen Frau Simmel erzählt?«

»Im vergangenen Herbst. D' Laura war bei ihr zu Besuch – genauer gesagt war sie gerade auf dem Weg zu ihrer Tante. Hätt d' Laura sie nicht rechtzeitig ins Krankenhaus gebracht, wär die Margot nicht mehr am Leben. Doch die Folgen der Pilzvergiftung waren verheerend. Was dabei in ihrem Kopf geschädigt wurde, darüber können Ihnen die Ärzte Auskunft geben. Sie ist jedenfalls seither körperlich und geistig ziemlich bedient und kann sich nur bruchstückhaft erinnern. Sie reagiert wie eine Demenzkranke, hat dazu auch motorische Störungen abbekommen ... die arme Frau.«

»Wie kam Laura Simmel dazu, ausgerechnet Sie anzurufen?«

»D' Laura hat von ihrer Tante von mir gewusst. Auch, dass ich Heilpflegerin bin.«

»Wo befindet sich Frau Stockmaier denn jetzt?«

Bei jeder Antwort starrte die Pflegerin auf das blinkende Gerät vor sich auf dem Tisch.

Dieses Mal hatte Meller den Voicerecorder nicht vergessen.

»Der Margot geht es momentan gar nicht gut. Sie hat sich eine schlimme Lungenentzündung zugezogen und liegt zurzeit im Krankenhaus ... Sagen Sie, Herr Kommissar, geht das Befragen nicht auch ohne dem da?« Judith Langer deutete mit dem Kinn auf den Voicerecorder. »Mich macht das Ding ganz nervös.«

»Das Ding beißt nicht. Aber wir haben es ohnehin gleich hinter uns, Frau Langer. Ein paar Fragen nur noch.«

»Dann hätte ich auch eine Frage – so prinzipiell.« Sie räusperte sich. »Kann meine Aussage eventuell Konsequenzen haben? Ich meine, für mich zum Beispiel?«

Na, was denn sonst, du Träumerin, ärgerte sich Meller. Er veranstaltete hier doch kein Kasperltheater, sondern hatte einen Mord aufzuklären. Langers bescheuerte Frage schrie förmlich nach einer entsprechenden Antwort.

»Ich rieche Lügen meilenweit. Und falls mir jemand die Wahrheit vorenthält, dann ist der- oder diejenige aber schon so was von fällig.«

»Aha – und weswegen soll denn ich verdächtigt werden?«

»Sie haben mich mit Ihrer *prinzipiellen Frage* hellhörig gemacht.«

»Das kommt davon, weil ich so krimisüchtig bin«, gestand sie. »Ohne Krimis läuft bei mir nix. Ich steh total auf die Schriftsteller aus den nordischen Ländern ... urspannend zum Beispiel so ein Håkan-Nesser-Krimi.«

»Wegen ein paar Krimifantasien wird man noch nicht verdächtigt. Also, was glauben Sie denn befürchten zu müssen?«

»Eh nix. Aber in jedem Krimi taucht der Kommissar doch immer zuerst bei den Verdächtigen auf.«

Was war denn die für eine verwirrte Figur?, dachte Meller. Der würde er es jetzt geben. Mit bedeutungsschwerer Miene fragte er:

»Haben Sie versucht, Frau Stockmaier zu vergiften?«

»W-Wie? Was? I-Ich ...?«, stotterte die Heilpflegerin entrüstet. »Was hätte ich denn davon? Die Margot und ich sind die besten Freundinnen! Außerdem war ich zu dem Zeitpunkt als mich die Laura angerufen hat bei mir daheim, das ist zweihundert Kilometer weg von hier!«

»Ich werde Ihre Aussage überprüfen, Frau Langer. Außerdem gebe ich Ihnen einen guten Rat: Lesen Sie statt Krimis lieber Heimatromane, die beruhigen Ihre Nerven ... «

Für eine Heilpflegerin war die hübsche Judith Langer ziemlich naiv, dafür mit einem Herz wie ein Bergwerk ausgestattet, kam es Meller. So lautete doch die Textzeile in einem Song ...

Die Heilpflegerin berichtete dem Kommissar, dass Laura sie damals angerufen und gebeten habe, sich ihrer Tante anzunehmen, wenn sie das Krankenhaus wieder verlassen könne, da sie mit ihrer Freundin geschäftlich in Italien zu tun habe. Das sei vergangenes Jahr gewesen, Mitte Oktober.

»Auf der Rückreise von Italien muss die Laura jedoch von der Straße abgekommen sein. Mit ihrem Flitzer ist sie in eine Schlucht gestürzt, das Auto ist in Flammen aufgegangen ... Furchtbar, bei lebendigem Leib zu verbrennen! Ich erinnere mich, wie sie erzählt hat, dass sie sich gerade einen Sportwagen zugelegt habe, den sie auf dem Trip nach Italien testen wolle ... Mich hat das damals ziemlich hergenommen. Aber wie ich schon sagte, habe ich die Laura nie persönlich kennengelernt. Sie war sehr erleichtert, weil ich mich sofort bereit erklärt habe, mich um die Margot zu kümmern, und hat mir für den Anfang etwas Geld hinterlegt.«

Judith Langer tupfte sich mit einem Taschentuch die Tränen aus den Augen, die ihr vor Rührung während des Erzählens gekommen waren.

»Ja, so war die Laura«, flüsterte sie. »Sie müssen wissen, dass d' Laura als Kind bei einem Autounfall ihre Mutter und später auch ihren Bruder verloren hat. Die Margot hatte die Tochter ihrer Schwester zu sich genommen und großgezogen. D' Laura war nur leider ein sehr schwieriges Kind. Das Verhältnis zwischen den beiden war dadurch immer angespannt. Erst in der letzten Zeit muss sich das gelegt haben. Die Margot hat mir immer wieder erzählt, wie stolz sie auf ihre kleine Laura war ... Na ja, und dann hat die Margot diese depperten Schwammerln gegessen. Seither ist mit ihr ein normales Gespräch ja nicht mehr möglich ... furchtbar ist das alles ...«

Langer hielt kurz inne, als würde sie in sich hineinhorchen, dann sprach sie weiter:

»Ich hätte die Laura so gern kennengelernt, sie in meine Arme genommen und an mich gedrückt. Ihr mein Mitgefühl, mein ganzes Mitleid ... ja, und natürlich auch meine Dankbarkeit gezeigt.« Wieder wischte sie sich die Augen trocken.

»Mein Gott – d' Laura und ich«, seufzte sie, »wir wären bestimmt beste Freundinnen geworden, das hab ich beim ersten Telefonat sofort gespürt. Aber wen Gott zu sich holt, darüber hat der Mensch nicht zu entscheiden ...«

Ein erneutes Augenabtupfen ließ Langers Redefluss stocken.

»Warum musste d' Laura schon als Kind ein solch grausames Schicksal erleiden? Kein Wunder, dass sie damit nicht fertigwurde. Ich kann mich voll in sie hineinversetzen. Das habe ich der Margot immer wieder zu erklären versucht, und sie schien es schließlich auch verstanden zu haben. Bestimmt mit ein Grund, warum sie zuletzt mit der Laura wieder besser konnte.

Aber als Heilpflegerin bin ich schon mit ärgeren Geschichten konfrontiert worden.« Judith Langer lächelte den Kommissar an.

»Da hat Frau Stockmaier wohl sehr viel Glück, dass Sie sich ihrer annehmen.«

»Ich helfe, wo ich kann. Schließlich bin ich ja ein Teil der Familie, wenn auch sehr weitschichtig.«

»Aufgrund Ihrer intensiven Pflege wohnen Sie natürlich bei Frau Stockmaier und sind hier auch gemeldet.«

»So ist es. Ich habe meinen Haushalt in München aufgelöst, meinen Job gekündigt und bin hierher übersiedelt.«

»Das Zimmer von Laura Simmel – kann ich es sehen?«

»D-Das geht nicht …« Langer errötete. »Entschuldigen Sie. Ich meinte … ich wollte sagen, es ist inzwischen meins geworden. Natürlich können Sie es sehen. Wenn's aber sofort sein soll, dann müsste ich erst ein wenig zusammenräumen.«

»Ich sehe nur, was ich sehen will, Frau Langer«, erwiderte Meller, schaltete den Voicerecorder ab und steckte ihn ein.

Ächzend erhob er sich und streckte die steif gewordenen Beine von sich. Die lange Fahrt sowie das Sitzen auf dem straff bespannten Sessel mit ungemütlicher Lehne machten sich in seinem Rücken bemerkbar. Auch die Schussverletzung meldete sich stechend.

Meller hatte sich erst ein Hotelzimmer für die Nacht suchen wollen. Doch da es bereits dämmrig geworden war, war er direkt zur Adresse in die Lärchenwaldstraße gefahren.

Das Haus, von der Größe her eher eine Villa, war zeitlos modern gehalten. Es war eins der ersten Holzhäuser, deren spezielle Dämmung beim Einsparen von Heizkosten half, wie die Heilpflegerin zu Beginn dem Kommissar erklärt hatte. Margots Mann war ein Tüftler gewesen, der sich sehr für Energiespartechniken interessiert hatte. Allerdings nicht nur dafür.

Über die Ehe der Stockmaiers wusste Judith Langer zu berichten, dass diese nicht die beste war. Angeblich – so hielt sich ein Gerücht in der Nachbarschaft – soll es in Kenia ein Kind von Hubert mit einer Einheimischen geben. Doppelt schmerzhaft für Margot, deren sehnlichster Wunsch, selbst Kinder zu bekommen, nicht erfüllt wurde.

Ihr Mann war ein Schwerenöter gewesen, der sie durch seine »sexuellen Irritationen«, wie Margot Huberts amouröse Abenteuer nannte, allerhand anschauen habe lassen.

Als Margot sich scheiden lassen wollte, hatte Hubert sie mit dem Hausprojekt wieder friedlich gestimmt. Doch kaum war der Rohbau fertig gestellt, war ihr Mann mit Freunden schon wieder zu einer Fotosafari nach Kenia aufgebrochen, was sie tief gekränkt hatte. Hubert war ein talentierter Tierfotograf.

Von der letzten Reise kam er jedoch schwer krank zurück. Er hatte sich eine *Malaria tropica,* die schwerste Form des Sumpffiebers, eingehandelt und sich davon nicht mehr erholt. Da die inneren Organe aufgrund seines Lebenswandels entsprechend lädiert waren, hatte das Fieber ein Multiorganversagen ausgelöst. Hubert war nach drei Tagen ins Koma gefallen und gestorben. Auch wenn Margots Ehe kein Honiglecken war, versetzte ihr der frühe Tod des Mannes einen Schock. Plötzlich allein, musste sie sich um die halb fertige Villa kümmern und mit den Handwerkern herumstreiten. Da sie eine unverbesserliche Perfektionistin auf allen Gebieten war, habe sie sich nervlich völlig übernommen, erzählte man sich in der Nachbarschaft. Auch ein Grund, warum man mit der Stockmaier wenig Kontakt haben wollte.

Dann erhielt sie ein halbes Jahr später die furchtbare Nachricht vom tödlichen Unfall ihrer Schwester. Margot war direkt erleichtert gewesen, als sie Laura zu sich nehmen konnte. Sie hatte wieder eine sinnvolle Aufgabe – ein Kind großzuziehen. Noch zu Huberts Lebzeiten hatten die Stockmaiers extra eine Gästewohnung für Margots Schwester und die beiden Kinder im Haus vorgesehen gehabt. Diese wurde dann Lauras neues Zuhause. Als sie später zum Studium nach Mödling übersiedelte, vermietete Margot die Einliegerwohnung an Kurgäste.

Margot hatte seit dem Tod ihres Ehegatten keinen Mann mehr an sich herangelassen. Wie Langer dem Kommissar berichtete, war Margot keiner perfekt genug. Was es auch immer gewesen war, was Frau Stockmaier ein mannloses Leben führen ließ, würde wohl für immer ihr Geheimnis bleiben.

Meller nahm sich vor, dennoch zu versuchen, ein Gespräch mit Margot Stockmaier zu führen …

Er trat an die raumhohe Fensterfront, die sich über die gesamte Längsseite des Gebäudes zog und einen grandiosen Blick auf die felsige Kulisse eines Bergmassivs bot. Ein blutroter Abendhimmel tauchte das sanft geschwungene Tal in ein mystisches Licht.

»Das ist der Hausberg der Ischler, die Katrin«, hörte er Judith Langer sagen, die hinzugetreten war und auf die höchste Erhebung zeigte. »Dort oben war ich schon ein paar Mal. Die anderen Gipfel kenn ich noch nicht.«

»Einen beneidenswerten Ausblick haben Sie.«

»Da müssen Sie erst den Winter hier erleben. Unglaublich – diese weiße Pracht!«, schwärmte sie. »Kein Wunder, dass es immer mehr Menschen nach Bad Ischl zieht.«

»Man soll dort leben, wo der Kaiser seinen Urlaub verbracht hat, heißt es doch … Bad Ischl, die Kaiserstadt.«

»Ich kann von Glück reden, dass alles so gekomm… dass ich mir das leisten kann«, erwiderte die Heilpflegerin und bekam einen roten Kopf, als Meller sie erstaunt ansah.

… *dass alles so gekommen ist,* hatte sie wohl sagen wollen. Er hatte ihren verbalen Ausrutscher mitbekommen.

Vor der gewaltigen Fensterfront erstreckte sich ein Schwimmbiotop, umrahmt von einer Fülle an Pflanzen und Gewächsen, die sich zwischen Schilfreihen hervortaten. Eingebettet in eine sanfte Wiesenlandschaft, erstreckte sich das Areal bis zu einer Steinwand hin, vor der mittig eine von Spots angestrahlte, seltsame Skulptur stand.

Langer schien Mellers Blicke zu verfolgen und erklärte stolz: »Zu meiner anstrengenden Arbeit habe ich einen Ausgleich gefunden und zu töpfern begonnen. Das war mein erstes Werk. Es soll eine Giraffe darstellen. Der Margot gefällt sie besonders, allerdings sieht sie darin einen Walfisch.«

Langer kicherte in einer ulkigen Art, die ihr spitzbübisches Wesen unterstrich.

»Ein gewagter Vergleich«, stellte Meller lächelnd fest.

»Wenn das Wetter es erlaubt, schiebe ich die Margot im Rollstuhl zum Sterben zu *ihrem Walfisch.* Das klingt jetzt ein bisserl makaber, aber der Platz bei der Giraffe ist ihr Lieblingsplatz geworden. Der schönste Platz zum Sterben, sagt sie jedes Mal und kann dort stundenlang sitzen, schauen oder schlafen.«

Der Kommissar wandte sich wieder Langer zu.

»Darf ich nun Lauras … ich meine, Ihre Wohnung sehen?«

»Wie gesagt – es ist mir peinlich.«

»Ich werd's überleben«, war sich Meller sicher.

»Na, dann folgen Sie mir.«

Judith Langer ging voran, die Treppe wieder hoch.

Als Meller über eine Rampe ins Haus gelangte, irritierte ihn die hübsche Frau in figurbetonter Jeans und einem ebenso hautengen Trikot, die ihm die Tür öffnete.

Er hatte mit der etwa sechzigjährigen Margot Stockmaier gerechnet.

Vorbei an exotischen Tieraufnahmen, die als Fotovergrößerungen die Wände beherrschten, folgte er der Heilpflegerin über eine Metalltreppe mit integriertem Rollstuhllift ins Untergeschoss.

Jetzt wieder im Obergeschoss angelangt, fiel dem Kommissar das großzügige Atelier erst auf. Eine Töpferscheibe stand in einer Nische, daneben Regale, auf denen sich Schalen, Vasen und Figuren befanden.

Langer führte Meller vorbei an einer Galerie mit Blick in das Untergeschoss, auf eine knallrote Tür zu.

»Nochmals – es ist mir wirklich peinlich, Herr Kommissar.«

Mit einem Lächeln als Antwort wartete Meller, bis sie die Tür aufgesperrt hatte. Warum war die Tür zugesperrt, wenn sonst niemand im Haus war?, dachte er sich.

Sie schien seine Gedanken erraten zu haben.

»Pure Gewohnheit. In München lebte ich in einer chaotischen WG. Wer München kennt, der weiß um die dortigen Mietpreise. Wir waren zu viert in einer Wohnung. Da bekam alles Beine, wenn man sein Zimmer nicht versperrt hatte.«

Bei Zimmer fiel Meller sein Übernachtungsthema ein.

»Apropos Zimmer – können Sie mir ein Hotel empfehlen?«

»Sie bleiben länger?«, fragte Langer, während sie die Tür öffnete und den Kommissar eintreten ließ.

»Es wird sich nicht vermeiden lassen.«

»Empfehlen kann ich das *Goldene Schiff*. Ein feines Hotel, liegt direkt an der Traun. Eigentlich …«, überlegte sie zwischen Tür und Angel, »wenn ich das Apartment herrichten würde … kochen könnte ich auch was. Sie haben bestimmt noch nichts gegessen …«

»Danke, das ist sehr fürsorglich von Ihnen«, bremste Meller sie ein, »aber ich suche mir ein Zimmer … *Goldenes Schiff* sagten Sie?«

In dem geschmackvoll eingerichteten Wohnraum mit integrierter Küchenzeile stach dem Kommissar ein Gemälde ins Auge, das über einer weinroten Sitzgarnitur hing.

»Tolles Werk. Von wem ist das?«, fragte er scheinheilig.

Er hatte das Bild sofort erkannt. Es musste jenes sein, von dem die V-Agentin Esther Mensch erzählt hatte.

»Das hat die Laura selbst gemalt. Ich finde, sie war sehr talentiert. Ach ja …«

Die Heilpflegerin seufzte auf. Die Hände in die Gesäßtaschen gesteckt, stand sie da und sah den Kommissar auffordernd an.

Meller ließ seine Blicke durch das Apartment schweifen. Er war sich augenblicklich nicht ganz im Klaren, was er hier von Laura Simmel noch zu finden hoffte.

Am liebsten wäre mir, sie würde mir gegenüberstehen, gestand er sich innerlich. Okay, das Gemälde war gefunden.

Eine Kopie mit dem *Mein-ist-die-Rache*-Motiv steckte in jenem Buch, das Saphira Pototschnig gelesen haben musste, bevor sie ins Jenseits befördert worden war.

Doch die Schöpferin dieses Gemäldes war Monate zuvor umgekommen. Also schied Laura Simmel als Saphiras Mörderin aus.

»Und Sie sind sich hundertprozentig sicher, dass dieses Bild Frau Simmel geschaffen hat?«

»Da es von ihr signiert wurde …« Judith Langer ging auf die Sitzlandschaft zu, kniete sich drauf, um die Signatur besser lesen zu können. »Laura Simmel, 2008 … Überzeugen Sie sich selbst.«

Meller trat hinzu, las und nickte.

»Wollen Sie das Bild etwa haben? Das tät ein kleines Problem geben, weil wenn die Margot es nicht mehr sieht … Ich weiß nicht, wie sie darauf reagieren würde. Und auch ich hab mich schon so daran gewöhnt. Da ich mich der Laura in einer Art posthum verbunden fühle, glaube ich, dass sie nicht einverstanden wäre, wenn ich das Bild verkaufen täte.«

»Von kaufen habe ich nichts gesagt.«

»Ahso, ich dachte nur … Was denn dann?«

»Ich möchte ein Foto davon machen.«

Kurz rang Langer mit sich, doch dann willigte sie ein.

»Warum nicht? Ich kann mir aber nicht vorstellen, wofür Sie das brauchen.«

»Reine Routine … gewöhnliche Ermittlungsarbeit.«

Meller zückte sein Handy und stellte den Fotomodus ein. Das Blitzlicht reflektierte in den Fensterscheiben und leuchtete den Raum gespenstisch aus, während er das Gemälde aus verschiedenen Blickwinkeln ablichtete.

»Was es bedeutet, wissen Sie nicht, Frau Langer?«

»Keine Ahnung. Es gefällt mir einfach und wie gesagt habe ich mich schon daran gewöhnt.«

Ein Handy dudelte. Judith Langer griff in ihre Jeans, holte ihres hervor, sah auf die Nummer und aktivierte es.

»Ah, Hanni!«, rief sie. »Was gibt's denn?«

Sie hörte einer Stimme zu und sah dabei den Kommissar an.

»Ahso! Nein, nein, alles okay! Ich hab nur jemanden da. Wir haben grad ein bisserl fotografiert.«

Zuhörend wartete sie, dann – mit einem Blick auf Meller – sagte sie:

»Ich weiß nicht, Hanni!« Langer grinste schelmisch. »Aber wenn du unbedingt willst … ich werd ihn fragen.«

Erneut hörte Langer der Stimme aus dem Handy zu.

»Wie's der Margot geht? Noch immer unverändert. Also, wenn die sich nicht bald erfangt – ich weiß net. Aber wollen wir nicht gleich des Schlimmste heraufbeschwören.«

Wieder zuhörend, stellte Langer sich vor das Fenster, in dem sie in der von der Dunkelheit geschwärzten Scheibe ihr Spiegelbild betrachtete.

»Ja, danke, du auch. Bis morgen dann um zehn im *Treffpunkt*. Servus, Hanni!«

Langer schaltete das Handy aus.

»Das war die Hanni von gegenüber. Der sind Sie sofort aufgefallen, weil's gemeint hat, wer denn der fesche Zapfen ist, der mich besucht.« Langer kicherte. »Da sehn S' wieder, dass einem auf dem Land nix verborgen bleibt! Ich hab mich inzwischen daran gewöhnt … D' Hanni ist wie ich aus München. Sie hat sich erst nach mir in Bad Ischl angesiedelt. Da war's doch klar, dass wir uns angefreundet haben. Zu den anderen Nachbarn hab ich nämlich net so einen direkten Kontakt. Das braucht hier ein bisserl länger, bis man warm wird, so untereinander, mein ich … Ah ja, was ich fragen sollte: Wollen Sie net morgen mit ins *Treffpunkt* kommen? D' Hanni hätt gemeint, das wär eine super Idee, weil sie nämlich momentan eh allein ist und zum Plaudern wär's grad passend …«

»Frau Langer, bitte«, unterbrach der Kommissar sie und sah auf seine Uhr, »ich bin seit etwa zwei Stunden in Bad Ischl, und das nicht zum Spaß. Jetzt bin ich hungrig, und dann freue mich auf ein entspannendes Bad sowie ein frisches Bett. Und wie ich den morgigen Tag gestalte, entscheide ich morgen.«

»Na ja, ich hab ja nur gemeint. Die Arbeit soll einem ja auch Spaß machen. Aber wie Sie glauben, es ist Ihr Leben … Sie täten halt ein nettes Kaffeehaus kennenlernen. Und erst die Palatschinken dort – unvergesslich! Ich sag's Ihnen nur. Dort täten Sie ein Frühstück kriegen, da vergessen Sie alles, was Sie bisher gegessen haben. Obendrein wär's gleich um die Ecke vom *Goldenen Schiff*. Einfach durchs Modegeschäft durch, Tom Tailor heißt's, und schon täten S' die Hanni und mich …«

»Ich werd's mir überlegen«, stoppte Meller Langers Redefluss und sah auf eine verrostete Bratpfanne, der ein Uhrwerk eingepflanzt worden war und die oberhalb der Wohnungstür hing. Allmählich nervten Meller Langers Blicke, da sie jede seiner Bewegungen mitverfolgte.

»Originell, gell? Die Uhr ist eine Idee von mir, die Pfanne wegzuwerfen, wär schad gewesen. Gefällt sie Ihnen? Es lässt sich preislich was machen, wenn S' mir verraten, worum's bei der Laura eigentlich geht? Ich meine, die Frau ist seit einem Jahr tot und bis jetzt hat sich – Sie entschuldigen meinen Ausdruck – keine Sau danach erkundigt … Warum denn grad jetzt?«

»Behalten S' die nur!«, Meller deutete mit einem Blick zur Tür hin. »Und Laura Simmel betreffend, geht es um die Überprüfung einiger Details.«

»Sie machen's aber spannend. Haben diese Details was mit Lauras Gemälde zu tun, weil Sie sich gar so dafür interessieren?«

»Wie gesagt – kein Kommentar. Betrachten Sie meine Fragen als Teil einer Ermittlung und üben Sie sich anderen gegenüber bezüglich Andeutungen in Zurückhaltung … Und jetzt darf ich mich umsehen?«

»Bräuchten Sie dafür nicht so einen Wisch – ich meine, wie man es in den Krimis immer sieht?«

»Einen Durchsuchungsbefehl? Ja, den bräuchte ich. Aber wie ich Sie einschätze, zeigen Sie mir die Räumlichkeiten auch so. Oder muss ich mich täuschen?« Meller lächelte gequält.

»Aber nein! Gehn S' bitte … *Ich* habe ja nix zu verbergen!«, erwiderte Langer schnippisch. Wohl, weil der Kommissar keinerlei Informationen über den Grund seiner Ermittlungstätigkeit von sich gab.

»Ich wusste, dass man mit Ihnen zusammenarbeiten kann.«

Meller nervte das neugierige Getue der Heilpflegerin.

Ohne etwas zu erwidern, ging sie Meller voran auf eine Schiebetür zu, um sie zu öffnen.

Während der Kommissar im Haus in der Lärchenwaldstraße war, steckten seine Füße in Besucherschlapfen aus Filz. Damit war seine Gangart mehr ein Schlurfen, was das Balancehalten auf dem spiegelglatten Kunststoffbelag, wie er im Obergeschoss verlegt war, ziemlich erschwerte. Unerwartet riss es ihm die Füße vom Boden und er wäre hingefallen, hätte ihn nicht der Teppichbelag im Schlafzimmer gestoppt.

Direkt auf die Heilpflegerin zusteuernd und sich an ihrem hautengen Top festkrallend, entfuhr ihm ein »Jessas na!«

Schnell löste er sich aus ihren Armen.

»Entschuldigung! Das sollte keine Anmache sein.« Auf den glatten Boden deutend, meinte er: »Sie leben ja auf höchst gefährlichem Terrain.«

»Das bin ich längst gewöhnt«, kam von ihr schelmisch.

»Wie jetzt – den Boden betreffend oder Ihr Leben?«

»Beides«, erwiderte sie und ein verschmitztes Lächeln huschte über ihr Gesicht.

»Bitte – Lauras ehemaliges Schlafzimmer«, sagte sie schließlich und ließ den Kommissar eintreten. Dabei berührten Mellers Finger unabsichtlich Langers linken Handrücken. Eine elektrische Entladung ließ beide zusammenzucken.

Mellers durchdringenden Blick erwiderte Judith Langer mit einem kecken Grinser und dachte dabei: D' Hanni hat Recht ghabt … echt scharf, der Typ.

Menschen und deren Lebensgewohnheiten durch ihren Wohnstil einzuschätzen, dafür hatte Meller im Lauf der Jahre einen Blick bekommen. Wer Geld hatte, konnte zwar teuer wohnen, aber ausschlaggebend war das Gesamtbild, *wie* jemand sich mit Möbel und Accessoires – auch mit gebrauchtem Interieur, wenn man knapp bei Kasse war – umgab.

Bei Judith Langer hatte Meller total daneben getippt. Aufgrund ihrer burschikosen Art hatte er eine schludrige Frau vermutet, die ihre Wohnhöhle eher mit kitschigem Allerlei verschönerte.

Doch dic Heilpflegerin wohnte inmitten einer sehr gediegenen Einrichtung. Die Möbel bestanden aus massivem Naturholz, Esche gebürstet, matt eingelassen. Der Boden in der Wohnküche war wie das gesamte Atelier mit einem teuren Naturkautschukbelag ausgelegt. Das Badezimmer war – im Farbton darauf abgestimmt – grau-marmoriert verfliest. Das Schlafzimmer zeigte sich mit einer exklusiven Teppichware ausgelegt – ebenfalls in Grau.

Auch war von sogenannten Staubfängern, Firlefanz und kitschigen Accessoires, nichts zu sehen. Wenige Pflanzen in ausgesucht schlanken Töpfen, ein paar schlichte Keramikskulpturen auf dem Boden und zwischen den Büchern in Regalen – das war's auch schon.

»Es lebt sich gut in Lauras Welt«, sagte Langer spitz.

Auffallend in ihrem Apartment war, dass jedes Detail wie mit dem Maßband ausgerichtet seinen Platz hatte. Selbst die vier Blumen in einer vasenähnlichen Kreation auf der Küchentheke standen wie ausgemessen. Meller wusste zwar nicht, wo die Nord-Süd-Achse verlief, die Blumen jedoch, vermutete er, würden sie anzeigen, weil eine der Blüten etwas bunter und größer war als die anderen. Zeigte sie in Richtung Süden?

»Frau Langer, würden Sie mir jetzt bitte erklären, wo ich hier einen angeblichen Saustall hätte vorfinden sollen?«

Noch nie hatte Meller bei Durchsuchungen eine Wohnung vorgefunden, die so penibel sauber war, wie die von Langer.

»Ich hasse Staubfänger und Schmutz stört mich, seit ich mich kenne ... und heut hab ich in meinen vier Wänden noch nicht Staub gewischt und gesaugt. Ich fürchte, eine Krümmung in der Optik lässt mich jedes Staubkorn erbsengroß sehen«, entschuldigte sie sich gespielt seufzend, mit einem betörenden Augenaufschlag Mellers Lob genießend.

»Sie wären die ideale Putz... ideal für meinen Haushalt«, verbesserte Meller sich und errötete, weil ihm die Bezeichnung Putzfrau für eine ausgebildete Heilpflegerin peinlich war.

»Als Putze betitelt zu werden, kränkt mich nicht«, erwiderte Langer mit ernster Miene. »Ich vergleiche das Sauberhalten meines Umfelds mit einer Art seelischer Reinhaltung. Jedenfalls brauche ich das Gefühl absoluter Reinheit. Sie kennen doch das Kindergebet: *Ich bin klein, mein Herz ist rein* und so weiter – das wurde mir eingebläut. Die Folge ist, dass ich alles, was mein seelisches Gleichgewicht aufrechterhält und mich befriedigt, bis zur Perfektion ausleben muss.«

Äh? Wie? Was für eine komplexbehaftete militante Putzfrau, dachte Meller, und wie weggewischt war Judith Langer als Idealvorstellung für seinen Haushalt. Ein bisschen Lurch unter den Kästen durfte schon mal sein. Doch wenn er an daheim dachte, wo ein 16-jähriger Schlampsack seine Habseligkeiten an Ort und Stelle fallen ließ – zwei extreme Individuen würden aufeinanderprallen.

Würde Meller seinen Sohnemann nicht dauernd treten, lägen die Sachen tagelang herum. Ja, eine wie Judith Langer wäre für Manuel das pure Grauen, dachte er und musste grinsen.

»Darf ich wissen, was Sie so erheitert?«

»Sie werden es nicht glauben – eine verdammt ernste Mission, die selbst Sie zu lösen nicht in der Lage wären.«

Zum Glück hatte der Kommissar im Hotel »Goldenes Schiff« noch ein Zimmer bekommen. Normalerweise war es um diese Zeit ausgebucht, ein Gast hatte jedoch kurzfristig abgesagt.

Die grelle Leuchtschrift eines Restaurants auf der gegenüberliegenden Seite der Traun hatte Meller seinen Durst bewusst gemacht. Das »Attwenger« entpuppte sich als feines Restaurant. Ganz nach Mellers Geschmack stillte ein bekömmliches Fischgericht mit passender Weinbegleitung seinen Hunger. Wenn schon der Tag aufreibend gewesen war, so sollte der Abend immerhin genüsslich ausklingen.

Nach dem Abendessen überspielte Meller das Gespräch mit der Heilpflegerin vom Voicerecorder auf den Laptop und tippte seine Eindrücke und Vermutungen dazu. In einem kurzen Telefonat mit Manuel erfuhr er, dass Flo bei ihm übernachtete, es dem Hund gut ging und auch sonst alles okay war. Die beiden Buben freuten sich maßlos über ihre je tausend Euro Finderlohn. Alle waren selig, weil Joe sichtlich kein Leid zugefügt worden war.

Zu wohlgenährt hatte er allerdings aus dem Fell geschaut, was Meller veranlasst hatte, nach Joes Freilassung noch in der Nacht mit ihm auf die Waage zu steigen. Das Ergebnis: gesamt drei Kilo plus. Eins davon gehörte dem Hund, der Rest hing hartnäckig um des Kommissars Rippen. Der Schock war dementsprechend gewesen, und er hatte den Rat seines inneren Schweinehundes verbissen zur Kenntnis nehmen müssen:

Meller, bevor du beginnst, die Lufthülle zu komprimieren und deswegen Atemprobleme bekommst, beweg endlich deinen

Hintern regelmäßig. Eine Woche fasten würde dir auch nicht schaden – schau dich an!

Geh nicht in dich – geh den längeren Weg, nämlich wandern!

Der Schweinehund hatte leicht lachen, murrte Meller innerlich, als er die Speckröllchen um seine Hüften im Spiegel betrachtete, während er via Handy seiner Sekretärin zuhörte, die sich über die S-C-ONE Chefin ausließ, die wieder einmal ausfällig geworden war.

Als brandheiße News verkündete sie, dass Laura Simmel vergangenes Jahr in Italien ums Leben gekommen war.

»Das weiß ich inzwischen. Judith Langer, die Heilpflegerin von Margot Stockmaier, hat es mir erzählt. Was aber hatte die Simmel in Italien zu schaffen?«

»Sie wollte eine Immobilie kaufen. Ich habe Interessantes über Simmel und auch über den Unfall erfahren. Um das näher zu erklären, bin ich jetzt zu müde, lies meine Mail, da steht alles drin.«

»Du bist ein Schatz, Claudia. Würdest du vielleicht noch …«

»Morgen ist auch noch ein Tag, Mario. Ich mache die Fliege. Meine Überstunden für dich zahlt mir die Schaller nie. Okay?«

»Dann bis morgen, Claudia … und danke.«

»Bitte, gern geschah's!«, bellte sie und legte auf.

Warum ist die so grantig?, wunderte sich Meller, während er Claudias Nachricht öffnete. Dazu knackte er die Flasche Rotwein, die auf dem kleinen Schreibtisch für Hotelgäste bereitstand, und schenkte sich ein Glas halb voll ein. Nach einem Schluck – der Wein schmeckte hervorragend – begann er zu lesen:

Laura Simmel hatte Anfang November in der Toskana, nördlich von Arezzo, ein renoviertes Anwesen besichtigt, das sie erwerben wollte.

Herwig Nordland, deutscher Staatsbürger und Immobilienmakler in Arezzo, hatte Laura Simmel die Casa Visconti angeboten. Ein kostenloses Wochenende in der Immobilie sollte das Angebot zusätzlich schmackhaft machen. Simmel war mit einer guten Freundin angereist. Über den Kaufpreis war man sich einig gewesen. Es kam allerdings zu keinem Kaufabschluss, da die beiden Frauen über Nacht verschwanden. Der Makler war verärgert gewesen. Aus der Zeitung erfuhr Nordland dann, dass Laura Simmel bei einem Verkehrsunfall unweit von Fanano ums Leben gekommen war.

Claudia wunderte sich, dass Simmels Unfallakte bei den österreichischen Behörden nirgendwo aufschien. Vermutlich hatten die Italiener geschlampt und den Fall bis jetzt noch nicht weitergeleitet. Via Internet war Claudia zufällig auf einen Bericht in einer Zeitung der Region gestoßen. Auch nur deswegen, weil sie – dank ihrer genialen Spürnase – unter dem Namen *Laura Simmel* ein Foto gefunden hatte, das eine warnende Tafel mit Totenkopfsymbol am Straßenrand zeigte.

Darunter stand: *Laura Simmel, 27 anni*. Da auf dieser Bergstraße in den Apenninen nahe Fanano immer öfter Unfälle passierten, hatten sich die örtliche Carabinieri als Abschreckung für Raser diese rigorose Methode einfallen lassen. Laura Simmel war bereits das 42. Opfer.

Claudia hatte sich mit den Carabinieri in Fanano in Verbindung gesetzt und sich den Bericht über diesen Unfall faxen lassen. Darin stand, dass Laura Simmel aufgrund mangelnder Kenntnis der gefährlichen Bergstrecke und vor allem wegen überhöhter Geschwindigkeit von der Straße abgekommen und in eine Schlucht gestürzt war. Das Auto hatte Feuer gefangen, war explodiert und die Lenkerin war bis zur Unkenntlichkeit verbrannt. Als Augenzeugin war Lisa Lauermann angegeben, die nicht im Auto gesessen hatte. Sie habe einen schweren Schock abbekommen. Laut Lauermanns Aussage wollte die Freundin ihre Fahrkünste vorführen, dabei sei es zu diesem Unfall gekommen.

Über den Verbleib von Lisa Lauermann hatte Claudia noch nichts in Erfahrung gebracht. Die Suche nach ihr würde sie als Nächstes anpacken.

Abschließend wünschte Claudia ihm einen angenehmen Aufenthalt in der ehrwürdigen Kaiserstadt. Unter PS las er noch: Wenn du ein Chef mit Herz bist, dann überrasch mich mit einem Zaunerstollen ;-)

Auf diesen Bericht hin genehmigte sich Meller ein weiteres Glaserl Rotwein. Vor dem Laptop sitzend, starrte er auf Claudias Zeilen und spielte die abstrusesten Varianten durch, die ihn auf die Fährte von Saphira Pototschnigs Mörder führen würden.

Nach minutenlangem Dumpf-vor-sich-Hinbrüten, war er es leid, sich noch länger damit zu beschäftigen und schaltete den Computer ab. Außerdem war er müde, und der Wein ließ seine betäubende Wirkung durch Mellers Körper rieseln. Zeit, sich schlafen zu legen.

Aber die Gedanken an Saphiras Tod ließen ihn nicht los und erschwerten ihm das Einschlafen. Erst allmählich glitt er in eine schwülstige Traumwelt ab, in der einer seiner Herzenswünsche schamlos erfüllt wurde. Hätte jemand Mellers Bett geteilt, er wäre Zeuge eines zufriedenen Grunzens und Gestöhnes geworden …

Da riss es den Kommissar mit einem Ruck aus dem Schlaf. Er fuhr hoch und starrte in das Dunkel der Nacht. Seine Hände hielten sein bestes Stück fest umklammert.

Doch was war das gewesen? Etwas hatte geknackst – sein Hirn hatte ihm eine Lösung präsentiert.

Verdammt – ja, was denn für eine Lösung?

Bitte – die perfekte Lösung für alle Mordfälle der Welt!

Doch dann … Meller warf hektisch seine Gehirnwindungen an. Genau! Er hatte mit dem Mörder gesprochen!

Wie – Mörder? Von wem denn?

Mensch, Meller, du Träumer – von Saphira natürlich!

In selbiger Sekunde platze die verheißungsvolle Wahrheitsfindung wie ein angestochener Luftballon.

Das Knacksen kam vom Heizkörper, der anstatt der Lösung seines Falls lediglich ankündigte, dass er sich eingeschaltet hatte, weil die Außentemperatur danach verlangte. Und der Typ, mit dem er gesprochen hatte, war er selbst …

– – –

Mellers Besuch im Krankenhaus war ein Schuss in den Ofen. Den Weg hätte er sich sparen können. Vom diensthabenden Arzt erfuhr der Kommissar, dass es für Frau Stockmaier sehr, sehr schlecht aussehe. Ohnehin durch die Lungenentzündung geschwächt, sei sie vergangene Nacht aus dem Bett gefallen und habe sich den linken Oberschenkelhals sowie drei Rippen gebrochen. Eigentlich hätte das nicht passieren dürfen, da das Schutzgitter am Bett gegen ein Herausfallen eingerastet war. Frau Stockmaier war es jedoch gelungen – bei ihrem Gesamtzustand kaum vorstellbar –, die Barriere zu übersteigen.

Die Patientin im Bett nebenan hatte nichts mitbekommen, da sie wegen der schmerzlindernden Mittel nicht munter geworden war. Erst die Nachtschwester hatte bei ihrem Rundgang Frau Stockmaier auf dem Boden liegend entdeckt.

Die Überlebenschancen der bedauernswerten Patientin beurteilte der Arzt mit ernster Miene:

»Man muss mit dem Schlimmsten rechnen. Ich wage sogar zu sagen, es grenzt an ein Wunder, wenn Frau Stockmaier die kommende Nacht übersteht.«

Verärgert eilte Meller auf den Ausgang zu. Sein Blick fiel auf eine bedrohlich aufgebauschte Wolkenwand. Erste fette Regentropfen rieten ihm, sich schleunigst zum Auto zu bewegen. Er zog seine teure Raulederjacke aus, faltete sie zusammen – das Futter vorsorglich nach außen gekehrt –, hielt sie über den Kopf und rannte los.

Hallo – die paar Tropfen? Mach dich nicht lächerlich, Meller!

Doch nichts war dem Kommissar – neben minutenlangem Warten vor verschlossenen Türen – mehr verhasst, als mit nassen Haaren durch die Gegend laufen zu müssen.

Kaum hatte er die Hälfte des Weges zum Parkplatz hinter sich gebracht, setzte ein heftiger Regenguss ein. Noch im Laufen entriegelte er mit dem Schlüsselsensor die Fahrertür. Er riss sie auf und ließ sich in den Sitz fallen. Als er sich nach Luft schnappend zurücklehnte, verschmolzen Rücken, Hemd und Sitzlehne zu einer feucht gewordenen Einheit. Ein Zustand, noch unerträglicher als nass gewordene Haare, der einem den frühen Tag ordentlich vermiesen konnte.

Dementsprechend war seine Verfassung. Um nicht mit der Rückenlehne in Berührung zu kommen, hing er wie ein Buckliger hinterm Lenkrad und startete den Wagen. Dieser schoss mit einem Satz voran, so dass einige Passanten vor Schreck zur Seite sprangen. Man möge mir verzeihen, dachte er.

Eine erfolglose Ermittlung, dafür ein klatschnasses Hemd auf den Rücken geklebt zu bekommen – wer zuckte da nicht aus? Schwer verärgert fuhr er zum Hotel. Kaum war er dort angekommen, strahlte die Sonne, als sei nichts geschehen.

Die Rezeptionistin zeigte Verständnis für seine missliche Lage.

»Uijee, Sie sind ja nass geworden! Aber seien S' froh, dass es nur ein Platzregen war. Eigentlich sollt's die nächsten zehn Tage durchregnen.«

»Dann kann ich ja direkt von Glück reden, wenn ich morgen schon wieder weg bin.«

»Das ist sehr schad, Herr Meller, weil bei uns gäb's so viel anzuschauen ... die Kaiservilla zum Beispiel und den Kaiserpark. Bestimmt haben S' auch schon was vom Zauner gehört oder vielleicht wollen S' mit der Seilbahn auf d' Katrin aufi ...«

Bei Zauner fiel Meller das Mitbringsel für Claudia ein.

»Bei so einem Wetter ziehe ich einen Zaunerstollen vor«, erwiderte der Kommissar, während er den Rücken verrenkte, weil das nasse Hemd störend an ihm klebte.

Das Mädel hinter dem Tresen schien seinen Sarkasmus nicht verstanden zu haben.

»Ja, einen Saunastollen hätten wir auch. Da atmen Sie nur gsunde Salzluft ein und kriegen keinen Schnupfen mehr. Bei einem Wetter wie heut grad das Richtige ... Darf ich was für Sie buchen?«

»Danke, ich bin schon verschnupft. Außerdem steh ich mehr auf Süßes.«

»Dann wär, wie gsagt, der Zauner die perfekte Alternative.«

»Danke. Sie sind einfach umwerfend.«

»Für unsere Gäste tun wir alles, damit sie sich wohlfühlen. Und nehmen S' zur Sicherheit einen Schirm mit.«

Sie deutete auf den Schirmständer seitlich des Eingangs, in dem kein einziger Schirm steckte. Mit einem entwaffnenden Lächeln lenkte sie ein:

»Uijee, leider sind alle grad weg. Aber wenn Sie unbedingt einen brauchen, kann ich Ihnen meinen leihen. Er spinnt zwar ein bisserl beim Aufmachen und ein Loch hat er auch. Das ist meinem Freund mit der Zigarette passiert. Wenn S' kurz warten wollen, hol ich ihn.«

»Danke, nein. Wie Sie sehen, bin ich bereits durchnässt.«

Mit einem säuerlichen Lächeln wollte sich Meller auf sein Zimmer zurückziehen, um sich trocken zu föhnen.

»Ah ja – da waren noch Anrufe für Sie!«

Die gute Seele fischte einen Zettel von ihrem Schreibtisch und überreichte ihn Meller.

Claudia hatte mehrfach versucht ihn zu erreichen.

Warum hatte sie ihn nicht einfach am Handy angerufen?

Da fiel ihm ein, dass er dieses im Krankenhaus hatte ausschalten müssen. Er hatte vergessen, es wieder zu aktivieren …

Nachdem er sich mit dem Föhn getrocknet und aufgewärmt hatte, rief er seine Sekretärin an.

»Wenn du schon auf Aufrisstour sein willst, dann lass es mich wenigstens vorher wissen, dann störe ich nicht …«, fuhr sie den Kommissar grußlos an.

»Hallo, Claudia. Schönen Morgen erst mal! Warum schnauzt du mich so grundlos an?«

»Grundlos? Ich reiß mir hier den Arsch für dich auf, während du dich in Ischl mit der Langer vergnügst. Lass wenigstens dein Handy an, also weißt …!«

»Niemand hat die Absicht, sich zu vergnügen, schon gar nicht mit einer nervenden Heilpflegerin! Ich war im Krankenhaus und musste das Handy abschalten. Hab's vergessen, wieder einzuschalten … Was ist denn so dringend?«

Meller war ebenfalls aufgebracht. So hatte man mit ihm nicht umzuspringen, auch nicht eine gewissenhafte und langjährige Kollegin wie Claudia Rotter.

»Entschuldige, Mario, aber ich bin so was von geladen, weil es hier drunter und drüber geht. Ich sitz allein in der Abteilung, und alle kommen s' wegen jedem Furz zu mir. Jetzt hat die Schaller mich auch noch angeschnauzt, weil ich mich nur um deine Angelegenheiten kümmere … Lo spinnt wieder einmal … Und Migräne hab ich auch.«

»Okay – ich mach dir einen Vorschlag: Geh heim zu mir und leg dich in die Wanne. Dort findest du die nötige Ruhe und kommst wieder runter. Einen Schlüssel hast du ja. Falls die Schaller sich querlegt, sag einfach: Anweisung von ganz oben. Sie soll mich anrufen, mit der werde ich Tacheles reden … Jetzt aber bitte: Was ist so dringend, Claudia?«

»Es geht um den Laptop der Kärntner Polizistin.«

»Ja und? Was ist damit?«

»Man fand doch noch Fingerabdrücke drauf.«

»Claudia, jetzt mach's bitte nicht so spannend.«

»Auf der Unterseite fand man noch verwertbare Spuren, die einem gewissen Matic Kovac, einem Serben, zuzuordnen sind. Der Typ ist in der Fingerprint- und DNA-Datenbank gespeichert, da er an mehreren Einbrüchen beteiligt war. Im Februar 2010 ist Kovac bei einer Rauferei durch einen Bauchstich tödlich verletzt worden – ein Bandenkrieg, es ging um Schlepperhandel. Der Tote lag dann in der Prosektur im Mödlinger Krankenhaus.«

»Und? Wo befindet sich Kovacs jetzt?«

»Hallo, Mario – wir haben September 2011! Soweit ich in Erfahrung gebracht habe, sieht Kovac der Vermoderung auf dem Mödlinger Friedhof entgegen.«

»Scherzkeks. Ich meinte, wie sollen dann seine Fingerprints auf den Laptop einer Kärntner Polizistin gekommen sein, wenn er bereits tot war, als Saphira Pototschnig noch lebte?«

»Nun, um dieses zu enträtseln, dafür ist dein Talent gefragt, sprich: Ab jetzt ist es dein Bier, einer Aufklärung dieses Mysteriums eine Chance zu geben.«

»Deine erfrischende Wortwahl klingt wahrlich aufbauend.«

Meller kannte Claudia, wenn sie sauer war. Wegen ihrer schnippischen Bemerkung dennoch verärgert, wollte er schon auflegen, da setzte die Sekretärin noch nach:

»Betreffend Simmels Freundin lies meine Mail. Der Immobilienmakler aus Arezzo hat mich auf eine Spur gebracht.«

»Danke, Claudia. Du weißt, wie ich deine Arbeit ...«

Claudia unterbrach die Leitung.

Verdammt, was wollte sie denn noch? Ihr den Job so angenehm wie möglich zu gestalten, war doch menschlich genug. Was konnte er dafür, dass ... dann auch noch diese absurde Vorhaltung! Ach, was soll's!

Launenhaften Frauen soll man aus dem Weg gehen, sprach der Eremit und blickte, mit sich im Reinen, in die Ferne – auf den Rest eines glücklichen Lebens ... beherzige das, Meller!

Wenn's denn so einfach ginge ...

Die Informationen über Laura Simmels Freundin waren dürftig. Lisa Lauermann war in Wien geboren und achtundzwanzig Jahre alt. Die Eltern hatten sich scheiden lassen. Das verwöhnte, verhaltensauffällige Einzelkind – so die Aussage einer Lehrerin, die unter Lisas Eigenheiten besonders gelitten hatte – wurde von der Mutter allein großgezogen. Als Lisa von zuhause auszog, brach sie jeglichen Kontakt zur Familie ab.

Beruflich hatte Lisa Lauermann zuletzt als freie Maklerin für eine Versicherung gearbeitet. Sie war ledig und lebte allein in einer Mietwohnung in der Ketzergasse im 23. Wiener Bezirk. Die unmittelbaren Nachbarn wussten über Lauermann so gut wie nichts. Man grüßte, wenn man sich im Flur traf, und das war's auch schon. Ihre Wohnung wurde im November 2010 gekündigt und ihr Girokonto hatte sie aufgelöst. Ihr Reisepass war noch bis November 2018 gültig.

Im Zuge ihrer Nachforschungen hatte sich Claudia wieder an das Gespräch mit Herwig Nordland erinnert. Dieser hatte erwähnt, dass eine der beiden Frauen, nämlich Lisa Lauermann, einen Lottogewinn angedeutet habe. Ob das der Wahrheit entsprach oder nur Angeberei war, das ließ Nordland dahingestellt.

Diese Bemerkung hatte Claudia intuitiv dazu veranlasst, bei der Lottozentrale anzufragen. Doch leider – ohne richterlichen Beschluss gab es keine Auskunft. Meller solle sich darum bemühen. Vielleicht war doch was dran an dieser Info.

Beigefügte Fotos zeigten eine etwa sechzehnjährige Jugendliche mit schwarzen, langen Haaren, dann eine sportliche junge Frau mit toller Figur und kurzen, rötlichen Haaren. Zuletzt eine ernst blickende Lauermann mit mittellangen, blonden Haaren – das aktuelle Passfoto.

Der Kommissar lehnte sich zurück und betrachtete das letzte Bild. Lisa Lauermann liebte es bunt auf dem Kopf – mal kurz, mal lang. Falls sie tatsächlich gewonnen hatte, würde sich die Frau noch manche Friseure leisten können, kam es Meller. Wie auch immer – er musste Lisa Lauermann dringend einvernehmen, um mehr über Laura Simmel zu erfahren, über den Unfall in Italien und überhaupt.

Die zweite Notiz auf dem Zettel der Rezeptionistin war die Handynummer von Axel Körner.

Meller versuchte, ihn zu erreichen. Die Sprachbox schaltete sich ein. Er wartete den Einleitungstext ab.

»Hallo, Axel. Ab sofort bin ich wieder erreichbar, servus.«

In welch einer Welt leben wir, dachte er, nachdem er das Handy weggesteckt hatte. Früher hatte man sich darauf eingestellt, dass jemand nicht immer und überall erreichbar war. Es gab zwar das Telefon, doch wer keins besaß, der bequemte sich eben zur Telefonzelle. Hatte ein Anliegen mehr Zeit, schrieb man eben einen Brief oder – was für eine Errungenschaft – schickte ein Fax ... Aber verdammt noch mal, warum musste er jetzt immer und überall erreichbar sein? Denn war er es nicht, wurde er, wie eben von seiner Sekretärin, angeschnauzt.

Andererseits jedoch erwartete auch er, dass seine Leute allzeit erreichbar waren ...

Verdammtes Immer-und-überall-erreichbar-sein-Müssen!

Claudias miese Laune hatte sich auf Meller übertragen.

Er sah auf die Uhr. Halb elf vorbei. Um zu veranlassen, was er nun vorhatte, musste er noch ein paar Telefonate führen. Nun konnte die Sekretärin des Ministers beweisen, wie schnell ein richterlicher Bescheid aufzutreiben war, damit Claudia von der Lottozentrale die gewünschen Informationen bekam.

Das »Treffpunkt« hatte er schnell ausgemacht, es war keine zwei Minuten vom Hotel entfernt. Judith Langer saß einer Rothaarigen gegenüber. Die Heilpflegerin sprach ernst und eingehend auf die Frau ein.

Als Langer den Kommissar erblickte, hellte sich ihre Miene auf.

»Hallo! Hier sitzen wir!«, rief sie eine Spur zu laut und winkte ihn zu sich an den Tisch. Meller, der ohnehin sah, wo sie saßen, nervte dieses übertriebene Getue. Im Wintergarten des Cafés standen drei Tischgruppen, die mittlere hatten die Damen belegt. Demonstrativ ging er erst auf die Kellnerin zu, die hinter dem Tresen an der Kaffeemaschine hantierte, und bestellte einen Caffè Latte, dazu ein Mineralwasser. Erst dann wandte er sich Langer und der Unbekannten zu.

»Mei, wie mich das freut, dass Sie doch gekommen sind, Herr Meller«, brabbelte die Heilpflegerin drauflos, zur Rothaarigen deutend: »Und das ist die Hanni, von der ich Ihnen gestern erzählt hab. Sie war schon ganz nervös und gespannt, ob Sie tatsächlich kommen würden.«

»So, so? Ihre Freundin wird mir gleich sagen, warum.«

Meller zeigte sich gespielt erwartungsvoll. Lächelnd reichte er der Rothaarigen die Hand, die sich vom Sessel erhoben hatte und errötet war.

»Ich freue mich jedenfalls, Sie kennenzulernen, Herr Meller. Ich bin die Hannah Klingohr. Nehmen Sie bitte der Judith ihre Impulsivität nicht übel. Immer wenn's glaubt, dass ich … dass einer …«

Die Rothaarige verstummte. Verlegen sah sie Meller an.

»Dass einer was?« Meller war neugierig geworden.

»Dass halt einer was für mich wäre. Mir ist das jetzt direkt peinlich …« Sie wandte sich an Judith Langer, die über beide Ohren grinste. »Judith, du bist echt ein Miststück – mich so bloßzustellen!«

»Dann darf ich mich also zu Ihnen setzen«, entschied Meller.

»Wehe, Sie tun's nicht! Jetzt, wo ich der Hanni so viel von Ihnen erzählt hab«, ereiferte sich Judith Langer.

»Na dann …« Gequält lächelnd nahm Meller Platz und bemühte sich um Contenance. »Was soll denn an mir so interessant sein?«

Diese Heilpflegerin mit ihrer naiven Anmachemasche schaffte es, dass Meller die Farbe ins Gesicht schoss. Auch, weil ihn die Rothaarige mit einem Blick fixierte, dass es ihm heiß über den Rücken lief.

»Na ja, ein Kriminalkommissar so hautnah in unserer Mitte. Dazu ein so fescher. D' Hanni hat mir auch schon bestätigt, dass Sie ausschauen wie der …« Langer hielt inne, weil ihr der Name des Schauspielers nicht einfiel. »Na der von der Kaffeekapselwerbung.«

»Wenn Sie den Namen dieses gewissen Herrn aussprechen, lasse ich Sie wegen nervenden Personenvergleichens festnehmen«, warnte Meller mit gespielt ernster Miene.

»Deswegen kann man auch schon belangt werden?« Hannah Klingohr lächelte schelmisch.

»Wenn sich jemand dadurch belästigt fühlt – eine Art Vorstufe von Stalking, sage ich mal frei von der Leber weg.«

Meller grinste Hannah Klingohr an. Ihm gefiel nicht nur ihr spitzbübisches Lachen, sondern auch das kurze, rote Haar, das ihr außerordentlich gut stand, sowie ihre fröhliche Art, die sie umso attraktiver machte. Der Optik nach war sie Judith Langer ähnlich. Doch schien sie um einiges intelligenter zu sein als die aufdringliche Heilpflegerin.

Um einem weiteren Wortgeplänkel zuvorzukommen, wandte sich der Kommissar mit dienstlicher Miene an Langer:

»Eine Frage habe ich noch: Wissen Sie, ob Laura Simmel einen Freund hatte, der Matic Kovac hieß? Oder hat Frau Stockmaier diesen Namen eventuell einmal erwähnt?«

»Matic Kovac? Den Namen höre ich zum ersten Mal. Soweit ich von der Margot weiß, muss die Laura zwar einen Freund gehabt haben, nur den Namen hat sie mir nicht gesagt … oder sie hat ihn nicht mehr gewusst.«

Schon wieder eine Fleißaufgabe für Claudia, dachte Meller, dann verkündetete er:

»Nun gut. Das Gemälde von Laura Simmel wird beschlagnahmt. Auch müssen wir nochmals in Ihre Wohnung.«

»Wieso denn das auf einmal? D' Hanni wundert sich auch über das plötzliche Interesse der Polizei für die Laura … Gell, Hanni?«

»Also bitte, Frau Langer! Es muss Ihnen wohl reichen, wenn ich sage, es gibt Gründe dafür. Lassen Sie mich also meine Arbeit machen. Dafür ist es notwendig, den Kollegen der Spurensicherung die Räumlichkeiten, in denen Frau Simmel wohnte, zu überlassen. Das Gemälde erhalten Sie ja wieder.«

»Und wann soll das sein?« Langers impulsives Anmachgehabe war mit einem Schlag verschwunden.

»Meine Kollegen sind bereits unterwegs. Bis dahin bitte ich Sie, mir noch ein paar Fragen zu beantworten.«

»Jetzt kenn ich mich aber gar nicht mehr aus. Soll das jetzt ein Verhör werden?«, begehrte sie auf.

Mit einem kurzen Blick auf Klingohr fragte Meller:

»Pudelt sich Ihre Freundin immer so schnell auf?«

Und an die Heilpflegerin gewandt, sagte er:

»Ich fürchte, das viele Krimilesen tut Ihnen wirklich nicht gut.«

»Aber ich hab doch nix getan!«, fuhr sie den Kommissar an.

»Geh, Judith! Jetzt komm wieder runter!«, mahnte Klingohr ihre Freundin. Zu Meller sagte sie:

»Ich kenn die Judith inzwischen sehr gut. Sie sieht in allem sofort einen Angriff auf ihre Person … Aber wissen tät ich schon auch gern, warum sich die Polizei auf einmal für die Laura Simmel so sehr interessiert?«

»Kannten *Sie* Frau Simmel persönlich?«

»Nein. Ich weiß nur das, was d' Judith über sie erzählt hat. Ich bin ja erst viel später hierher übersiedelt.«

Meller sah wieder Langer an und beruhigte sie:

»Sie haben nichts zu befürchten. Wir versuchen eine DNA-Spur von Laura Simmel zu finden. Dazu benötigen wir auch eine Speichelprobe von Ihnen, weiters von Frau Stockmaier, um Verwechslungen auszuschließen …«

Meller wandte sich an Hannah Klingohr:

»Waren Sie auch in Simmels ehemaliger Wohnung?«

»Nein. Wenn ich bei der Judith war, dann nur in der Wohnung von der Frau Stockmaier.«

»Ich würd Sie aber dennoch darum bitten.«

Hannah Klingohr sah ihn kurz an und meinte schließlich:

»Gern gebe ich mein Innerstes nicht her.«

»Haben Sie denn etwas zu verbergen?«, konterte Meller, den Klingohrs Blicke irritierten. Was für tiefblaue Augen!

»Jeder hat seine Geheimnisse.« Sie grinste. »Aber jetzt im Ernst: Bloß eine Schlamperei oder eine Verwechslung, und schon ist ein falsches Ergebnis die Folge. Ich erinnere mich an jenen Fall in Deutschland, als über Jahre nach einer Frau gefahndet wurde, die an mehreren Verbrechen beteiligt war. Dann stellte sich heraus, dass eine der Verpackerinnen der Produktionsfirma die Wattestäbchen mit ihrer DNA kontaminiert hatte.«

»Ich weiß von dem Fall. Doch unsere Spurensicherer haben inzwischen einwandfreie Ware. So ein Lapsus wird nicht wieder vorkommen.«

»Na dann kann ich mich Ihnen ja sorglos anvertrauen«, ergab sich Hannah Klingohr mit einem raffiniert süßen Grinser.

Ach, Mellerchen, wann kapierst du der Frauen Raffinesse?

Meller spukte Stefanie Hochleitner vom letzten Jahr durch den Kopf. Die frustrierte Hobbykeramikerin hatte ihm nicht nur ein amouröses Abenteuer beschert. Die Ermittlungen in diesem Fall wären beinahe seine letzten gewesen.

Na, wieder mal ein kleines Abenteuer gefällig, Mellerchen?

Meller riss sich von seinen Gedanken los, und ihm fiel ein, was er Judith Langer noch fragen wollte:

»Wie haben Sie eigentlich erfahren, dass Laura Simmel umgekommen ist?«

»Lauras Freundin hat mich angerufen und mir unter Tränen erzählt, dass die Laura bei einem Unfall ums Leben gekommen war. Mich hat das total umgehauen ... Dann wollte sie noch wissen, wie's denn der Frau Stockmaier ginge. Ich hab ihr berichtet, dass es mit der Margot sehr schlecht aussehe und sie durch die Folgen der Vergiftung einen bleibenden Gehirnschaden erlitten habe. Da hat sie gesagt, dass sie mir in Lauras Namen Geld für die Pflege ihrer Tante schicken werde.«

»Das war alles?«, staunte Meller.

»Ich dachte, die Polizei würde sich schon melden ... Na ja, jetzt sind ja eh Sie gekommen und ...«

»Und Sie haben seither nichts anderes unternommen?«, unterbrach sie der Kommissar, verärgert über so viel Naivität.

»Ich? Was hätte *ich* denn machen sollen? D' Margot war damals noch im Krankenhaus. Die hätte ohnehin nichts mitbekommen. Ich habe das Haus gehütet, bis sie wieder daheim war, und sie gepflegt. Dann kam alle drei Monate ein Brief mit Geld und dem Hinweis *Danke, Judith*.«

»Das fanden Sie nicht seltsam?«

»Wieso? Lauras Freundin hatte das Geld doch angekündigt.«

»Haben Sie sich die Kuverts aufgehoben?«

»Nein. Wozu auch?«

Dadeldidelduuu ... Dadeldidelduuu ...

Meller blickte zu Hannah Klingohr, die nach ihrem Handy griff, das auf dem Tisch lag. Erst sah sie auf die Nummer, dann aktivierte sie es.

»Was ist denn jetzt schon wieder?«, begann sie und verdrehte die Augen, während sie mit verkniffenem Gesichtsausdruck zuhörte. Plötzlich fuhr sie auf und zischte:

»Ich sag dir jetzt Folgendes … Auch wenn ich deswegen diesen Job verliere: D' Regina, diese intrigante Dreckantn, soll sich gefälligst um ihre Angelegenheiten kümmern! Sag ihr das! Und wenn ihr was nicht passt, soll sie mir das ins Gesicht sagen oder mir hinten runterrutschen … Verstehst?«

Verbissenes Zuhören, dann erwiderte sie:

»Geh bitte, komm mir net auch noch du mit der Masche!«

Wieder zuhören, Augenverdrehen, dann die Antwort:

»Genau, wie ich gesagt hab!«

Plötzlich hielt sie das Handy weg und starrte es an, als wolle sie nicht glauben, was sie zu hören bekam. Schließlich sagte sie:

»Wenn … Wenn … Bitte würdest du mich auch einmal was sagen lassen? … Also – wenn du meinst? Ja …? Dann du mich auch … Servus!«

Hannah Klingohr bemühte sich, ihre Emotionen in den Griff zu bekommen. In ihrem Zorn sah sie noch verführerischer aus, fand der Kommissar.

»Gibt's Probleme?«, fragte er unnötigerweise.

»Entschuldigung, wenn das Temperament mit mir durchgegangen ist und ich mich so … so ausfällig ausgedrückt hab. Ich … ich brauch jetzt Frischluft …«

Sie stand auf, schnappte ihr Handy, und während sie in den Innenhof eilte, hatte sie schon wieder jemanden in der Leitung. In der einen Hand das Handy, gestikulierte sie mit der anderen und sprach heftig auf jemanden ein, was man durch die Isolierverglasung jedoch nicht hören konnte.

»Da scheint's gröberen Ärger zu geben.«

»Ja, ja – d' Regina, die intrigante Dreckantn«, verteidigte Langer ihre Freundin, »grad, bevor Sie gekommen sind, hat die angerufen und der Hanni mitgeteilt, dass es nix mit der

Ausstellung wird. D' Hanni ist nämlich eine sauguate Künstlerin. Wie sie die Farben auf die Leinwand bringt – das müssen Sie sich unbedingt anschauen! Aber d' Regina, die …«

»… die Dreckantn. Ich weiß«, ergänzte Meller.

»Das ist jetzt nicht übertrieben, d' Regina ist wirklich eine Dreckantn. Nächste Woche gibt's in der Trinkhalle nämlich die Ausstellung *SalzkammerGutes in allen Farben.* Und da hat die Regina ihren Stand der Hanni versprochen, weil sie mit ihrem Zyklus nicht mehr fertiggeworden ist. D' Hanni hat sich daraufhin nicht extra angemeldet. Jetzt ist aber d' Regina mit ihrer Malerei angeblich doch fertiggeworden und braucht die Koje für sich. Alles eine schon im Vorhinein ausgemachte Sauerei. Die wollte die Hanni bloß rausdrängen, so schaut's aus! Dabei ist das, was d' Regina malt, so was von grauslich. Täten ihre Bilder im Kuhstall hängen, tät die Milch im Euter sauer werden, so sehr täten sich die Küh davor schrecken.«

Langer spielte mit ihrem Handy, polierte mit der Papierserviette immer wieder die Frontseite:

»Ganz neues Handy. Hat mir die Hanni geschenkt«, ließ sie Meller stolz wissen, der ihr Putzen beobachtete.

Hannah Klingohr schoss wieder zur Tür herein. Mit einer grimmigen Miene setzte sie sich zu den beiden an den Tisch.

»Frau Klingohr, es geht mich zwar nichts an«, begann Meller, »aber Ihre Freundin hat mir von Ihrem Problem erzählt. Ich habe eine Schwäche für talentierte Hände …«

Schwäche für talentierte Hände? Peinlicher geht's wohl kaum, Meller!

»… und da ich immer auf der Suche nach Neuem bin – vielleicht würden Sie mir ein paar Ihrer Werke zeigen? Und wenn mit eins gefällt, dann …«

Sein Handy dudelte den ihm vertrauten Sambasound.

»Meller, ja …?«

Der Kommissar hörte zu und sah zu Langer hin.

»Einen Moment, bitte.« Er deckte mit einer Hand das Handy ab. »Wir müssen aufbrechen. Meine Kollegen sind vor Ort.«

»Na, wenn's denn sein muss?«, erwiderte Langer pikiert.

»Wir kommen sofort«, teilte Meller den Kollegen der Spurensicherung mit, unterbrach die Leitung und steckte das Handy ein.

Ob noch verwertbare DNA-Spuren von Laura Simmel gefunden werden konnten, das würde erst die Auswertung der sichergestellten Proben zeigen. Der Chef der Spurensicherung bezweifelte eine reelle Chance.

Seit Judith Langer für Margot Stockmaier tätig war, hatte die Heilpflegerin ganze Arbeit geleistet, wie sie stolz erklärte. Das Haus inklusive Interieur war in einem klinisch reinen Zustand. Die betrübliche Feststellung der Spurensicherer – eine womögliche Restspur von Laura Simmel zu finden, wäre ein purer Glücksfall – ging Langer wörtlich am Arsch vorbei, wie sie dem Kommissar unverblümt ins Gesicht sagte, nachdem die Beamten wieder abgezogen waren.

Langer war sauer, weil die Kerle – wenn auch mit speziellen Schuhüberzügen – durch *ihr frisch geputztes Haus* getrampelt waren, zuletzt auch noch Lauras Bild mitgenommen hatten. An der Wand störe sie der leere Fleck und wer wusste, ob sie das Bild je wieder bekommen würde.

Meller hatte sichtlich genug von der permanent quasselnden Heilpflegerin. Er kündigte an, dass er sich – falls erforderlich – bei ihr melden werde und verabschiedete sich.

Als er vor der Villa stand und über die nächsten Schritte nachdachte, fiel sein Blick auf das Nachbarhaus. Die Wohnung der

Künstlerin lag ebenerdig. Durch eine großflächige Fensterreihe nahm Meller ein paar Gemälde an den Wänden wahr.

Er ging auf den Eingang zu und läutete bei Hannah Klingohr. Als hätte sie darauf gewartet, summte der Türöffner. Im Gang stand eine lächelnde Klingohr, die den Kommissar in ihre Wohnung bat. Den Disput von vorhin schien sie verdaut zu haben.

Wie immer, wenn Meller sich in Räumlichkeiten von Künstlern aufhielt, befiel ihn eine Art Neid, weil er selbst gern ein Talent gehabt hätte, auch Zeit und Muße, sich in einer künstlerischen Tätigkeit zu verlieren.

Mensch, Meller, wer hindert dich denn, Farbe und Pinsel zur Hand zu nehmen?

Mein innerer Schweinehund, gestand er und legte beim Betrachten von Klingohrs gelungener Werke ein Gelübde ab:

Mein lieber Schweinehund, du wirst als Erster an meinen Wänden hängen!

So kann man sich selbst überlisten, dachte er und musste grinsen.

»Was finden Sie denn zum Lachen?«

Der Kommissar wurde das Gefühl nicht los, dass ihn die Frau permanent beobachtete.

»Ich habe mir soeben etwas vorgenommen und mir gleichzeitig die Lächerlichkeit desselben vor Augen geführt.«

»Darf ich es auch wissen?«

»Das Vorhaben? Die Lächerlichkeit? Besser nicht ... Die sind wirklich hervorragend«, lobte er Klingohrs Werke.

Mellers Augen blieben an einem gewaltigen Meeresrauschen hängen, und er vermeinte die Gischt, die den Felsen zu zerbrechen drohte, zu hören, so sehr zog ihn das Bild in seinen Bann.

»Ich habe eine liebe Freundin, deren Stil dem Ihren ähnlich ist. Ebenso kraftvoll und in den Farben beherrschend.«

»Sind Sie Kunstkenner?«

»Ich? Nicht die Spur! Bloß ein Krimineser, allerdings mit einer sensiblen Ader für solche Talente.« Meller zeigte auf das Gemälde. »Wäre dieses eventuell käuflich zu erwerben?«

»Es kommt darauf an, was Sie mir dafür bieten.«

»Wie viel stellen Sie sich denn vor?«

»Zweitausendfünfhundert?«

»Zweitausend? Okay?«

»Okay … Trinken Sie auch einen?«

Hannah Klingohr meinte einen Kaffee, weil sie – was Meller entgangen war – mit einer Kaffeekapsel in den Fingern demonstrativ grinsend neben ihm stand.

Wehe, es kam ihr über die Lippen, dass eine frappante Ähnlichkeit mit einem gewissen Kaffeekapsel-Werbestar bestand. Innerlich flehte er: *Bitte sag nichts in der Art, es würde die Schwingung stören, die sich zwischen uns aufbaut!*

»Ich komme gleich«, sagte sie und sah Meller tief in die Augen, als warte sie auf etwas. Als er darauf nicht reagierte, murmelte sie: »Nehmen Sie inzwischen bitte Platz«, wandte sich mit einem Seufzer von ihm ab und verschwand in der Küche.

Worauf hatte sie gewartet? Hätte er sie in die Arme nehmen sollen? Sie küssen sollen? Ihr sagen, wie das Wetter morgen wird?

Hey, Meller? Aufwachen!

Meller ließ den Wohnstil auf sich wirken. Selbst in dieser Hinsicht bestand große Ähnlichkeit mit Eva. Ob die beiden Frauen sich vertragen würden? Doch dann kam ihm wieder der Schwede in den Sinn …

Warum so negativ?, schalt er sich. Was war los mit ihm?

Die Zeit, lang darüber zu sinnieren, blieb ihm nicht. Hannah Klingohr schleppte ein Tablett herbei – gefüllt mit Ischler Leckereien plus Kaffee –, das sie vorsichtig auf dem niedrigen Tischchen abstellte, vor dem der Kommissar auf einer weinroten rauledernen Garnitur saß.

Während er ihr half, das Geschirr auf dem Tischchen aufzuteilen, dudelte sein Handy.

»Meller, ja …?«

»Hallo, Chef, Axel Körner spricht … Störe ich?«

»Wenn's schnell geht, nicht.«

»Also gut – im Telegrammstil: Die Roth scheint Probleme zu haben. Sie ist überfällig. Bei Raffaela hat sich eine Dame aus Moskau gemeldet, die Eva zu kennen scheint … irgendwas stimmt dort angeblich nicht … Was machen wir?«

»Was heißt: *Was machen wir?* Bitte, die Frau ist erwachsen! Soweit ich weiß, hat sie sich mit ihrem schwedischen Exlover, diesem Björn Mellberg, getroffen. Wahrscheinlich ist ihr wieder was dazwischengekommen und sie hat vergessen, ihre nächsten Schritte anzukündigen. Wir wissen ja, wie schusselig sie ist. Und die Verbindung dorthin ist auch nicht gerade die beste. Bei mir hat sie einmal kurz angerufen. Sie kommt, sagte sie. Wann, wohin, was weiß ich – schmecks.«

»Irgendwie hab ich kein gutes Gefühl«, hakte Körner nach.

»Axel, hör zu: Ich sitze in Bad Ischl und stecke selbst grad in einer Ermitttlung. Morgen bin ich wieder in Mödling …«

»Okay, hab verstanden … dann grüß mir noch den Kaiser.«

»Welchen? Den Roland Kaiser?«

»Der Witz ist gut«, lachte Körner, »nein, den vom Kaiserwetter meine ich … Servus, Chef.«

Schon besser gelacht, dachte Meller, beendete das Gespräch und steckte das Handy weg. Dann widmete er sich seinem

Kaffee, goss Milch dazu, zuckerte die Brühe, rührte um und nahm einen Schluck davon.

Hannah Klingohr wartete, bis er die Tasse abgesetzt hatte.

»Gibt's Probleme?«, fragte sie.

»Minimale. Aber kaum spricht man vom Teufel, ich meine von meiner Bekannten, die wie Sie malt – ach, das klärt sich … Aber zu Ihnen, Frau Klingohr, Ihre Freundin von gegenüber hat mir erzählt, dass Sie ebenfalls aus München kommen.«

»Ja. Ich sollte zwar längst in Neuseeland leben, weil meine Eltern dorthin ausgewandert sind. Sie haben ihren Betrieb, eine große Bäckerei, verkauft. Da ich damals noch an der Akademie der Bildenden Künste in München studiert habe, hätte ich nachkommen sollen. Dann hat sich mein Leben aber etwas anders gestaltet und ich bin geblieben. Mit Unterbrechungen war ich auch ein paar Monate in Wien.«

»Was arbeiten Sie, wenn Sie nicht gerade malen?«

»Also, ich hab's ein bisserl leichter als andere. Finanziell bin ich nämlich unabhängig. Meine Eltern sind recht begütert. Deswegen kann ich mir das Ausleben meiner Visionen leisten.« Klingohr errötete, als Meller sie ansah.

»Ein Kunsthandwerk auszuüben, von dem man nicht leben muss, ist keine Schande. Schön für den, der sich's leisten kann«, erwiderte er.

»Davon leben muss ich nicht. Der Markt hier ist einfach zu klein und die Leute sind auch ein bisserl – na ja, wie soll ich sagen – nicht ganz meine Kragenweite. Aber nun bin ich mal hier gelandet und beginne allmählich Fuß zu fassen … Vorhin haben Sie ja mitbekommen, wie mich eine hiesige Konkurrentin rausgedrängt hat. Das hat mich richtig fertig gemacht, weil ich nicht geglaubt habe, dass die Regina auch so eine ist … wie man sich täuschen kann.«

»Die Kunst ist ein hartes Stück Brot, an dem sich manche schon die Zähne ausgebissen haben«, sinnierte Meller und nahm einen weiteren Schluck Kaffee. Er schielte unauffällig nach einem Lebkuchenstück und mahnte sich zugleich, nicht zuzugreifen.

»Wem sagen Sie das.« Hannah Klingohr, die ebenfalls nach ihrer Tasse griff, lächelte gequält.

Meller verspürte ein plötzliches Bedürfnis. Das Gebräu war ungewöhnlich stark und zeigte erste Wirkung.

»Dürfte ich kurz Ihr WC benützen?«

»Das geht nicht!«, platzte es unkontrolliert aus Klingohr heraus und sie errötete. »Entschuldigung – natürlich, ja ... Ich will's nur vorher ein bisschen aufräumen.«

Sie sprang auf und verschwand. Nach einer Weile tauchte sie wieder auf.

»Bitte – jetzt ist es frei.«

Das WC war ins Badezimmer integriert. Klingohr hatte scheinbar ihre Wäsche hastig weggeräumt. Aus einer verchromten Tonne, deren Deckel halb drübergestülpt war, lugte ein Stück Stoff hervor.

Neugierig, wie Meller war, hob er den Deckel und wühlte in den Kleidern. Mit Staunen stellte er fest, dass er Herrenunterwäsche in den Händen hielt. Anscheinend hatte Klingohr doch einen Freund.

Nachdem Meller sein Geschäft verrichtet hatte und sich gerade die Hände wusch, fiel ihm eine kleine Glasplatte auf, die auf der Waschmaschine lag. Er nahm sie zur Hand und ließ sie im Licht spiegeln. Winzige Reste weißen Pulvers blitzten linienförmig auf. Wer kokste in dieser Wohnung?

Jener Mann, dessen Wäsche in der Tonne lag, oder Hannah Klingohr? Jedenfalls war's nicht nur gesundheitlich bedenklich, sondern die wohl teuerste Art, sich Visionen zu erschnupfen – vom Tatbestand einmal abgesehen.

Der Kommissar behielt seine Entdeckung für sich, als er sich wieder ins Wohnzimmer begab. Er trat zur Fensterfront hin und genoss die Aussicht. Mit einem Blick auf das Nachbarhaus sagte er:

»Frau Klingohr, Sie könnten mit einen kleinen Gefallen tun.«

»So? Welchen denn?«

»Das Gemälde von Laura Simmel wurde konfisziert. Damit habe ich mich bei Ihrer Freundin nicht gerade beliebt gemacht. Sie bekommt das Bild zwar wieder, aber würden Sie Frau Langer inzwischen eins Ihrer ausdrucksvollen Werke leihen, das sie an die frei gewordene Stelle hängen kann?«

»Selbstverständlich! Ich werde Judith damit überraschen. Doch weil wir gerade davon reden. Wegen meines Ärgers vorhin im Kaffeehaus habe ich das nicht so recht mitverfolgt ... Worum geht's denn bei Margots Nichte? Laura Simmel ist doch schon im vergangenen Jahr verunglückt?«

»So viel nur: Wir sind einer Straftat auf der Spur, bei dem ihre Identität in einer gewissen Weise eine Rolle zu spielen scheint.«

»Das klingt ja höchst verdächtig?«

»Ganz, wie man es sehen will«, wich Meller aus.

»Hat sie etwa gar mit dem Fall in Klagenfurt zu tun?«

Meller wurde hellhörig. Was wusste Klingohr von Saphiras vermutlicher Ermordung?

»Wie kommen Sie denn jetzt auf diesen Fall?«

»Das stand doch in allen Zeitungen, dass ein Kriminalbeamter einer Sondereinheit aus Mödling einen angeblichen Selbstmord als Mord aufgedeckt hat! Dazu gab's in dem Bericht auch ein Foto von Ihnen. So einer wie Sie fällt doch sofort auf. Vor allem uns Frauen. Und da Judith mir erzählt hat, dass Sie aus Mödling kommen, habe ich eins und eins zusammengezählt und kombiniert. Stimmt's – deswegen sind Sie hier aufgetaucht, oder?«

Klingohr lächelte den Kommissar entwaffnend an.

»Sie lesen wie Ihre Freundin wohl auch zu viele Krimis.«

»Deshalb verstehen wir uns ja so gut. Ich hab vorhin auch noch etwas entdeckt, als ich Sie im Internet gegoogelt habe. Es gibt in Mödling einen Schriftsteller, der in seinen Krimis dem Titelhelden Ihren Namen gegeben hat. Sieben Romane gibt's schon … Darf man das überhaupt, so ohne Weiteres Ihren Namen verwenden?«

»Ich hab's ihm erlaubt. Aber eins kann ich Ihnen versichern, mein Job ist garantiert nicht so unterhaltsam, wie der Mann ihn beschreibt.«

»Ich werd mir die Bücher reinziehen, allein schon, weil der Krimineser ein richtiger Feschak sein soll.«

Hannah Klingohr grinste den Kommissar an.

»Das Aussehen scheint wohl mein verhängnisvolles Schicksal zu sein«, erwiderte Meller und errötete.

»Andere wären froh, täten sie so aussehen wie Sie!«

»Das ändert nichts daran, dass ich deswegen permanent falsch verstanden werde.«

»Tja, geht mir auch so«, kam von Hannah Klingohr. »Man kann eben nicht alles haben.« Sie seufzte kurz auf und sah dem Kommissar tief in die Augen …

Das Gemälde konnte Meller nicht mitnehmen, auch wenn in seinem Wagen Platz gewesen wäre. Hannah Klingohr wollte noch ein paar Korrekturen vornehmen.

»Halten Sie es noch ein paar Tage ohne meine Meereswellen aus? Ich bin in Kürze in Wien, um eine Freundin zu besuchen, da bringe ich Ihnen dann gern das Bild.«

Meller wusste, dass sie diesen Einwand nur vorschob, um ihn ein weiteres Mal zu treffen. Sie einigten sich, dass er 500 Euro als Anzahlung leisten und den Restbetrag bei Übergabe des Bildes bezahlen würde.

Als Meller sich von der Künstlerin verabschiedet hatte, wollte er schon zu seinem Wagen eilen. Einer plötzlichen Intuition folgend, kehrte er um und stieg die Treppe hoch in den zweiten Stock. In der Hoffnung, jemanden anzutreffen, drückte er auf den Klingelknopf und wartete eine Weile. Da sich nichts regte, drückte er ein weiteres Mal … keinerlei Reaktion.

Schon wollte er das Stockwerk verlassen, als er ein Schlüsseldrehen hörte. Die Tür öffnete sich, eine Frau – Meller schätzte sie an die siebzig – sah ihn forschend an.

»Da ist ein Mann!«, rief sie ins Innere der Wohnung.

Scharfsinnig beobachtet, dachte der Kommissar und entschuldigte sich in seiner freundlich lächelnden Art:

»Verzeihung, wenn ich Sie bei etwas Wichtigem gestört habe.«

»Nein, nein … es geht schon.«

»Wer is es denn?«, schallte es aus dem Wohnungsinneren.

»Kriminalpolizei, mein Name ist Meller«, stellte er sich der Frau vor, und mit einer Geste gab er ihr zu verstehen, dass er einzutreten wünsche. Meller störte ihr lautes Organ, das im Stiegenhaus widerhallte. Doch die Alte wich nicht von der Tür, während sie in die Wohnung hineinrief:

»Von der Kriminalpolizei kommt er! … Meller heißt er!«

»Sag ihm, wir haben nix bestellt … Wie heißt er?«

»Jetzt komm her, wennst schon so neugierig bist!«

Ein älterer Mann, gestützt auf zwei Krücken, humpelte um die Ecke und musterte Meller misstrauisch.

»Einen schönen Tag, Herr Kugler.« Meller hatte den Namen auf dem Türschild gelesen.

»Nix Kugler … Brunnbauer.«

»Entschuldigung …«, Meller zeigte auf das Türschild, »ich dachte …«

»Da müssen S' auf'n Friedhof, wenn S' den Kugler besuchen wollen. Wir sind grad frisch eingezogen. Beim Übersiedeln ist mir dann das passiert.« Der Mann streckte dem Kommissar den eingegipsten Fuß entgegen. »Zweifacher Bruch.«

»Das tut mir leid für Sie … Wenn das so ist, dann können Sie mir auch nicht weiterhelfen. Entschuldigen Sie nochmals die Störung.«

»Wen haben S' denn eigentlich gesucht?«, fragte der Alte, dem die Neugierde aus den Augen funkelte.

»Den, der auf dem Friedhof liegt … Schönen Tag noch«, erwiderte Meller und stieg die Treppe hinunter.

»Was hätten Sie denn von Herrn Kugler wissen wollen?«

Eine sonnengebräunte etwa fünfzigjährige Blondine, mollig und mit hübschen Gesicht, im himmelblauen Hausanzug, stand wartend im mittleren Stockwerk. Ihre Füße steckten in flauschigen rosa Hauspatschen.

»Einen schönen Tag wünsche ich.«

Meller ging auf die Frau zu, stellte sich vor und zeigte seinen Dienstausweis, auf den sie nur einen kurzen Blick warf.

»Und ich bin Barbara Keller«, erwiderte sie.

»Frau Keller, wohnen Sie schon länger hier?«

»Seit bald zwanzig Jahren … mit Unterbrechungen.«

»Dann könnten Sie mir ein paar Fragen beantworten.«

»Aber bitte, kommen S' rein.« Sie blickte nach oben. »Im Gang redet sich's net so gut.« Vermutlich stand der Alte mit seinen Krücken noch dort und lauschte.

Dem war auch so, denn eine ungeduldige, weibliche Stimme hallte durchs Stiegenhaus:

»Komm rein oder bleib draußen, Franzi! Aber mach endlich die Tür zu – es zieht!«

Barbara Keller sah dem Kommissar zu, wie er sich im engen Vorraum an der Wand abstützte, um sich die Schuhe auszuziehen.

»Danke … Solche Männer sind mir gleich auf Anhieb sympathisch. Sie wissen, was sich gehört.«

»Liebe Frau Keller, auch ich weiß eine saubere Wohnung zu schätzen.«

Aus einer Lade der Anrichte, die sich gegenüber der Garderobenwand befand, fischte sie ein Paar Filzschlapfen, die sie vor Meller auf den Boden legte.

»Die dürften passen. Kommen Sie bitte, setzen wir uns ins Wohnzimmer.«

Meller schlüpfte in die Patschen. Wieder waren es rutschfreudige Bodengleiter, in denen er sich ihr hinterherschob.

»Kaffee? Tee? Wasser?«, fragte die Blondine.

»Danke, nein, nichts davon. Ich habe reichlich Kaffee intus.«

Das Wohnzimmer war im Stil der frühen Achtzigerjahre und typisch ländlich eingerichtet. Die Möblierung – Meller vermutete Kirsche furniert – war nicht mehr die neueste. Doch die Einrichtung wurde gepflegt. Und so wie das üppige Pflanzenarrangement sprießte und gedeihte, durfte man in Barbara Keller eine solide Hausfrau sehen.

»Bitte nehmen Sie Platz, Herr Kommissar.«

Sie deutete auf eine rustikale, mit rot-weiß kariertem Baumwollstoff gepolsterte Sitzecke mit zwei Sesseln und einem wuchtigen Esstisch. Meller wählte die Bank an der Wand, um den Wohnraum im Blickfeld zu haben. In einer der Ecken hing zwischen zwei Fenstern ein kunstvoll geschnitztes Kruzifix, darunter standen auf einem kleinen Holzbord das gerahmte Bild eines Mannes ihres Alters und eine rote Kerze – das ewige Licht, flackernd und batteriebetrieben.

Barbara Keller holte sich aus der Küche ein Glas Wasser und setzte sich ebenfalls zum Tisch. Nachdem sie einen Schluck genommen und das Glas abgestellt hatte, fragte sie:

»Ich bin für Ihre Fragen bereit. Worum geht's denn?«

Der Kommissar hatte den Voicerecorder auf den Tisch gestellt und eingeschaltet.

»Sie erlauben, dass ich das Gespräch aufzeichne?«

Keller nickte. »Wird schon seine Richtigkeit haben.«

»Sie sagen es … Also, es geht um Auskünfte über eine Person, die bei Frau Margot Stockmaier gewohnt hat.«

»Wen meinen Sie da jetzt konkret?«

»Gab's denn mehrere Personen, die bei ihr wohnten?«

»Kommt drauf an. Wenn Sie Gäste meinen, denen sie ihre Ferienwohnung vermietet hat, kann ich nicht viel erzählen. Es sind zwar meistens dieselben gewesen, die bei ihr gebucht haben, aber …«.

»Ich meine Laura Simmel.«

»Ah, die Laura. Sie ist letztes Jahr verunglückt. Eine traurige Geschichte, wenn man erst weiß, was die alles mitgemacht hat.«

»Wir wissen es, Frau Keller.«

»Na dann – was kann ich sonst erzählen? Als sie hier wohnte, da hab ich ja noch einen engeren Kontakt zu Margot und dem Kind gehabt. Laura war ein introvertiertes Mädchen, immer ernst und alles hat sie hinterfragt. Bestimmt war der Unfall, bei dem sie ihre Mutter verloren hat, der Grund dafür. Eine Tragödie war das! Der Margot muss man hoch anrechnen, dass sie sich ihrer Nichte angenommen hat. Der Philipp, Lauras Bruder, war bei dem Unfall schwer verletzt worden und ist später in einem Pflegeheim gestorben. Ich denke – jetzt offen gesprochen – für Margot war's besser. Sie hatte mit Laura eh schon genug am Hals. Das Mädchen war aber so wissbegierig, so talentiert – und leider auch ein schwieriges Kind. Ich hab sie aber sehr gern gehabt … Schauen Sie, das Bild hat mir Laura gemalt …«

Barbara Keller deutete auf eine vergilbte Kinderzeichnung hinter Glas, die über dem offenen Kücheneingang hing. Sie zeigte eine Frau im Dirndl mit zwei Kindern an der Hand.

»Laura wollte nämlich mich als neue Mama. Margot hab ich im Glauben gelassen, dass sie das mit den Kindern sei, damit sie sich nicht kränkt. Sie müssen wissen, Margots Drang nach Perfektionismus in allem, was sie angepackt hat – na ja, das war nicht so meine Art. Und dann war auch noch die Sache mit ihrem Mann. Sie hat mich bezichtigt, ich hätte was mit ihm gehabt. Aber alles Schnee von gestern. Hubert hat es zwar bei mir versucht, aber dazu gehören nun mal zwei … Na ja, Laura hab ich dadurch leider auch ganz aus den Augen verloren.«

»Soll das heißen, Sie kannten Laura Simmel nur als Kind?«

»Richtig. Ich erwähnte ja vorhin, dass es zwar bald zwanzig Jahre seien, seit ich hier wohne – mit Unterbrechungen allerdings. Mein Mann und ich waren jahrelang auf Rhodos, wir hatten ein Maklerbüro für Vermietung und Verkauf von Ferienwohnungen aufgebaut. Zu Beginn führten wir die Geschäfte noch von hier aus. Die Nachfrage ist aber so immens gestiegen, dass wir uns entschlossen haben, direkt vor Ort zu agieren. Was gibt es Schöneres, als dort zu arbeiten, wo andere Urlaub machen … Mein Gott, siebzehn Jahre ist das schon her! Die Wohnung hier haben wir vermietet gehabt. Leider ist vor drei Jahren dann mein Mann gestorben. Ich hab's dann in Rhodos nicht mehr ausgehalten. Rechtzeitig konnte ich noch verkaufen, bevor's mit der Krise losging … Und jetzt sitze ich schon seit zwei Jahren in Bad Ischl und überlege, was ich als Nächstes machen soll. Ich fühl mich noch zu jung zum Nichtstun.«

Mit einem koketten Augenaufschlag wollte sie sich Mellers Bestätigung holen. Doch er überging ihren Flirtversuch und stellte fest:

»Dann wissen Sie von Laura Simmel so gut wie nichts, was die letzten Jahre betrifft.«

»So ist es auch wieder nicht. Ich weiß, was die Leute halt so über Laura erzählt haben und wie es ihr als Krankenschwester in Mödling ergangen ist. Es ist aber richtig – gesehen habe ich sie das letzte Mal, da war sie noch ein Kind. Nicht einmal ein Foto von ihr als Erwachsene kenne ich. Ich muss allerdings vorausschicken, dass Margot auf mich immer eifersüchtig war, weil Laura oft bei mir war – die Hausaufgaben machen, basteln und so weiter. Aber das ist ja schon ewig her ... Und da ich jahrelang weg war, ist es auch irgendwie logisch, dass Margot und ich uns total auseinandergelebt haben. Jedenfalls war's nicht mehr die Margot, wie ich sie kannte, als ich von Rhodos zurückgekommen bin. Sie werden es nicht glauben, Herr Kommissar, obwohl wir vis-à-vis wohnen: Wir sind uns zwar nicht spinnefeind, aber wir haben uns einfach nichts mehr zu sagen gehabt. Jeder geht seine eigenen Wege. Aber sie hat ja eh die Deutsche, die ihr hilft ... Würden Sie so nett sein und dieses Ding da bitte kurz ausschalten? Es gibt da nämlich noch was.«

Meller schaltete den Voicerecorder ab.

»Eins muss ich schon auch loswerden, aber ohne, dass es aufgenommen wird ... Ich meine Margots Vergiftung. Ich glaube ja nicht, dass sie versehentlich giftige Schwammerln gegessen hat. Sie hat sich bei Pilzen doch total ausgekannt! Ob sie da nicht selbst ein bisserl nachgeholfen hat? Grantig, wie Margot zum

Schluss immer war? Ich wette, sie hat sich einfach wegräumen wollen. Und was hat s' jetzt davon? Seither liegt sie als Halbtote im Haus und muss sich von der Langer füttern, waschen und den Hintern ausputzen lassen – und im Hirn ist sie auch ganz deppert worden.«

»Sie liegt wegen einer Lungenentzündung im Krankenhaus«, teilte ihr der Kommissar mit.

»Wie? Margot liegt im Krankenhaus? Das hab ich nicht gewusst. Das tut mir aber leid für sie. Ich werde sie in den nächsten Tagen besuchen.«

»Da wird vermutlich nix mehr draus. Frau Stockmaier hat versucht, das Bett zu verlassen und sich dabei schwer verletzt. Laut Aussage des zuständigen Arztes wird sie die Nacht vermutlich nicht überleben.«

»So eine verrückte Henne! Was soll man da bloß machen?«

»Sie noch heute besuchen, Frau Keller, und sich mit ihr versöhnen. Ich denke, Sie sind ihr das schuldig.«

Barbara Keller seufzte tief auf.

»Ja, wenn das so leicht ginge. Margot kriegt doch überhaupt nichts mehr mit.«

»Tun Sie es für sich. Verzeihen Sie ihr und sich das Auseinanderleben. Sich ohne Groll trennen schafft inneren Frieden.«

»Ach ja, das Leben und der Tod – beides ist grausam. Da glaubt man, es geht ewig so dahin, plötzlich kommt die Hand Gottes und *wisch und weg* bist – wie in der Werbung mit der Küchenrolle. Sie entschuldigen den Vergleich, aber mein sarkastisches Gemüt geht manchmal mit mir durch.«

Sie grinste und stand auf, weil Meller sich erhoben hatte.

»Kurz noch eine Frage: Die Dame, die unter Ihnen wohnt, Frau Klingohr, kennen Sie sie näher?«

»Nicht so direkt. Das ist so eine … ich sag's mal, wie ich's mir denke, ein bisserl eine Eingebildete. Sie steckt meistens mit der Heilpflegerin von der Margot zusammen, soweit ich das bisher mitbekommen habe. Aber Negatives könnte ich nicht über Frau Klingohr sagen. Die Zuagroasten verständigen sich untereinander doch anders als wir Einheimischen. Wobei ich die Langer schon ein bisserl gewöhnungsbedürftig finde. Aber das ist meine persönliche Ansicht und die hat überhaupt nix zu sagen.«

Nachdem der Kommissar sich verabschiedet hatte, versuchte er sein Glück im Nachbarhaus. Doch welchen Klingelknopf der sechs Parteien er auch drückte, es kam keine Reaktion, sohin öffnete auch niemand die Tür. Dafür dudelte sein Handy.

»Meller, ja …?«

Es war Claudia, die ihm wütend mitteilte, dass sie kündigen werde, wenn das mit der bescheuerten Schaller so weitergehe.

Na bravo – auch das noch!

»Bitte, Claudia, sprechen wir in Ruhe darüber, wenn ich wieder in Mödling bin«, bat Meller sie. Dann erfuhr er immerhin, dass Frau Magister Maurer flotte Arbeit geleistet und Claudia wieder mal den richtigen Riecher gehabt hatte.

Tatsächlich war Lisa Lauermann seit dem tödlichem Unfall ihrer Freundin in Italien noch einmal gesehen worden – nämlich in der Lotto-Großgewinnauszahlungsstelle. Ende November vergangenen Jahres hatte sie einen sagenhaften Vierfach-Jackpot abgeholt, über sieben Millionen Euro. Dann war sie verschwunden und mit ihr der Gewinn. Es gab nichts, was in irgendeiner Weise auf Lisa Lauermanns Aufenthalt hinwies.

Recht hatte die Glückliche! Wenn schon mal das Füllhorn über einem ausgeschüttet wurde, sollte man mit den Millionen machen, was man wollte. Je weniger Leute davon wussten, desto besser. Neider gab es wie Sandkörner am Meeresstrand.

Wenn sich die Frau sonst nichts zu Schulden kommen hatte lassen, warum sollte sie nicht einfach untertauchen?

Ein wenig Neid machte sich in Mellers Seele bemerkbar. Ob er das ebenso durchziehen könnte, von einer Minute auf die andere unterzutauchen – egal, mit welchen Konsequenzen?

Könntest du nicht, du Feigling, sonst hättest du es längst getan!

Acht

Freitag, 30. September 2011

Höchst erregt stapfte Claudia Rotter durch Mellers Wohnzimmer. Das Glas Wein in ihrer Hand zitterte und schwappte beinahe über. Auf seinen bittenden Blick hin nahm sie noch einen Schluck davon. Dann stellte sie das Glas auf der Anrichte nahe der Bücherwand jedoch so heftig ab, dass es zerbrach. Schon floss der Wein über das edle Holz.

»Entschuldige bitte … das wollte ich nicht.«

Hektisch versuchte Claudia, mit beiden Händen die Pfütze auf der Anrichte zu halten. Als das nicht half, riss sie sich ihr Seidentuch vom Hals, legte es auf die Weinlacke, bis sich das Tuch vollgesogen hatte. Rechtzeitig schob sie einen ihrer Hausschlapfen unter den tropfenden Wein.

»Das auch noch! … Verzeih mir … aber ich bin so wütend!«

Meller sprang auf, um ihr zu helfen.

»Bleib sitzen, Mario … ich mach das schon.«

Claudia vergewisserte sich, dass nichts mehr auf den Boden tropfte, dann eilte sie davon und kam mit einem Plastikgefäß und einer Küchenrolle wieder.

Während sie die Glassplitter vorsichtig aufhob, ins Plastikschüsserl legte und die verursachte Sauerei wegwischte, schimpfte sie weiter:

»Selbst wenn ich sämtliche Vergünstigungen verliere – mein Leben ist mir wichtig! Mit meiner Qualifikation bekomm ich jederzeit einen Job, irgendwas findet sich immer. Und wenn nicht, dann gehe ich eine Zeit lang in die Arbeitslose – auch egal. Aber ich lass mich von einer wie der Schaller nicht vor allen runtermachen und wie eine Bescheuerte hinstellen! Soll sie sich die Schneider-Zicke zur unterwürfigen Sklavin heranziehen – bei mir hat die Schaller den Gogosch!«

»Das war deutlich genug, Claudia. Aber jetzt komm wieder runter und lass mich auch was dazu sagen.«

Meller ging auf sie zu, nahm ihr das Plastikschüsserl mit den Glassplittern aus der Hand und stellte es zur Seite. »Nicht, dass auch noch Blut fließt.«

In Claudias feucht gewordenen Augen sah er sein Spiegelbild, während Tränen über ihr Gesicht flossen. Verschämt wollte sie sich abwenden, da nahm Meller ihr Gesicht in beide Hände.

»Hey, Claudia, die Schaller ist nicht eine deiner Tränen wert.«

»Eh nicht, aber diese blöde Kuh macht mich so wütend!«

»Komm, jetzt lass doch endlich alles raus.«

Da konnte sich Claudia nicht mehr halten. Mit einem leisen Aufschrei warf sie sich an seine Brust und heulte wie ein Kind.

»Richtig so, lass es laufen. Denk dir dabei die schlimmste Folter für die Schaller aus – wenn's dir hilft, schaden kann's jedenfalls nicht.«

»Na, du bist mir einer!«, prustete Claudia plötzlich drauflos.

»Wieso denn?«, wollte Meller wissen, während ihn Claudias Haare in der Nase zu kitzeln begannen.

»Weil ich ihr die Muschi mit Superkleber verklebt und Brad Pitt und George Clooney in ihr Bett gelegt habe.«

»Na dann gute Nacht, Frau Schaller«, erwiderte er grinsend.

Hatschi ...! Hatschi ...!

Schlagartig drückte ein Niesanfall Mellers Gesicht in Claudias Haar, was ein erneutes Niesen entfachte. Reflexartig versuchte er sich an ihr festzuhalten und bekam sie unglücklicherweise am Hals zu fassen. Im selben Augenblick kam Manuel zur Tür herein. Er starrte auf die augenscheinlich bedrohliche Situation:

Meller, von einer Niesorgie geschüttelt, hielt die in Tränen aufgelöste Claudia am Hals fest. Sie stolperte über ihren Hausschuh, und beide landeten in der weichen Sitzlandschaft.

»Na super!«, rief Manuel entrüstet. »Wenn das dein bester Freund sehen würde, wie du seine Freundin besteigst! Aber den Moralapostel spielen, bloß, weil ich einmal länger wegbleiben will.«

»Manuel, das ist nicht das, was du zu sehen glaubst!«, verteidigte sich Meller.

»Doch, doch!«, kicherte jetzt Claudia. »Es ist viel schlimmer. Wir warten nämlich, bis Lo zu uns stößt, und dann aber …!«

»Du bist unmöglich, Claudia!«, wetterte Meller und schüttelte sich vor Lachen.

»Bin ich, Chef!«

»Man sollte die Polizei rufen, wenn man euch so zuhört«, maulte Manuel und verließ das Zimmer.

Meller hatte Claudia dazu bewegen können, mit ihrer Kündigung noch zu warten, bis der Pototschnig-Fall gelöst war. Niemand war wie seine Sekretärin in der Lage, Informationen, Daten aus dem Internet und weiß der Teufel was noch alles so blitzschnell aufzutreiben. Mit Claudia Rotter als seiner *rechten Hand* wollte der Kommissar diesen Job noch erledigen und dann den S-C-ONE in guter Erinnerung behalten …

Es war Manuel, der an die WC-Tür pochte und rief:

»Da wollte dich einer sprechen!«

»Wer denn?«, fragte Meller.

»Hab's nicht verstanden. Hab dem Herrn gesagt, er soll in einer Minute wieder anrufen.«

»Warum ausgerechnet in einer Minute?«

»Es sei dringend, sagte er!«

»Leg mir das Handy vor die Tür!«, rief Meller dem Buben zu.

»Okay!«

Ein Knall an der Tür ließ den Kommissar wissen, dass Manuel das Handy hinterlegt hatte.

Nicht einmal in Ruhe am Klo sitzen kann man, ärgerte sich Meller, doch er wartete dringend auf einen Anruf aus Rio.

Prinzipiell verabscheute Meller solche Telefonate. Auf dem Lokus sollte der Mensch sich Ruhe gönnen, jegliches Gequatsche einstellen, die paar Minuten mit sich im Reinen sein und in aller Stille sein Geschäft verrichten. Die Darmentleerung als Ritual war eins der Talente, das der Mensch von Geburt an vorzüglich beherrschte.

Meller raffte sich auf und griff sich das Handy.

Kaum hatte er die Tür wieder geschlossen und Platz genommen, dudelte es sambamäßig. Das Display zeigte ihm, dass es nicht Fernando Moreno, sein Notar aus São Paulo war, auf dessen Rückruf er wartete.

Wer wagte es, ihn zu so später Stunde noch zu stören? Seine Armbanduhr zeigte halb elf Uhr nachts! Die Nummer war ihm unbekannt.

»Meller, ja ...?«

»Ist dort Herr Meller?«

»Sagte ich bereits ... Jaaa!«

»Bräuer, meine Name, ich bin der Pfarrer von Mödling.«

»Oh! Einen schönen Abend wünsche ich.« Meller war ziemlich irritiert darüber, um diese Zeit auf dem stillen Örtchen einen

Diener Gottes begrüßen zu dürfen. »Was kann ich für Sie tun, Herr Bräuer?«

»Wir kennen uns, Sie erinnern sich sicher, die Sache mit dem jungen Priester«, erwiderte der Pfarrer. »Ich fürchte, ich habe ein Problem.«

Meller wusste sofort, welche Sache der Mann anschnitt.

»Ja ja, Marco Grundmann – ich weiß … Und von welchem Problem sprechen Sie jetzt?«

»Ich … ich habe Einbrecher in der Kirche.«

»Und deswegen rufen Sie mich an?«

»Sie sind doch Polizist, oder nicht?«

»Na ja, eigentlich … Ach, was soll's, ich komme«, ergab sich der Kommissar, dem der verängstigte Unterton in der Stimme des Pfarrers nicht entgangen war. »Wo finde ich Sie?«

»Ich stehe bei der Othmar-Kirche, vor dem Kirchentor nahe der Steintreppe zum Kobenzl.«

»Ich beeile mich.« Meller legte auf.

Noch auf der Klomuschel sitzend, rief er Körner an.

»Axel! Egal, was du gerade treibst …«

»Ich lieg im Bett und wollte …«

»Verschieb es. Komm bitte sofort zur Othmar-Kirche. Ruf auch Mike an. In der Kirche sind Einbrecher am Werk. Wir treffen uns beim Eingang zum Karner … Sofort! Klaro?«

»Ja, aber ich muss noch …«

»Kommen musst du und sonst gar nichts.«

Meller unterbrach die Leitung. Wenn schon er musste, dann sollten die anderen auch müssen …

Meller riss es herum, als er das Geräusch hinter sich vernahm. Die Waffe im Anschlag, zielte er auf den Pfarrer, der hinter dem Karner hervortrat, einen Holzprügel in der Hand.

»Für alle Fälle«, flüsterte der Diener Gottes.

»Vor Ihnen muss man ja direkt Angst bekommen.« Erleichtert atmete Meller auf und ließ seine Waffe im Schulterhalfter verschwinden. »Also, wo sind die Kerle?«

»Da drinnen«, der Pfarrer deutete zur Kirche hin. »Alle Eingänge sind versperrt, die Einbrecher können nicht fliehen.«

»Warum haben Sie nicht die Polizei angerufen?«, wollte der Kommissar endlich wissen.

»Ihre Nummer stand an erster Stelle in meinem Telefonbuch, da dachte ich …«

Plötzlich – zwei Gestalten schlichen auf den Karner zu.

»Schnell weg!«, zischte der Pfarrer und wollte Meller mit hinter das Mauerwerk zerren. »Bestimmt sind das Komplizen.«

Meller schüttelte ihn ab. »Das sind meine Kollegen, die ich als Verstärkung angefordert habe … Und jetzt geben Sie mir bitte Ihren Prügel da. Das Weitere erledigen wir …«

Axel Körner und Mike Lehner traten hinzu. Stumm nickten sie zur Begrüßung.

»Wie viel Eingänge gibt es?«, fragte Meller.

»Diesen und den dort«, kam es flüsternd vom Pfarrer, indem er hindeutete, »und einen noch beim Pfarrhaus.«

»Wann haben Sie bemerkt, dass jemand in der Kirche ist?«

»Ich war im Pfarrhaus, im oberen Stockwerk. Von dort aus sieht man auf die Kirchenfenster. Da sah ich Licht aufblitzen – eine Taschenlampe vermutlich. Mich hat's natürlich gewundert, weil die Kirche ja abends zugesperrt wird. Doch heute …«

Der Pfarrer schien nachzudenken.

»Heute was?«

»Unsere freiwilligen Helfer vom Sozial-Flohmarkt haben den Rest der gesammelten Spenden, die abends nicht mehr weggebracht werden konnten, in der Kirche zwischengelagert. Ich befürchte, dass sich bei dieser Gelegenheit Diebe einschließen haben lassen, um die Kunstschätze unserer Kirche abzumontieren.«

»Und die Sausäcke schnappen wir uns jetzt. Wann gemmas an, Chef?«, mischte sich Axel Körner flüsternd ein.

»Gehen Sie bitte vorsichtig vor«, bat der Pfarrer. »Bitte keine Schießwaffen verwenden, damit kein Blut fließt ... Auch wegen der Heiligenfiguren.«

»Keine Angst, Ihre geschnitzten Heiligen spazieren ohne unsere Einwilligung nicht aus dieser Kirche. Wenn Blut fließt, dann welches aus Gangsternasen, weil um diese Zeit lassen wir nur Fäuste sprechen – wegen der Nachtruhe.«

Wäre es nicht so dunkel gewesen, man hätte Körners schäbigen Grinser gesehen, den er bei Einsätzen zu solch unchristlicher Zeit zu zeigen pflegte.

Weder der Kommissar noch Mike Lehner reagierten auf diese Wortmeldung. Sie kannten ihren Kollegen, wenn er sauer war. Doch Körner sah allen Grund dazu. Den allnächtlichen Liebesakt mit seiner sizilianischen Eroberung und inzwischen Ehefrau namens Raffaela hatte er abbrechen müssen.

Der Kommissar entschuldigte sich für Körners unqualifizierte Meldung.

»Mein Kollege ist ein bisserl grantig. Aufgrund der vielen Verbrechen, die derzeit passieren, hat er einiges um die Ohren.«

Mellers grimmiger Blick auf den V-Agenten wurde vom Dunkel der Nacht ebenso geschluckt wie vorhin Körners Grinser.

»Also drei Eingänge, sagten Sie«, fuhr Meller fort. »Durch welchen kommt man ungesehen in die Kirche?«

»Durch den beim Pfarrhaus«, erwiderte der Diener Gottes.

»Dann begeben wir uns dorthin. Sie sperren die Tür auf und ziehen sich sofort zurück. Den Rest erledigen wir. Die örtliche

Polizei habe ich ebenfalls informiert. Die Kollegen werden erst eingreifen, wenn ich das Zeichen dazu gebe.«

»Welches Zeichen?«

Was für ein misstrauischer Mensch.

»Ein Schuss«, erwiderte Meller mit ernster Miene.

»Sie schießen also doch?«

»In die Luft – reine Einschüchterungstaktik. Gelegenheitsdiebe sind nicht bewaffnet. Im Schutz der Nacht suchen sie Kirchen nach Diebesgut ab und demontieren die Beute. Wenn tagsüber das Tor geöffnet wird, verschwinden sie damit. Seien Sie also unbesorgt. Niemand kommt zu Tode und nichts wird zerstört.«

»Ihr Wort in Gottes Ohr«, seufzte der Pfarrer und ging.

Holzsteigen und Schachteln, gefüllt mit Wäschestücken und Schuhen, zusammengerollte Teppiche, Spielzeug aus Plastik, in Kartons übereinandergestapelt; Fernseh- und Radiogeräte; Monitore, Computer mit und ohne Tastaturen; Schränke, Tische, Sessel und Kleinmöbel; Küchengeräte sowie unzählige Kartons, gefüllt mit Büchern … ein Sammelsurium von Gerümpel aller Art, das die Helfer der Pfarrgemeinschaft für die Spendenaktion gehortet hatten, füllte den hinteren Teil des Kirchenschiffs aus.

Die V-Agenten schlichen an den Kirchenbänken vorbei, um von drei Seiten den Lichtstrahl einer Taschenlampe einzukreisen, der unentwegt aus der angehäuften Flohmarktware blitzte. Es schien nur ein Mann zu sein, der sich inmitten des Gerümpels zu schaffen machte, darin herumkramte, während er fluchend Selbstgespräche führte:

»Na, so was Deppertes!«

Scheppernd fiel Blechernes auf den Steinboden und kollerte weiter, was einen höllischen Lärm verursachte und im Kirchengewölbe nachhallte.

Diesen Moment nützte Meller und verschanzte sich hinter einer Säule. Ebenso hatten sich Körner und Lehner genähert. Der Einbrecher sollte keine Chance zur Flucht bekommen, er war eingekreist.

»Na, der werd ich was erzählen!«, hörten die V-Agenten die männliche Stimme brabbeln. Etwas Schweres wurde zur Seite geschoben. Das Knirschen von Steinen sowie Schleifen von Metall über den Kirchenboden verpasste Meller eine Gänsehaut. Und wieder polterten Blechdosen mit Getöse auf den Boden, eine Flasche rollte weg, eine weitere zerbrach klirrend.

»Hoppala, kaputt is sie! Wurscht, eh nur Klumpert!«

Eine Holzlade schien zu klemmen, als der Mann sie aus einem Möbel ziehen wollte. Fluchend riss er daran, bis aneinanderreibendes Holz ächzend die Lade frei gab. Metallisches fiel rasselnd zu Boden, es klang nach dem Inhalt einer Essbestecklade. Der Strahl der Taschenlampe ließ aufblitzende Lichter durch das Kirchenschiff tanzen.

»Wie kann man nur so deppert sein!«, fluchte erneut die Stimme, der ein Schnaufen und Stöhnen folgte.

Da – plötzlich ein Jubelruf: »Da is sie ja! Gott sei Dank!«

»Fallen lassen und Hände hoch!«, schrie Meller, sprang hinter der Säule hervor und zielte mit der Dienstwaffe auf den Dieb.

Ein klirrend-berstendes Geräusch war unmittelbar die Folge. Zwei Hände schossen aus dem Gerümpelberg in die Höhe. Eine Stimme stammelte:

»Hilfe …! Bitte nicht schießen!«

Der Kommissar deutete mit der Pistole.

»Kommen Sie mit erhobenen Händen raus, aber dalli!«

Ein alter Mann, die Hände hochgestreckt, tauchte aus dem Gerümpel auf. Meller ließ den Lichtstrahl seiner Stablampe auf dem stoppelbärtigen Gesicht landen. Davon geblendet, versuchte der Rentner – dem Alter nach musste es einer sein – mit einem Arm seine Augen vorm grellen Licht zu schützen.

»Die Hände schön oben lassen«, herrschte ihn Meller an.

»Ich … ich … Ach was, jetzt is es auch schon wurscht!«

Die beiden V-Agenten waren hinzugetreten. Sie umstellten den Alten, der zitternd vor ihnen stand. Körner fuhr ihn an:

»Du Verbrecher, du! Deine letzte Stunde hat geschlagen!«

»Bitte … ich hab kein Geld bei mir … Sie gestatten …« Er ließ die Arme sinken, griff sich in die Hose und zog die leeren Taschenhüllen nach außen. »Ich hab nix … Und das, was was wert gwesen wär, is grad kaputtgegangen!«

Betrübt blickte der Mann auf die Scherben, die auf dem Boden lagen. »Is kaputt«, wiederholte er, und in einem Anfall von Wut schimpfte er drauflos: »Alles wegen meiner Alten! Ich hab's ihr immer wieder gsagt, sie soll net so deppert sein … Erwürgen könnt ich sie!«

»Jetzt halten Sie den Mund!« Meller blitzte den Mann an. Er steckte seine Waffe weg. »Wie heißen Sie?«

»Ist das wichtig, wenn Sie mich ausrauben wollen?«

»*Sie* wollten hier stehlen, Mann. Wir sind von der Polizei!«

»Polizei? Pfah, ich hätt geglaubt, Sie murksen mich ab mit Ihrer Krachen da!«

Plötzlich schwankte der Mann und strauchelte. Geistesgegenwärtig packte Axel Körner zu und griff ihm unter die Arme.

»Hoppala, Opa! Net umfallen! Sollst noch ein paar Jahr lang die Rente kassieren dürfen.«

»Die paar Netsch?«, lamentierte der Alte in Körners Armen. »Mit denen macht's Leben auch keinen Spaß! Herr Polizist, ich müsst mich niedersetzen. Die Aufregung, meine Nerven und nix zum Trinken …«

»Kommen Sie«, Meller führte den Alten in den Mittelgang der

Kirche. Mike Lehner zerrte einen ramponierten Schaukelstuhl herbei, in den sich der Mann erschöpft hineinfallen ließ.

»Und jetzt erzählen Sie uns, warum Sie mitten in der Nacht in diesem Gerümpelhaufen herumgeistern … Vorher aber verraten Sie uns Ihren Namen und wo Sie wohnen.«

»Muss das unbedingt sein?«, fragte der Alte misstrauisch.

»Also, soll ich Sie wie einen Einbrecher behandeln?« Meller griff wieder nach seiner Waffe.

Da wimmerte der Mann auf:

»Nein, nein! So … so meinte ich das nicht! Ich bin doch kein Dieb! Es ist wegen meiner Alten daheim! Sie darf nicht erfahren, dass Sie mich hier erwischt haben und …«

»Name, Adresse.« Meller blieb hartnäckig.

»Okay, hab verstanden … Ich heiße Berthold Greiner und wohne in der Hartiggasse, das ist unter der Bahn. Dort bin ich für alle aber nur der Schnapsbertl.«

Der Alte räusperte sich, was in einen Hustenanfall überging.

»Auweh – ich hab's befürchtet! Die Kirchenluft tut mir nicht gut. Hätten Sie vielleicht was zum Trinken? Ich bin seit Stunden hier eingesperrt und ganz ausgetrocknet. Eingeschlafen muss ich auch sein. Als ich munter geworden bin, hab ich dann einen furchtbaren Durst ghabt. Aber das Wasser«, er zeigte auf ein Weihwasserbecken, »war nicht zum Sauf… zum Trinken. Ich bin zwar seit Ewigkeiten in keiner Kirche mehr gewesen, weil mir des nix mehr gegeben hat. Aber eins weiß ich noch: Das Wasser war früher sauberer.«

Meller forderte Mike Lehner auf, vom Pfarrer Wasser zu holen.

»Wenn der Herr ein Flascherl Messwein oder vielleicht ein Schnapserl bringen würde, hätt ich auch nix dagegen.«

»Sie bekommen, was Ihr Körper sofort braucht.«

»Na, hab ich doch eh grad gesagt …«

»Jetzt werden S' nicht lästig, Herr Greiner! Erzählen Sie endlich, was Sie hier verloren haben.«

»Also gut …« Greiner hüstelte gequält. »Ich hab meine Vase gesucht, eine Ming-Vase. Das durfte meine Alte daheim aber nie wissen, dass das eine echte chinesische Vase ist, weil sonst hätt s' die sofort ins Pfandl getragen …«

Körner lachte auf:

»Was? Wegen der paar Scherben machen S' so ein Tamtam?«

»Das ist net zum Lachen!«, fuhr der Mann Körner an. »Sie kennen meine Alte nicht … Jedenfalls war ich ober der Bahn beim Wastl-Heurigen. Eh nur auf ein Vierterl – und was macht da meine Alte inzwischen? Sie verschenkt meine wertvolle Ming-Vase … die Trutschn, die depperte!«

»Jetzt schimpfen S' nicht immer auf Ihre Frau!«, fuhr ihn Meller an, dem das Gejammer auf die Nerven ging. »Schließlich haben Sie sie einmal geliebt und geheiratet.«

»Eben, das war mein größter Fehler. Ich sag's Ihnen: Gott muss ein Gauner sein, so wie er mich da reinrasseln hat lassen. Deswegen bin ich auch aus der Kirche ausgetreten. Doch meine Alte ist immer noch drin, die Scheinheilige. Weil in die Kirche geht sie so oft wie ich zum Doktor – nämlich nie …«

»Aber Sie sitzen doch grad in der Kirche«, ätzte Körner, der sich das Lachen nicht verbeißen konnte.

»Ich? Wo?«, staunte der Alte. »Ah ja, richtig! Sie sind ja ein Blitzgneißer. Dass es so was bei der Kieberei gibt?«

»Jetzt werden Sie nicht beleidigend, Herr Greiner«, fuhr Meller den Sitzenden an. »Ich kann Sie auch sofort verhaften lassen … und Ihrer Frau erzählen wir von Ihrer Ming-Vase. Wenn Ihnen das lieber ist?«

»Na, bitte nur das net!«, jammerte der Alte.

»Erzählen Sie endlich weiter«, forderte ihn Meller auf.

»Wo war ich stehen geblieben? Ah ja, bei meiner Depperten zuhause … Also, da sind nämlich Leut von Haus zu Haus gegangen und haben für einen Flohmarkt gesammelt. Und was macht meine Alte? Sie schenkt meine Vase her. Stellen Sie sich Ihnen das einmal vor – eine echte chinesische Ming-Vase! Wer weiß, wie viel die wert gewesen wär! Aber jetzt ist die ja kaputt … Aber noch depperter ist, dass in der Vasen dreitausend Euro drin waren! Meine heimliche Reserve, wenn's mir … wenn's uns einmal ganz eng wird … finanziell und so.«

»Können Sie beweisen, dass das Ihre Vase ist … war?«

»Na, was glauben Sie? Fragen Sie meine Gattin, was ich wegen der depperten Vase mit meiner Alten alles mitgemacht hab! Fragen Sie sie! Sie wird Ihnen sagen, wie froh sie ist, dass das Klumpert endlich aus unserm Haus ist.«

»Sie werden doch eine Haushaltsversicherung haben?«

»Haben wir. Sofern meine Alte die Prämie bezahlt hat.«

Um Körner für seine bescheuerte Bemerkung vorhin vor dem Pfarrer eins auszuwischen, bat Meller: »Geh, Axel, sei so nett und sammle für Herrn Greiner die Reste dieser angeblich wertvollen Vase ein«, und heimste dafür einen dementsprechenden Blick ein. Zum Alten sagte der Kommissar:

»Das lässt sich sofort klären. Sie haben doch ein Handy.«

»Hab ich … aber nicht mit.«

»Na, dann geben Sie mir Ihre Nummer.«

Der Alte sagte die Nummer vor.

Während das Freizeichen ertönte, bat der Mann zaghaft:

»Würden Sie vielleicht mit meiner Gattin reden. Ich bin nämlich schon überfällig, und wenn sie aus dem Schlaf gerissen wird, das wär dann grad nicht so günstig für mich.«

Der Kommissar verstand und wartete. Nach einer Weile meldete sich verschlafen eine weibliche Stimme: »Greiner?«

»Ja, Meller mein Name, vom S-C-ONE, Kriminalpolizei Mödling! Es tut mir leid, wenn ich Sie aus dem Schlaf …«

Meller wurde unterbrochen, er hörte der Frau zu.

»Aber nein, Frau Greiner, Sie können beruhigt sein. Ihr Mann hat nichts verbrochen. Es geht ihm so weit gut. Ich wollte Sie nur fragen, ob Sie den Leuten, die für einen Flohmarkt gesammelt haben, eine Vase mitgegeben haben?«

Frau Greiner berichtete, was Meller vermutet hatte.

Er sah zu Körner hin, der mit den Scherben in einer Blechdose rasselte.

»Aha, eine weiße mit blauem Muster«, wiederholte der Kommissar für den Alten, der heftig mit dem Kopf nickend bejahte.

»Dann noch eine Frage, Frau Greiner. Ihr Mann wollte wissen, ob Sie die Prämie für die Haushaltsversicherung bezahlt …«

»Ah ja, haben Sie nicht … Ihr Mann hat das Geld wieder einmal versoffen … Hab verstanden … Na, dann hätte ich noch eine allerletzte Frage. Haben Sie in der Vase vielleicht etwas gefunden?«

Angespannt hörte Meller zu, was Frau Greiner zu berichten hatte. Zuletzt grinste er und sagte:

»Dann bedanke ich mich für Ihre ausführlichen Auskünfte. Eine gute Nacht wünsche ich Ihnen noch, Frau Greiner.«

Meller unterbrach die Leitung und steckte das Handy ein.

»Ist alles okay bei meiner Alten?«, fragte der Mann den Kommissar.

»Kommt drauf an, was Sie darunter verstehen. Ihre Frau hat die Vase vom Schrank genommen und unbesehen weitergegeben, weil sie froh war, das Stück endlich aus dem Haus zu haben. Von irgendeiner Summe Geld hat sie nichts erwähnt.«

»Was für eine Scheißnacht!«, jammerte der Alte.

»Es gibt immer wieder einen Morgen, Herr Greiner.«

Dass sich Greiners Ehegattin nach dreißig Jahren endlich eine neue Küche leisten konnte, behielt Meller für sich.

Inzwischen war Mike Lehner mit dem Pfarrer aufgetaucht. Bräuer trug ein Tablett – Abendessen für den irrtümlich Eingeschlossenen: ein knuspriges halbes Hühnchen, dazu Kartoffelsalat, etwas Brot und Wasser im Krug.

Der V-Agent hatte den Pfarrer über den mutmaßlichen »Einbrecher« aufgeklärt und Bräuer war im Sinne der Nächstenliebe tätig gewesen.

»Bin ich erleichtert!«, freute er sich. »Und die kaputte Vase ist auch zu verschmerzen.«

Mit dem Tablett stand nun der Pfarrer lächelnd vor dem Alten.

»Können Sie mir verzeihen, dass man Sie irrtümlich eingesperrt hat? Hier etwas zur Stärkung, Herr Greiner. Ich teile gern mit Ihnen mein Mahl.«

Doch der Alte blitzte den Pfarrer nur wütend an. Dann sah er betrübt auf den Scherbenhaufen in der Blechdose, die ihm Axel Körner in den Schoß gedrückt hatte.

»Scherben bringen Glück, Opa. Aber nur dem, der dran glaubt und das auch noch erlebt.«

Körner war nicht weniger sauer. Wegen dem alten Deppen hatte er sich die halbe Nacht um die Ohren schlagen müssen.

»Allen noch tolle Träume«, wünschte er und vertschüsste sich. Noch war es nicht zu spät, sein unterbrochenes Nachtprogramm mit Raffaela zu vollenden …

– – –

Das »Blue World« war gesteckt voll.

Die heißen Rhythmen heizten dem Publikum ein. Durch die immense Lautstärke und das Stimmengewirr war es unmöglich eine Unterhaltung zu führen, doch das wollte ohnehin niemand. Hierher kam man, um sich zudröhnen zu lassen. Atmosphäre, Sounds, Rhythmen und Drinks zu genießen und sie – wie ein vertrockneter Schwamm das Wasser – in sich aufzusaugen.

Das durchgehend junge Publikum war vom fetzigen Beat aufgekratzt, war aufgegeilt. Dieses Noch-vor-dem-Morgengrauen-etwas-erleben-Wollen lag in der von Alkohol und Körpergerüchen geschwängerten Luft. Doch die Nacht war bald vorüber. Wer rauchen wollte, musste sich vor das Lokal begeben. Das Suchtgift Nikotin trennte die Menge in zwei Lager. Die einen baggerten drinnen, was das Zeug hielt, die anderen draußen. So geschah es immer seltener, dass Raucher und Nichtraucher ein Herz und eine Seele wurden.

Im Lokal drängten sich die Leute wie eine Meute gieriger Wölfe rund um die Bar. Wer keinen Sitzplatz mehr gefunden hatte, stand hautnah hinter den Sitzenden, was von denen jedoch nicht als störend empfunden wurde.

Blicke, die einem im Vorbeidrängen zugeworfen wurden, ließen manchen männlichen und auch weiblichen Gast hoffen.

Daniel Wimmer war einer, der hinter den Sitzenden ausharrte und sich mehr am Glas anhielt – seinem letzten Bier für diese Nacht –, als er es zu trinken noch im Stande war. Sein Kollege und Freund hatte sich längst verabschiedet. Lothar wollte zeitig ins Bett. Er hatte morgen Dienst – eigentlich schon wieder heute –, kam es Daniel, als er auf die zersplitterte Scheibe blickte, hinter der im Sekundentakt angezeigt wurde, wem die Stunde geschlagen hatte.

Nirgendwo ist Einsamkeit so präsent wie in einem übervollen Lokal, je mehr man versucht, schmerzhafte Erinnerungen wegzutrinken. Vor allem um halb drei Uhr früh …

Daniel Wimmer war endlich wieder so weit, sich unter Leute zu mischen. Das Ende seiner Beziehung mit Chantalle – sie hatte ihm nur ein kurzes Schreiben auf dem Küchentisch hinterlassen – verblasste allmählich in seiner malträtierten Seele …

Eigentlich sollte er froh darüber sein, kam es ihm, weil ihm die brünette Langhaarige, die er schon länger beobachtete, soeben erneut zulächelte.

Hallo Mädels, ich bin wieder zu haben, pochte sein Herz. Ich werde wieder entdeckt, jubelte er innerlich und schwor, sich nicht mehr so eine wie Chantalle reinzuziehen.

Zwei Monate hatte sein Seelenschmerz gedauert, und alle in der Abteilung hatten sich schon gefragt, wann er denn endlich aufhören würde, seiner Verflossenen nachzuweinen. Chantalle hatte letztendlich nur so lang zugewartet, bis ihr ein interessanterer Typ in die Arme gelaufen war.

»Mein kleines Luder«, so hatte er sie liebevoll genannt in gewissen Stunden und Chantalle war der Bezeichnung gerecht geworden.

Dann hatte sie sich den verdammten Italofritzen aufgerissen und war mit ihm abgerauscht. Einfach so … Dieses Miststück! *Unsere ausweglose Beziehung hat keinen Sinn mehr …* stand in ihrem Abschiedsbrief.

In jeder Beziehung gibt's irgendwann einmal Probleme. Aber das war eben Chantalles Art – bevor es nervig wurde, nahm sie mit dem nächstbesten Typen reißaus. Das hatte sie schon einmal versucht, damals im Sommer auf Gran Canaria mit dem selbstgefälligen Spanier. Als dann Daniel aus Frust darüber mit Annabell aus Dortmund das Nachtlager am Strand geteilt hatte, war sie über ihn hergefallen und hatte ihn vor allen als Hurenbock beschimpft. Denn so hätten sie nicht gewettet gehabt. Erst habe er kein Verständnis dafür, wenn sie sich bloß einmal gehen lasse, und dann so etwas. Sie hatten sich auf eine offene Beziehung – also freie Liebe im Urlaub – geeinigt. Doch als sich Chantalles Schwarm als Pfeife herausstellte, hatte sie von Daniel erwartet, dass er sofort Schluss mit der aufdringlichen Schnitte aus Dortmund machte. Raus aus der Dame und so. Damals war das ja noch lustig, und One-Night-Stands waren so was wie die Essenz eines Urlaubs … Ach, wenn er daran dachte …

Daniel verlor sich in seiner Vergangenheit.

Chantalle und er waren ja beide nicht so sehr auf körperliche Treue fixiert, zumindest waren sie sich einig gewesen, den anderen vor Details zu bewahren, wenn es mal passieren würde. Doch solche Übereinkommen funktionierten nur in der Theorie, die Realität sah immer anders aus.

Wenn Daniel sich recht erinnerte, hatte der Bruch letztendlich wegen Harald und Sabine begonnen. Vor zwei Jahren.

Chantalles Ex war ihm nicht grad sympathisch gewesen, doch Harald war mit seiner neuen Freundin aufmarschiert – also harmlos, hatte Daniel gedacht.

Dass Chantalle und Harald das Spielchen eingefädelt hatten, damit sie zu viert im Bett landeten, hatte Daniel erst viel später mitbekommen. Mochte sein, dass er Haralds Freundin total unterschätzt hatte, denn Sabine war nicht der Typ, auf den er abfuhr. Doch in Momenten, wenn Stimmung, Reize und Alkohol die Sinne nur noch in eine Richtung schärfen, ist alles geil. Kurz: Sabine war ein Hammer, eine Nummer für sich, und für Daniel war es kein Leichtes gewesen, sich von ihr emotionell zu lösen. Schließlich hatte er mit Chantalle, die er ja liebte, zusammenbleiben wollen.

Die Sexgschichterln hatten Daniel und Chantalle daraufhin bleiben lassen. Sie waren sich ihrer kosmischen Verbundenheit bewusst geworden, wie sie es formuliert hatte. Beide hatten sie Zukunftspläne geschmiedet, mit ein, zwei Kindern, einer größeren Wohnung … Und falls einmal ein plötzlicher Geldsegen sie überschütten würde – vom Reihenhaus bis zur Villa wäre alles im möglichen Bereich gewesen.

Dann hatte Daniel seine Liebste erwischt – nicht in direktem Sinne. Er war während des Streifendienstes kurz nachhause gefahren, um sich den Laptop zu holen, den er vergessen hatte. Martina, seine Kollegin, hatte inzwischen im Auto gewartet. Als er die Tür zur Wohnung aufsperrte, hatte er im Flur fremde Schuhe stehen gesehen und Chantalles helles Auflachen vernommen. Die Jacke am Garderobenständer kannte er. Leise war Daniel zum Wohnzimmer geschlichen und hatte gelauscht. Doch Chantalle hatte scheinbar mitbekommen, dass er in der Wohnung war. Jedenfalls waren beide plötzlich verstummt, und als Daniel ins Zimmer trat, war es ihm, als sei es Harald peinlich gewesen, dass er etwas zu nahe bei Chantalle saß – so, als wäre sie kurz zuvor noch auf seinem Schoß gesessen. Man kennt diese Anspannung, die in solchen Situationen in der Luft liegt. Dieses Erwischt-worden-Sein war den beiden ins Gesicht geschrieben. Daniel hatte damals geglaubt, erwartet, gehofft, dass Harald – inzwischen hatte man sich angefreundet – sich nicht heimlich mit Chantalle etwas anfing. Also wäre eine Eifersuchtsszene nur peinlich gewesen, und er hätte womöglich noch Öl ins Feuer gegossen.

Harald und Sabine hatten sich als Innenarchitektenteam selbstständig gemacht. Und Harald war bei Chantalle, um die neue Wohnzimmereinrichtung zu besprechen. Gegen dieses Argument hatte Daniel keinen Einwand zu haben. Selbst dann nicht, wenn Chantalle ihn nicht über den Termin informiert hatte …

Die Langhaarige ging auf Daniel zu und beugte sich zu ihm hin.

»Na, kein Bock ins Bett zu gehen?«, brüllte sie ihm ins Ohr, da die Musik wieder hammermäßig eingesetzt hatte.

»In welches?«, schrie er nahe an ihrem Ohr vorbei. Er roch den Duft des Haares und spürte, wie sich im Schritt sein bester Freund meldete, der sich schon länger vernachlässigt fühlte.

Daniel deutete auf eine Nische im Lokal, wo sie sich etwas besser unterhalten konnten. Sie entfernten sich aus der Nähe der Boxen, aus denen es unbarmherzig wummerte.

»Ich hab jedenfalls einen Grund zu feiern. Wenn du willst, könnten wir noch eine Kleinigkeit unternehmen.«

»Und ich ebenfalls.« Daniel grinste verwegen. Die ging's ja scharf an. War ja doch gut, dass er noch länger geblieben war. In seiner Hosentasche vibrierte etwas. Sein Handy. Er holte es hervor. Eine unterdrückte Nummer.

»Einen Moment, bitte!«, rief Daniel ihr zu und wandte sich ab. Schützend hielt er die andere Hand vor Ohr und Handy, um den Anrufer besser verstehen zu können. Zwecklos, es war einfach zu laut.

»Hallo! Wer spricht?«, schrie Daniel ins Handy, während er der Langhaarigen zulächelte, die ihn von oben bis unten taxierte.

Verdammte Leitung. Es knackste unaufhörlich und seine eigenen Worte klangen verzerrt mit Echoeffekt. Er hörte Wortfetzen einer weiblichen Stimme, die weinte: »...llo ...niel, ... bin's ...talle ...«

Dem langhaarigen zauberhaften Wesen schien es zu lang zu dauern. Sie drückte ihm einen Zettel in die Hand, deutete mit den Fingern zehn Minuten und ging aus dem Lokal.

Daniel eilte ihr nach – auch, um außerhalb des Lokals die verzweifelte Anruferin verstehen zu können. Es war Chantalle, die ihn angerufen hatte. Doch die Leitung war inzwischen unterbrochen. Er versuchte, sie unter der gespeicherten Nummer zu erreichen.

Verfluchte Scheiße, Chantalles Nummer gab es nicht mehr.

Daniel Wimmer stand auf dem Parkplatz, in der einen Hand das Handy, in der anderen den Zettel der Unbekannten.

In einiger Entfernung sah er ein Pärchen, das intensiv miteinander beschäftigt war. Neidvoll beobachtete er es. Blitzartig machten sich zwei Möglichkeiten in seinem Hirn breit.

Er wusste, wo Chantalle wohnte, sofern sie nicht weggezogen war. Es wäre eine knappe Stunde bis zu ihrer Wohnung. Doch mit seinem Alkopegel noch ins Auto steigen? Selbst er als Kieberer würde Probleme bekommen, und zwar gewaltige, wenn er in ein Planquadrat geriete. Job und Karriere wären dahin. Pfeif auf Chantalle, dachte sein benebeltes Hirn.

Sein Blick auf den Zettel verriet die Adresse einer kleinen Pension in der Adamgasse, etwa fünf Minuten vom »Blue World« entfernt. Daniel kannte das Gebäude – ein ehemaliges Stundenhotel. Doch seit das Haus von neuen Besitzern übernommen und renoviert worden war, wurde die Pension wegen der fairen Preise hauptsächlich von Monteuren und Handwerkern gebucht und galt unter Städtetouristen längst als Übernachtungstipp.

Daniel entschied, dass Chantalle für ihn gestorben war, und stand alsbald vor der Pension »Adlerhorst«.

An der Straßenfront war sie bis unters Dach eingerüstet, der obere Teil der Fassade war bereits neu verputzt.

Es gab einen Eingang zur Pension und am Ende des Hauses eine große Toreinfahrt, die an das Nebengebäude angrenzte.

Zwei dürftig leuchtende Laternen beim Eingang und der mattweiße Glanz des Mondes ließen das Haus in gespenstischem Licht erscheinen. In der Pension selbst war es finster. Lediglich im Erdgeschoss wurde hinter einem der Fenster flackerndes Licht gegen zugezogene Vorhänge geworfen.

Wer auch immer um diese Zeit vor der Glotze saß, musste schwerhörig sein und sich voyeuristisch einer Orgie hingeben, denn das Gestöhne und die lauten Lustschreie, die durch das gekippte Fenster drangen, klangen nach einem Pornofilm.

Neugierig geworden trat Daniel zum Fenster hin. Durch einen Spalt im Vorhang sah er einen Dicken breitbeinig in einem Sofa lümmeln – das Netzleiberl über den Bauch hochgezogen und vom Nabel abwärts nackt. Hose und Schuhe lagen verstreut im Zimmer. Vor ihm kniete eine Dunkelhaarige und bediente den Dicken. Ihr Kopf bewegte sich rhythmisch vor und zurück. Doch der Mann, dessen Finger sich in ihren Haaren verkrallt hatten, bestimmte gnadenlos das Tempo – untermalt vom überlauten Lustgestöhne des Films …

Daniel hatte genug gesehen und löste sich von dem ungustiösen Anblick. Unschlüssig stand er vor dem Haus, sah auf die Uhr und überlegte. Sollte er den Portier bei seiner Lieblingsbeschäftigung stören und ihn rausläuten? Am liebsten hätte er es getan.

Schon wollte er die Langhaarige ebenfalls als unerfüllten Liebestraum abhaken … da öffnete sich knarrend die Tür in der Toreinfahrt. Eine dunkle Gestalt winkte.

»Hallo! Hierher!«, kam es von ihr flüsternd.

Da das Tor etwas zurückversetzt lag, war die Person nicht zu erkennen. Der Statur nach konnte es nur die Langhaarige sein.

Er eilte auf das Tor zu.

Doch es war ein Mann, der ihn empfing, und ehe Daniel etwas sagen, überhaupt reagieren konnte, wurde er zu Boden geworfen …

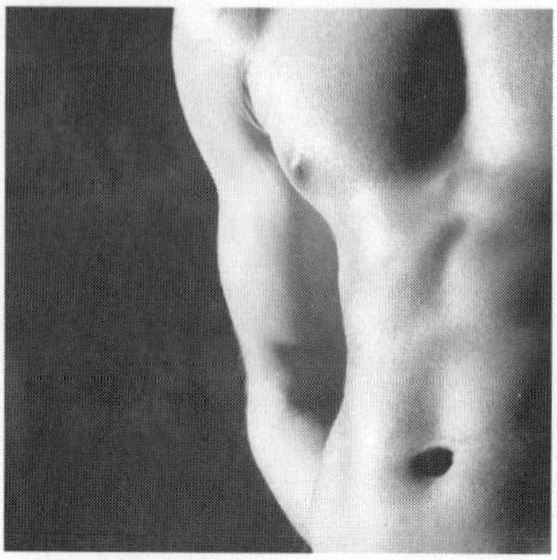

Neun

Montag, 3. Oktober 2011

»Eva ist etwas zugestoßen, das rieche ich zehn Kilometer gegen den Wind«, war Axel Körner überzeugt.

Das Wohnzimmer des Kommissars – zumindest ein Teil davon – war vorübergehend zur Kommandozentrale für die Meller'schen Ermittlungen geworden. Laut Dr. Schallers Anordnung hätte er das Büro ab diesem Tag mit Irene Schneider teilen müssen. Durch eine Personalaufstockung sei eine Umbesetzung in den verfügbaren Räumlichkeiten notwendig geworden, lautete die knappe Erklärung der Chefin.

Als hätte es kein anderes Zimmer mehr gegeben, in dem die Der-Chefin-in-den-Arsch-Kriechende ihrer Arbeit nachgehen konnte. Meller hatte es daher vorgezogen, sein großzügiges Wohnloft dementsprechend zu adaptieren.

Frau Magister Maurer, die persönliche Sekretärin des Ministers – in untergeordneten Belangen dessen verlängerter Arm, wie sie verschmitzt verriet –, hatte entsprechend agiert, nachdem Meller von Schallers unfairen Methoden berichtet hatte.

Claudia Rotter wurde bis auf Weiteres vom S-C-ONE freigestellt und dem Kommissar für den Fall »Patenkind« zur besonderen Verfügung zugeteilt.

Etwas abseits, mit traumhaftem Blick auf den Garten, tippte

Claudia wie wild in die Tasten. Man spürte förmlich, wie es ihr Spaß bereitete – aus den Klauen der Schaller entrissen –, endlich wieder in angenehmer Atmosphäre arbeiten zu können.

Axel Körner, der Meller gegenübersaß, sah kurz neidvoll zu Claudia Rotter hin und seufzte:

»Manchmal wär sogar ich gern eine Frau.«

»Wünsch dir das nicht«, kam von ihr, ohne den Blick vom Monitor zu nehmen, »Machos wie du würden geistig vertrocknen und wie welkes Laub verrotten.«

Meller verbiss sich ob dieses süffisanten Statements einen Grinser und enthielt sich einer Meinung. Konzentriert starrte er auf die Daten, die ihm Claudia inzwischen auf seinen Rechner gesendet hatte:

Eva Roth hatte für Mittwoch, den 21. September, einen Flug nach Moskau gebucht, den sie aus welchen Gründen auch immer nicht angetreten hatte.

»... bin aber in spätestens einer Woche wieder hier, falls nichts dazwischenkommt.«

Meller erinnerte sich an ihre Worte und auch an den Namen Björn Mellberg. Wer wusste, wo Eva mit dem Kerl gelandet war. Vermutlich dort, wo Meller es am wenigsten wünschte.

Wer Eva Roth kannte, wusste, dass ihr stets etwas dazwischenkam. Also war der Kommissar nicht sonderlich beunruhigt gewesen, als Axel Körner ihn darauf hingewiesen hatte, dass die Künstlerin längst überfällig war.

Meller erinnerte sich auch an Evas hektischen Anruf.

»Ich bin in einer ...«, hatte sie ihm sagen können, dann wurde das Gespräch unterbrochen. Das war am 27. September abends gewesen, bevor Meller zum Amphitheater aufgebrochen war, um Joes Entführer zu schnappen.

Er bat Claudia Rotter:

»Sei so lieb und treib Evas schwedischen Exlover auf, bestimmt steckt sie mit diesem Björn noch unter … ach, du weißt schon, was ich meine.«

Zu Körner gewandt, sagte er:

»Da schau her, Axel – alles Moskauer Galerien. Vielleicht findet sich eine darunter, die Eva vor dir oder Raffaela erwähnt hat … Wo steckt deine Frau eigentlich? Ich dachte, sie kommt auch?«

»Weiß ich auch nicht. Ich ruf sie gleich an.« Körner nahm sein Handy, wählte Raffaelas Nummer und lauschte.

»Du weißt natürlich auch nicht«, fuhr Meller fort, »wen Eva von diesen Leuten in Moskau treffen hätte sollen oder wollen?« Er zeigte auf die lange Liste der Namen auf dem Monitor.

»Bin ich Evas Anstandswauwau? Was weiß ich, mit wem sie sich ein Rendezvous ausgemacht hat? Vielleicht war's ein neuer Lover, den sie nackert malen sollte?«

Um Meller eifersüchtig zu machen, hatte Körner absichtlich *ein neuer Lover* fallen lassen. Mit dem Handy am Ohr wartete er ungeduldig, bis Raffaela endlich abheben würde.

»Sehr witzig, Axel. Das hilft uns unglaublich weiter.«

»Sie malt halt gern Russenärsche. Knackig sind sie jedenfalls, soweit ich gesehen hab. Und solang die Ärsche dafür zahlen, ist das ja nicht unmoralisch, oder?«

Der Kommissar wollte Körner schon mit einer gepfefferten Antwort drüberfahren, da schrie Claudia Rotter plötzlich auf:

»Pfah, das gibt's net! Bitte – schaut euch das an!«

Körner und Meller sprangen auf und eilten zu ihr.

Als Körners Handy klingelte und er Raffaelas Nummer sah, drückte er sie einfach weg, denn die Meldung auf der internen Plattform der Exekutive, die Claudia auf dem Monitor vergrößert dargestellt hatte, nahm ihn vollends in Beschlag:

Innsbrucker Polizist ermordet!
Nahe Volders, unweit der Autobahn, wurde Daniel Wimmer in einem Waldstück tot aufgefunden.
SchülerInnen aus dem PORG (Privates-Oberstufen-Real-Gymnasium Volders) fanden am Ende der Kleinvolderbergstraße die Leiche des 25-jährigen Polizisten.
Todesursache:
Ersticken durch gewaltsame Fremdeinwirkung.
Augen, Nase und Mund des Ermordeten waren verklebt worden. Ebenso waren beide Arme mit Klebeband am Körper des Opfers fixiert.
Die Spurenauswertung ergab, dass Wimmer nicht am Fundort getötet wurde.
Auf einem der Klebebänder konnten Fingerabdrücke sichergestellt werden. Die Auswertung läuft zurzeit.
Auffälliges Detail war ein gefaltetes Blatt Papier, das in der Hosentasche des Ermordeten steckte. Es stellt ein seltsames grafisches Zeichen dar.

Die Abbildung zeigte jenes Bild, das den Kommissar bereits in seinen Träumen verfolgte, Laura Simmels *Mein-ist-die-Rache-*Motiv.

Unmittelbar setzte Mellers *Favela-Ton* ein und steigerte sich bis zu einem Düsenjetgedröhne.

»MEIN IST DIE RACHE?«, rief Meller, um das Dröhnen in seinen Ohren zu übertönen.

»Ich bin nicht taub«, murrte Körner …

Eva Roths mysteriöses Verschwinden aufzuklären, hatte der Kommissar Axel Körner umgehängt. Meller jedoch wartete nur darauf, dass Eva sich aus irgendeinem Kaff melden würde, weil der Schwede sie sitzen gelassen hatte … weil ihr die Kreditkarte gestohlen worden war … weil sie den Flieger nicht mehr erreicht hatte und die Nacht im Flughafengebäude verbringen würde müssen.

Bevor Eva Roth jemals wieder ein Fall für Meller werden könnte, müsste verdammt viel zwischen ihnen wieder ins Lot kommen. Doch danach sah es im Moment nicht aus.

Anders formuliert: Meller war auf die ausgeflippte Malerin mächtig sauer. Da ganserlte sie ihn erst auf, um sich im nächsten Augenblick vom Acker zu machen. Von wegen in einer Woche würde ihr unterbrochenes Tête-à-Tête fortgesetzt werden. Da war sie abgehauen, um womöglich Altes aufzuwärmen, und dann war ihr vielleicht gar noch ein knackpotenter Russe zwischen die Pinsel geraten, befürchtete ein eifersüchtiger Kommissar. Sich erneut emotionell dieser ausgeflippten Künstlerin auszuliefern, sollte er sich wohl grundlegend durch den Kopf gehen lassen.

Wenn er jedoch an Evas seltsamen Anruf vergangene Woche dachte? *»Ich bin in einer …«*, das hatte verdammt hektisch geklungen, wenn nicht sogar ängstlich.

Aber war da im Hintergrund nicht ein Mann zu hören gewesen? Einer, der Eva lachend etwas zugerufen hatte? Meller war immer mehr der Überzeugung, es hatte nach einer Bemerkung auf Schwedisch geklungen. Oder war's russisch? Aber hatte es sich nicht – ihn betreffend – spöttisch angehört?

Mensch, Meller, was bist du nur für ein eifersüchtiger Kerl!

Meller hatte sofort mit den Innsbrucker Kollegen Kontakt aufgenommen und Claudia angewiesen, sämtliche Ergebnisse, die bisher rund um den Pototschnig-Fall bekannt waren, weiterzusenden.

Ausschlaggebend war nun jenes Blatt Papier, das in der Hosentasche des jungen Polizisten gesteckt hatte.

Überrascht zeigte sich Norbert Knorr, Chef der Innsbrucker Kriminalabteilung, als er von Meller das Geheimnis des seltsamen Zeichens erfuhr und die versteckte Botschaft plötzlich lesen konnte. Als dann die Fingerabdrücke auf einem der Klebebänder Matic Kovac zugeordnet werden konnten, war die Sensation perfekt.

Fakt war: Saphira Pototschnig und Daniel Wimmer, beide etwa gleich alt und höchst engagiert in ihrem Beruf, waren im Abstand von nur fünf Monaten ermordet worden.

Grundlegende Fragen wurden aufgeworfen: In welchem Bezug standen die zwei Polizisten zueinander? Warum wurden sie ermordet? Ein eindeutiges Indiz, dass beide Morde in Zusammenhang standen, war Laura Simmels *Mein-ist-die-Rache*-Botschaft, die den Opfern demonstrativ untergeschoben worden war, um von der Spurensicherung garantiert gefunden zu werden.

Was war den beiden noch gemeinsam, außer, dass sie bei der Exekutive beschäftigt waren – Saphira Pototschnig in Klagenfurt und Daniel Wimmer in Innsbruck? Was verband sie, weswegen sie gewaltsam sterben mussten? Noch gezielter gefragt: In welcher Weise ließ sich eine Verbindung zu Laura Simmel ableiten?

Oder ging die Spur in eine völlig andere Richtung und die beiden Ermordeten waren der Auftakt zu einer Serie künftiger Morde?

Das Werk eines Serienkillers? Wer war das nächste Opfer?

Daraufhin hatte Meller den Innenminister informiert. Schließlich war dessen Patenkind das erste Opfer einer beginnenden Mordserie. Der Minister hatte Meller und Norbert Knorr beauftragt, eine Soko zu bilden, und ihnen vollste Unterstützung zugesichert, um dem grausigen Spuk ehestmöglich ein Ende zu bereiten.

Die Jagd der Soko namens »Rachemorde« auf den oder die Killer hatte begonnen. Es wurde in alle Richtungen hin intensiv ermittelt. Auch die Medien sollten durch seriöse Berichterstattungen ein Bestandteil der Aufklärungsarbeit sein. Jenes »Rachesymbol« – wie Simmels *Mein-ist-die-Rache*-Botschaft genannt wurde – sollte vorerst der Öffentlichkeit nicht präsentiert werden, weil man damit rechnen musste, dass alsbald Spaßvögel selbige Botschaft an allen möglichen Stellen hinterlegen würden. Doch eine gezielte Pressearbeit war vonnöten, damit die Bevölkerung sensibilisiert war und Augen und Ohren offenhielt.

Während in Innsbruck das Leben des ermordeten Polizisten und dessen soziales Umfeld bis ins kleinste Detail beleuchtet wurde, saß der Kommissar nun mit Claudia Rotter in seiner Villa im Auholz, jenem Provisorium der Soko »Rachemorde«, um auf seine Art zu ermitteln.

Nach diesem zweiten Mord an einem Polizisten fühlte Meller sich wegen seines abgegebenen Versprechens plötzlich eingeengt, wie in einem Käfig gefangen. Er hatte dem Innenminister zuliebe den Pototschnig-Fall übernommen und geglaubt, diesen so schnell wie möglich aufzuklären und dann ab ins … egal, wohin, nur weg von allem, was nach Verbrechen stank. Von seinem Job hatte er nämlich endgültig die Schnauze voll.

Ausschlaggebend waren die Vorfälle im S-C-ONE, aber auch der Altersgrant, der wie ein Einschleichdieb seiner Seele jegliche Freude zu rauben begann. Jeden Räuber bekam er leichter zu fassen, nur dieser Stimmungskiller vergällte ihm manchen Tag, manche Nacht und immer öfter das Leben zwischen Tag und Nacht. Meller war fällig für eine Auszeit. Für eine bis zum

Lebensende. Wenn er das von sich selbst vorgebetet hörte, krallte sich sein Herz zusammen – und schlug arhythmisch. Vorhofflimmern? Von wegen, es war ein psychosomatisch bedrohliches Rundumflimmern!

Meller hatte diese pochende Unruhe, dieses beklemmende Gefühl in seiner Brust immer öfter zu spüren bekommen, wollte jedoch nicht zum Arzt laufen, weil er genau wusste, was dieser ihm raten würde. Sofort aufhören zu arbeiten und die Jungen ranlassen. Die Hände jedoch nicht in den Schoß legen, sondern etwas Sinnvolles tun. Die Wohnung umkrempeln etwa, einem Hobby frönen, Krippen basteln vielleicht oder um die Welt reisen …

»Und wenn das den Altersgrant noch immer nicht aus deiner sensiblen Seele vertreibt, dann sei mit beiden Händen sozial tätig. Zum Beispiel gratis Holz hacken für andere, die Holz vor der Hütte brauchen.«

Diesen unnötigen Rat hatte ihm Lo Bianco gegeben, der sich über Mellers Seelenwehwehchen lustig machte und meinte:

»Deine Sorgen einen Tag lang haben und ich wäre der glücklichste Mensch auf Erden.«

Mensch, Meller! Reiß dich zusammen und mach endlich Nägel mit Köpfen!

Nun – eine Nagelfabrik war schon gar nicht nach seinem Geschmack. Grimmig lächelnd versuchte er seine Gedanken in eine positive Richtung zu steuern, von wegen: ermitteln in alle Richtungen.

Künftig wollte er den Rest seines Lebens mit schöneren Tätigkeiten ausfüllen, als nur Dieben, Gangstern und Mördern hinterherzujagen! Verdammtes *Poch-po-po-poch-po*-Herzklopfen!

Schweißperlen machten sich auf Mellers Stirn bemerkbar.

»Ist was mit dir, Mario?«

Claudia Rotter musste schon eine Weile beobachtet haben, wie er gedankenverloren auf den Bildschirmschoner starrte, ein auf ihn bedrohlich zustürzendes Universum. Meller riss sich davon los und blickte zu seiner Sekretärin.

»Du schaust total krank aus«, stellte sie fest. »Fehlt dir was?«

»Von dem, was mir fehlt, hab ich zu viel«, erwiderte er knapp.

»Willst reden drüber?«

»Dich in meinen seelischen Tiefen zu ertränken, wäre Mord.«

»Hab schon Ärgeres mitgemacht – denk an Lo.«

»Ich weiß, er ist ein Unverbesserlicher.«

»Er kapiert's nicht – er ist ein Mann.«

»Na bravo! Da kann ich froh sein, dass wir beide nicht ...«

»Da wär nicht viel Unterschied ... der Name vielleicht.«

»Na hallo! ... Gibt's wieder mal Krieg zwischen euch?«

»Es hat noch nie was anderes gegeben«, lachte Claudia auf. »Nur die Waffen sind humaner. Manchmal kriegt Lo ein Zuckerbrot, dann wieder die Peitsche. In letzter Zeit fühlt er sich, als sei er zuckerkrank, sagt er. Also gibt's nur noch die Peitsche.«

»Darum bin ich besser allein«, erwiderte Meller und starrte wieder auf seinen Monitor.

»Inzwischen habe ich die Freigabe für das Öffnen des Grabes von Matic Kovac«, bekam Meller als Antwort. »Ich habe in deinem Namen für morgen zehn Uhr den Termin bestätigt, wenn's dir recht ist.«

»Wenn ich dich nicht hätte – bist ein Schatz, Claudia.«

»Das sieht Lo zum Beispiel nicht so, sonst wäre er aufmerksamer ... mir gegenüber.«

»Ich werd's ihm flüstern«, versprach Meller.

»Lieber nicht, sonst glaubt er, wir stecken unter einer Decke.«

»Unter Freunden passiert so was nicht!« Er lachte.

Was für ein Naivling, dachte Claudia. Sie war wegen Lo

mächtig frustriert und hätte gern eine Schulter zum Anlehnen, zum Ausweinen und mehr gehabt. Lo hatte am Morgen wieder einmal gedankenlos reagiert und Claudia mit Nora angesprochen. Seine überstandene Affäre schwebte wieder einmal über ihrem fragilen Glück.

Mellers Handy unterbrach die kurzweilige Unterhaltung.

»Meller, ja …?«

»Herr Meller? … Der Kommissar?« Die Frau klang nervös.

»Noch bin ich's«, erwiderte Meller.

»Endlich …!« Hörbar erleichtertes Aufatmen. »Ich versuchte Sie bereits von Moskau aus zu erreichen, aber das hat nicht geklappt – vermutlich war die Nummer falsch, ich weiß es nicht, egal. Jetzt habe ich Sie ja an der Strippe. Mein Name ist Angela Siebert. Ich bin derzeit in Berlin. Also, es geht um Eva Roth. Sie erzählte mir, dass Sie mit ihr … einiges von Ihnen …«

Die Frau schwieg kurz, schien nachzudenken.

»Na endlich ein Lebenszeichen von ihr!«, nützte Meller ihre Atempause. »Wie geht's denn unserer malenden Madame?«

»Das würde ich selbst gern wissen! Inzwischen ist nämlich die Kacke am Dampfen, entschuldigen Sie den derben Ausdruck, aber er kommt dem gleich, was ich meine. Die Ausstellung in Moskau ist längst fertig gestellt. Wer noch fehlt, ist Eva. Morgen soll die Vernissage über die Bühne gehen, der Bürgermeister von Moskau persönlich hat sich angemeldet und will …«

»Wie? Was?«, fiel Meller der Frau ins Wort. »Eva war noch gar nicht in Moskau? Ja, wo treibt sie sich denn herum?«

»Deswegen rufe ich Sie ja an, Herr Meller! Ich dachte, Sie wüssten, wo Eva zu erreichen ist.«

»Jetzt mal in Ruhe und von Anfang an, Frau Siebert!« Meller atmete durch. »Machen wir einen Informationsabgleich: Wofür genau sind Sie zuständig?«

»Ich sitze hier in Berlin und bin für die Kulturvereinigung Deutsch-Russische-Freundschaft in Moskau zuständig. Zurzeit bin ich für eine Jubiläumsvernissage in der staatlichen Tretjakow-Galerie mitverantwortlich. Eva Roth wurde von unseren russischen Freunden für diesen Event ausgewählt. Roths Werke sind in der Moskauer Kunstszene derzeit der Oberrenner. Ihre Gemälde hängen schon in der Tretjakow-Galerie – allein die Künstlerin ist unauffindbar.«

»Wann hätte Eva denn in Moskau eintreffen sollen?«

»Ursprünglich am 21. September. Ich wartete vergeblich auf dem Domodedowo-Flughafen. Sie hat mir dann noch am selben Abend ausrichten lassen, dass ihr etwas dazwischengekommen sei und sie erst in ein paar Tagen kommen werde. Wann genau, würde sie mir noch mitteilen, was sie jedoch bis jetzt nicht getan hat.«

»Wer hat Ihnen das ausrichten lassen?«

»Der Stimmlage nach muss es ein Mann gewesen sein. Er hat auch seinen Namen genannt, ich habe ihn aber nicht verstanden – mit dem österreichischen Dialekt ist das so 'ne Sache. Nun, mir war das ursprünglich ja recht, da Eva sich in den thematischen Aufbau von Ausstellungen oft einmischt. Sie wird da manchmal sehr – na, sagen wir – diskussionsintensiv. Ansonsten ja kein Problem, aber die Russen lassen sich ungern in ihre Jubiläumsfeier dreinreden. Also habe ich ihr ausrichten lassen, dass ihre Anwesenheit erst drei Tage vor der Eröffnung notwendig sei, wegen verschiedener Interviews für die Medien und so weiter. Leider sind schon ein paar Termine geplatzt. Und wenn ich an die Eröffnung morgen denke, platzt mir auch bald der Kragen. Stellen Sie sich vor, Moskaus Bürgermeister hält die Eröffnungsrede, das Fernsehen ist live dabei, jedoch die Hauptdarstellerin fehlt … diese Blamage, nicht auszudenken!«

»Was erwarten Sie nun konkret von mir?«, fragte Meller, nervös geworden.

»Dass Sie sie auftreiben – egal, wo und wie!«, forderte sie.

Na klar, was sonst! Meller hatte sich während des Gesprächs übers Internet informiert und starrte auf ein Foto von Sergei Sobjanin, dem Moskauer Bürgermeister. Der Mann wollte natürlich neben einer attraktiven sowie gefragten Künstlerin, wie Eva Roth es war, brillieren. Missgelaunt dämpfte er Sieberts Erwartung:

»Das sagt sich so leicht. Ich würde Ihnen auch gern helfen, aber innerhalb eines Tages kann selbst ich nicht mehr ausrichten, als eine Vermisstenmeldung zu veranlassen. Aber wie ich Eva kenne …« Meller kam eine Idee.

»Herr Meller! Sie müssen sie unbedingt finden!«, flehte sie.

»Bleiben wir realistisch, Frau Siebert. Was ist, wenn Eva sich partout nicht finden lässt? Sie liebt das Dramatische … Eine entführte Eva Roth zum Beispiel wär doch ein gefundenes Fressen für die Medien! Eine bessere Publicity würden Ihr Verein, die Moskauer Galerie und natürlich Eva sonst nie bekommen! Sie, Frau Siebert, müssten lediglich den Bürgermeister darauf einschwören sowie dessen Rede ein wenig frisieren.«

»Ja, wenn das … Sie glauben tatsächlich, dass Eva so …?«

»Wie gesagt, ich kenne das Miststü… Ich meinte, ich kenne Eva Roth durch und durch.«

»Wenn Sie das sagen? Dann haben Sie mir – ich sag's mal Berlinerisch – den Arsch jerettet! Da fällt mir ein ganz großer Stein vom Herzen … Nein, dass ich nicht gleich selbst auf diese Idee gekommen bin? Ich lasse Sie wissen, wie die Vernissage gelaufen ist …«

»Tun Sie das, Frau Siebert. Einen schönen Tag noch.«

»Ihnen auch, Herr Meller, tschühüss!«

Meller unterbrach die Leitung und ließ sich in den Sessel zurückfallen. Ich sollte Werbestratege werden, dachte er.

So wie Lo Bianco, der in dieser Branche tätig war? In einer Branche, in der Kunden beeinflusst wurden, um sich dieses oder jenes Produkt unbedingt leisten zu müssen? Das war nicht Mellers Welt. Nirgendwo wurde so sehr geschwindelt wie in der Werbung. Er riss sich von seinen Gedankenläufen los.

Wie auch immer – Eva musste etwas zugestoßen sein. Angela Siebert hatte er seine Befürchtung nicht mitteilen wollen. Die Frau hatte genug mit ihrer Vernissage um die Ohren.

Soweit Meller Eva kannte, nahm sie jeden Auftrag ernst und war diesbezüglich verlässlich. Während er sich das letzte Telefonat mit Eva in Erinnerung rief, beschlich ihn eine nicht unbegründete Beklemmung. War sie zu diesem Zeitpunkt bereits die Gefangene eines Peinigers gewesen?

Ja, der verdammte Schwede ist es! Schnapp ihn dir und ab mit ihm ins Kittchen!

Meller wischte den Gedanken wie eine lästige Fliege zur Seite und bat Claudia, eine Vermisstenmeldung einzuleiten.

Sie deutete Meller, dass dies bereits geschehen sei. Sie hatte sein Gespräch aufmerksam mitverfolgt und sofort gehandelt. Den Antworten ihres Chefs während des Telefonats entnahm sie, was er als Nächstes zu tun gedachte.

Fotos von Eva Roth gab's genug im Internet. Eins davon hatte Claudia ausgewählt. Bei der Suche nach Björn Mellberg war sie allerdings noch nicht fündig geworden. Der Mann schien ebenfalls verschwunden zu sein.

Meller versuchte, sich wieder seiner ursprünglichen Tätigkeit zuzuwenden. In Gedanken jedoch geisterte Evas Verschwinden durch seinen Kopf. Voll Sorge war er um sie. Schlimmste Befürchtungen befielen ihn, er sah Eva angekettet in einem

Keller und wie sich ein Unhold an ihr verging, während sie verzweifelt nach Meller schrie …

Mit einem gemurmelten *verdammt, verdammt …* verjagte er die grausige Vision aus seinem Kopf.

Obendrein, was war denn das für eine Hitze hier drinnen?

Unbarmherzig knallte die Sonne ihre Strahlen an die großflächigen Scheiben – und das im Oktober!

War die Klimaanlage ausgefallen? Mitnichten. Meller sah zum Raumthermostat hin, auf dem ein grünes Lämpchen *aktiv* bedeutete. Mit einem Taschentuch tupfte er sich die Stirn ab. Hatte er Fieber bekommen? Eine russische Grippe, als letztes Souvenir von Eva?

Meller, du spinnst!

Körperlich war er in letzter Zeit jedoch nicht auf der Höhe. Er raffte sich auf und konzentrierte sich wieder auf den aktuellen Fall »Rachemorde«.

Lisa Lauermann, die Freundin von Laura Simmel, die den Unfall in Italien bezeugen konnte, musste er unbedingt auftreiben.

Es war der Beginn eines roten Fadens, von dem Meller erst ein fingerlanges Stück zu fassen bekommen hatte. Dieser Faden war verdammt dünn – vagen Vermutungen gleich – und konnte leicht reißen. Vorsichtig zu einem Knäuel aufgerollt, hoffte er, am anderen Ende Lisa Lauermann dran hängend zu finden. Wenn ihm nur nicht das Knäuel aus der Hand fiel und sich im Nichts verlor.

Verdammt, irgendwo auf einem der Erdteile dieses Planeten musste dieses Weibsbild doch stecken! Mochte es ihr gutes Recht sein, sich mit einem Gewinn von sieben Millionen Euro aus dem Staub zu machen, doch Meller hatte ein paar verdammt wichtige Fragen an sie zu richten. Zum Beispiel, wie das damals mit Laura Simmel abging, bevor die Schöpferin dieses *Mein-ist-die-Rache*-Gemäldes samt ihrem Sportflitzer in Flammen aufging.

Parallel dazu galt es auch, Laura Simmels Liebes- und sonstiges Leben zu beleuchten. Auch wenn sie längst – wo eigentlich? – unter der Erde lag. Bis dato hatte Claudia allerdings niemanden gefunden, der Privates von Laura Simmel zu berichten wusste, weder im Mödlinger Krankenhaus noch in ihrer Nachbarschaft.

Wer trauerte um die junge Krankenschwester? Wer hatte in ihrem Bett gelegen und sie beglückt? Anders betrachtet: Wer war der letzte Glückliche, dem sie ihr Herz, ihre Seele geschenkt hatte?

Mellers kühnstes Hirngespinst: Gab es einen Lover, der sich an der Gesellschaft rächen wollte, weil seine Flamme in Flammen aufgegangen war? An der Exekutive zum Beispiel, die ja dafür sorgen sollte, dass niemand zu schnell fährt …

Wohl ein bisschen verdammt weit hergeholt, was, Meller?

Aber es gab und gibt kranke Typen, die sich wegen erlittener Schicksalsschläge oder auch wegen der Konsequenzen für eigenes Fehlverhalten als Rächer aufspielten und andere dafür büßen ließen.

Meller teilte mörderische Taten in zwei Gruppen ein: geplante Einzelmorde und seriell ausgeführte Morde.

Geplante Einzelmorde hatten ihren Ursprung in menschlichen Schwächen wie Hass, Gier, Neid und jeder Art von Sucht. Motiv und spezielle Tötungsart verrieten den Charakter des Täters, manchmal auch den des Opfers. Denn maßgeblich für die Aufklärung eines Mordes war stets auch die Art, wie jemand »ins Gras beißen« musste. Jedenfalls war der Täter in erster Linie im Kreis der Bezugspersonen eines Opfers – Familie, Freunde, Bekannte, Geschäftspartner – zu suchen … und zu finden. Auch ein emotionell unkontrollierter Ausbruch, der im Affekt zum blutigen Showdown mit Todesfolge führte, ließ Ermittler sofort jenes Umfeld aufbrechen. Der letztendliche Erfolg, den oder die Täter zu finden, stand auf einem anderen Blatt. Mancher Mord oder Totschlag wurde jahrzehntelang nicht, mancher leider nie aufgeklärt.

Dann sieh zu, Meller, dass der oder die Mörder endlich gefasst werden!

Als wenn das so leicht ginge, ärgerte er sich, weil die Ergebnisse noch recht dürftig waren. Er fegte den lästigen Gedanken zur Seite und verlor sich in seinem Hirnkino.

Bei seriell ausgeführten Morden – Lust-, Frust- und sonstigen Zufallsmorden – war es noch viel schwieriger, den Killer ausfindig zu machen. Zum Beispiel konnte der Wahnsinnige nach Kopenhagen fliegen, dort jemanden ermorden und wieder zurückfliegen. Eine Woche später packte ihn erneut eine Mordslust, er fuhr mit dem Zug nach Rom, wiederholte sein tödliches Werk und fuhr wieder nachhause. Dann unternahm er Wochen später einen Trip per Auto nach München und murkste dort jemanden ab. Zu den Menschen, die der Mann tötete, hatte er keinerlei Bezug. Er kannte seine Opfer nicht, sie liefen ihm zufällig über den Weg. Er suchte sie lediglich nach Möglichkeit und Gelegenheit aus, wie und wo er sie ins Jenseits beförderte.

Ein Serienkiller, der sich völlig unauffällig verhielt und bei seiner mörderischen Tat keinerlei Spuren hinterließ – Gummihandschuhe verwendete, dunklen Overall mit Kapuze anhatte sowie Schuhe mit glatter Sohle trug –, der könnte dieses Spiel jahrelang so treiben, sofern er nicht auf frischer Tat geschnappt wurde.

Ein Mord in einer Millionenstadt war den Tageszeitungen nur ein paar Zeilen wert, wenn das zufällige Opfer nicht gerade ein

Promi war. Gewiss, die Polizei würde ihre Ermittlungen in alle Richtungen hin einleiten – der Erfolg würde ausbleiben.

So könnte der Serienkiller in gewissen Abständen zum Beispiel in Hamburg, Wien, Brüssel und jeder anderen beliebigen Metropole sein irres Werk verrichten. Und wenn er so clever war und bei jedem Mord eine andere Tötungsart wählte – erschießen, erstechen, erschlagen, erwürgen, ertränken, vergiften –, würde niemand die Morde in einen Zusammenhang bringen. Was für eine irre Vorstellung und dennoch jederzeit denkbar.

Das perfekte Verbrechen schlechthin? Nein!

Wäre da nicht die Eitelkeit. Irgendwann möchte der Wahnsinnige ob seiner Taten »belohnt« werden. Mit schaurigen Storys in den Medien. Wo würde er, der unbekannte Killer, erneut zuschlagen? Stadt und Land würden in Angst und Schrecken versetzt werden. Das mediale Interesse um seine Person würde angefacht, auflodern – und ihn schließlich zu Fall bringen. Der Serienkiller würde Fehler machen, man würde ihm auf die Spur kommen …

Meller fühlte sich nicht wohl, als ihm seine Fantasie dieses mörderische Szenario vorführte. Doch Ermittlungen begannen nun mal im Kopf, und um einen Täter zu verstehen, musste man denken wie einer.

War also der böse Gedanke bereits eine Sünde? Schon war Meller bei seinem Lieblingsthema gelandet:

Wann wird ein Gedanke zur Sünde?

– Bereits beim flüchtigen Dran-Denken – *ich könnte Lo erwürgen, weil er mir irgendwann meine Freundin ausgespannt hat …*

– Beim Durchspielen des Gedankens – *ich sehe, wie sich meine Hände um Biancos Hals schließen, und drücke zu …*

– Oder erst beim Umsetzen in die Tat – *ich hab Lo an der Gurgel, drücke gnadenlos zu, sehe, wie sein Gesicht rot anläuft, dann blau wird …*

Gott sieht alles, heißt es.

Wer eigentlich ist Gott? Ist Gott ebenfalls ein Gauner, der zulässt, dass ich Bianco – gedanklich oder real – zu Tode würge?

Meller, spinn nicht herum und lass Bianco weiterleben, er ist dein bester Freund. Beweg deinen Hintern und fass endlich deinen Serienkiller!

Der Faden jedenfalls war gesponnen, jener rote Faden, der den Kommissar zu Lisa Lauermann führen sollte.

Ob sie die Mörderin von Simmel, Pototschnig und Wimmer war? Eine Frau, die sieben Millionen Euro auf der Kante hatte?

Wohl ein bisschen weit hergeholt. Außerdem gab es eindeutige Fingerabdrücke eines gewissen Matic Kovac, der wiederum auf dem Mödlinger Friedhof lag, und das schon seit vergangenem Jahr.

War es nun tatsächlich Kovac, der zwei Meter unter der Erde lag? Oder befand sich jemand anderer im Grab? Wer war der Serienkiller, der diese Fingerprints und das *Mein-ist-die-Rache*-Symbol bei seinen Morden als Botschaft verstanden wissen wollte?

Verwirrender konnte diese mysteriöse Geschichte rund um Laura Simmel, Lisa Lauermann, Matic Kovac, Saphira Pototschnig und Daniel Wimmer wohl kaum sein.

Da der Kommissar zurzeit an allem zweifelte, glaubte er weder Gott noch sich selbst. Sicherheitshalber setzte er eine Person auf die Liste, die Claudia Rotter ebenfalls überprüfen sollte: Judith Langer.

Und was ist mit Hannah Klingohr, der sensiblen Malerin?

Na klar, Meller, und dann bist wieder munter worden!

Prinzipiell hat jeder Mensch Dreck am Stecken, dachte er.

Auch Eva Roth? Sie war der Verdacht in Person schlechthin, empfand Meller.

Warum nur musste sie ein Treffen mit ihrem Exlover erwähnen? Die beiden gingen ihm schon überhaupt nicht aus dem Kopf. Verdammt, verdammt …

– – –

Mit 32 Grad spielte das Wetter an diesem sonnigen Dienstag verrückt, und das im Oktober. Hätte man das bunt verfärbte Laub des Wienerwalds nicht vor Augen gehabt, wäre dieser Tag ebenso glaubhaft als heißer Maientag durchgegangen.

Der Chef der Spurensicherung mit zwei Leuten, die Staatsanwältin, die die Öffnung des Grabes angeordnet hatte, weiters eine Verantwortliche der Mödlinger Bestattung sowie der Kommissar standen unweit einer Grabesstätte. Dieser Teil des Friedhofs war weitläufig abgesperrt worden, um Gaffern den Zutritt zu verwehren.

Drei Männer mühten sich bei dieser Hitze ab, hatten erst das Holzkreuz aus der Erde gerissen und abseits hingelegt. Mit Krampen und Spaten entfernten zwei von ihnen die steinerne Umrahmung. Der dritte begann, mit einem kleinen Schaufelbagger das Erdreich abzutragen.

Eine Szene, die Meller nicht nur völlig bizarr vorkam, sie riss in seiner Seele alte Wunden auf. Er dachte an Lilian Goldmann, seine große Liebe aus Rio de Janeiro, die bei einem Flugzeugabsturz ums Leben gekommen war … Und weiter wanderten seine Gedanken zu Isabella Fischer, die seiner Frau so ähnlich gewesen war und die er nicht weniger geliebt hatte … Bella hatten mehrere Krebsgeschwüre hinweggerafft.

Auch du wirst dort landen, Meller, früher, als du glaubst!

Ein Gedanke, der absolut Hässliches an sich hatte.

Die Baggerschaufel drang immer tiefer vor, während die ausgehobene Erde sich seitlich des Grabes auftürmte.

Einer der Arbeiter hatte sich zum Rand hingestellt. Auf seinen Spaten abstützend, starrte er in das gegrabene Loch.

Plötzlich rief er: »Halt, Pepperl! Du haust eahm sonst zsamm! I siach eahm scho!«

»Und wenn? Der spürt des eh nimmer!«

Sie meinten Matic Kovac und dessen Sarg, welchen sie laut Anweisung der Bestattung auszubuddeln hatten.

Meller wandte sich ab und entfernte sich. Auch wenn es ein Ganove war, der da begraben lag, war es ihm unerträglich, weiter mitansehen zu müssen, wie ein Toter in seiner ewigen Ruhe gestört wurde.

Ein paar Grabreihen weiter blieb der Kommissar stehen.

Eine Welle der Wehmut überraschte ihn schlagartig. Tränen traten in seine Augen und liefen über die Wangen. Er streckte sein Gesicht in den azurblauen Himmel. Ein leichter Windstoß und die Hitze trockneten die Tränen weg.

Meller starrte in die unendliche Weite und atmete tief durch.

»Mama … Papa … Lilian … Bella … und alle ihr Lieben, die ihr mein Leben so schön mitgestaltet habt, ihr seid in meinem Herzen, solang ich lebe«, flüsterte er.

»Henriette, auch wenn wir beide es nicht immer leicht hatten, du hast dich stets bemüht, mir eine gute Ersatzmutter zu sein … Auch du, liebe Erika. Wie gern denke ich an meinen schrulligen Hausgeist. Jetzt bist du sicher bei deinem Helmuth. Grüße ihn von mir …«

»Wir können!«, rief jemand in Mellers Richtung und riss ihn aus seiner Wehmut. Soeben wurde der Sarg aus der Grube gehoben und seitlich auf zwei Paletten abgestellt. Meller kam hinzu und wartete stumm mit den anderen, bis die Arbeiter den Sarg von klumpigem Erdreich befreit und schließlich den Deckel entfernt hatten.

»Wir machen derweil Pause«, informierte der Baggerfahrer die Umstehenden. »Wenn uns jemand braucht, wir sitzen im Hauptgebäude.« Er streifte seine klobigen Handschuhe ab und warf sie auf den Sitz des Baggers. Die Arbeiter zogen ab und unterhielten sich dabei lautstark, als hätten sie ein Brunnenloch gegraben. Jede Branche hat ihre Charaktere, kam es Meller.

Der Anblick einer Leiche war für ihn berufsbedingt eine Alltäglichkeit. Doch zur Gewohnheit war er für ihn nie geworden. Denn je nach Todesfall war es meist ein schrecklicher Anblick. Speziell bei vom Zug zerfetzten Menschen waren seine Nerven aufs Äußerste strapaziert. Einen nicht minder robusten Magen erforderten Wasserleichen.

Nun stand der Kommissar vor einer Leiche im fortgeschrittenen Verwesungsstadium und verfolgte die routinierten Handgriffe der Spurensicherer. Meller hatte sich so hingestellt, dass der sanfte Wind, der unablässig wehte, ihn von diesem *Geruch des Todes* verschonte, der hin und wieder dennoch seine Nase streifte.

Die Ermittler hatten sich Gummihandschuhe übergezogen. Mit allerlei Bestecken, Werkzeugen und Gerätschaften, die sie bereitgelegt hatten, machten sie sich daran, Gewebeproben vom Verwesten zu entnehmen.

Da rief einer der Männer:

»Aber hallo! Dem Toten fehlen ja ein paar Finger!«

Zehn

Donnerstag, 6. Oktober 2011

»Ich sag's Ihnen aber gleich, es wird noch einige Zeit dauern, bis Herr Meller wieder da ist!«

Claudia Rotter hatte die Dame schließlich ins Haus gebeten, da die Unbekannte sich nicht abwimmeln hatte lassen. Sie wollte unbedingt auf den Herrn Kommissar warten.

Mit einem großformatig eingepackten Etwas und einem Strahlelächeln stand die überheblich wirkende, jedoch überaus erotische Erscheinung nun im Wohnsalon. Sie wollte sich partout nicht vorstellen, was Claudia vor Ärger erröten hatte lassen.

»Reicht das, wenn ich Ihnen verrate, dass Herr Meller sich außerordentlich freuen wird, wenn er mich sieht?«

Das reichte – auch Claudia. Meller war bereits über eine Stunde weg, musste also jeden Augenblick erscheinen. Dann sollte sich der Herr Kommissar eben über diese Überraschung freuen. Claudia hingegen freute sich gar nicht, diese knackarschige Aufgebrezelte zwischenzeitlich womöglich auch noch smalltalkmäßig unterhalten zu müssen. Menschen, die sich so arrogant bedeckt hielten, hatten garantiert etwas zu verbergen.

Claudia verschanzte sich wieder hinter ihrem Computer und ließ die Anonyme ihr gegenüber Platz nehmen. So konnte sie die Frau im Blickfeld behalten. Konzentriert widmete sie sich ihrer Arbeit und hatte dennoch ihre Antennen ausgefahren. Gab es neben einer anklingenden Eifersuchtswelle, die sich in ihr allmählich aufstaute, noch etwas an dieser Unbekannten, das bei ihr die Alarmglocken schrillen ließ?

Es mochten keine fünf Minuten vergangen sein, als Joe zur Tür hereingeschossen kam.

Üblicherweise drehte er sich erst wie ein tanzender Derwisch um die eigene Achse, anschließend umkreiste er vor Freude bellend Mellers Sekretärin und knallte ihr seine Vorderpfoten in den Schoß. Bei Schönwetter hatte sie ja nichts dagegen. Wenn es jedoch Nasswetter gab, trübte Joes Freudensgruß Claudias Laune zusehends. Seine Pfoten wurden vom Herrli zwar gereinigt, waren jedoch nass und hinterließen Tapser auf Kleid oder Hose. Erst recht lästig war es, wenn der Hund auch noch seine nassen Schlappohren ausbeutelte, was einem Gesichtsbad gleichkam.

Grund für Joes überschwängliche Freude waren die Leckerlis, die in einem Schälchen neben Claudias Computer lagen und von denen der Hund dann stets eins bekam. Einerseits, um Joe zu zeigen, wie lieb sie ihn hatte, andererseits, um seinem lästigen Hochspringen zuvorzukommen. Erst dann ließ der Hund Claudia wieder ihre Arbeit machen. Würde man Joes Freudenritual verstehen, dann hieße dies: *Wirf eine Hand voll Leckerlis aus, Claudia – und ich lass dich in Frieden!*

Aber Menschentiere waren nun mal nicht die klügsten. Damit musste der Hund eben leben.

Doch jetzt hielt Joe mitten im Derwischtanz inne. Er hatte die fremde Dame geortet, die ihn irritierte. Wer hatte ihr gestattet, seine Wohnstätte zu betreten? Misstrauisch und gleichzeitig neugierig geworden, schnüffelte Joe erst an ihren Hosenbeinen lang und versuchte, seine Schnauze in jene Stelle zu stecken, wo der Menschen Beine sich vereinen. Das schien der Dame überhaupt nicht zu gefallen.

Unwillig stieß sie den Hund mit der Hand weg.

Da begann Joe zu knurren, wich etwas zurück und starrte die Dame unverwandt an. Dann bellte er sie an, was heißen sollte: *Hau ab, du Zicke!*

Als die Unbekannte nicht darauf reagierte, sondern ihn ebenfalls nur anstarrte, wusste Joe Bescheid. Ankläffend umkreiste er jetzt die Dame, die vor Schreck ihre Beine hochzog und rief:

»So tun Sie doch was! Sehen Sie nicht, wie der Hund auf mich losgeht?«

»Der tut nix«, erwiderte Claudia hinter dem Monitor hervor, weil sie Joe, der keiner Menschenseele je ein Leid zufügen würde, kannte. Als die Bellerei jedoch nicht abbrach, ermahnte sie den Hund:

»Jetzt lass doch die Frau in Ruhe, Joe!« Claudia warf ein Stück Trockenfutter zur Fensterfront hin. »Da, such, Joe!«

Doch Joe reagierte nicht darauf. Er kläffte umso heftiger, und wie ein wild gewordener Affe wirbelte er um den Sessel mit der vor Angst erstarrten Fremden herum.

»JOE, AUS! … DA KOMM HER!«

Zwei Befehle, deren Tonlage und Lautstärke Joe allzu gut kannte, ließen ihn, wenn auch widerwillig, verstummen. Er zog seinen Schwanz ein und trabte in Richtung Herrli, das beim Eingang stand und sichtlich verärgert war.

Meller schnappte den Hund hinterm Kopf am Fell, ging mit ihm den Gang entlang und schob ihn in die Einliegerwohnung, die zuletzt Erika Hauser bewohnt hatte. Einmal noch kurz aufbegehrend, grummelte Joe, um sein Herrli auf gewisse Erkenntnisse aufmerksam zu machen. Zwecklos, sein Herrchen war jetzt wütend, und da war es ratsam, die Schnauze zu halten.

Doch was Joe seinem Chef mitteilen wollte, war, dass die Dame nach tierischer Haut roch. So sehr gegerbt und in der Farbe verändert konnte das Material der Hosenbeine gar nicht sein. Außerdem hatte Joe noch mehr zwischen ihren Beinen erschnüffelt. Aber wenn sein Herrli ihn nicht ausbellen ließ …

Hannah Klingohr stand in Mellers Villa im oberen Stock an der Galerie und bestaunte die großzügig aufgeteilten Räumlichkeiten. Der Kommissar hatte ihr ausnahmsweise sein Zuhause gezeigt, nachdem sie ihm verraten hatte, dass sie in absehbarer Zeit ein Atelier einrichten wolle. Was ihr bisher dazu fehlte, war das passende Gebäude.

»In Bad Ischl was Geeignetes zu finden, ist schwierig. Es gibt wenig Angebote. Aber eventuell hab ich bald was in Aussicht. Ein traumhaftes Loft, das genau auf meine Bedürfnisse zugeschnitten wäre.«

Als Meller mit der Künstlerin wieder im Wohnsalon angelangt war, schwärmte sie:

»Wow! Da könnte man direkt neidig werden, Herr Meller. Was für ein toller Ausblick! Dieser Raum wäre das ideale Atelier.« Verschmitzt grinste sie den Kommissar an. »Verkaufen Sie?«

»Ihre Frage ist gar nicht so abwegig. Vielleicht sogar bald. Wenn Sie noch ein wenig Geduld haben? Ich überlege wegzuziehen.«

»Ah ja? Wo soll's denn hingehen?«, zeigte sich Hannah Klingohr überrascht.

Claudia, die sich sichtlich auf ihre Arbeit am Computer konzentrierte, horchte ebenfalls auf. Das war ja ganz was Neues! Was für Flausen geisterten dem Chef jetzt wieder durch seinen Kopf? Ursprünglich hatte er lediglich verlautbart, seinen Job im S-C-ONE hinzuschmeißen und sich zur Ruhe zu setzen.

»Dorthin, wo ich hergekommen bin – nach Rio de Janeiro.«

»Rio? Sonne, Meer und schöne Frauen! Sie sind wahrlich zu beneiden«, seufzte Klingohr. »Könnte ich, wie ich wollte, ich würde mich anbieten, sofort mitzuziehen.«

Typisch, dachte Claudia, sich nur das Sahnestückchen aus der Männerwelt herauspicken. Okay, mochte Hannah Klingohr eine wirklich gut aussehende und gepflegte Lady sein. An Mellers Lippen klebte sie jedenfalls wie eine gewöhnliche Stubenfliege am Leimstreifen, während der Kommissar die wohnlichen Vorzüge seines Hauses lang, breit und blumig präsentierte.

Säuselsäusel ... der Mann, das schwanzgesteuerte Wesen, resümierte Claudia. Das täte dem aufgetakelten Weberknecht grad so passen, sich ihren Chef einzuverleiben. Sie wünschte der Langbeinigen, nach einem Blick auf deren Highheels, einen kapitalen Hinfaller.

Hannah Klingohr stelzte an Claudia Rotter vorbei, als wäre die Sekretärin einzuatmende Luft, stellte sich vor die raumhohe Glasfront und sah in den Garten hinaus. Meller scharwenzelte ihr nach. Der Alte und der Knackarsch, kam es Claudia schlagartig, was sie unmittelbar drauflosprusten ließ. Akkurat verschluckte sie sich dabei, was ihr einen Hustenanfall bescherte.

»Was ist?« Meller drehte sich um. Claudia japste, rang nach Luft und hustete ihre halbe Lunge in ein Taschentuch.

»Geht's wieder?«

»Pollenflug! Danke ... geht schon wieder!«, krächzte sie und schnäuzte sich trompetend. Pollenflug im Oktober?

Was Blöderes konnte ihr auch nicht einfallen.

»Pollen der Ambrosia sind derzeit eine Plage für viele Asthmatiker«, kam von Hannah Klingohr, der Claudias Hustenanfall nicht einmal eine Kopfdrehung wert war.

»Unglaublich, diese Symbiose von Natur und Technik«, flötete sie vielmehr dem Kommissar ins Ohr. »Das muss ein begnadeter Architekt sein, der für Sie ...«

»Lo Bianco heißt der begnadete Architekt«, mischte sich jetzt Claudia ins Gespräch. »Im Übrigen mein Lebensgefährte.«

Diese aufgepfefferte Schnepfe sollte ja nicht glauben, sie sei etwas Besseres, bloß weil sie ein wenig knackiger aussah und den Malerpinsel schwang. Misstrauisch beäugte Claudia die schlaksige Lange mit ihrem tiefroten Kurzhaarschnitt, die sich jetzt gnädigerweise ihr zuwandte. Der ebenso tiefrote, ihrer Figur schmeichelnde Raulederoverall, zeigte kein Gramm zu viel an Körperfülle. Auch Klingohrs strahlendweiße Zahnreihen waren makellos. Perfekte Verblendschalen aus Keramik, handgefertigt, urteilte Claudia säuerlich, in Erinnerung an ihre letzte hohe Zahnarztrechnung. Vier Kunststoffkronen, maschinengefertigt, steckten als teuerste Investition hinter ihren Lippen. Bei Zähnen konnte ihr niemand was vorgaukeln, und Klingohr schien den *American way of life* zu verinnerlichen: Zeig mir deine Zähne, und ich sag dir, was du wert bist.

»Oh, dann weiß ich sofort, an wen ich mich zu wenden habe, Frau ... Frau ...?«, flötete sie in Rotters Richtung.

»Claudia Rotter. Rechte Hand von Herrn Meller, nebstbei auch von Lorenzo Bianco, seines Zeichens Designer, Grafiker, Konzeptionist, Werbestratege und Lebensgestalter meinerseits. Und wenn ihm fad ist, entwirft er Wohnlofts wie dieses hier. Schaun ma mal, ob sich für Sie ein Termin einschieben lässt ... Sie sind finanziell auch ausreichend potent, Frau Klingohr?«

Eisig lächelnd, musterten sich die beiden Kontrahentinnen.

»Geld ist nicht alles auf der Welt. Aber keine Sorge, ich bin liquider, als Sie denken«, erwiderte Klingohr schnippisch, und ihr strahlendes Lächeln glich einer ultimativen Kampfansage.

»Aber bitte, meine Damen!«, versuchte Meller zu vermitteln,

der das emotionelle Zerwürfnis der beiden Kampfhennen mit Unbehagen verfolgte.

Oh Gott, einmal nur die Frauen verstehen, schnaufte er innerlich und sah demonstrativ auf seine Armbanduhr.

Claudia kannte ihren Chef, wenn er – für weibliche Reize einmal empfänglich geworden – seine Geschütze auffahren ließ. Was wäre, wenn sie sein pfauenhaftes Herumscharwenzeln um diese eingebildete Allerweltsmalerin ein bisschen trüben würde?

Das Bild, mit dem Hannah Klingohr gekommen war und von dem Meller in höchsten Tönen schwärmte, lehnte hinter Claudia an der Wand, an der es alsbald hängen sollte, wie die Künstlerin dem Kommissar empfohlen hatte:

»Was für eine Vorahnung! Als wäre diese Wand eigens dafür geschaffen worden! Finden Sie nicht, dass ihr erst durch mein Werk Leben eingehaucht wird … dass sie direkt pulsiert?«

»Ich bin ganz Ihrer Meinung, Frau Klingohr«, war der Kommissar vor ihr in die Knie gegangen, während sie das Bild an die Wand gehalten hatte.

Oh Gott, wenn Männern das Hirn in die genitale Ebene rutscht, glauben sie jeden Mist! Claudia warf einen kurzen Blick nach hinten, auf jenes angeblich Mauern lebendig machende Gemälde, eine Allerwelts-Meeresgischt, die einen Felsen zu zermalmen drohte. Okay – mochte man sich diesen Acrylschinken schenken lassen und ins Klo hängen, wenn Platz war, fand Claudia. Aber gleich kaufen?

Was wäre, wenn sie mit dem Sessel nach hinten sausen würde? Ha, dann säße sie mitten in der Meeresgischt. Das tut mir jetzt aber leid, würde sie ausrufen.

Claudia unterließ ihr Vorhaben des lieben Friedens willen. Stattdessen informierte sie ihren Chef über eine Meldung, die soeben auf ihrem Monitor aufschien:

»Ah, wir bekommen noch heute die Daten der Funkpeilung vom Handy deiner verschollenen Eva.«

»Na also, tut sich endlich was«, meinte Meller erleichtert.

»Ist das nicht jene Malerin, von der Sie mir erzählt haben, Herr Meller?«, zeigte sich Hannah Klingohr interessiert. »Hat sie sich denn noch immer nicht gemeldet?«

»Eva wird sich eine Auszeit genommen haben, denke ich. Unter Künstlern allemal üblich«, spielte Meller vor Klingohr den Vermisstenfall herunter.

»Schade, es hätte mich sehr gefreut, sie kennenzulernen. Sie erzählten doch, dass Frau Roth ähnlich wie ich malen würde.«

»Ihre Werke werden derzeit in der berühmten Tretjakow-Galerie in Moskau ausgestellt. Die Russen sollen ganz scharf drauf sein, hat mir die Organisatorin berichtet.«

»Respekt. So weit werde ich es nie bringen. Da werden sich unsere Wege wohl nie kreuzen. Schade.« Klingohr lächelte mit einem Seufzer. »Dabei hätte ich gern mal ein paar Werke von Frau Roth im Original gesehen.«

»Wenn's nur das ist, ich kann was für Sie arrangieren. Evas Halbschwester hat einen Schlüssel zu ihrem Atelier. Wenn Sie wollen, spreche ich mit ihr. Eva wird bestimmt nichts dagegen haben. Sind Sie noch länger in der Gegend?«

Aus dem Augenwinkel sah Meller, wie Claudia demonstrativ die Augen verdrehte und ungeduldig mit den Fingern auf die Schreibtischplatte klopfte.

»Wissen Sie was, Frau Klingohr, jetzt regeln wir erst mal das Finanzielle. Kommen Sie doch bitte mit!«

Hannah Klingoh verstaute das Kuvert in ihrer Tasche – ebenfalls feinstes Rauleder, farblich zum Overall passend. Es war die Restzahlung für ihre »Meeresgischt«.

»Sie zählen nicht nach?«, wunderte sich Meller.

»Wenn ich nicht mal einem Kriminalkommissar trauen darf, wem dann noch?«

»Leider sind es nur kleine Scheine. Hätte ich gewusst, dass Sie kommen ... Dennoch wäre es mir sehr recht, wenn Sie das Geld gleich nachzählen würden.«

»Kleingeld ist auch Geld«, lachte Hannah Klingohr. »Falls Sie sich verzählt haben, melde ich mich. Ein paar Tage bin ich ja noch in Wien ...«

»Frau Klingohr, nicht bös sein, ich muss leider ...« Nervös geworden sah er auf seine Uhr. »Ich hätte mich gern länger mit Ihnen unterhalten ... Vielleicht geht sich ja ein Termin in Roths Atelier aus. Am besten, Sie rufen mich übermorgen an – ja, Samstag ist ein guter Tag. So um neun Uhr? Ein Stündchen lässt sich sicher für Sie abzwicken ... Also, bis dann!«

Hannah Klingohr war schon zur Tür hinaus, da drehte sie sich noch einmal um.

»Ach ja, beinahe hätte ich es vergessen ... Ich soll Sie von Judith lieb grüßen und Ihnen ausrichten, dass Frau Stockmaier vergangenes Wochenende gestorben ist.«

»Ah ja? Das tut mir leid. Aber es war zu erwarten«, erwiderte Meller nachdenklich, weil ihm im selben Moment Stockmaiers Nachlass in den Sinn gekommen war.

Als der Kommissar wieder seinen zum Büro umfunktionierten Wohnsalon betrat, setzte er sich seiner Sekretärin gegenüber, die wieder an ihrem Platz saß.

»Bevor wir weitermachen, Claudia, sag mir bitte, was denn das vorhin sollte?«

»Nix. Absolut nix«, erwiderte sie und sah sichtlich konzentriert auf ihren Monitor.

»Dann ist ja alles okay«, fand Meller und erhob sich seufzend.

»Nix ist okay, Mario«, polterte Claudia plötzlich los und sah wütend zu ihm hin. »Ich bin doch nicht deine … deine was weiß ich was … vor dieser Schnepfe!«

»Was habe ich getan oder gesagt?«, verteidigte sich Meller.

»Eben, nix hast du! Mich kalt auflaufen lassen hast du! Sag, siehst du nicht, wie dich diese Tussi einwickelt?«

»Was? Einwickelt? Jetzt sag bloß, du bist eifersüchtig!« Meller lachte verlegen auf. »Oder wie darf ich dein peinliches Verhalten Frau Klingohr gegenüber deuten?«

»Du scharwenzelst doch um sie herum wie eine Hyäne um ihre Beute … ich meine … na ja – diesen gemalten Schinken.«

»Hyäne? Was für ein Vergleich! Was aber kümmert dich mein privates Vergnügen, ein Bild zu kaufen? Das erklär mir mal.«

»Wenn ich weiterhin für dich arbeiten soll, dann wage es nicht, diesen gemalten Schmus hinter mir an die Wand zu hängen. Der kotzt mich nämlich genauso an wie die affektierte Bohnenstange, die malen zu können glaubt. Also, weg mit der Peinlichkeit oder ich gehe … und zwar sofort.«

»Erpresserin. Nun gut, solang du hier sitzt, hänge ich das Bild nicht auf … ein Friedensangebot?«

»Mach, wie du willst, aber ich weigere mich, diesen billigen Abklatsch eines Urlaubsfotos hinter meinem Rücken zu dulden. Damit du mir auch glaubst, schau dir das an. Ich habe das Motiv inzwischen gefunden – die ach so Begabte hat ein Allerweltsfoto aus dem Internet nachgemalt … Als wenn das schon alles wäre …« Claudia war jetzt in Fahrt gekommen. Während Meller betroffen auf den Monitor starrte, hackte sie auf ihn ein:

»Ich habe schon ein wenig recherchiert. Du hast mir erzählt, dass sie aus München kommt, ihre Eltern vermögend sind und nach Neuseeland ausgewandert sind. Irgendetwas reimt sich da nicht zusammen. Was es ist, werde ich auch noch herausfinden.«

»Also gut, wenn du schon so übereifrig bist, was hast du über Judith Langer herausgefunden? Die kommt mir nämlich wesentlich verdächtiger vor.«

»Da bin ich eh schon dran. Aber wehe, ich finde auch Ungereimtes in der Vita der Meereswellen-Nachmalerin.«

»Was soll denn diese Drohung wieder?«

»Scheinbar brauchst du das.«

»Claudia, bitte! Besprechen wir das ein andermal. Das Bild gefällt mir. Und Klingohr betreffend«, Meller grinste hämisch, »du führst dich auf, als würde sie persönlich hinter dir hängen.«

»Na, das wär ja noch schöner!«, witzelte Claudia. »Aber wenn ich mir das so vorstelle … immer noch besser als der peinliche Wischiwaschi-Wellenkitsch.«

»Jetzt reicht's aber, Claudia! Bitte!«

Manuel war von der Schule heimgekommen. Zeitgleich mit ihm war auch Lo Bianco aufgetaucht, der auf einen Plausch zum Kommissar kommen und sich bei der Gelegenheit bei seiner Freundin entschuldigen wollte.

Irgendwann in der Dämmerung war Lo nicht gerade auf leisen Sohlen nachhause gekommen. Claudia war munter geworden und hatte von ihm wissen wollen, wo er denn bis um halb vier abgeblieben war. Denn Lo hatte ihr am Abend zuvor zwar mitgeteilt, dass er bei einem eventuell neuen Kunden – einer Filmfirma in Wien, die Dokus drehe und ein neues Corporate Design benötige –, eingeladen war. Eine Stunde etwa, höchstens zwei würde die Besprechung dauern.

Lo, der wie eine verrauchte Kneipe gestunken und sichtbar einiges getankt hatte, war immerhin so vernünftig gewesen und hatte sich von einem Taxi heimbringen lassen. Als er jedoch in seiner weinseligen Stimmung auch noch Claudia an die Wäsche wollte, hatte sie ihn aus dem Bett geworfen. Mochte sein, dass sich bei ihrem Anblick – sie war mit einem sündigroten Satinhöschen bekleidet – bei Lo sexuelle Begehrlichkeiten stauten. Claudia aber war tierisch sauer, weil er sein Handy wohlweislich abgeschaltet hatte, um ja nicht daran erinnert zu werden, wie lang maximal zwei Stündchen seien.

Sie hatte extra sein Leibgericht zubereitet – Lachs mit Wildreis und Kartoffelsalat, als Nachspeise Tiramisu –, um bei stimmigem Kerzenlicht mit Lo gemütlich zu schmausen … Sie wollte einfach wieder einen gefühlvollen Abend, mit anschließenden Höhepunkten in der Horizontalen, verbringen. In der letzten Zeit flackerte ihrer beider Liebesleben ohnehin auf Sparflamme.

Als der Kerl jedoch durch stundenlange Abwesenheit glänzte, war bei Claudia das Vorfreudefeuer allmählich erloschen. Bei einem TV-Krimi mit dem Titel *Ungerächtes Leben* hatte sie die Lachsportion allein verdrückt, ihren Frust mit vier Gläsern Illmitzer Rosé vom Weingut Gangl runtergespült und war schließlich zu Bett gegangen. Am Morgen war Bianco nicht aus den Federn zu kriegen, obwohl er einen wichtigen Termin beim Steuerberater hatte. Mitfühlend, wie Claudia nun einmal war, hatte sie kurzerhand den Termin verschoben und ihren stressgeplagten Lorenzo Bianco weiterschlafen lassen …

Während Manuel den Cockerspaniel durch den Garten jagte, hatte Meller mit seinem Freund auf der schattigen Terrasse Platz genommen, um diesen sonnigheißen Herbsttag zu genießen.

Claudia hatte Lo keines Blickes gewürdigt. Der Kerl sollte sich bei ihr erst mal entschuldigen – und zwar richtig. Nicht bloß ein flüchtiges Bussi auf ihre Lippen drücken und murmeln, dass er eben einer sei, dem immer etwas dazwischenkäme. Ah ja, und dass es ihm leid täte – so wie er es immer tat, der verflixte Herzensbrecher! Nein, dieses Mal sollte Lo eine Lektion erhalten, die sich gewaschen hatte, schwor Claudia sich, ohne zu wissen, wie sie diese inszenieren wollte.

Lo lamentierte, dass er rasende Kopfschmerzen habe, und bat um eine Tablette. Meller rief Manuel zu sich.

»Würdest du Lo ein Glas Wasser und eine Kopfwehtablette bringen? Du weißt, wo sie liegen. Wenn nicht, frag Claudia.«

Manuel sah Lo mitleidsvoll an und verschwand im Haus. Hechelnd jagte ihm Joe hinterher. Als der Junge mit dem Gewünschten auftauchte, sagte er:

»Wer die Nacht durchsaufen kann, der soll auch leiden.« Er reichte Bianco das Glas Wasser und legte ihm eine Tablette in die offene Hand.

»Ah ja? Und wer verzapft den Blödsinn?«, maulte Lo.

»Die da drinnen.« Manuel grinste frech und zeigte mit dem Daumen über die Schulter zum Haus, dann rief er dem Hund zu: »Komm, Joe! Fang das Leckerli!«

Bellend verfolgte der Hund den Jungen, der im Zickzack davonlief. Dann stürzte Joe sich auf das Stück Rinderhaut, das Manuel in die Büsche geworfen hatte.

»Muss der so laut bellen?«, jammerte Lo. Demonstrativ hielt er sich die Ohren zu. Seine dunklen Augenringe hatte er hinter einer Sonnenbrille versteckt.

»Hat Claudia also wieder einmal Recht«, erwiderte Meller dessen ungeachtet. Er spürte, dass es bei den beiden kriselte.

Claudia brachte Kaffee und Kuchen für alle, deckte auf und setzte sich hinzu, ohne Lo zu beachten. Sie war sauer.

Bianco war mit dem Fahrrad unterwegs. Sein Auto stand noch bei der Filmfirma. Deshalb war er auch hergekommen, um Claudia zu bitten, ihn nach Wien zu fahren. Intuitiv spürte Lo, dass er mit seiner Bitte noch zuwarten sollte. Um die angespannte Stimmung zu neutralisieren, erzählte er:

»Ihr könnt froh sein, dass ich noch unter den Lebenden bin«, begann er dramatisch. »… das grenzt förmlich an ein Wunder.«

»Denke ich auch«, erwiderte Meller knapp und grinste.

»Nein, echt! Ich möcht wissen, was sich die Planer bei der neuen Hauptstraße gedacht haben. Abgesehen davon, dass die Autofahrer den Radlerstreifen permanent verparken … Ich fahr also den Radweg entlang in Richtung Stadt. Da reißt so ein Depp die Autotür auf. Ich zische vor Schreck auf die Fahrbahn und zack – beinahe hätte mich einer abgschossen!«

Lo beobachtete, ob sein Erlebnis Claudia irgendwie berührte. Sie aber blickte unbeeindruckt auf ihre Tasse Kaffee, biss ein Stück vom Kuchen ab und meinte kauend:

»Wer die Augen offenhält, hat mehr vom Leben.«

»Stimmt«, erwiderte Meller.

»Nicht jeder kapiert das«, setzte Claudia nach.

»Ob er das kapiert hat?«, meinte Meller grinsend, der ihr Spielchen mitmachte.

»Hallo?«, mischte sich Bianco ein. »Noch lebe ich und … und deppert bin ich noch lang nicht!«

Claudia reagierte nicht darauf. Zu Meller gewandt, sagte sie: »Früher war er … ich weiß nicht … irgendwie intelligenter.«

»Was wird das, wenn's fertig ist?«

Biancos Blicke wanderten zwischen den beiden hin und her.

»Nein, er kapiert's nicht«, stellte Meller seufzend fest.

»Wissts was? Ihr könnts mich … kreuzweise«, drohte Lo ihnen an, stand auf und ging.

»Sagte ich ja«, hörte er noch von Claudia.

Lo schnappte sein Fahrrad und wollte schon losfahren, als ihm der Cockerspaniel in die Quere kam.

»Schleich dich, depperter Hund!«, schrie er Joe an.

Entrüstet sah Manuel Lo nach, beugte sich zum Schwanzwedler hinunter, zeigte auf sein Hosenbein und sagte:

»Du musst Lo ins Wadl beißen … Verstehst du, Joe?«

Meller und Claudia prusteten drauflos.

»Zeig so was Joe nicht auch noch«, mahnte Meller den Jungen, »der macht das wirklich.«

»Der Dämpfer hat Lo gebührt«, lachte Claudia und erzählte ihrem Chef, warum sie am Vormittag so mieselsüchtig gewesen war, was auch ihr aggressives Verhalten Hannah Klingohr gegenüber erklären sollte. Selbst wenn dies nicht ganz der Wahrheit entsprach, Claudias Frust war gerächt.

»Na, dann ist ja alles wieder im Lot.« Meller war erleichtert. »Was aber die neue Hauptstraße betrifft, da hat Lo Recht.«

»Und erst die grauslichen Straßenlaternen«, bemerkte Claudia, »wie im ehemaligen Osten. Ich war einmal in Ungarn, als es noch den Eisernen Vorhang gegeben hat. Da haben s' dort auch solche Masten gehabt, mit Lautsprechern dran, um ihre politischen Parolen zu verkünden.«

»Vielleicht kommt das auch noch«, meinte Meller und grinste.

»Was weiß man?«, orakelte Claudia. »Wenn man dran denkt, dass sogar ein offenes Rinnsal die Straße entlang geplant ist.«

»Das bald zum stinkenden Rinnsal wird – wie im Mittelalter.«

»Und weil's damals die Leut aufgehängt haben, hat Lo die Hauptstraße in *Galgenstreet* umbenannt, wegen der galgenähnlichen Leuchten, passend zu: Mödling, die Babenbergerstadt.«

»Genug gelästert«, beendete der Kommissar das Geplänkel, »ändern lässt sich's nicht mehr. Da müsste man Politiker sein, und das wollen wir doch auch nicht, oder?«

»Gott bewahre«, stöhnte Claudia auf. »Ich will mich jeden Morgen im Spiegel anschauen können.«

»Ach, es gibt Schlimmeres, als Politiker zu sein«, meinte Meller, »ein Gangster zu sein, zum Beispiel.«

»Siehst du da bei manchen einen Unterschied?«, fragte Claudia sarkastisch.

»Jetzt aber im Ernst – kümmern wir uns um unsere Ermittlungen … Weißt du schon was über Judith Langer?«

»Bin mittendrin. Noch nix konkret Verdächtiges.«

»Und unser Sorgenkind Eva betreffend – was gibt's da zu vermelden?«

»Wir haben die Auflistung ihrer Handydaten bereits erhalten. Du wirst lachen – die allerletzte Ortung war zwischen Strobl und Bad Ischl.«

»Aha, und warum ist das zum Lachen?«, wollte Meller wissen.

»Weil du bestimmt einen weiteren Klingohr-Schinken nachhause bringen wirst, den ich zum Totlachen finden werde, wetten? Schließlich musst du wieder ins schöne Salzkammergut – ermitteln und so.«

»Was soll das *und so?* Noch immer eifersüchtig? Vergiss endlich die harmlose Meereswellenmalerin.«

»Weibliche Intuition – das wirst du nie kapieren, Mario. Jedenfalls finde ich die Klingohr seltsam. Ich kann's mir nicht erklären«, insistierte Claudia.

Übertrieben verdrehte Meller die Augen und erwiderte: »Angenommen, die Klingohr hat Dreck am Stecken, warum soll sie dann ausgerechnet die Nähe der Polizei suchen? Aber wenn du glaubst, wassere auch bei ihr nach. Nur vorher stürz dich auf Judith Langer. Bei der geht's mir so … Häng dich da dran. Ich glaube zwar nicht, dass die Heilpflegerin unser Serienkiller ist, aber Langer hat bei mir einen Eindruck hinterlassen, den zu hinterfragen nicht schaden kann. Und jetzt, da Evas letzter Handykontakt aus der Gegend stammt, ist das ja schon ein bisserl verdächtig. Kann natürlich auch purer Zufall sein. Aber bitte, aus Zufällen werden manchmal Mordfälle … Bring jedenfalls auch in Erfahrung, wer der Nachlassverwalter von Margot Stockmaier ist, sie ist nämlich gestorben. Ich hätte nur zu gern gewusst, wer das schöne Haus erben wird.«

Seltsam war's allemal, dass Evas Handy in der Ischler Gegend geortet worden war. Andersrum gedacht, was hätte Eva mit der permanent naiv daherquatschenden Heilpflegerin denn gemeinsam haben sollen? Absolut nichts.

Was aber hatte sie dann dort zu suchen? Den verschwundenen Schwedentypen?

Mensch, Meller! Die zwei liegen an irgendeinem exotischen Strand und lachen sich über dich kaputt, so schaut's aus!

Auch eine Option, dachte er. Was hatte sie ihm versprochen? Ihr unterbrochenes Tête-à-Tête würde zu Ende geführt werden, wenn sie zurück sei.

Nicht mit mir, entschied Meller.

Gedanklich ließ er Hannah Klingohr und Eva Roth aufeinander losgehen – der Grund: tödliche Eifersucht; die Waffen: alles, von Fingernägeln bis Kanonen; der Preis für die Siegerin: Mellers Herz. Ein Bild für Götter, dachte er schmunzelnd.

»Was gibt's da zu grinsen?«, fuhr ihn seine Sekretärin an.

»Nichts, eher zum Weinen«, erwiderte Meller.

Sein Handy dudelte.

»Meller, ja …?«

Aufmerksam hörte er zu. Sein Grinsen verschwand schlagartig. Er ging ins Haus zu seinem Schreibtisch, klemmte das Handy zwischen Schulter und Ohr und tippte in die Tastatur.

Gebannt starrte er auf die Seite, die sich geöffnet hatte.

Meller beendete das Gespräch und legte das Handy zur Seite. Na bravo, ein weiterer Mordfall. Bald würde die Hölle los und er rund um die Uhr eingesetzt sein. So viel zu seinem geplanten Ausstieg aus dem Krimineserjob.

Er winkte Claudia, die ihm ins Haus gefolgt war, zu sich.

»Ich muss sofort nach Wien fahren. Das passt mir so richtig in den Kram. Hätte ich dem Minister nicht zugesagt, den Pototschnig-Fall zu übernehmen, wär ich schon längst weg. Warum bin ich nicht einfach sofort nach Rio, ich … ich Depp, ich.«

»Das ist dein Karma, Mario«, spöttelte Claudia.

»Was? Ein Depp zu sein?«

»Aber nein! Dein Karma, das dich hindert, Nein zu sagen!«

»So? Tut's das? Dann sage ich hiermit ein klares Nein zum Nicht-an-die-Wand-Hängen von Klingohrs Wellengischt.«

»Das stehst du nicht durch«, drohte ihm seine Sekretärin.

»Schaun ma mal«, entschied Meller grinsend, ihr und seinem Karma trotzend. »Aber lies erst mal das.«

Als Claudia die Meldung überflog, bildete sich auf ihrem Rücken eine Pipihaut, und ihr wurde kalt. Eiskalt …

Elf

Freitag, 7. Oktober 2011

War der Serienkiller schon bei Daniel Wimmer brutal vorgegangen, so hatte er sich bei Walter Bayer eine besonders bösartige Steigerung des tödlichen Rituals ausgedacht.

Der Polizist war in seinem Wohnzimmer nackt an einen Stuhl gefesselt gesessen, wobei seine Unterarme mit Klebeband an die Armlehnen fixiert waren. Mit den Unterschenkeln war er ebenfalls mit Klebeband an die vorderen Stuhlbeine gebunden. Die Augenlider des Polizisten waren mit Superkleber fixiert worden, so dass er sie nicht schließen konnte.

Bayers Blick war auf einen Flatscreen gerichtet, wobei sein Kopf an ein schmales Regalbrett gebunden war. Es stammte aus einem Oberschrank der Küche und war als Verlängerung der Rückenlehne am Stuhl befestigt.

Einen Horrorporno russischer Herkunft, in dem ein Polizist zwei Mädchen auf brutalste Art vergewaltigte und anschließend zerstuckelte, hatte Bayer sich ansehen müssen. Die DVD steckte noch im Player.

Walter Bayer war jämmerlich erstickt. Mund und Nase des Opfers waren ebenfalls mit Superkleber verklebt.

Die Wohnung des Opfers befand sich in der Hasnerstraße, Ecke Huttengasse im sechzehnten Wiener Gemeindebezirk. Es handelte sich um eine kleine Dachwohnung in einem älteren Gemeindebau, die Walter Bayer allein bewohnt hatte. Seine Mutter war ebenfalls in der Wohnung gemeldet, die Frau lebte jedoch seit sechs Jahren bei ihrem Lebensgefährten in der Schlachthausgasse im dritten Bezirk.

Bayer hatte keine direkten Nachbarn. Im Stockwerk unterhalb seiner Wohnung lebte ein altes Ehepaar, das in jener Nacht keinen Lärm vernommen hatte. So konnte nur vermutet werden, dass der Polizist seinen Mörder gekannt haben musste und ihm geöffnet hatte, denn die Eingangtür wies keine Anzeichen von gewaltsamem Eindringen auf.

Im Vorzimmer des Opfers gab es Spuren eines Kampfes. Ein zerbrochener Spiegel und mehrere Fotos, von einer Pinnwand herabgerissen, lagen auf dem Boden. Abdrücke von Sportschuhen waren auf einigen der Spiegelsplitter auszumachen. Walter Bayer war knapp eins achtzig groß und von sportlicher Statur. Ihn zu überwältigen, musste sichtlich Mühe gekostet haben.

Der Tod des Opfers war gegen vier Uhr früh eingetreten, das hatten die ersten Untersuchungen ergeben. Dass der Mord an Walter Bayer wieder jenem gesuchten Serienkiller zuzuschreiben war, bestätigten zwei augenscheinliche Indizien:

Am Klebeband, mit dem der Polizist gefesselt worden war, fand man Fingerabdrücke, die eindeutig Matic Kovac zuzuordnen waren. Ein Blatt Papier, auf dem die *Mein-ist-die-Rache*-Botschaft zu lesen war, klebte auf Bayers nacktem Oberkörper.

Das Privatleben des Polizisten war durchleuchtet worden. Das hatte jedoch keinerlei Hinweise darauf erbracht, warum dem Mann ein so schreckliches Ende beschieden war. Ebenso wenig konnte man in seinem Wirkungskreis einen Verdächtigen ausmachen.

Als strebsamer und gewissenhafter Polizist war Walter Bayer bei seinen Kollegen beliebt gewesen. Er war Single gewesen und wäre im Dezember vierundzwanzig Jahre alt geworden. Nach dem Ende seiner zweijährigen Beziehung mit einer chilenischen Studentin hatte er wieder Kontakte zu Frauen gesucht, was auf seiner Dienststelle nicht unbemerkt geblieben war. Die Kollegen hatten ihn gehänselt, da Bayer in seiner Freizeit bevorzugt im Umfeld von Gaststudentinnen aus Südamerika anzutreffen war. Auch war der Polizist ein leidenschaftlicher Diskobesucher. »The Loft«, ein Szenelokal am Lerchenfelder Gürtel im sechzehnten Bezirk, galt als sein Stammlokal.

Die Ermittlungen ergaben, dass Walter Bayer in der Mordnacht im besagten Lokal mehrfach mit Frauen tanzend gesehen worden war. Mit seiner letzten Tanzpartnerin, einer hübschen, langhaarigen Brünetten etwa in seinem Alter, hatte der Polizist gegen drei Uhr früh das Lokal verlassen. Jene Frau hatte man bis dato im Klub noch nie gesehen. Sie war relativ spät ins Lokal gekommen. Ein Klubgast, der bei der Langhaarigen abgeblitzt war, erinnerte sich, dass Bayer etwa eine halbe Stunde ausschließlich mit der Brünetten getanzt und dann mit ihr das Lokal verlassen hatte …

Die Krisensitzung erstreckte sich über den ganzen Tag und forderte nicht nur Meller immense Geduld ab. Seine Schussverletzung schmerzte bald vom stundenlangen Sitzen. Mehr denn je schwor er sich, dass dies sein letzter Job sein würde.

Man hatte versucht, den vermutlichen Ablauf der einzelnen Mordfälle minutiös durchzugehen und zu analysieren. Dennoch waren nach Stunden konzentrierter forensischer Durchleuchtung die gewonnenen Erkenntnisse, was das Täterprofil betraf, relativ dürftig:

Man ging von einem Einzeltäter aus – männlich, 25 bis 45 Jahre alt. Durch traumatische Ereignisse, die dem Mann im Kindesalter, in seiner Jugendzeit oder auch im Erwachsenenalter widerfahren waren, musste sich bei ihm ein Hassgefühl aufgestaut haben. Da die Exekutive in das Schussfeld des Täters geraten war, war anzunehmen, dass er sie für dieses »angetane Unrecht« verantwortlich machte und sich dafür nun rächte.

Der Mann lebte entweder allein oder in einer Beziehung. Möglicherweise wusste die Frau vom mörderischen Treiben ihres Partners und agierte als Köder, um an die Opfer heranzukommen.

Also doch zwei Personen? Ein Täterpaar?

Bei den drei Mordfällen war es eine Frau gewesen, die als letzte Person mit den Opfern im Kontakt war. Doch so wie Wimmer und Bayer zu Tode gekommen waren, war eher auszuschließen, dass eine weibliche Person als Serienkillerin infrage kam. Derart brutale Tötungsarten waren erfahrungsgemäß einer Frau nicht zuzuordnen. Obendrein waren die beiden Polizisten sportlich und kräftig gebaut und wären von einer Frau kaum zu überwältigen gewesen.

Dass es sich bei den Morden nicht um Beziehungstaten handelte, war ersichtlich. Man fand auch keinerlei Hinweise auf Verbindungen – weder zwischen den Opfern noch in deren Freundeskreisen.

Dass vermutlich ein Täterpaar seine Rachelust stillte, war offensichtlich. Wobei man annehmen musste, dass es zu weiteren Morden mit noch brutaleren Tötungsarten kommen würde. Mehrere Indizien wiesen darauf hin, dass es sich um ein und dasselbe Täterpaar handelte:

– Man fand identische Fingerabdrücke auf dem Laptop von Pototschnig und den Klebebändern, mit denen Wimmer und

Bayer gefesselt worden waren. Die Prints stammten von Matic Kovac, der zum Zeitpunkt des Mordes an Pototschnig schon über ein Jahr tot war. Die Exhumierung ergab, dass der Leiche Daumen, Zeigefinger und Mittelfinger der rechten Hand amputiert worden waren. Das musste in der Prosektur in Mödling geschehen sein. Das verwendete Klebeband mit Kovacs Fingerprints stammte aus derselben Chargenproduktion. Das Auslieferungsgebiet konnte jedoch nicht eingegrenzt werden. Jene Klebebänder wurden über eine Handelskette für Bürobedarf im gesamten Bundesgebiet angeboten.

– Laura Simmel arbeitete im Krankenhaus Mödling und war aushilfsweise auch in der Prosektur tätig. Also hätte sie diese Amputationen bewerkstelligen können. Simmel war jedoch schon Monate vor dem Mord an Saphira Pototschnig bei einem Autounfall tödlich verunglückt und bis zur Unkenntlichkeit verbrannt. Das hatten die italienischen Behörden, die die Ermittlungen durchgeführt hatten, bestätigt. Augenzeugin dieses Unfalls war Simmels Freundin, Lisa Lauermann.

– Lisa Lauermann hatte im vergangenen Jahr im Lotto einen Vierfach-Jackpot geknackt: über sieben Millionen Euro. Nach der Auszahlung des Lottogewinns war Lauermann spurlos verschwunden. Sie konnte bis dato nicht ausfindig gemacht werden. Eine Personensuche lief zurzeit.

– Das gesuchte Täterpaar musste in irgendeiner Weise mit Laura Simmel in Verbindung stehen. Bei jedem Opfer war eine Kopie jener *Mein-ist-die-Rache*-Botschaft hinterlegt worden. Ein untrügliches Zeichen dafür, dass der oder die Täter erlittenes Unrecht gerächt wissen wollten.

– Bei den Mordopfern Wimmer und Bayer wurden lange Frauenhaare gefunden, die so offensichtlich dalagen, als wären sie absichtlich dort platziert worden.

– Weiters war auffallend, dass die Opfer zum Zeitpunkt ihrer Ermordung Single waren und allein lebten. Nachweislich suchten alle drei eine Partnerin. Sohin musste die Mittäterschaft eines Lockvogels, der für den Serienkiller agierte, angenommen werden.

– Ein überraschendes Indiz für die Fortsetzung der Mordserie war beim dritten Mordopfer gefunden worden. Walter Bayer hielt in seiner rechten Hand zwischen Daumen und Zeigefinger ein kleines Stück zusammengerolltes Papier, das aus einem Zeitungsartikel herausgerissen worden war – *Kommissar Mario Meller* war darauf zu lesen.

Nach dieser Entdeckung war dem Kommissar das Herz in die Hose gerutscht, und ihm war gleichzeitig Menschesthers Bericht über die verunglückte Krankenschwester eingefallen – konkret die Bemerkung *… dir würde sie auch gern einmal einen ordentlichen Denkzettel verpassen …*

Was das Killerpaar mit dem Papierröllchen mitteilen wollte, war relativ deutlich zu verstehen. Die Fortsetzung des mörderischen Spiels mit der Ankündigung:

Du wirst der Nächste sein, Meller.

Nur – wer war dieser mörderische Denkzettelausteiler, wenn Laura Simmel längst tot war?

Dieser mickrige Zeitungsschnipsel hatte Meller so arg zugesetzt, dass er den ganzen Kram sofort hinwerfen wollte. Nein, auf diese Art zu sterben, hatte er weder jetzt noch überhaupt jemals vor. Aus welchem Grund auch immer der Wahnsinnige einen Kieberer nach dem anderen abmurkste – warum sollte jetzt er zu dieser fragwürdigen Ehre kommen?, war es Meller durch den Kopf geschossen.

Ebenso fragten sich das alle anderen Anwesenden. Man rätselte, wog ab und diskutierte …

Nachdem der Kommissar den ersten Schreck verdaut hatte, wurde er gefragt, ob er unter Umständen als Lockvogel agieren würde? Man würde ihn auf Schritt und Tritt rund um die Uhr überwachen. Es könne nichts passieren, da die Kollegen der Einsatztruppe alles im Griff hätten. Doch Meller solle selbst entscheiden, ob er weiterhin im Soko-Team bleiben wolle. Man könne es verstehen, wenn er untertauchen würde.

Wer den Kommissar kannte, wusste, dass er sich wieder einmal breitschlagen hatte lassen …

Bei der anschließenden Pressekonferenz musste man den Journalisten die Antwort, wer das Mörderpaar sei, weiterhin schuldig bleiben. Aufgrund forensischer Analysen konnte immerhin ein Serienkiller-Typus beschrieben werden:

– Der Killer: männlich, 25 bis 45 Jahre alt.

– Der Köder: weiblich, 25 bis 35 Jahre alt.

– Das Motiv: Hass auf die Staatsgewalt.

– Die Opfer: Beamte der Exekutive.

Gesucht wurde jedenfalls fieberhaft Laura Simmels Freundin Lisa Lauermann. Sie war die Einzige, die manch offene Frage beantworten könnte.

Die Journalisten wurden daher angehalten, die Bevölkerung um Hinweise zum Aufenthaltsort von Lisa Lauermann zu bitten.

– – –

Ihre Lippen waren geschwollen, waren rissig geworden und brannten. Ihr ganzer Körper tat weh von den Schlägen, von der totalen Verzweiflung, der sie wieder und wieder verfallen war. Die Augen schmerzten vom vielen Weinen, das dem Körper Flüssigkeit raubte.

Seit zwei Tagen hatte sie kein Wasser mehr bekommen.

Sie wusste nicht, wo sie war und warum sie gefangen gehalten wurde. Sie verfluchte den Tag, an dem das Scheusal sie in diese höllische Situation gebracht hatte.

In diesem stinkenden Loch bei beinahe völliger Dunkelheit herrschten andere Gesetze. Nämlich die des Todes ... und die ihres Peinigers, von dem sie bisher weder die Stimme gehört noch das Gesicht gesehen hatte.

Er kam sonst in regelmäßigen Abständen und fütterte sie innerhalb von einer Minute ab. Wie ein Schwein, dem der Fraß hingeworfen wurde. Was sie nicht sofort in den Mund stopfte, nahm er ihr wieder weg. Ebenso verfuhr er mit der Wasserration. Er stellte ihr eine volle Plastikschüssel vor die Nase. Sie musste sofort danach greifen und zu trinken beginnen. Nach einer Weile wurde ihr das Gefäß aus der Hand gerissen und der Rest über den Kopf geschüttet.

Nach den ersten Tagen in Gefangenschaft hatte sie sein System überrissen. Seither schlang sie alles an Ess- und Trinkbarem in sich hinein, was ihr in der wenigen Zeit möglich war.

Tag für Tag dasselbe brutale Ritual.

Einmal – sie hatte jegliches Zeitgefühl verloren – war es ihr beinahe gelungen, die Fußfesseln zu entfernen. Doch ihr Peiniger hatte es bemerkt, ihr die Kleider vom Leib gerissen und mit einem Seil auf sie eingedroschen. Sie hatte versucht, ihren Kopf zu schützen, soweit es ihr mit gefesselten Händen möglich gewesen war. Doch es hatte nichts geholfen, sie war auch im Gesicht getroffen worden. Sie hatte Blut gespuckt und vor Schmerzen aufgeschrien. Sie hatte ihn angefleht, ihm zwischen den Schlägen versprochen, nie mehr zu versuchen, die Fesseln zu lösen. Erst dann hatte der Mann von ihr abgelassen, war gegangen und nicht mehr wiedergekommen.

Da war sie erst recht in Panik geraten, weil sie glaubte, in dem Loch verrecken zu müssen. Vor allem der Durst war fürchterlich – und ihre Hustenanfälle. Minutenlang wurde sie davon gebeutelt und musste höllisch aufpassen, nicht daran zu ersticken. Ihre Zunge war angeschwollen, und ihre Mundhöhle fühlte sich wie ein nach Fäulnis stinkender Fremdkörper an.

Dann war er Gott sei Dank wieder aufgetaucht, hatte ihre Wunden mit einer Salbe eingeschmiert und sie gefüttert, nach seiner speziellen Art – zu wenig Fressen mit zu wenig Wasser hinunterschlingen und würgen. Sie wusste, hier suchte sie niemand. Wenn es ihr nicht gelingen sollte, sich aus eigener Kraft zu befreien, würde sie jämmerlich zugrunde gehen.

Es musste eine Art Erdkeller sein, in dem sie wie ein Tier gefangen gehalten wurde. In diesem Loch stank es fürchterlich nach Verwestem, nach Pisse, nach Exkrementen …

– – –

Der entscheidende Hinweis ging am Samstagvormittag ein. Eine gewisse Corinna Scheibenpflug, Brandmanagerin in einer internationalen Werbeagentur, meldete sich bei der Soko. Die Anruferin wurde sofort mit Meller verbunden.

Seit Kindheitstagen war Scheibenpflug mit der Gesuchten befreundet – bis vor drei Jahren. Dann hatte sie Lisa Lauermann in flagranti mit ihrem Freund erwischt. Sie hatte Lisa die Freundschaft aufgekündigt und sich von ihrem Freund getrennt, der kurz darauf bei Lisa eingezogen war.

Scheibenpflug hatte es nach ihrer Trennung beruflich nach London verschlagen. Jetzt war sie wieder im Land und hatte von den mysteriösen Mordfällen gelesen und dass Lisa Lauermann in diesem Zusammenhang gesucht wurde.

»Es wird gemunkelt, dass Lauermann im Lotto gewonnen hat. Ist Ihnen da etwas zu Ohren gekommen?«

»Wie? Lisa soll im Lotto gewonnen haben? Die hat sich doch nie dafür interessiert! Rainer, mein damaliger Freund, war der Verrückte, der monatlich ein kleines Vermögen dafür in den Sand gesetzt hat – meins übrigens.«

»Ah ja? Rainer … und weiter?« Meller horchte auf.

»Rainer Pechhacker. Er war immer in Geldschwierigkeiten und hoffte, mit seiner bescheuerten Zahlenkombination einen Supergewinn abzucashen. Mir ging er damit ziemlich auf den Geist … na ja, das Problem hat sich ohnehin erledigt.«

»Sie sagten, Rainer Pechhacker habe eine spezielle Zahlenkombination gespielt?«

»Die hätte ich längst vergessen, wäre sie nicht so bescheuert gewesen … zwei – vier – sechs – elf – zweiundzwanzig – dreiunddreißig. Die Zahlen weiß ich auswendig.«

Meller verglich sie mit denen in seinem Bericht. Claudia hatte sich von der Lottozentrale die Gewinnzahlen des Vierfach-Jackpots im vergangenen Jahr geben lassen.

Na, da schau an! Hatte sich Lisa Lauermann unrechtmäßig einen Supergewinn unter den Nagel gerissen?

»Und – wissen Sie, wo sich Lauermann jetzt aufhält?«

Scheibenpflug lachte auf:

»Ha, geh bitte – würden Sie wissen wollen, was der Typ treibt, der Ihnen die Frau ausgespannt hat und wo er …«

»Warum haben Sie uns dann angerufen?« fiel ihr Meller ins Wort. Die war war ja ziemlich geladen, fand er.

»Um Sie zu informieren, dass Lisa ein ganz gefinkeltes Luder ist, das es faustdick hinter den Ohren hat. Mich tät's nicht wundern, wenn sie in irgendeiner Weise etwas mit dieser Mordserie zu tun hätte.«

»Na, dann danke ich Ihnen jedenfalls für Ihre Hinweise, Frau Scheibenpflug.«

»Bitte gern, es war mir ein Bedürfnis. Lisa hat bestimmt ordentlich Dreck am Stecken, sonst hätte sie sich längst gemeldet. Jedenfalls wünsche ich Ihnen viel Erfolg beim Auffinden dieser falschen Schlange ...«

Endlich der erste konkrete Hinweis, der zu Lisa Lauermann führen könnte – ein gewisser Rainer Pechhacker.

Die Ermittlungen über Pechhacker ergaben, dass den Mann ein tragisches Schicksal ereilt hatte. Die Zeitungen hatten im vergangenen Jahr über den Werbegestalter berichtet, der auf dem Flug von Frankfurt nach Wien aufgrund von Turbulenzen so unglücklich zu Sturz gekommen war, dass er diesen nicht überlebt hatte.

Was für ein Unglückspilz, dachte der Kommissar, Pechhacker konnte sich bloß ein paar Stunden über seinen Millionengewinn freuen. Tags darauf war er tot.

Pechhacker hatte außer seiner Mutter keine Verwandten mehr gehabt und auch diese hatte den Kontakt zu ihrem Sohn abgebrochen, da sie aufgrund seiner finanziellen Engpässe selbst am Existenzminimum lebte. Sie wusste nur, dass er auch seine jeweiligen Freundinnen finanziell ausgesaugt hatte und dass er vor seinem Tod mit einer Krankenschwester zusammen gewesen war, die sie jedoch nicht gekannt hatte.

Diese Krankenschwester und damit die Nachfolgerin von Lisa Lauermann konnte nur Laura Simmel gewesen sein. Und da beide Frauen gemeinsam nach Italien gefahren waren, hatten sie von Pechhackers Lottogewinn gewusst, wie der Immobilienmakler aus Arezzo Claudia erzählt hatte. Dann war Laura Simmel in Italien bei einem Autounfall zu Tode gekommen, lediglich ein Häufchen Asche war von ihr übrig geblieben. Lauermann war die einzige Zeugin gewesen – so die Aussage der örtlichen Carabinieri –, und sie hatte den Lottogwinn eingestreift.

Ob sie bei Simmels Unfall nachgeholfen hatte?

Es wurde umso intensiver nach Lisa Lauermann gefahndet. Doch wie's der Teufel wollte – die Frau blieb wie vom Erdboden verschluckt …

– – –

Da durch die Krisensitzung das Wochenende ohnehin zerrissen war, verbrachte Meller auch den Sonntag ermittelnd.

Claudia, die ebenfalls nicht müßig herumsitzen wollte, hatte sich bereit erklärt, ihrem Chef helfend zur Seite zu stehen. Lo brütete in seinem Atelier ohnehin über einem Corporate Design für eine Filmfirma. Nach dem letzten Stückerl, das er sich bei ihr geleistet hatte, war es ihr nur recht, wenn sie Lo in der nächsten Zeit seltener sah.

Nun stand Claudia in Mellers Wohnsalon und wartete, bis der Computer hochgefahren war. Sie liebte die sonntägliche Stille, die so etwas wie eine sakrale Atmosphäre vermittelte – solang Manuel noch im Bett lag. Denn der Junge übte zurzeit sein spätpubertäres Ich-lebe-also-hört-man-mich-Verhalten. Anstrengend!

Claudia trat vor die raumhohe Fensterfront und starrte gedankenverloren in den Garten. Der Wind peitschte Regen an das Fenster, der aber durch die mehrfache Isolierverglasung kaum zu hören war. Wie in Watte gepackt fühlte Claudia sich, und eine wohlige Wärme durchströmte sie. Mit einem Mal von Wunschbildern verführt, glühte sie innerlich förmlich, oder war's bloß die Fußbodenheizung, die ihren Körper sinnlich einlullte? Sie musste lächeln, als ihr ein bildhaftes Klischee in den Sinn kam: Sekretärin sein … Verhältnis mit dem Chef haben … das Wochenende ihm zuliebe im Büro arbeiten, während er bei Frau und Kind zuhause sitzt.

»Das tät ich grad noch brauchen«, grummelte sie und fegte die Horrorvision aus ihrem Hirn. Apropos Chef, wo war er denn?

Auf, auf, Kommissar, die Arbeit ruft!

Okay, es war Sonntag und kurz vor acht Uhr früh. Aber es war jene Stunde, ab der Claudia im Büro zu sein pflegte. Und wenn es vonnöten war, auch am Tag des Herrn. Sie war eben gewissenhaft, und ihre Arbeit diente zum Schutz der Bevölkerung. Verbrechen geschahen auch an Sonn- und Feiertagen – den Gangstern war keiner der heiligen Tage heilig.

Warum ließ Gott an »seinen Tagen« Verbrechen zu? Warum eigentlich überhaupt? Ob es denn einen Gott gab?

Da war sich Claudia schon lang nicht mehr so sicher. Sie glaubte nur noch an Tatsachen, vielleicht ein Fuzelchen noch an die Liebe. Man sollte ihr noch eine Chance geben, seufzte Claudia innerlich, während sie für einen Augenblick Biancos Platz in ihrem Herzen streifte. Ob es dieses Mal mit dem Mistkerl halten würde? Ob das auch in Gottes Sinn war, dass Lo sie andauernd mit solchem Seelenschmerz quälte?

Sie war jedenfalls keine, die sonntags in der Kirche saß. Hier in Mellers Haus war sie weit näher bei Gott – wenn auch eher am Zweifeln über dessen Existenz.

»Allmählich könnte auch *der Herr* erscheinen«, murmelte sie mit einem Blick zur Treppe und grinste. Als Claudia das Haus betreten hatte, war lediglich Joe aufgetaucht, der sich kurz abtätscheln hatte lassen und nun im Vorraum gemütlich auf weicher, tibetanischer Knüpfware ausgebreitet lag.

Vom Mahlgeräusch der Kaffeemaschine würde Meller schon munter werden. Wenn nicht, dann spätestens, wenn frischer Kaffeeduft durchs Haus zog. Wenn auch das nicht half, dann würde sie zur Tat schreiten müssen und den Herrn Kommissar persönlich aus dem Bett stampern.

Auf ihr mehrmaliges Klopfen reagierte er nicht, also trat sie leise ins Zimmer. Die Bettdecke war über einen Sessel geworfen, das Leintuch gespannt, der Polster lag aufgeschüttelt auf dem freien Platz im Doppelbett.

So ordentlich sollte Lo einmal sein Bett hinterlassen!

Wie Freunde doch unterschiedlicher nicht sein konnten. Aber Meller musste nicht mit Bianco das Bett teilen, denn sonst hätten sich die beiden längst in die Haare gekriegt, dachte Claudia und grinste. Schön und gut – nur, wo war der Kommissar? Der nächste Vermisste?

Auf Mellers Schreibtisch entdeckte Claudia schließlich, wohin ihr Chef verschwunden war.

Joe ist gefüttert. Bin im S-C-ONE.

Das rosa Herz eines Notizklotzes klebte auf Mellers Monitor.

»Na super«, stellte Claudia murmelnd fest. »Okay, soll sein, die Stille tut mir gut. Und falls Manuel herumzulärmen beginnt, jage ich ihn mit Joe in den Regen hinaus.«

Was aber hatte Meller dazu bewogen, sich in den S-C-ONE zu setzen? War er wankelmütig geworden? Hatte er Sehnsucht nach seiner Dienststelle bekommen? Zurück zu den dienstlichen Wurzeln? Wohl erneut Chef der V-Gruppe sein wollen – die Karriere nach der Karriere?

Von wegen. Es war der einzige Tag, an dem der Kommissar in Ruhe im Büro Ermittlerluft einatmen konnte. Zuhause wollte er Manuel auch ein wenig Freiheit genießen lassen. Wenigstens an Sonn- und Feiertagen sollte er seine Anlage im Keller aufdrehen dürfen. Doch bei diesem Lärm zu arbeiten, war unmöglich. Nicht nur des Lärms, sondern auch des Musikgeschmacks seines Buben wegen.

Claudia konnte Manuels schrägen Songs zwar auch nichts abgewinnen, aber sie verstand den Jungen, hatte ihn gut im Griff, und wenn ihr seine pubertären Auswüchse zu turbulent wurden … Ach Gott – zurzeit hatte Mellers Sekretärin eben den besseren Draht zu Manuel.

Lag es daran, dass ihm die Mutter fehlte, weil der Junge Claudias Nähe suchte? Anzunehmen. Und da sie bereits öfter seine Ersatzmama gespielt hatte, wenn Meller außer Haus gewesen war, konnte es für den Buben nur gut sein, wenn er sich Claudias Ratschläge anhörte und sich ihr auch anzuvertrauen wagte …

Es hatte sich im Lauf der Zeit eine eigenartige »Familie« entwickelt, die von der Nachbarschaft mit Argusaugen beobachtet wurde. Was brauchte ein Single für sich allein eine ganze Villa? Warum gingen da so oft fremde Leute ein und aus?

So wuchs der Tratsch über den höchst verdächtigen Hausbesitzer. Was, ein Krimineser soll er sein? Verdient man da so üppig, um sich einen solchen Protzkasten leisten zu können?

Sollten sich die Neidhammeln das Maul zerreißen …

Meller gefiel es, so zu leben. Er mochte es, wenn sein Haus atmete, pulsierte. Deshalb hatte er seinerzeit auch Erika Hauser zu sich nach Mödling geholt – in Erinnerung an das harmonische Zusammenleben in der alten Goldmann-Villa in Santa Teresa, dem malerischen Stadtteil von Rio de Janeiro.

Manuel war glücklich darüber, dass Meller sich seiner als Ersatzvater angenommen hatte. Voll Stolz erzählte er jedem, der es wissen wollte, warum er bei einem Kriminalkommissar lebte.

Claudia Rotter war es gewohnt, ein Leben auf mehrere Domizile aufgeteilt zu führen. Nach außen hin war sie eine ausgeglichene Person, wer sie aber näher kannte, spürte ihre Unsicherheit, ihre innere Unruhe. Wie sie zauderte bei der Entscheidung, mit wem sie ihr Leben teilen sollte. Nach einer freudlosen Liaison mit einem Computerspezialisten – von dem sie einige Tricks gelernt hatte, die sie beim S-C-ONE zu einer unverzichtbaren Mitarbeiterin machten –, war sie schließlich bei Mellers bestem Freund gelandet. Lo Bianco war in Sachen Liebe ein Chaot. Noch dazu ein kleines Schlitzohr. Aber ihn liebte sie, auch wenn der Kerl sie schon viele Tränen gekostet hatte. Das war das Fatale an Claudias Beziehungen: Sie konnte – oder wollte? – sich nie richtig trennen. Wenn nicht der andere den ersten Schritt in diese Richtung tat – sie tat ihn nicht. Und wenn doch einmal, dann nach monatelangem Hinauszögern …

Dieses Dilemma hatte Claudia ihrem Chef schon mehrmals vorgeweint, wenn Lo sich wieder ein Stückerl geleistet hatte. Den letzten großen Crash hatte es wegen seines Seitensprungs mit Nora, seiner Exfrau, gegeben. Damit hatte er Claudia zutiefst getroffen, und sie war bei ihm ausgezogen. Doch dann war Lo wieder wie ein Dieb in ihr Herzfenster eingestiegen – schon war's vorbei gewesen mit Claudias Vorsätzen. Und sie waren wieder ein Herz und eine Seele. Zumindest sah es der Herzensbrecher so. Von Claudia aber wusste Meller, dass sie sich das neue Glück erst einmal mit einem gewissen Abstand anschauen wollte. Deshalb war sie in eine kleine Wohnung gezogen, was Lo sehr missfallen hatte.

Recht hatte sie, fand Meller …

Claudia war eine besondere Seele von Mensch. Er mochte ihre offene, direkte, manchmal auch schroffe Art, die in Widerspruch zu ihrem sensiblen Wesen stand. So sehr Meller auch seinen besten Freund schätzte, allmählich war er der Meinung, Lo verdiente Claudia nicht. Doch wer wen nicht verdiente, da drauf mussten die beiden schon selbst kommen.

Lo Bianco und seine Weibergeschichten – mancher Mordfall war leichter zu lösen, fand Meller ...

Über Nacht hatte das Wetter umgeschlagen, von ungewöhnlichen 25 Grad Oktoberwärme war die Temperatur auf knapp 8 Grad gesunken. Vorbei war's mit dem verlängerten Sommer, der den Herbst ein letztes Mal warmgradig aufgemischt hatte.

Jetzt war Novemberstimmung samt einem Sauwetter, das sich gewaschen hatte, wie Mellers dunkler Parka bestätigte, der tropfend am Kleiderständer hing. Selbst die paar Schritte vom Auto zum Eingang des S-C-ONE Gebäudes hatten ihm den letzten Funken herbstlicher Fröhlichkeit ausgetrieben. Dazu das missmutige Gesicht des Mannes an der Rezeption ...

... der Kommissar war in der realen Welt des Alltagsfrusts angekommen.

Aber solang er nicht jene Leute zu Gesicht bekam, denen er seinen Entschluss, den Job hinzuwerfen, verdankte, war der Tag immer noch ein schöner Tag. Ihm kam der junge Schwarzafrikaner vom Supermarkt in den Sinn.

Wenn sagen schöne Tag, dann werden schöne Tag und machen Lachen in Gesicht ...!

Meller schmunzelte. Er stand auf und holte sich einen Kaffee vom Automaten. Als er zurück war, sah er, dass Claudia eine Mail geschickt hatte.

Heimweh nach St. S-C-ONE bekommen?

Ist nur ein Akt der Selbstzerfleischung, schrieb er zurück.

Wenn er schon zur Zielscheibe des Killerpaares geworden war, dann wollte er gleich mit dem Checken seiner Deckungsmöglichkeiten beginnen.

Meller legte die mitgebrachte CD in die Hi-Fi-Anlage, wartete, bis die ersten Töne erklangen, und drehte auf seine gewohnte Lautstärke – volle Power. Es war Sonntag, und die wenigen Leute, die Dienst schoben, kannten seine Eigenheit, auch wenn er diese hier schon seit Längerem nicht mehr ausgelebt hatte.

Am feinsten hatte der Sound noch im alten S-C-ONE Gebäude geklungen, nachdem er sein Büro extra schallisolieren hatte lassen. Das waren noch Zeiten, als er Chef des Hauses war.

Als der Frühlingsrolle-Fall sein erster Fall war …

Vergangenes entschwand nach und nach, während Mahlers Symphonie Nr. 5 ihn umschmeichelte und seinen Kopf frei machte. Schließlich nahm er den Akt zum Rachemorde-Fall zur Hand. Einem Taucher gleich, stieß er stets in verbrecherische Tiefen vor und begann jeden Fall von Anfang an erneut zu durchforsten. Bei Klassik mutierte Meller zum Fährtenhund, zum Schnüffler. Er versetzte sich in die Täter, spielte Szenarien durch, kombinierte und analysierte …

Frage eins: Warum wollten sie gerade ihn abmurksen?

Frage zwei: Sollte es ein Katz-und Maus-Spiel werden?

Meller entschied: Das Spiel konnte beginnen …

Mehrmaliges Sambasoundgedudel erreichte die Lauscher des Kommissars und riss ihn aus seinen intensiven Nachdenk- und Kombinierphasen.

»Meller, ja …?«

»Schläfst du oder was?«, murrte Claudia.

»Ich denke nach«, erwiderte er.

»Dann hast du jetzt genügend Stoff dafür. Lies meine Mail. Der Anhang hilft dir weiter … Ja, und in Bad Ischl hab ich für dich auch schon reserviert.«

»Bad Ischl?« Meller war noch völlig in seinem Gedankennetz verheddert.

»Bad Ischl – *Goldenes Schiff* – lies endlich, was ich dir geschickt habe, dann weißt du, warum.«

Claudia hatte aufgelegt und Meller tat wie ihm geheißen – er weckte seinen Computer. Kaum hatte er sich eingelesen, da begann ein *Favela-Ton* alles andere aus seinem Hirn zu verdrängen. Leise brummend schwoll er an und endete mit einem schrillen Pfeifen …

Die Recherchen von Claudia Rotter in München hatten ergeben, dass eine gewisse Judith Langer in keiner Weise mit Margot Stockmaier verwandt war. Sie hatte ihr Medizinstudium abgebrochen, war mehrfach wegen Drogenbesitz angezeigt worden und hatte deswegen kurzzeitig einsitzen müssen. Nach ihrem Versprechen, sich einer Entzugstherapie zu unterziehen, war sie vorzeitig entlassen worden. Die Anzeige einer ehemaligen WG-Mitbewohnerin wurde wegen Mangel an Beweisen fallen gelassen. Der Diebstahl von Schmuckstücken und Bargeld konnte Langer nicht nachgewiesen werden.

Zuletzt war sie von der Polizei vorgeladen worden. Es ging um ihre Aussage in einem Fall in der Drogenszene. Langer hatte es aber vorgezogen unterzutauchen. So weit die Informationen aus dem Münchner Kriminalkommissariat.

Judith Langer hatte also Dreck am Stecken.

Im Zuge der Nachforschungen über Eva Roths Verbleib war auch Langers Handynummer aufgetaucht, was an sich schon verdächtig war. Sie musste mit Eva Roth telefoniert haben, kurz bevor die Künstlerin verschwunden war.

Noch verdächtiger aber war, dass Eva Roth nie die Absicht gehabt haben konnte, sich mit Björn Mellberg zu treffen.

Selma Mellberg, Björns Schwester, hatte Claudia vom tragischen Schicksal des Bruders erzählt. Bei einer Treibjagd von einem Jagdkollegen irrtümlich angeschossen, war Björn noch an Ort und Stelle der Schussverletzung erlegen. Dieser Unfall lag bereits drei Jahre zurück. Eva Roth war damals, laut Selmas Aussage, darüber informiert worden.

Wenn auch Eva Roths Verschwinden nichts mit dem Rachemorde-Fall zu tun haben schien, so wollte Meller dennoch wissen:

- Wen hatte Eva statt Björn Mellberg getroffen und warum?
- Worum war es in Langers Telefonat mit Eva gegangen?
- Seit wann kannten Judith Langer und Eva Roth einander?
- Hatte Judith Langer etwa Rauschgift an Eva verkauft? Deswegen ihr Umweg von Mödling über Bad Ischl nach … wohin?

Meller wusste, dass Eva hin und wieder etwas einwarf – zur Selbstfindung und Inspiration. Auch wenn ihm dies sehr missfiel, verhindern konnte er es nicht. Schließlich war jeder selbst für sein Leben verantwortlich. Tatsache war jedenfalls, dass Eva Roth seit zweieinhalb Wochen verschollen war.

Sollte Mellers Idee von Evas Entführung Realität geworden sein? Was wohl Moskaus Bürgermeister vor geladenen Gästen und der Presse verkündet hatte, weil Eva in der staatlichen Tretjakow-Galerie durch ihre Abwesenheit glänzte? Immerhin hatte Meller der Verantwortlichen für die Jubiläumsvernissage mit seiner Entführungsidee *den Arsch jerettet,* wie Angela Siebert es auf Berlinerisch formuliert hatte.

Informiert hatte sie Meller allerdings nicht, wie der Abend gelaufen und ob Eva inzwischen aufgetaucht war.

Meller tippte Sieberts Handynummer ein. Sie war besetzt.

Dann wählte er – zum x-ten Mal – Evas Handy an.

Eine weibliche Stimme empfahl, Nachrichten nach dem Piepton zu hinterlassen.

»Mensch, Eva, wo steckst du?«, murmelte er ins Telefon. »Ich hoffe, es geht dir gut und … ach, verdammt noch mal … ich bin in Gedanken ganz fest bei dir.«

Meller unterbrach den Kontakt und sah gedankenschwer zum Fenster hinaus in den verregneten Sonntag.

Da dudelte es sambasoundmäßig. Hastig griff er nach seinem Handy und aktivierte es.

»Eva …?«, schrie er und sprang auf

»Hallo? … Spreche ich mit Herrn Meller?«

Tief aufseufzend, antwortete er enttäuscht:

»Ja, tun Sie. Wer spricht?«

»Angela Siebert aus Berlin. Sie wissen …«

»Ich weiß – Galerie Moskau – Bürgermeisterrede … Ist Eva bei Ihnen aufgetaucht?«

»Eva? Nein, leider immer noch nicht … Aber die Vernissage war auch ohne sie ein toller Erfolg. Ich weiß, ich hätte mich früher melden sollen. Entschuldigen Sie, aber eine Grippe hat mich darniedergeworfen … der ganze Stress, das Fest anschließend und … ja – was wollte ich fragen? Was machen wir jetzt wegen Eva?«

»Sie pflegen sich erst mal gesund und melden sich bitte sofort, falls Eva wider Erwarten auftaucht.«

»Ja, aber …«

»Frau Siebert, wir haben hier alles im Griff. Es ist nur eine Frage der Zeit, bis Eva wieder auftaucht.«

»Ah ja, na dann … ich würde ja gern behilflich sein … aber wenn Sie sagen, alles im Griff zu haben?«

»Frau Siebert, ich meine alles so, wie ich es sage.«

Meller beendete das Gespräch.

Eva, ich hol dich da raus, wo immer du auch stecken magst!

Da ihr letzter Kontakt in der Gegend von Bad Ischl stattgefunden hatte, würde dort Mellers Suche nach Eva beginnen. Dabei hatte er sich eigentlich mit den Serienmorden zu befassen.

Wie jetzt – die Fälle vermischen und gemeinsame Verdachtsmomente finden? Die linke Hirnhälfte für den Roth-Fall, die rechte für den Rachemorde-Fall einsetzen?

Eine enorme Zeitersparnis. Sollte er patentieren lassen, dachte Meller grinsend und erstarrte.

Mensch, Meller, warum eigentlich nicht? Spiel es durch!

Der Zeitungsschnipsel war immerhin ein Hinweis auf Laura Simmel – und in deren ehemaliger Wohnung saß Judith Langer wie eine lauernde Spinne.

Na, also … geht doch. Schließlich war Meller »auserkoren« worden, das nächste Opfer zu werden. Er sollte sich mit den Killern auf ein Bier treffen und den Rachemordlüsternen dieses Vorhaben ausreden. Jetzt aber ernsthaft: Konnte es nicht sein, dass er bewusst nach Bad Ischl gelockt wurde? … Anders gedacht: Was wäre, wenn nicht *er* als nächstes Mordopfer gemeint war, sondern Eva? Und er müsste miterleben, wie sie starb.

Die perverse Steigerung eines Racherituals? Möglich? … Ja! Um als Nächstes einen Chefermittler zu bestrafen. Im weitesten Sinne für etwas, das die Exekutive an wem auch immer »verbrochen« hatte? An Laura Simmel?

Warum aber Eva Roth? Weil sie mit ihm befreundet oder mehr war? Wenn dies die Killer vermuteten, dann wussten sie zwar nicht alles, aber einiges aus seinem Privatleben.

Wer waren diejenigen?

Hatte er in letzter Zeit jemanden beleidigt, vor den Kopf gestoßen? Jemandem die Frau ausgespannt?

Nein! Na, also … Also, was dann?

Saphira Pototschnigs Ermordung hatte einen Jahre zurückliegenden Fall an die Oberfläche gespült: Einen Autounfall, in den zwei Polizeibeamte verwickelt waren, die sich jedoch durch ihr Schweigen schadlos halten konnten. Eine Frau war bei dem Unfall zu Tode gekommen. Deren Sohn, der schwerste Verletzungen erlitten hatte, war auf tragische Weise später im Pflegeheim gestorben. Lediglich die Tochter, Laura Simmel, hatte überlebt.

Doch wer wollte nun sie rächen? Laura Simmel war bei einem Unfall ums Leben gekommen, noch bevor die Mordserie begonnen hatte. Und was hatten die Morde an den Polizisten Daniel Wimmer und Walter Bayer mit diesem Fall zu tun?

Rachemordlust, na klar. Das Thema hatten sie in der Soko schon hundert Mal durchgekaut. Wenn man nur wüsste, wer die Mordlüsternen waren.

Verdammt, verdammt, verdammt …

Durch Mellers Hirn schwebten die verstorbene Laura Simmel und die lebende Judith Langer.

Die Toten sollte man ruhen lassen, die Lebenden jedoch schnappen, bevor sie noch mehr auf dem Kerbholz hatten.

Verdacht hin, Verdacht her, die Heilpflegerin Judith Langer war in die Mangel zu nehmen, bis sie gestand – was auch immer …

Zwölf

Montag, 10. Oktober 2011

Die Nächte waren jetzt eiskalt geworden. Die Fesseln an den Händen und Beinen schnitten ein, als würde die Kälte auch die Stricke zusammenziehen. Sich Mut machen, redete sie sich ein. Auch Verzweiflung und Hoffnungslosigkeit erzeugen ein Spannungsfeld. Dieses muss in Wut umgepolt werden, um zu überleben und diese Wut ließ nur einen Gedanken zu:

Wenn ich schon sterben muss, dann soll dieser verdammte Hund mit draufgehen.

Wieder verließen sie ihre Kräfte und sie fiel in einen todesähnlichen Dämmerzustand. Die grausame Realität vermischte sich mit Wunschbildern, gab ihren Fantasien freien Lauf. Ein glitzernder Schmetterling, strahlend wie das Sonnenlicht, tanzte auf und ab … *Ah, diese wohlige Wärme!* … Er flatterte auf sie zu, berührte mit seinen Flügeln ihre Wangen.

»Flieg mit!«, flüsterte er, tanzte über sie hinweg und schrieb wie ein Flieger mit weißer Wolkentinte ihren größten Wunsch in den blauen Himmel:

Ü B E R L E B E N

Doch da war wieder die böse Stimme, die sie verhöhnte:

»Du und überleben? Das war dein Leben!«

Dann lass mich bitte von der Vergangenheit träumen!

Dieses ließ die Stimme zu. Da schleuderte sie ihre Gedanken als Hilferufe von sich, um den einen zu erreichen, dem ihre letzte Hoffnung galt.

Mario, ach, Mario! … Wäre ich doch bei dir geblieben! Wir hätten eine wunderbare Zeit verbracht! Ja, wir wären für immer zusammengeblieben bis ans Ende unserer Tage!

Mario, hilf mir! … Ich habe es gespürt, wie du dich in meine neue Stimme verliebt hast! … Hörst du sie? Finde mich, fleht sie! Ich will nicht so sterben müssen! … Wenn sterben müssen, dann nur in deinen Armen!

Mario, bitte suche mich! … Ich bin dir so nahe, so nahe! … Ich bin in deiner Seele, ich bin in deinem Herzen!

Mario, wo bist du? … Ich halte nicht mehr lang durch!

Bitte, bitte, bitte rette mich!

Plötzlich … ein Röcheln …

Vom Bündel, das der Mann vor einer gefühlten Ewigkeit in eine Ecke dieser Finsternis gezerrt hatte, kamen Geräusche. Eva schrak aus ihrem Dämmerzustand hoch, lauschte und öffnete die Augen. Ihre ganze Hoffnung hing an den schwachen Lichtstreifen, die durch die drei Ritzen der Bodenklappe leuchteten und für kurze Zeit die völlige Dunkelheit nahmen.

Wenn sie aufblitzten, dann wusste Eva, dass ihr Peiniger gekommen war. Bei aller Furcht vor ihm war sie dennoch erleichtert, denn ein weiterer Tag in Dunkelheit war überstanden. Sie bekam zu essen, bekam zu trinken und hatte überlebt. Noch.

Da … wieder ein Röcheln … ein Husten …

Die Matratze, auf der sie gekrümmt lag, roch vermodert und stank nach Pisse und Kot. Eva hatte sich, so gut es ging, in die grobe Decke eingewickelt und sie bei den Füßen eingeschlagen, um sich vor der feuchten Kälte zu schützen.

Jeder Knochen schmerzte, die Kehle war ausgetrocknet und

das Schlucken tat ihr weh. Die Lippen waren aufgeschwollen und bluteten. Es gab wieder Wasser. Hoffentlich.

Liegen bleiben und sich nicht bewegen.

Eva wusste, dass sie sterben würde, wenn sie nicht bald aus diesem Loch herauskam.

Dann bist du tot – Eva Roth!, fantasierte sich ihr Hirn einen grausamen Reim zusammen. Ein heiseres Lachen, mehr ein krächzendes, kam über ihre Lippen.

»Eva Roth ist noch nicht tot!«, zischte sie wütend.

»Wer ... wer ... bist ...?«, klang es aus dem Dunklen.

Das Bündel sprach mit ihr? Dein Hirn spielt dir einen Streich, redete sie sich ein. Sie richtete sich auf und lauschte erneut.

»Wer ... bist ... du ...?«, kam es erneut.

Nein – kein Hirngespinst, keine Sinnestäuschung.

»Eva Roth! Und du?« Ihr Herz pochte wie wild.

Da sah sie, wie das Licht der Ritzen unterbrochen wurde.

»Ich ... Ich ... Hannah ... h...« Sie war fast nicht zu verstehen.

»Psst! Er kommt!«, flüsterte Eva. Doch das Knarren der Klappe hatte ihre Worte übertönt.

»Wer ...?«, kam es schwach aus der Ecke.

Eva sank auf die Matratze zurück und hielt den Atem an. Wer mochte das sein? Hatte das Monster ein weiteres Opfer gefunden? Mit einem Mal wusste Eva, dass sie gerettet war. Sie und die Unbekannte dort in der Dunkelheit – zu zweit würden sie sich den Weg freikämpfen.

Wir Frauen sind stark, wenn wir zusammenhalten! Wir überwältigen sämtliche Scheusale dieser Welt!

Eva stellte sich schlafend und zog die Decke über den Kopf.

Der Peiniger beugte sich über sie. Da sie sich nicht bewegte, verpasste er ihr einen brutalen Tritt in die Seite. Der Hieb traf sie im Kreuz und schmerzte höllisch. Dennoch tat Eva, als sei sie davon erst munter geworden. Sie hob ihren Kopf in seine Richtung und wurde von einem bläulichen Strahl geblendet. Die Lampe, die der Mann auf der Stirn trug, zeigte auf die Katzenschüssel, die vor Eva auf dem Boden stand. Sofort machte sie sich mit ihren gefesselten Händen darüber her und verschlang den breiartigen Fraß. Sie hatte noch nicht einmal die Hälfte davon hinunterschlingen können, da entriss er ihr die Schale.

»Bitte ... bitte ...!«, flehte Eva mit einem verzweifelten Blick erst in das grelle Licht, dann auf den Essensrest.

Einen Augenblick schien er zu überlegen.

Da geschah das Wunder. Wortlos gab er ihr die Schale zurück.

Während sie sich über den Rest hermachte, ging der Mann in die Ecke, aus der Eva die Stimme vernommen hatte.

Durch das spärliche Licht, das von einer Campingleuchte herrührte und durch die offene Bodenluke fiel, hatte Eva den Mann bisher nur als diffuse Gestalt wahrgenommen. Zum ersten Mal sah sie dank der bläulichen Lichtquelle die schmächtige Statur ihres Peinigers, während er sich zu seinem zweiten Opfer hinunterbeugte.

Ein triumphales Gefühl überkam Eva, und beinahe hätte sie laut aufgelacht. Von diesem Bürscherl wurden sie gefangen gehalten?

Den schnappen wir uns. Wir zwei ... pochte Evas Herzschlag.

Hannah? Hatte sie Hannah gesagt, bevor das Zniachterl die Bodenklappe geöffnet, die Leiter heruntergelassen hatte und herabgestiegen war? Ja, wir beide werden dieses Monster überfallen, und dann soll es sein blaues Wunder erleben. So blau wie das Licht seiner bescheuerten Stirnlampe.

Plötzlich hörte Eva ein dumpfes Aufklatschen.

Ein Stöhnen folgte unmittelbar ... und wieder ...

Oh, wie sie dieses Geräusch kannte! Es war seine Methode, ein Opfer gefügig zu machen, dachte Eva verbittert und sie zitterte vor unbändiger Wut.

Ob sie sich auf ihn werfen könnte? Die Kette, an der sie gefesselt lag, ob sie lang genug war? Zumindest reichte sie bis dorthin, wo sie ihre Notdurft verrichtete.

Doch was würde das bringen? Sie war an Händen und Füßen gefesselt und viel zu schwach. Sie musste eine Chance abwarten, sich gefügig zeigen, eine Strategie entwickeln.

Halte durch, Hannah, sei tapfer!

Sie weinte für Hannah. Die Tränen taten Eva genauso weh wie die Schläge, die das verdammte Monster der Gefangenen verpasste. Bei jedem Schmerzensschrei zuckte auch Eva zusammen und krümmte sich auf der Matratze …

Schließlich kamen keine Schreie mehr, nur das Seil klatschte weiter auf einen leblosen Körper. Ein nie gekanntes Gefühl von Hass und Wut überkam Eva, und sie schrie, so laut sie konnte:

»Hör endlich auf, du Schwein!«

Das wirkte. Der Unhold ließ von ihr ab und kam auf Eva zu. Atemlos stand er vor ihr. Das Blaulicht blendete und vibrierte. Schützend hielt Eva die gefesselten Hände vor ihre Augen.

Da schlug er zu. Wie ein Rasender drosch er auf sie ein.

Doch ihre Wut war zu einem Panzer geworden und ließ ihren Körper taub werden.

Fühlt sich so das Sterben an?

»Sei verflucht, du elendes Schwein!«, hörte Eva jemanden schreien und wunderte sich über ihre eigene kraftvolle Stimme.

Da ließ er von ihr ab und begab sich zur Leiter.

»Wasser …!«, keuchte Eva. »Mein … Wasser!«

»Verdurste«, zischte ihr Peiniger.

Es war das erste Mal, dass er sie angesprochen hatte.

Verdurste? … Ja, ich verdurste, dachte sie, dann schwanden ihr die Sinne und sie fiel … und fiel … und fiel …

… bis sie jemand hochhob. Eva sah sich auf der Matratze liegen, sah, wie die Klappe geschlossen wurde. Doch sie konnte sich frei bewegen. Sie schwebte zu Hannah hin, um sie zu trösten. Sie sollte mit ihr mitkommen, raus aus diesem schrecklichen Gefängnisloch, weg von dieser grausamen Welt! … Doch da lag keine Hannah … da lagen nur Knochen, ein menschliches Gerippe … »Oh Gott!«, rief Eva. »Warum lässt du das zu?«

Aber Gott antwortete nicht.

Da flog sie hinaus aus dem dunklen Loch, zog ihre Kreise und landete in einem Feld voller Blumen und Blüten. Sie fühlte sich glücklich und war wieder das Mädchen, das sie immer sein wollte – erfahren und klug wie eine Erwachsene …

»Meine kleine Eva, das altkluge Mädchen«, hörte sie ihren Vater lachen. Sie fühlte sich von seiner Stimme getragen, fühlte sich unglaublich geborgen. Sie schloss die Augen und eine Fülle von Erinnerungen drang auf sie ein … schöne Erlebnisse.

Halt – nicht so schnell! Ich möchte jede einzelne Erinnerung auskosten, neu erleben und in mir spüren!

»Dann öffne deine Augen, Eva«, sprach der gütige Vater.

Jemand lief auf sie zu … durch sie hindurch …

»Mario, so bleib doch stehen!«, rief sie ihm zu, weil er davonlief. »Sterben ist so schön! Viel schöner als das Leben …!«

Doch Mario lief weiter. Immer kleiner und kleiner wurde er, bis er hinterm Horizont verschwand – und mit ihm die Sonne. Es wurde dunkel und Eva bekam Panik. Sie flehte Gott an, er möge die Sonne nicht verschwinden lassen!

»Wer stirbt, darf doch in das weiße Licht fliegen?«, fragte sie flehend. Doch Gott schwieg und ließ es finstere Nacht werden.

Ich will auch nicht sterben!

In ihrer Verzweiflung fiel Eva auf die Knie, drückte ihr Gesicht ganz fest auf die kalte Erde und fing bitterlich zu weinen an …

– – –

Der Kommissar stand mit Albert Guschl, einem Kollegen der Soko, vor dem Haus in der Lärchenwaldstraße. Es galt die Heilpflegerin abzuholen, um sie nach Wien zu überstellen.

Meller war noch am Abend zuvor nach Bad Ischl gefahren. Der Haftbefehl hatte jedoch auf sich warten lassen. Gesetzesmühlen mahlen nicht immer, wie man's gern hätte. Letztendlich war mit den Argumenten *Gefahr in Verzug* und *mögliche Fluchtgefahr* Langers Festnahme von der Staatsanwältin mit heutigem Tag bewilligt worden.

Die Aktion sollte so wenig Aufsehen wie möglich erregen – von wegen Fremdenverkehr in der Kaiserstadt und so weiter. Die Staatsanwältin sei ein Ischl-Fan, hatte sie Meller verraten …

Auch nach mehrmaligem Anläuten rührte sich nichts.

Da deutete der Soko-Mann dem Kommissar seine Absicht an, schwang sich über den Zaun und rutschte die Böschung hinunter. Vielleicht war Judith Langer durch eins der großflächigen, gartenseitigen Fenster im Haus zu entdecken.

»He, es da!«, schallte es plötzlich vom Haus vis-à-vis. »Wenns einbrechen wollts, die Polizei is gleich da, es Gangster!«

Meller kannte den Alten. Der neugierige Schwerhörige mit dem eingegipsten Fuß stand auf dem Balkon und schwang drohend die Krücke.

»Herr Brunnbauer, wir kennen einander!«, versuchte Meller ihn zu beruhigen. »Ich bin von der Polizei und war schon einmal bei Ihnen. Sie erinnern sich noch?«

Doch der Alte rief seiner Frau, die sich in der Wohnung aufhielt, zu: »Hast du verstanden, was er gsagt hat, Erna?«

»Er ist von der Polizei und war schon einmal bei uns!«

»Wieso?«

»Was *wieso?* Geh, Franzi, bitte! Der Herr wird schon wissen, warum!«

Misstrauisch verfolgte Brunnbauer das Geschehen vor dem Haus der verstorbenen Stockmaier.

Inzwischen war der Mann von der Soko wieder bei Meller angelangt und sagte: »Pech. Das Vögelchen ist ausgeflogen.«

War Judith Langer untergetaucht? Als hätte sie geahnt – oder gewusst? –, dass man sie abholen würde.

Oder war sie bloß einkaufen? Um sechs Uhr früh?

Mellers Meinung nach war die Heilpflegerin nicht allzu clever. Oder war dies Langers Trick – nach außen hin die Naive, das geschwätzige Dummchen zu spielen? Wenn dem so war, dann war sie eine verdammt gute Schauspielerin.

Meller war nach wie vor nicht klar, was Eva mit Judith Langer verbinden sollte. Tatsächlich der Kauf von Drogen?

Eva musste Laura Simmel gekannt haben, schoss es ihm plötzlich ein. Eva war Künstlerin, Laura Simmel malte ebenfalls. Sie konnten sich auf Kunstmärkten, bei einer Vernissage oder weiß der Teufel wo kennengelernt haben.

Evas vorletzter telefonischer Kontakt galt Judith Langer.

Was aber hatte Eva dazu veranlasst, nach Bad Ischl zu fahren? War es etwas, das in Verbindung mit Laura Simmel stand? Judith Langer wohnte in jenem Haus, in dem Simmel bei ihrer Tante aufgewachsen war.

Doch Laura Simmel war tot, Margot Stockmaier aufgrund einer Pilzvergiftung inzwischen auch und Eva Roth war verschwunden. Diese Tragödien in einem Zusammenhang zu sehen … und jetzt Judith Langers plötzliches Untertauchen … Wenn da nicht etwas verdammt faul war!

Meller besprach mit seinem Kollegen, was als Nächstes zu tun war. Albert Guschl sollte sich um die Fahndung nach Judith Langer kümmern. Meller hatte hier noch etwas zu erledigen …

Das Fahrrad schiebend, kam Barbara Keller aus dem Haus vis-à-vis. Als sie Meller erblickte, hellte sich ihre Miene auf.

»Schön, Sie zu sehen, Herr Kommissar!« Mit einem Blick auf Stockmaiers Haus fragte sie: »Ist also doch was passiert?«

»Wie kommen Sie darauf?«, fragte Meller, hellhörig geworden.

»Na, wie soll ich sagen … Sehen Sie mich jetzt bitte nicht als Tratsche, Herr Kommissar, aber in der Nacht von Samstag auf Sonntag war das schon ein bisserl komisch …«

»Was war komisch?«

»Es muss so gegen Mitternacht gewesen sein. Ich hab nicht einschlafen können. Da hab ich mich ins Wohnzimmer gesetzt und nachgedacht, übers Leben und so. Jedenfalls waren draußen laute Stimmen zu hören, kurz nur. Ich hab beim Fenster rausgeschaut und gesehen, wie die Judith mit einem Bürscherl heftig gestritten hat. Die beiden sind plötzlich handgreiflich geworden, und die Judith hat dem Kerl, das war so ein Zniachterl, das Kapperl vom Kopf gerissen. Leider war's zu finster, um ihn zu erkennen. Dann sind beide im Haus verschwunden …«

»Sie haben dann nichts mehr gehört?«

»Ich bin ins Bett gegangen, und wenn ich schlafe, können S' mich wegtragen, ich tät's net merken«, erwiderte die Blonde mit einem entwaffnenden Lächeln.

»Haben Sie heute vielleicht mitbekommen, wann Frau Langer das Haus verlassen hat?«

»Nein … Aber da fällt mir doch noch was ein. Etwas war noch

in der Nacht, in der die beiden gestritten haben. Ich meine, gesehen hab ich's nicht, aber gehört. Einen spitzen Schrei nämlich. Wobei ich jetzt nicht hundertprozentig behaupten möchte, ob das noch real war oder ob ich das schon geträumt habe.« Barbara Keller lächelte den Kommissar an. »Hat die Judith etwa gar was ausgefressen, weil sie so früh bei ihr anläuten? Das tät mich nämlich wundern. Die Judith mag mit ihrer Art vielleicht die Leut vor den Kopf stoßen, aber sie hat ein Herz wie ein Bergwerk oder wie das heißen mag. Sie wissen, was ich meine?«

Meller wusste es. Wo Judith Langer abgeblieben war, wusste er allerdings nicht.

»Ich muss jetzt«, mahnte sich die Frau zum Aufbruch. »Ich hab für die Pensionistenrunde eine Radltour nach Hallstatt organisiert. Das sollten Sie auch einmal machen, Herr Kommissar, weil man ist viel schneller gstorben, als man glaubt. Dann tut einem alles leid, was man nicht unternommen hat. Ich weiß, wovon ich rede. Wenn ich an meinen Mann damals denke …«

»Na dann viel Spaß, Frau Keller … bis zum nächsten Mal«, verabschiedete Meller sich.

Die Frau setzte den Helm auf, schwang sich auf das Fahrrad und meinte noch:

»Jedes *nächste Mal* kann zum *letzten Mal* werden.«

»Na, dann geben auch Sie gut auf sich Acht«, riet ihr Meller.

Barbara Keller winkte ihm ein letztes Mal kurz zu, trat in die Pedale und rumpelte die Lärchenwaldstraße, die in einen steilen Stöckelpflasterweg mündete, hinunter.

Man kann sich auch zu Tode fürchten. Wohl schlecht geträumt, die Frau, dachte Meller.

Er ging auf das Haus zu, in dem auch die Malerin wohnte, sah auf die Uhr und überlegte. Schließlich drückte er beherzt Klingohrs Türglocke. Wenn er schon in ihrer Nähe war, konnte er ihr einen Kurzbesuch abstatten. Als Wiedergutmachung fürs Aus-dem-Bett-Werfen würde er sie zu einem Frühstück einladen …

Schade – Hannah Klingohr war nicht daheim.

Dafür meldete sich dudelnd sein Sambatonhandy.

Brave Claudia. Auch sie war schon im Büro tätig, wie er an seiner eigenen Festnetznummer auf dem Handydisplay sah.

»Hallo, Claudia! Auch schon …«, begrüßte er sie.

»Halt die Luft an, Mario«, fuhr sie ihn an. »Sag, sitzt du?«

»Ich stehe. Was gibt's denn so Weltbewegendes in aller Früh?«

»Dann such dir was zum Anhalten und spitz deine Lauscher«, Claudias Stimme klang scharf und erregt in Mellers Ohr.

Was er aber dann zu hören bekam, warf den Kommissar – bildlich gesprochen – tatsächlich um …

– – –

Es war der ideale Platz. Das Gebäude wurde seit Jahren nicht mehr bewohnt.

Den Besitzer ausfindig zu machen, war eine Kleinigkeit gewesen. Von einer alten Frau, mit der er »übern Zaun« ins Gespräch gekommen war, hatte er den Namen erfahren.

Mit dem Mann war er sofort handelseins geworden. Dreitausend Euro für ein halbes Jahr Miete im Voraus – für ein Abbruchobjekt? Wer da nicht Ja sagt, ist ein Trottel. Und ein solcher war der Bauer nicht.

Er wollte ohnehin nicht drin wohnen, hatte er dem Besitzer erklärt, sondern das Haus für eine Langzeitstudie verwenden. *Zerfall von baulichen Materialien,* hieß das Projekt, das er für ein namhaftes Berliner Umweltinstitut leitete. Dass der Bauer dies für sich behalte, sei vonnöten, damit die Studie nicht gestört werde.

Der Bauer hatte das Geld nachgezählt, eingesteckt und sein Einverständnis mit Handschlag bekräftigt. Er hatte sich nicht ein einziges Mal blicken lassen, um weder die Forschungsstudie noch den Verfall des Gebäudes zu stören …

Auf der kleinen Anhöhe dicht ins Gebüsch gedrängt, hatte er sich verschanzt und beobachtete das Treiben rund um die Bruchbude, die in Radau – so hieß die Gegend – am Rand einer Lichtung stand.

Und einen ziemlichen Radau hatte er auch ausgelöst. Dieses Wortspiel kam ihm beim Beobachten verbittert in den Sinn.

Polizei, Rettung, Feuerwehr – die Fahrzeuge standen nahe dem Haus. Eine Ansammlung von Leuten wuselte umher. Was sie besprachen oder sich zuriefen, konnte er nicht verstehen. Er war leider zu weit weg.

Was heißt leider? Gott sei Dank, dachte er wütend, denn beinahe hätten sie ihn erwischt. Das Wichtigste, der Rucksack, lag neben ihm im Gras. Erleichtert atmete er auf.

Da fiel ihm der Elektroschocker ein. *Zum Teufel noch mal!*

Hastig begann er im Rucksack zu wühlen. Er musste das Ding in der Eile liegen gelassen haben. Wenn er also sein Ziel weiter verfolgen wollte, musste er sich einen neuen besorgen.

Hauptsache, das Geld war gerettet. Zwischen Perücken und Kleidungsstücken spürte er die eingeschweißten Eurobündel. Fünfhunderter-Banknoten – und davon eine ganze Menge.

Er verschloss den Rucksack wieder und konzentrierte sich auf das, was sich dort unten abspielte.

Zum Teufel, er hätte die Klappe nicht offen lassen dürfen, als er sein zweites Opfer geschlagen hatte. Die Schreie waren also zu hören gewesen. Dabei hatte er geglaubt, dass das Haus abgelegen genug sei. Wie konnte er ahnen, dass diese zwei verdammten Kerle und deren Mädchen hier aufkreuzen würden. Warum mussten die sich ausgerechnet die alte Bruchbude fürs Kiffen oder für weiß der Teufel was aussuchen!

Sein mörderischer Plan war jedenfalls durchkreuzt worden.

Sie waren bereits im Haus, als er die Leiter hochgestiegen war. Hätten sie ihn bei den Gefangenen erwischt, wäre er verloren gewesen. Mit dem Elektroschocker hätte er die Situation vielleicht in den Griff bekommen können, doch der eine hatte ihn sofort angegriffen und ihm einen Tritt in die Eier verpasst.

Ha, was musste der sich gedacht haben, als er nicht darauf reagiert hatte! Doch das Höhnische war ihm schnell vergangen, denn im nächsten Augenblick hatte er zwei Fausthiebe abbekommen und einen Eisengeschmack sowie etwas Lockeres im Mund gespürt. Immerhin hatte er es geschafft, dem Typen den Zahn mit einem Schwall Blut ins Gesicht zu spucken.

Es war ihm auch noch gelungen, den Rucksack zu schnappen und in den Wald zu flüchten.

Jetzt würden sie über sein Auto seine Identität erfahren …

Scheiß was drauf!

Also, schleunigst das Land verlassen und für die nächste Zeit untertauchen. Sich das Gesicht operativ verändern lassen, ein neuer Name, neue Dokumente – und er war gerettet. In Venezuela? Dort würden die Chirurgen nicht danach fragen, warum er vollere Wangen und eine krumme Nase wollte.

Geld hatte er zum Abwinken – und wer Geld hat, hat alle Macht der Welt.

Bei dem Kampf mit dem Burschen musste ihm der Elektroschocker abhandengekommen sein. Der Scheißkerl war auch um einiges größer und hatte Fäuste wie ein Hammer …

Er tastete sein linkes Auge ab, das völlig zugeschwollen war.

Ach was, nicht mehr dran denken!

Den Kommissar würde er auch noch treffen. Irgendwann.

»Man trifft sich immer zwei Mal im Leben, Mister Meller!«, murmelte er, grinste verbissen und spuckte Blut neben sich ins Gras. Aber auch das Grinsen schmerzte. Die zwei Schwinger hatten es in sich gehabt.

Er hatte genug gesehen. Eben wollte er sich zurückziehen, als er ein Hecheln und Knurren hinter sich vernahm.

Zögernd drehte er sich um und starrte in das offene Maul eines stattlichen Rottweilers, dessen heißer Atem ihm ins Gesicht schlug.

Da bekam er Panik. Hektisch versuchte er, davonzukriechen. War's sein Fluchtversuch oder das eingetrocknete Blut um seine Lippen – der Jagdtrieb des Köters war geweckt.

Mit voller Wucht stürzte sich der Hund auf ihn und verbiss sich in seinem Hals.

Ein kurzes gurgelndes Röcheln, etwas knackte – der Kopf fiel zur Seite …

»Pucki, pfui! … Loslassen!«, rief Ewald Hönig, als er sah, was sein Hund angerichtet hatte. Doch Pucki war in seinem ureigenen Element, er schmatzte, saugte und beutelte wild die leblose Fleischmasse.

»PUCKI! AUS!«, schrie der Mann jetzt verzweifelt.

Da verspannte sich Puckis kräftige Muskulatur schlagartig. Drohend knurrte er, und mit fletschenden Zähnen verteidigte er seine Beute.

Da blieb dem Jäger nichts anderes übrig, als zur Waffe zu greifen. Auf den Kopf seines geliebten Puckis zielend, drückte er ab. Der Schuss ließ die Beamten bei dem verfallenen Haus aufschauen und in jene Richtung blicken, wo ein Mann auf einer Anhöhe stand, heftig winkte und ihnen zurief:

»Hierher! Da liegt einer!«

– – –

»Hallo, Eva!«, begrüßte Meller sie. »Wie geht's denn so?«

Als er sie im Bett liegen sah und sie ihm matt zulächelte, durchströmte ihn eine Welle der Erleichterung. Er beugte sich zu ihr hinunter, küsste sie auf die Wangen und behutsam auf ihre geschundenen Lippen.

Es war das zweite Mal, dass Meller sie besuchte.

Beim ersten Mal war sie noch viel zu erschöpft gewesen und hatte geschlafen. Der Oberarzt hatte noch keine Besuche erlaubt, doch die Stationsschwester hatte Meller ausnahmsweise für einen Blick kurz in Evas Zimmer gelassen.

»Noch liege ich – aber nicht mehr lang.«

Sie grinste gequält, ergriff seine Hand und ließ sie nicht mehr los. Sekundenlang sah Eva ihn an und mit leiser Stimme sagte sie:

»Verzeih mir, Mario … Ich habe dich … euch alle verflucht … weil ihr mich nicht gefunden habt.«

Meller seufzte auf und löste sich von ihr.

»Du warst wie die berüchtigte Nadel im Heuhaufen … aber wir wussten nicht, in welchem.«

»Ein typisch Meller'sches Statement.« Sie lächelte matt. »Doch etwas hat mich das Erlebte gelehrt: Nütze jeden Augenblick deines Lebens. Reduziere dich in allem, nur nicht in der Liebe.«

Ihre Blicke trafen sich erneut. Eva richtete sich auf.

Da umarmte er sie vorsichtig und drückte sie an sich.

»Ich hatte solche Angst, Mario«, flüsterte sie. Wie ein kleines Kind klammerte sie sich an den Kommissar.

»Alles wird gut«, erwiderte er nur und freute sich einfach mit ihr, dass sie den Wahnsinn überlebt hatte.

Gott, bist du abgemagert, dachte er, als er ihren Pulsschlag durch das dünne Leinen spürte. Eine Weile verharrten sie in ihrer Umarmung, schließlich ließ er sie ins Bett zurücksinken.

»Ich hab dir Lesestoff mitgebracht.«

Er nahm drei Bücher aus einer Stofftasche und zeigte sie ihr der Reihe nach.

»Etwas Philosophisches: *Glück im Unglück* ... Eine Biografie von Carlos Eire: *Warten auf Schnee in Havanna* – unglaublich berührend ... Zuletzt einen Schwedenkrimi: *Die Perspektive des Gärtners* von Håkan Nesser.«

Meller legte die Bücher der Reihe nach auf die Bettdecke.

»Apropos Schwedenkrimi«, fuhr er fort. »Deine Andeutung betreffend Björn – du weißt, wann – hat uns in die Irre geführt. Wir hätten längst früher reagiert, wenn du ...«

»Bitte ...«, flüsterte Eva und drückte ihm einen Finger an den Mund. »Ich weiß ... bitte, verzeih mir ... Alles wird gut ...«

Da griff Meller nach ihrer Hand und küsste die Fingerspitzen.

Zärtlich strich er ihr eine Haarsträhne aus dem Gesicht. Gedankenverloren sah er sie an und seufzte auf.

Sie nahm seine Hand und drückte sie an ihre Wange.

»Warum machen gerade wir es uns so schwer, Eva?«

»Weil ... weil ich dich liebe, Mario«, flüsterte sie. »Immer schon geliebt habe ... Nur hast du Traummännlein das nie bemerkt.«

Eva lächelte und schloss für einen Moment die Augen. Man sah ihr an, wie das Sprechen sie anstrengte. Die furchtbaren Qualen und unglaublichen Strapazen während ihrer Gefangenschaft hatten hässliche Spuren hinterlassen. Sie war abgemagert, die Haut war blass und die Stimme klang matt. Ihr Körper war mit Wunden und blauen Flecken übersät, die Lippen noch geschwollen. Doch ihre Augen versprühten wieder diese unverkennbare Lebensfreude. So wie er Eva eben kannte, sie schätzte – und liebte.

Wenn auch das Schreckliche in ihrer Seele schlimme Kerben hinterlassen hatte, sie würde sich wieder vollends erholen. Er wusste, wo, und es würde ihr Leben von Grund auf ändern. Und auch seins, das spürte Meller in diesem Augenblick.

»Du musst schlafen, Eva. Ich gehe besser wieder.«

»Bitte, Mario, bleib bei mir! Deine Nähe tut mir so gut. Mich strengt nur das Schauen noch sehr an …« Sie griff nach seiner Hand, öffnete kurz die Augen und bat:

»Erzähl mir jetzt alles … bitte.«

»Also gut. Aber wenn's dir zu anstrengend wird, sag es sofort.«

Er nahm einen Sessel und setzte sich zu ihr ans Bett.

Sie nickte mit geschlossenen Augen und Meller begann:

»Deine Mitgefangene, Judith Langer heißt sie, war letztendlich der Anlass, warum wir überhaupt auf deine Fährte gestoßen sind. Die Auswertung der Mobilfunkdaten hat ergeben, dass du mit ihr telefoniert hast, bevor du verschwunden bist.«

»Das ist unmöglich. Außerdem kenne ich diese Frau nicht.«

»Ah ja?« Meller überlegte. »Warte bitte kurz, Eva.«

Er stand auf und holte den Voicerecorder, der in seinem Parka steckte, aktivierte ihn und platzierte ihn nahe Evas Kopf auf dem Polster.

»Was machst du?«, fragte Eva mit geschlossenen Augen.

»Ich nehme unser Gespräch auf.«

»Typisch Meller, einmal Kieberer, immer Kieberer.«

»Berufskrankheit. So erspare ich uns, deine Aussage erneut aufzunehmen … Also, du kennst die Frau nicht?«

»Nein. Aber erinnerst du dich noch, als du wegen Joe bei mir warst? … Wie geht's ihm eigentlich? Hast du ihn wieder bekommen?«

»Ja, Joe erfreut sich bester Gesundheit und frisst wie eh und je. Aber das erzähl ich dir später. Berichte du erst einmal, Eva.«

»Also, kurz nachdem du gegangen warst, hat mich eine Frau angerufen und mir ein unglaubliches Angebot gemacht. Im ersten Bezirk in Wien sei eine neue Galerie im Fertigwerden, die ein Großindustrieller finanziert habe. Zur Eröffnung wollten sie zum Thema *Mannstolles* von mir Werke präsentieren, weißt eh, meine nackerten Russen und so. Ich sollte mir die Räumlichkeiten noch am selben Tag anschauen, weil bauliche Veränderungen noch berücksichtigt hätten werden können. Die Leute mussten von meinen Faible für perfekte Ausstellungsräume gewusst haben, sonst wär ich dort niemals hingefahren – fällt mir jetzt grad dazu ein. Ich hab der Frau jedenfalls gesagt, dass der Zeitpunkt ungünstig sei, da ich am nächsten Tag nach Moskau müsse. Da hat sie mir zugesichert, es würde maximal zwei Stunden in Anspruch nehmen. Sie persönlich würde mich abholen und wieder zurückbringen. Also haben wir für abends einen Termin vereinbart. Die Frau ist gekommen, welche Type ihr Auto war, weiß ich beim besten Willen nicht mehr, falls du mich danach fragen willst. Ich bin eingestiegen und wir sind in Richtung Autobahn gefahren. Da habe ich plötzlich einen elektrischen Schlag verspürt …«

»Ein Elektroschocker«, warf Meller ein.

»Ah ja? Jedenfalls, als ich wieder zu mir gekommen bin, war's stockfinster. Ich hab geglaubt, jetzt ich bin tot. Aber mir haben alle Knochen wehgetan, ich hatte furchtbaren Hunger und Durst … So viel zu: Wer tot ist, spürt angeblich nix mehr … Den Rest kennst du.«

Eva schwieg und atmete tief durch.

»Die Frau? Wie sah sie aus? Ihr Name?«

»Wie jede Frau zwischen zwanzig und dreißig. Schlank, sportlich und nicht unhübsch, lange brünette Haare – normal halt. Ihr Name? … Wie sagtest du, hieß die, mit der ich …?«

»Langer. Judith Langer.«

»Langer? Jetzt kommt's mir wieder … Ja, sie stellte sich mit Langer vor! Warum war sie plötzlich auch in dem Loch gefangen, wo sie mich doch ins Jenseits befördern wollte?«

»Dazu muss ich dir erst von unseren Ermittlungen berichten. Eine gewisse Angela Siebert aus Berlin hat mich verzweifelt versucht zu erreichen, da du nicht in Moskau angekommen bist. Aber weil du Björn treffen wolltest, habe ich angenommen, dass du … du weißt, was ich meine. Der Bürgermeister von Moskau hat deine Vernissage jedenfalls ohne dich eröffnet. Du musst dort einen ziemlichen Wirbel ausgelöst haben …«

»Ach, die Geli!«, unterbrach ihn Eva. »Die flippt immer aus, wenn was nicht gleich so läuft, wie's laufen soll.«

»Na, na – Frau Siebert war ganz schön erledigt. Aber das soll sie dir selbst erzählen … Doch weiter im Bericht: Dein Treffen mit Björn habe ich der Siebert gegenüber nicht erwähnt. Ich dachte, du wirst schon wissen, was du tust – ehrlich gesagt, ich war mächtig sauer auf dich, aber Schwamm drüber … Jedenfalls haben wir in Schweden Björns Verwandte ausfindig gemacht und von seiner Schwester erfahren, dass er seit knapp drei Jahren tot ist und du das auch wusstest, Eva …«

Meller schwieg und sah sie vorwurfsvoll an. Eva öffnete kurz die Augen und versuchte einen Grinser, der jedoch misslang.

»… na ja, jedenfalls sind wir da erst hellhörig geworden, auch weil Raffaela und Axel befürchteten, dir sei etwas zugestoßen. Die Nachforschungen über Langer waren immerhin alarmierend, so dass wir uns mit ihr näher befasst haben. Sie hatte einiges auf dem Kerbholz und sich unter anderem als angebliche Verwandte einer Frau in Bad Ischl ausgegeben, die sie als Heilpflegerin betreute. Meine Vermutung ist, dass sie sich das Erbe jener bedauernswerten Frau, die letztendlich an den Folgen einer Pilzvergiftung gestorben ist, erschleichen wollte.«

Eva lachte kurz auf und stöhnte.

»Soll ich aufhören? Wir können ein andermal weitermachen.«

»Nein, nein ... es geht schon. Ich musste nur lachen, weil ich an meine bucklige Verwandtschaft dachte. Das hat mir einen Stich verpasst – das Lachen, nicht die Erbschleicherei.«

»Also gut. Ich muss jetzt ein wenig ausholen, damit du die Zusammenhänge verstehst ... Wir suchten seit gut zwei Wochen einen Serienkiller beziehungsweise ein Täterpaar, das es auf die Exekutive abgesehen hat. Inzwischen sind drei Menschen ermordet worden ... Du erinnerst dich an jenen Tag, als Joe verschwunden war und ich vom Innenminister direkt zu dir gefahren bin? Sein Patenkind, eine junge Polizistin in Klagenfurt, hatte Suizid begangen, wegen Liebeskummer, stand im Endbericht. Der Minister aber hat mich gebeten, den Fall zu prüfen. Meine Ermittlungen ergaben dann, dass die Frau ermordet worden war. Nach zwei weiteren Morden an jungen Polizisten, einem in Innsbruck und zuletzt einem in Wien, deuteten die Indizien auf eine Rachemord-Serie hin, in der du und ich vermutlich die nächsten Opfer werden sollten ...«

»Wie bitte?« Eva riss die Augen auf. »Bei mir wär's ja beinahe gelungen! Wer ist der verdammte Kerl? Und warum gerade ich?«

»Unsere Ermittlungen sind inzwischen so weit gediehen, dass wir wissen, wer diese Person ist – genau gesagt, wer sie war. Aufgrund eines unglaublichen Umstands ist sie zu Tode gekommen. Auf manch offene Frage wird es deshalb niemals eine klärende Antwort geben.«

»Wer ist ... wer war es?«, beharrte Eva. »Kenne ich ihn?«

»Kaum. Aber lass mich weiter erzählen. Wir haben in der Wohnung der betreffenden Person Aufzeichnungen in zwei

Tagebüchern gefunden. Das Tragische an dem Fall ist, dass jene Person als Kind bei einem Unfall ihre Mutter und später auch ihren Bruder verloren hat. Der Unfallhergang wurde nie restlos aufgeklärt. Die damals Siebenjährige – sie wurde aus dem Auto geschleudert – hatte jedoch am Unfallort einen Streit mitbekommen, in dem eine Polizistin ihren Kollegen bezichtigte, schuld an dem Unfall gewesen zu sein.«

»Was für ein schlimmes Schicksal – das arme Mädchen.«

»Na, dann hör erst einmal, was aus dem armen Mädchen Jahre später geworden ist. Laura Simmel, so hieß sie, wurde Krankenschwester und war im Krankenhaus in Mödling tätig.«

»Warum wurde das Mädchen nicht therapiert?«

»Sie wurde von ihrer Tante in Bad Ischl aufgenommen. Laura Simmel ist also hier aufgewachsen, bei Margot Stockmaier, jener Frau, die an einer Pilzvergiftung gestorben ist und die von Judith Langer betreut wurde …«

»Dann hat die Langer die alte Frau vergiftet, von wegen Erbschleichen, oder? Oder noch schlimmer, Langer steckte mit der, die im Kopf nicht ganz dicht war, unter einer Decke … mit Laura Simmel?«

»Das ist zwar logisch kombiniert, Eva. Doch der Reihe nach: Frau Stockmaier hat sich die Pilzsuppe im wahrsten Sinne vermutlich selbst eingebrockt, das steht inzwischen fest – nur der Rest lief völlig anders ab … Laura Simmel hatte in Mödling einen Freund namens Rainer Pechhacker. Ein Werbegestalter, der sich mit seiner Firma mehr schlecht als recht über Wasser halten konnte. Dann hatte er jedoch sagenhaftes Glück und gewann im Lotto über sieben Millionen Euro.«

»Pfah, in dessen Haut würd ich auch gern stecken. Da tät mein Atelier aber schon so was von anders ausschauen.«

»Lass alles, wie es ist, es passt zu dir, Eva. Im Übrigen sei froh, dass du nicht in Pechhackers Haut gesteckt bist, denn der Mann konnte sich nur einen Tag lang seines Glücks erfreuen. Beim Rückflug von Frankfurt nach Wien stürzte er aufgrund heftiger Turbulenzen so unglücklich, dass er tödlich verletzt wurde.«

»Schrecklich! Wer hat denn das Geld dann eingesackt?«

»Ab hier können wir uns nur auf Simmels Aufzeichnungen stützen. Sie hatte zwar den Schein auf Pechhackers Wunsch gespielt, jedoch mit ihrem Geld, das stand ausdrücklich in den Tagebüchern. Doch auch sie hatte nicht lang Grund zur Freude, denn es muss wegen des Millionengewinns zu einem Streit zwischen Laura Simmel und Pechhackers Ex, einer gewissen Lisa Lauermann, gekommen sein. Die Frauen haben sich dann aber versöhnt und wurden sogar ein Liebespaar. Bei einem gemeinsamen Urlaub in der Toskana wollten sie sich ein Anwesen kaufen, wie uns ein Makler aus Arezzo mitteilte. Daraus wurde dann aber nichts, da Laura Simmel tödlich verunglückte. Mit ihrem Wagen stürzte sie in eine Schlucht und verbrannte. Und jetzt kommt's: Lisa Lauermann jedoch hat – Wunder, oh Wunder – den Unfall schadlos überlebt.«

»Du sagt das so sarkastisch?«

»Das hat auch seinen Grund, denn Lisa Lauermann ist danach plötzlich verschwunden – und mit ihr die Millionen. Denn sie hat den Tippschein eingelöst. Wir hätten sie nur zu gern befragt. Einmal, um die rechtmäßigen Besitzverhältnisse zu klären, was die sieben Millionen Euro betraf, vor allem jedoch, um den tatsächlichen Hergang dieses mysteriösen Unfalls aus ihrem Mund zu erfahren. Die Behörden in Italien haben da ziemlich geschlampt.«

»Jetzt wird's aber langsam verwirrend«, lenkte Eva ein und richtete sich mühsam auf.

»Bitte … bleib liegen, Eva.«

»Mario, da geht's auch um mich, ich bin ein Opfer … Also, ich lass meinen Gehirnwindungen freien Lauf und verpasse der Geschichte den nötigen kriminellen Touch, weil sonst wär's ja ein Kindermärchen.« Eva grinste matt und begann:

»Laura hat sich mit Lisa versöhnt, ist mit ihr in die Kiste gestiegen und anschließend in die Toskana gefahren. Dort hat Laura einen Rappel gekriegt, weil sie die Kröten doch nicht mit Lisa teilen wollte. Lisa aber war noch flinker und hat Laura mit dem Auto den Abhang runtergeschubst … oder war's anders?«

»Bist schon wieder ungeduldig, Eva, es scheint dir ja schon viel besser zu gehen … Die Tagebuchaufzeichnungen enden jedenfalls in der Toskana. Aber schön der Reihe nach weiter in diesem Krimi. Auf dem Laptop jener Klagenfurter Polizistin fand man Fingerabdrücke eines Kriminellen namens Matic Kovac, der schon über ein Jahr zuvor bei einer Rauferei erstochen worden war. Weiters spielte auch eine Rachebotschaft eine Rolle, die bei der angeblichen Selbstmörderin gefunden worden war. Und diese Botschaft war die Kopie eines Gemäldes, das Laura Simmel gemalt hatte … Inzwischen war ein weiterer Polizist ermordet worden – in Innsbruck –, und wir waren ziemlich ratlos, da wieder die Fingerabdrücke von Kovac gefunden wurden. Dieses Mal steckte das Rachesignet im Hosensack der Leiche. Wir ließen daraufhin den Sarg jenes toten Matic Kovac öffnen, weil wir annahmen, einen anderen Toten vorzufinden. Was wir fanden, war Kovac, jedoch mit abgetrennten Fingern. Da wussten wir, dass die Killer damit äußerst lebendige Spuren hinterließen, um uns in die Irre zu führen.

Schließlich geschah in Wien der nächste Mordfall. Wieder nach demselben Muster – Fingerabdrücke von Kovac, Rachebotschaft auf die nackte Brust des Opfers geklebt –, nur wesentlich brutaler ausgeführt. Die erschreckende Steigerung in der

Inszenierung war nicht zu übersehen. Details möchte ich dir ersparen … Auch Lisa Lauermann war immer noch nicht aufgegriffen worden, obwohl fieberhaft nach ihr gefahndet wurde.«

»Lisa hat sich mit den Millionen auf eine Karibikinsel vertschüsst, bei so viel Dreck am Stecken. Wahrscheinlich schlürft sie gerade einen Exoticdrink und lacht sich die Hucke voll, weil niemand sie findet«, bemerkte Eva trocken.

»Wart's ab … Aber kommen wir zurück zu Judith Langer, deiner Leidensgenossin im Kellerloch. Ihre beste Freundin – Hannah Klingohr – wohnt vis-à-vis von ihr. Als Einzelkind von ihren Eltern rundum finanziell verwöhnt, kann Klingohr sich ausschließlich der Malerei widmen. Ich habe ihr ein Bild abgekauft – nicht schlecht, ihr Stil. Sie hat es mir persönlich nachhause gebracht und wollte auch dich kennenlernen, nachdem ich ihr von dir und deinen Malkünsten erzählt habe. Und da ich dich ja in Moskau beziehungsweise bei Björn vermutete«, Meller lächelte säuerlich, »wollte ich Raffaela bitten, uns in dein Atelier zu lassen.«

»Was? Ohne mich um Erlaubnis zu fragen, Mario?«

»Na, wie denn, wo denn, wann denn? Aber reg dich ab, es ist ohnehin nicht so weit gekommen … Jetzt im Ernst, Eva, uns ist der Spaß vergangen. Einerseits waren die Serienkiller zu schnappen, anderseits suchten wir dich … Ich möchte das aber erst zu Ende erzählen… Also: Claudia war über Klingohrs Malkünste anderer Meinung, und wir haben uns wegen der Frau ordentlich in die Haare gekriegt. Claudia musste dann, nachdem sie über die Malerin Erkundigungen eingeholt hatte, zugeben, dass alles, was Hannah Klingohr erzählt hatte, der Wahrheit entsprach – über ihr Studium und auch über ihre Eltern, die nach Neuseeland ausgewandert waren. Claudia aber wollte sich nicht geschlagen geben. Sie nahm mit Klingohrs Eltern Kontakt auf und hat dabei erfahren, dass beim Übersiedeln der Tochter nach Wellington eine Freundin geholfen hatte. Dadurch haben sie – und jetzt kommt's – Lisa Lauermann kennengelernt. *Eine wirklich liebe Person und so hilfsbereit,* hat Klingohrs Mutter am Telefon Claudia vorgeschwärmt. Lisa hat natürlich bei ihnen gewohnt. Nach einer Woche geschah dann das tragische Unglück – Hannah Klingohr ist beim Segeln ertrunken. Das war für alle ein furchtbarer Schock. Lisa hat daraufhin ihre Zelte dort abgebrochen und ist nachhause geflogen.«

»Das heißt, dass …«, Eva stockte, »… dass sich Lisa als Hannah ausgegeben hat?« Sie starrte Meller an.

»Nicht ganz. Die Tote beim Unfall in der Toskana war in Wahrheit Lisa Lauermann …«

»Wie bitte?«

»Ja, Eva … und es kommt noch schlimmer.« Er nahm sie an der Hand. »Laura Simmel war es, die sich zuerst als Lisa Lauermann ausgegeben hat, sich das Vertrauen von Hannah Klingohr erschlich und, als diese verunglückte – vermutlich hat sie auch da nachgeholfen –, deren Identität annahm.«

»Aber du sagtest zu Beginn …«, Eva begann zu husten. Ihre Unterlippe sprang auf und blutete. Meller fischte ein Kosmetiktuch aus der Box auf dem Nachtkästchen und wollte ihr das Blut abtupfen. Doch sie wehrte ab und sah ihn erregt an.

»Eva, beruhige dich … deine Lippe blutet.« Da nahm sie ihm das Papiertuch ab und drückte es auf ihre Lippen.

»… dass es ein Täterpaar ist!«, sagte sie nach mehrmaligem Abtupfen.

»Genau, davon sind wir ausgegangen. Die Frau köderte die Opfer und der Mann brachte sie um.«

»Ja und wer waren die beiden?«

»Laura Simmel – sie war schwerst schizophren, war Mann und

Frau in einer Person. Die Analyse des Psychiaters über ihr schwerst gestörtes Verhalten will ich dir ersparen. So viel nur: Mal war Laura die Stärkere, dann wieder Philipp, der verstorbene Bruder. Es mussten sich in Lauras Hirn und Seele gewaltige Kämpfe abgespielt haben. Ich denke, im gewissen Sinne kehrte sie zu den Wurzeln ihres Schicksals zurück, um den Tod ihrer Mutter und ihres Bruders zu rächen …«

»… und wegen eines schwerwiegenden Fehlverhaltens zweier Polizisten hat sie die drei umgebracht.« Eva lachte grimmig.

»Du sagst es«, erwiderte Meller nicht weniger grimmig.

»Warum aber hat sie sich nicht an den zwei Polizisten gerächt, die ihr Mutter und Bruder genommen haben?«

»Der Polizist, der am Unfall beteiligt war, ist vor Jahren verstorben. Seine Kollegin und spätere Frau jedoch lebt noch. Die Adoptivtocher der beiden war das Patenkind des Ministers, Saphira Pototschnig – jene Polizistin, die angeblich Selbstmord verübt hat. Hätte Laura Simmel die Mutter ermordet, hätte sie kein Argument mehr für ihren unstillbaren Rachedurst gehabt, der sich im Lauf der Jahre in ihr aufgestaut hat. Also hat sie Saphira ermordet, um der Mutter einen lebenslangen Denkzettel zu verpassen. Laut psychiatrischem Gutachten steigerte Simmels Schizophrenie ihre Rachelust, und diese wurde zur Sucht. Laura musste weiterhin töten. Die Art des Tötens befahl Philipp – oder Laura. Wer weiß?«

»Was aber hab ich verbrochen, dass mich dieses wahnsinnige Mörderduo – wie soll man sie eigentlich nennen? – in ein verdammtes Loch steckte und verrecken lassen wollte?«

»Laura Simmel, im Gutachten des Psychiaters übrigens *Laura-Philipp* genannt, wollte sich als Nächstes an mir rächen. Sie hatte es gezielt auf mich abgesehen. Darauf hat mich Menschesther, die zufällig mit ihr vor einem Jahr gesprochen hat, gebracht. Simmel dürfte dann in meinem Privatleben geschnüffelt haben und dabei auch auf dich gestoßen sein …« Meller seufzte auf. »Du warst dem Tod verdammt nahe, Eva. Wenn ich daran denke … furchtbar.«

»Das heißt, bei mir war's dann eigentlich Philipp.«

»Sieht so aus.«

»Ich werde dich künftig meiden müssen, Mario. Der Platz an deiner Seite bringt kein Glück …« Eva versuchte ein Lächeln. »Du sagtest zu Beginn, dass die Person schon tot ist. Aber wie kannst du garantieren, dass mir so was nicht nochmals widerfährt?«

»Das kann ich nicht. Leider. Genauso kann mich eine Kugel treffen, wie wir ja wissen.«

»Ich weiß eh … Aber das viele Geld, wo ist es abgeblieben?«

»Die typische Frauenfrage, wie?«, Meller lachte auf. »Ein Jäger war in unmittelbarer Nähe eures Gefängnisses mit seinem Rottweiler unterwegs. Dabei stieß er auf Laura Simmel, die dort im Gras lag, mit einem Rucksack voll Geld neben sich.«

»Was für eine stümperhafte Wahnsinnige.«

»Sie war auf der Flucht. Allem Anschein nach hat sie aus ihrem Versteck eure Befreiung beobachtet. Dabei wurde sie vom Rottweiler angefallen und getötet. Das wird auch noch ein gerichtliches Nachspiel für den Mann haben. Jedenfalls hat er den Hund auf der Stelle erschossen.«

»Mein Mitleid hält sich in Grenzen«, erwiderte Eva grimmig.

»Aus deiner Sicht verständlich. Um nun auf deine Frage die Millionen betreffend zurückzukommen: Da werden die Rechtsanwälte noch was zum Knobeln haben – es waren Pechhackers Zahlen, Simmel hat den Schein bezahlt und beide sind tot. In jedem Fall werden die Hinterbliebenen der Opfer und auch du und deine Leidensgenossin etwas davon abbekommen.«

»Echt? Na, das ist ja wenigstens erfreulich! Da fühl ich mich gleich besser … Aber wie geht's denn eigentlich meiner Mitgefangenen?«

»Judith Langer hat das Krankenhaus bereits verlassen können. Sie war nur kurze Zeit diesen furchtbaren Qualen ausgesetzt.«

»Ich würde mich gern mit ihr aussprechen – egal, was sie angestellt haben soll. Nach allem, was wir durchgemacht haben – so eine Behandlung verdient kein Mensch … Was mich aber interessiert: Wenn mich in Mödling nicht Judith Langer abgeholt hat, wer dann?«

»Abgeholt hat dich Laura Simmel. Den Anruf bei dir muss sie mit Langers Handy getätigt haben. Zumindest hat Langer ausgesagt, dass ihr altes Handy verschwunden war und sie von Hannah ein neues geschenkt bekommen hatte … Und mich muss Simmel dann mit deinem Handy angerufen haben, während du schon längst in dem Kellerloch gelegen bist …«

»Aha, verstehe … Warum aber wurde plötzlich Langer auch ihre Gefangene?«

»Judith Langer war bei ihrer Freundin eingeladen gewesen. Während Klinghohr am WC war, wollte Langer die Reste des gemeinsamen Abendessens im Tiefkühlfach verstauen und stieß dabei auf mehrere vakuumverpackte Finger. Das Sackerl knallte sie ihrer Freundin auf den Tisch und stellte sie zur Rede. Hannah Klingohr war dann plötzlich wie ausgewechselt und redete wirres Zeug – von Rache, von ermordeten Polizisten und dass sie reinen Tisch machen müsse und sich stellen wolle. In Wahrheit wartete Klingohr jedoch nur auf eine Gelegenheit, um Langer zu betäuben und anschließend verschwinden zu lassen … Judith Langer hatte das Pech, dass sie zufällig auf die Serienkillerin stieß. Sie löste in Laura Simmel, alias Hannah Klingohr, einen schizophrenen Schub aus … Langer gefährdete

Simmels Pläne, also sollte auch sie sterben … Die Finger sind übrigens bis dato nicht gefunden worden. Na ja – und den Rest kennst du, hast ihn ja am eigenen Leib zu spüren bekommen …«

Meller schwieg, sein Blick blieb an Evas zerschundenem Gesicht hängen, er fuhr fort:

»Du kannst – nein, wir alle können Claudia Rotter, die das alles recherchiert hat, und vor allem den vier Jugendlichen, die euch gefunden haben, ehrlich dankbar sein …«

Meller griff nach ihrer Hand und bekam feuchte Augen.

»Weißt du«, flüsterte er, »wenn du … ich hätte das nicht …«

Da beugte Eva sich, so weit es ihr möglich war, zu ihm hin und wischte seine Tränen von den Wangen.

Er nahm ihr Gesicht in beide Hände und verlor sich in ihren Augen.

»Komm mit mir mit, Eva.«

»Wohin, Mario?«

»Nach Rio.«

»Rio?«

»Eine Zeit lang wenigstens. Es wird dir gefallen.«

»Ich bin jetzt müde … möchte das überschlafen.«

»Träum schön … von uns und Rio.«

Meller erhob sich, schaltete den Voicerecorder aus, steckte ihn ein und ging leise aus dem Zimmer.

Im Gang setzte er sich auf einen der freien Sitzplätze vor dem Zimmer der Stationsschwestern. Er wollte auf den zuständigen Arzt warten, um zu erfahren, wann Eva nachhause durfte. Auf dem Sessel neben ihm lag eine Ausgabe der *Ischler Woche*. Um sich die Wartezeit zu verkürzen, blätterte er sie durch.

»Pfah, das gibt's doch nicht!«, entfuhr es ihm, als er auf Seite sechs das Bild einer Frau sah und den Bericht dazu las.

Bei Ausflug tödlich verunglückt!

Eine ehrenamtliche Altenbetreuerin aus Bad Ischl wurde bei der Heimfahrt von einem Radausflug nach Hallstatt von einem Autofahrer angefahren. Barbara Keller verstarb noch am Unfallort. Der Raser war in einem gelben Auto unterwegs und beging Fahrerflucht. Nach dem Täter wird gefahndet.

Unter dem Foto stand:

Die Mitglieder der Pensionistenrunde »Bad Ischler Lebensglück« trauern um die allseits beliebte Barbara Keller.

Schicksalsgeprüfte Barbara Keller, wie wahr ihre Worte vom *letzten Mal* waren. Als hätte sie geahnt, dass dieser Radausflug ihre letzte Reise sein würde.

– – –

An der Hand den quengelnden Luigi und im Kinderwagen die kleine Bruna, wartete Raffaela Körner geduldig in der Mödlinger Fußgängerzone vor der Trafik auf ihren Mann, der einen Quicktipp abgeben wollte.

»Mid-da-Dschogga?«

»Mit-da-was?« Irritiert sah Axel Körner die hübsche Chinesin an.

»Quicktipp mid-da-Dschogga?«, erklärte sie geduldig.

»Ahso! Klingt witzig, mid-da-Dschogga!« Axel Körner überlegte. »Okay, drei Tipps mit Joker!«

»Biddascccchr!«

Freundlich lächelnd reichte die Trafikantin dem V-Agenten seinen Lottoschein. Der Andrang in der kleinen Trafik war groß, und Axel musste sich durch das Gedränge wurschteln.

Seit Langem gab's wieder einen Vierfach-Jackpot, mit knapp acht Millionen Euro.

Körner hatte noch nie Glück im Spiel gehabt. Dafür aber in der Liebe. Den Beweis präsentierte er mit seiner überaus erotischen Ehefrau Raffaela aus Sizilien und seiner hübschen Tochter Bruna, die es im Leben einmal sehr weit bringen würde. *Bei dem Vater!*

Es gab auch den moppeligen Luigi mit schwarzem Kraushaar, der, weil ihm nichts passte, meist quengelig war – Raffaelas voreheliches Kapital und Mitbringsel aus ihrer Heimat.

Der V-Agent hatte zum Schmieden seines Glücks nur eine Chance gehabt: Ehefreuden mit Raffaela inklusive Luigi oder eben keine. Die Hochzeit war vergangenes Jahr in Taormina gefeiert worden. Davor hatte Axel der Schönen mit einer sprichwörtlichen Ketten(re)aktion das Jawort abgerungen.

Lieber nicht mehr dran denken, es war ihm peinlich gewesen, vor all den Leuten zu knien – er, der geborene Supermacho!

Dass sein Glück im Spiel keins war, hatte einfach den Grund, dass er Glücksspiele solcher Art zwar nicht hasste, jedoch grundwegs ablehnte, de facto spielte er nicht.

Nur mit ehrlicher Arbeit – so wie seiner als V-Agent beim S-C-ONE – hatte man sein Leben zu meistern und je nach Möglichkeit glücklich zu gestalten. Geld einfach gewinnen, sei keine Leistung, so seine Ansicht.

»Axel, komm! Sei nix-ä Depp! Was-ä soll Moral von-ä Arbeit ehrliche?«, hatte ihn Raffaela gerügt. Sie war der Meinung, dass ein bisschen finanzielles Glück der Haushaltskasse bei Gott nicht schaden konnte.

»Mamma mia! Mach-ä wie alle, spiel-ä Lotto! Tre Tipp-ä bloß!«

Sie zeigte ihm drei Finger – einen nach dem anderen:

»Eine Tipp-ä fur Bruna … eine Tipp-ä fur Luigi … eine Tipp-ä fur deine Raffaela, die du sagen ewig lieben. Habe versproch-ä bei Hochzeit, nix-ä vergess-ä!«

»Und für mich keinen Tipp?«, entrüstete sich Axel Körner.

»Axel nie haben Gluck in Spiel, du sag-ä selber immer!«

Da hatte sie auch nicht unrecht, obendrein war der Schein um einen Tipp billiger.

Die Zahl Drei jedenfalls war Raffaelas Lebensglückszahl. Ein entfernter Verwandter, dessen Ruf als Zukunftsdeuter weit über die regionalen Grenzen hinausging, hatte ihr knapp vor der Hochzeitszeremonie prophezeit, dass *Tre* ihre Glückszahl sei, da sie drei Kinder bekommen werde, einen Buben und zwei Mädchen – pro Mann ein Kind.

Amore mit drei Männern? Raffaela war erst bei numero due gelandet! Da war sie stutzig geworden und auch ein bisschen traurig.

Nach dem Zeremoniengetue, dem Glückwünsche-und-Geschenke-Entgegennehmen und dem Essenverdrücken – eine italienische Hochzeit dauert manchmal länger als das gemeinsame Eheleben – hatte Axel seine Raffaela nachdenklich in einer Ecke sitzen gesehen.

Natürlich hatte sie ihm nicht verraten wollen, woran sie denn in diesem Moment konkret gedacht hatte, und hatte erwidert:

»Ich denken an die Tre.«

»Die Tre? Welche drei?«, hatte Axel wissen wollen und sie dabei auf beide Augen und ihren Mund geküsst.

»Tre is-ä meine Gluckszahl fur ganze Leben. Mann von Tante Alessia gesagt-ä voraus meine Schicksal. Onkel Filippo kann sehen von Menschen die Zukunft.«

»Wird denn deine Zukunft nicht so, wie du sie dir wünscht?«

»Wie sag-ä in-ä tedääsco: is-ä ein wenig anders.«

»Dann zeig mir deinen Onkel Filippo, damit ich ihm seine nächste halbe Stunde voraussage. Der Kerl hat dich verarscht, weil du keinen Italiener geheiratet hast.«

Da hatte Raffaela ganz tief in Axels Augen etwas gesucht, jedoch *nix-ä* gefunden und seufzend geantwortet:

»Versprechen, dass-ä machen nix-ä unglucklich du deine Raffaela?«

»Raffaela! Komm, schau *mich* an … und dann *den* da!«

Axel hatte auf den Ätna gezeigt.

»Bevor ich ausbreche und dich sitzen lasse, bricht der Ätna aus und lässt Taormina in Schutt und Asche verschwinden.«

Onkel Filippo war ein Gauner, das wussten alle. Er lebte von dem, was ihm naive Leute zusteckten, damit er ihnen die Zukunft deutete. Das wusste auch Raffaela.

Aber leider auch, dass der Vulkan unberechenbar war, selbst wenn er weit entfernt von Taormina sein rauchendes Kraterloch in den Himmel streckte …

Das Abendessen war gegessen und Raffaela machte sich missmutig an den Abwasch. Der Geschirrspüler funktionierte wie so oft nicht, da musste sie wohl oder übel mit Schwamm und heißem Wasser im Spülbecken dem Geschirr zu Leibe rücken.

Extra hatte sie das Abendessen so angesetzt, dass auch sie ungestört die sonntägliche Lottoziehung mitverfolgen konnte.

Axel hatte *seinen* Quicktippschein – für Raffaela war es *unser schedina, ich auch zahle* – auf das Beistelltischchen gelegt. Auf einen Zettel hatte er die drei Zahlenreihen *seines* Scheins mit Abstand aufgeschrieben, um die gezogenen Zahlen dazwischen notieren zu können und so den jeweiligen Tipp sofort als Gewinn oder Niete zu sehen.

Luigi kroch zwischen Axels Beinen herum und stieß mit seinem Feuerwehrauto mehrmals an sein linkes Schienbein.

»Tatüü-tataa! Tatüü-tataa! Axeeel! Füße weg, es brehennt! … Tatüü-tataa!«

Warum kroch der Moppel denn andauernd, anstatt zu laufen?, ärgerte Axel sich und stieß das Auto zur Seite, was Luigi mit herausgestreckter Zunge und bösem Blick quittierte.

»Nirgends brennt es, Luigi. Außerdem bin ich Feuerwehrhauptmann und habe das Feuer schon gelöscht.«

»Du bist ein Polizist«, wusste der Wonneproppen aufmüpfig.

»Polizisten haben auch immer einen Wasserschlauch bei sich.«

»Du lügst. Zeig her, ey!«

»Axel! Helfen bitte Geschirr trocknen!«, rief Raffaela von der Küchenzeile her. »Ich auch sehen wollen, wenn Lottozahlen!«

Missmutig erhob sich Körner und folgte der Bitte. Er fischte ein Geschirrtuch aus der Lade, die ihm Raffaela mit dem Knie gezeigt hatte, und stülpte es über den tropfenden Teller, den sie ihm entgegenhielt … Teller, Gläser, Töpfe, Besteck … Raffaela dankte es Axel mit einem Lächeln und einem flüchtigem Bussi – zu zweit ging's ja doppelt so schnell.

Doch die Lottofee im Fernsehen war schneller. Schon rollten die ersten Kugeln aus dem Trichter und die Zahlenreihe war gezogen. Halb hing Axels Blick am TV-Gerät, halb am nassen Geschirr, Raffaelas Blick mahnte ihn jedoch:

Erst fertig abtrocknen!

Luigi hatte es inzwischen vorgezogen, den Quadratmeter Spielfläche zwischen Couch und Tischchen zu räumen.

»Tatüü-tataa! Der S-C-WONN brennt! Tatüü-tataa!«, hörte man ihn aus dem Kinderzimmer kreischen.

Als dann die Jokerzahlen verkündet wurden, konnte Körner sich nicht mehr halten. Er warf das Geschirrtuch zur Seite, eilte zum Tischchen hin und schrieb fieberhaft die Zahlen ab. Schwupps waren die TV-Schöne und mit ihr die Glückszahlen verschwunden. Und während Werbespots das Neueste, das Schönste, das Tollste, das Billigste anpriesen, verglich Axel die

Zahlen überschlagsmäßig ... Bloß einen mickrigen Zweier hatte er.

»Wieder nix!«, rief er Raffaela zu.

Enttäuscht warf er den Kuli auf den Boden. Sie hob ihn auf und kniete sich zu ihm ans Tischchen.

»Warum sag-ä *wieda nix,* wenn-ä noch nie spiele in-ä Lotto?«, erwiderte Raffaela und kontrollierte ebenfalls die Zahlen.

Doch dann – ein Schrei: »Axel, da! Schauen Jokerzahlen!«

Richtig ... Körner bekam eine Gänsehaut.

6 9 5 1 4 3, hießen die Glückszahlen,

8 9 5 1 4 3, lauteten *seine* Zahlen.

Bis auf die Acht waren sie mit den gezogenen Glückszahlen ident.

»Madonna!«, jubelte Raffaela. »Was habe gesagt, Axel? Und-ä meine Gluckszahl Tre is-ä dabei auch!«

Axel sah auf das Tischchen, blickte um sich, sah schließlich Raffaela an.

»Der Quicktippschein ... wo ist er?«

»Was fragen *mich?«,* erwiderte sie. »Du haben Schein!«

So emsig war Körner noch nie auf dem Boden herumgekrochen, hatte unterm Tischchen gesucht, die Couch hochgehoben und zur Seite geschoben ...

»Luigi!«, kam es beiden wie aus einem Mund. Vor allem, weil der Wonneproppen sich plötzlich verdächtig still verhielt.

Mit einem Satz waren sie im Kinderzimmer.

Luigi saß auf dem Boden und lenkte seinen Traktor samt Anhänger am Feuerwehrauto vorbei. Unzählige Fuzerl und winzige rosafarbige Kügelchen lagen auf der Ladefläche.

Unschuldig grinsend blickte er zu Axel auf.

Da schlug Raffaela die Hände zusammen und rief:

»Mamma mia! Luigi, was habe du gemacht!«

In diesem Augenblick wusste Körner, dass er in seinem Leben nie wieder Lotto spielen würde.

Raffaela, die seine Fäuste in der Hosentasche verschwinden sah und seinen säuerlichen Gesichtsausdruck bemerkte, wusste: Es würde in ihrem Leben kein drittes Kind, ebenso wenig einen dritten Mann geben.

Einen so verständnisvollen Mann wie Axel würde sie nie wieder bekommen …

Epilog

Es reicht …

Danke …

Nach sieben Meller-Fällen möchte ich noch eine mörderische Tatsache verkünden. Sie haben ein Recht darauf, und ich muss sie mir von der Seele schreiben.

Also: Mit diesem Fall endet (vorläufig) die Meller-Serie.*

Ab sofort weigere ich mich, auch nur ein Wort über Meller zu verlieren. Warum?

Darum: Seit Jahren – Tag und Nacht – nervt mich dieser zaudernde, übersensible, stinkreiche, bestaussehende Kommissar und verlangt von mir Unmögliches … dass ich ihn raushaue, wenn's brenzlig wird … dass ich für ihn die ideale Frau finde, wenn er wieder einmal eine Chance vergeigt hat … und vielleicht auch weiterhin seine verzwickten Fälle löse …

Da hat er sich aber geschnitten, der Herr Kommissar!

Soll er gehen, wenn er will, wohin er will … wo der Pfeffer wächst von mir aus oder zurück nach Rio. Es soll dort verdammt hübsche … Ach, da mische ich mich nicht mehr ein.

Dennoch, ich wünsche ihm eine gute Zeit – ein tolles Leben. Ihnen ebenso … Bleiben Sie mir gewogen.

Ihr

Wolfgang Weiss

Zwei Antworten bin ich in diesem Roman noch schuldig geblieben, die natürlich Stoff für weitere Meller-Romane wären.

Die erste: Menschesther hat sich tatsächlich aufgemacht, um Peter Navratil zu finden. Zumindest ist sie – Mike Lehner hat sie begleitet – nach Kolumbien geflogen und hat sich mit Natalie Mendes getroffen. Von ihr erfuhr sie allerdings, dass Navratil seinen Schussverletzungen erlegen war. Als Menschesther mit Natalie jene Bank aufsuchte, in der Navratil einen Safe gemietet hatte, war die Enttäuschung groß – er war leer. Natalie Mendes wusste aber, dass der Bankbeamte, der sie bedient hatte, mit den Guerillas in Kontakt stand. Als sie die Bank verließen, wurden sie von einem Mann verfolgt. Tags darauf war Natalie verschwunden. Ihre Wohnungsnachbarin hatte Menschesther ein Stück Papier in die Hand gedrückt.

Sie haben mich in der Hand. Fliegt sofort nachhause.
Ihr seid in großer Gefahr. Gott schütze dich und Mike.
Natalie

Die zweite: Der Kommissar ist mit Eva Roth nach Rio de Janeiro abgedüst. Mit dabei waren sein bester Freund Lo Bianco und seine beste Sekretärin Claudia Rotter sowie sein Junge Manuel und natürlich auch Joe Cocker, Mellers Hund.

Nach einem Monat blieben drei für immer in Rio und drei flogen wieder zurück. Wer wohl …

* Andere Protagonisten sollen auch eine Chance bekommen. Es wird eine neue, höchst kriminell-amüsante Serie geben … in Kürze (= literarische Zeitepoche) – so viel sei verraten.

Ein großes Dankeschön an alle,
die mich bei den sieben Meller-Fällen
so tatkräftig unterstützt haben …
Besonders
Eva Weiss,
Gabi und Alex Kapoun,
Robert Pfluger,
Mareike Fallwickl
und natürlich
Joe Cocker.

Auch für diesen Roman gilt:
Sämtliche Personen, Ereignisse und Details sowie
Charakterbeschreibungen von Mensch und Tier
sind frei erfunden.
Wenn sich dennoch jemand
»wiederzufinden« glaubt,
dann ist es purer Zufall
und in keiner Weise
beabsichtigt.

kriminell

ironisch

spannend

BRÖSELBÄR
VERLAG

Klappenbroschur, 347 Seiten
ISBN 978-3-902578-01-3

KrimiRoman

Wolfgang Weiss
FRÜHLINGSROLLE – Mellers erster Fall

Eva Roth, die ausgeflippte und schwer verliebte Malerin, spaziert mit Mellers Hund Joe oft durch den Wienerwald, da der Kommissar weder Zeit für sie noch für Joe hat.
Eines Tages läuft der Cockerspaniel davon und schlägt sich auf dem Jennyberg in die Büsche. Atemlos hetzt sie dem Ausreißer hinterher und ertappt ihn, wie er eine vergrabene Teppichrolle freibuddelt.
Was Eva Roth sieht, lässt ihr das Blut in den Adern gefrieren …

Mit »Frühlingsrolle« beginnt Kommissar Mellers erster Fall. In der bezaubernden Babenberger-stadt Mödling …

Klappenbroschur, 355 Seiten
ISBN 978-3-902578-02-0

KrimiRoman

Wolfgang Weiss
TODESFÄLLE – Mellers zweiter Fall

Sandra Kramer ist endlich neunzehn und überglücklich. Da zerplatzt ihr Traum wie eine Seifenblase, weil er, dieser Feigling, es plötzlich mit der Angst zu tun bekommt. Ausgerechnet an ihrem Geburtstag!
Am nächsten Morgen liegt Sandra tot unter dem Aquädukt nahe dem Mödlingbach.
Eine verhängnisvolle Affäre, zerschellt auf kaltem Asphalt.
Ein Unglücksfall? Ein Selbstmord?
Oder war es gar …?

Dieser und weitere Todesfälle bringen Kommissar Mario Meller vom S-C-ONE im Zuge seiner Ermittlungen selbst in höchste Lebensgefahr …

KrimiRoman

Wolfgang Weiss
KAMPFGEISTER – Mellers dritter Fall

Am 7. 7. 2007 befindet sich die »Hochzeitsstadt Mödling« in einer Bombenstimmung. 77 Trauungen an einem Tag sowie zwei Explosionen, die frühmorgens die Bürger des bezaubernden Babenbergerstädtchens aus dem Schlaf reißen …
Eine mysteriöse Gruppe bekennt sich zu den Anschlägen und kündigt weitere an. Der Beginn einer Terrorwelle?

Kommissar Mario Meller und sein Team vom S-C-ONE haben alle Hände voll zu tun, um diesem mörderischen Treiben ein Ende zu bereiten. Es ist ein Kampf gegen wirre Hitzköpfe und hinterhältige »Kampfgeister«.

Taschenbuch, 355 Seiten
ISBN 978-3-902578-03-7

KrimiRoman

Wolfgang Weiss
PUNSCHKILLER – Mellers vierter Fall

Dichtes Gedränge und Geschiebe, ein Anstoßen, ein Zuprosten und ein herzliches Wünschen von allem Möglichen …
Es ist Advent, die stillste Zeit im Jahr!
In der Mödlinger Altstadt rücken die Menschen wegen kommender Krisen und beißender Kälte näher zusammen. Da brodelt etwas in den Töpfen und greift verhängnisvoll um sich – erst als folgenschweres Unglück, doch schon bald aus mörderischer Absicht …

Schwere Zeiten für Kommissar Mario Meller vom S-C-ONE, dem auch privat das Schicksal übel mitspielt.

Taschenbuch, 353 Seiten
ISBN 978-3-902578-04-4

Klappenbroschur, 343 Seiten
ISBN 978-3-902578-05-1

KrimiRoman

Wolfgang Weiss
CANOSSAGANG – Mellers fünfter Fall

Zufälle bestimmen den Lauf des Lebens.
So auch jenen der 82-jährigen Herta Hartauer.
Sie wohnt in einem Hochhaus mit traumhafter Aussicht auf den nahen Wienerwald.
Glücklich könnte sie sein, wäre da nicht die Einsamkeit, die ihr das Leben so schwer macht …
Der Unternehmer Jürgen Waldmüller weiß, wie man Menschen begeistert. Doch ein dunkles Geheimnis lastet schwer auf seiner Seele.
Was hilft ihm all sein Geld, wenn unerwartet ein Zufall mit ihm ein grausames Spiel treibt …

Kommissar Meller und sein Team vom S-C-ONE hingegen verdanken einem Zufall die Aufklärung mysteriöser Todesfälle …

Klappenbroschur, 373 Seiten
ISBN 978-3-902578-06-8

KrimiRoman

Wolfgang Weiss
FLASCHENKÖPFE – Mellers sechster Fall

Grässliches geschieht im beschaulichen Mödling. Ein bis zur Unkenntlichkeit verbrannter Schädel hat sich im tief hängenden Geäst des Mödlingbachs verfangen …
Ein Barbesitzer wird mit einer ebenso grausamen wie bitteren Erkenntnis konfrontiert. Aus einem von ihm geheim gehaltenen unterirdischen Gang dringt plötzlich Verwesungsgeruch …

Kommissar Meller steht vor einem Rätsel und vor einem Berg privater Verwicklungen, die er sich in einer schwachen Stunde eingehandelt hat.
Wie soll er da unbeschadet rauskommen?

frech,
witzig,
fantasie-
voll

Taschenbuch, 171 Seiten
ISBN 978-3-902578-11-2

JugendRoman

Wolfgang Weiss
BRÖSELBÄR LEBT! – Erstes Abenteuer

Das Leben von Florian Streber ist alles andere als schön. Er haust mit seinem alkoholkranken Vater in einer aufgelassenen Lackfabrik. Für Flo – wie er genannt wird – schlimm genug. Doch da gibt es noch Rüssel, Latte und Rosti, die ihm das Leben schwer machen.
Aber er kämpft verbissen – auch um Marli zu beeindrucken –, denn so leicht lässt sich Flo nicht unterkriegen.
Eines Tages werden ein geheimnisvoller Stein und ein Bär, der alles andere als ein Bär ist, seine Beschützer …

Mit »Bröselbär lebt!« beginnt eine Romanserie für Jugendliche ab 12 Jahren sowie für jung gebliebene Erwachsene.

Taschenbuch, 175 Seiten
ISBN 978-3-902578-12-9

JugendRoman

Wolfgang Weiss
BRÖSELBÄR BRENNT! – Zweites Abenteuer

Flo ist Schlagzeuger der Band URGEILE TÖNE geworden – dank Marli. Da greift die Wirtschaftskrise um sich. Sogar die Band leidet darunter, denn sie steht von einem Tag auf den anderen ohne Proberaum da …
Flo hat mächtigen Ärger mit seinem Vater, und Bröselbär bekommt diesen eines Nachts brennend zu spüren.
Zum Glück springt Manni in letzter Sekunde rettend ein …
Plötzlich verschwindet Einstein spurlos und Flo ist völlig verzweifelt …

Ein weiteres Bröselbär-Abenteuer für Jugendliche ab 12 Jahren sowie für jung gebliebene Erwachsene.

Taschenbuch, 177 Seiten
ISBN 978-3-902578-13-6

JugendRoman

Wolfgang Weiss
BRÖSELBÄR MUSS WEG! – Drittes Abenteuer

Nichts ist mehr, wie es einmal war. Flo ist verzweifelt, da Einstein immer kleiner wird und Bröselbär sich äußerst seltsam verhält. Marlis Eltern lassen sich scheiden, und sie muss zu ihrem Vater nach Wien übersiedeln. Auch die Band droht auseinanderzubrechen. Der einzige Lichtblick ist Flos Vater, der ernsthaft versucht, vom Alkohol loszukommen. Da geschieht Verdächtiges auf dem Fabriksgelände, und eine Katastrophe kann gerade noch verhindert werden …

»Bröselbär muss weg!« – das dritte Bröselbär-Abenteuer für Jugendliche ab 12 Jahren sowie für jung gebliebene Erwachsene.

gefühlvoll,

berührend,

schicksals-

haft

BRÖSELBÄR
VERLAG

1

Ich sterbe

November 1954. Ich begann zu leben – und gleichzeitig zu sterben. Meine ersten fühlbaren Erinnerungen sind geprägt von einem Erlebnis in meiner Heimatstadt Solbad Hall in Tirol. Mein Bruder, andere Kinder und ich kauerten vor einem Brunnen in der oberen Stadt. Es war bereits dunkel. Das Brunnenwasser rann an einer Stelle über den Rand, bildete eine Pfütze, von der wir Kinder geschickt ein Rinnsal quer über das grob verlegte, von vielen Fuhrwerken malträtierte Pflaster leiteten. Die alte Münzstadt Hall und ihr Pflaster haben eine jahrhundertlange Geschichte, eine Tatsache, die uns Kinder keineswegs berührte. Vielmehr waren wir eifrig bemüht, diesen kleinen Wasserfluss so weit wie möglich und unbeschadet über den Platz zu leiten.

Mein Bruder, fast drei Jahre älter als ich, spielte schon immer gern den Anführer. Er leitete unser Unternehmen mit gebieterischem Ton, befahl, wer wo das Wasser stauen, über welchen Stein es führen sollte.

Mich störte dieses Befehlen, und so machte ich mich daran, etwas Wasser vom Hauptstrom abzuzweigen. Sofort gesellte sich ein zweiter Bub zu mir. Wir nahmen dem Hauptfluss zu viel Wasser weg, so dass dieser zwischen den klobigen Pflastersteinen fast versiegte.

»Was machst du da?«, brüllte mein Bruder mich an und stürzte sich mit einem: »Ich bestimme, wo das Wasser hinrinnt!«, auf mich.

Ich, in Kampfstellung: »Das ist mein Fluss, den habe ich gegraben. Er fließt, wohin ich will, und überhaupt hat er schon viel mehr Wasser als deiner, ätsch!«

Kawumm – er knallte mir eine, und schon wälzten wir uns auf den harten, abgewetzten, historischen Pflastersteinen. Mein Bruder, weil älter, war größer als ich (natürlich auch viel stärker) und drückte meinen Kopf in das sich im gespenstischen Licht der Straßenlaterne spiegelnde Rinnsal – in meinen Fluss. Ich versuchte mich aus seiner Umklammerung zu befreien und heulte auf. Nicht nur aus Wut, weil ich mich nicht losreißen konnte, sondern auch vor Schmerz, weil meine Nase plötzlich zu bluten begann, ich keine Luft bekam und deswegen zusätzlich erschrak.

»Ich blute«, brüllte ich. Es gelang mir, mich loszureißen.

»Hilfe! Hiiilfee! … Ich verblute … ich muss sterben … wegen dir … du hast mich ermordet!«

Was uns allen entging – Neugierige sahen unserem heftigen Ringen schon eine Weile zu, ohne sich einzumischen. Ich stand jetzt da, nass mit zerfetzter Jacke, mit Schrammen im Gesicht und blutender Nase (die Mütze noch im Rinnsal) und wollte mich sofort wieder auf ihn stürzen. Da packte mich eine kräftige Hand an der Jacke und zog mich vom Kampfplatz weg. Im Wegziehen schnappte ich noch meine Mütze und hielt sie krampfhaft, so dass Wasser von ihr tropfte.

Verdammt, meine Hose hatte ein Loch, dazu noch einen Riss. Das sah ich, während ich von der unsichtbaren Krafthand aus dem Kampfring gezogen wurde. Die anderen Spielgefährten standen stumm – keiner wagte es, sich meinem Bruder zu widersetzen.

»Recht hast, lass dir nichts gefallen«, hörte ich die kräftige Hand sagen und blickte in ein von schwerer Arbeit gezeichnetes, ledriges Stoppelbart-Gesicht. Wer es auch war, er hatte mich doppelt verlieren lassen. Mein Fluss versiegte allmählich wegen mangelnden Nachschubs und der Kampf war für mich verloren, wegen eines Erwachsenen, der sich in unser »heiliges« Spiel, einen Fluss entstehen zu lassen, einmischte. Schande über mich Verlierer. Vor Wut brüllte ich noch mehr.

Mein Bruder sah mich kampfesfreudig an und erwartete einen erneuten Tobsuchtsangriff von mir. Der elende Schuft war nur neidisch auf meinen größeren, längeren Fluss. Jetzt war er zerstört, versiegt.

Der Mann mit dem Stoppelbart-Gesicht aber reichte mir eine Semmel, die er aus seiner Jackentasche zauberte.

»Da, nimm und iss. Wenn du groß genug bist, nimmst du es mit ihm locker auf.«

Frisch und knusprig war die Semmel, die ich an mich riss, um sofort hineinzubeißen, in das unerwartet erbeutete Siegesgut.

»Wenn du willst, kaufe ich dir was Süßes … musst nur mitkommen«, hörte ich das Stoppelbart-Gesicht zu mir sagen.

Da aber mischte sich mein Bruder, jetzt jedoch schützend, ein, stellte sich vor mich und erwiderte rotzig dem Alten, dass er auf seinen Bruder aufpasse, und keiner, den er nicht kenne, dürfe ihm etwas geben. Daraufhin murmelte der Alte etwas von *Saufratzen* und ging wackelig seines Weges.

»Her mit der Semmel!« Mein Bruder hielt gebieterisch die Hand auf und wartete auf die Herausgabe meiner Eroberung – das duftende, braun gebrannte Gebäck, vom Nasenblut markiert, zwischen meinen Fingern. Flink stopfte ich ein weiteres Stück davon in meinen noch vollen Mund.

»Bist du verrückt, die ist vergiftet!«, schrie er nun und riss mir den Rest der Semmel aus der Hand.

»Die machen das immer so«, klärte er mich auf. »Damit betäuben diese Verbrecher die kleinen Kinder, verschleppen und ermorden sie … und dann werden sie aufgefressen.«

Vor Schreck spuckte ich aus, ohne zu merken, wie mein Bruder den ergatterten Rest des frischen Gebäcks selbst in seinen Mund schob …